Sara Gruen

Wasser für die Elefanten

Roman

Aus dem Englischen von Eva Kemper

Rowohlt Taschenbuch Verlag

Die Originalausgabe erschien 2006 unter dem Titel
«Water for Elephants» bei Algonquin Books of Chapel Hill.

Veröffentlicht im Rowohlt Taschenbuch Verlag GmbH,
Reinbek bei Hamburg, August 2009
Lizenzausgabe mit freundlicher Genehmigung des
DuMont Buchverlags, Köln
Copyright © 2007 by DuMont Buchverlag, Köln
Umschlaggestaltung any.way, Sarah Heiß
(Umschlagabbildung: Charles Mason / Getty Images)
Satz Adobe Garamond PostScript (InDesign)
bei Pinkuin Satz und Datentechnik, Berlin
Druck und Bindung CPI – Clausen & Bosse, Leck
Printed in Germany
ISBN 978 3 499 24845 0

Für Bob, meine Geheimwaffe

Ich mein, was ich sagte, von Anfang bis End,
Elefanten sind treu – einhundert Prozent!

Dr. Seuss, ‹Horton Hatches the Egg›, 1940

Prolog

Es befanden sich nur noch drei Menschen unter der rot-weißen Markise des Hamburgerstands: Grady, ich und der Schnellkoch. Grady und ich saßen an einem abgenutzten Holztisch, jeder mit einem Hamburger auf einem verbeulten Blechtablett vor sich. Der Koch kratzte hinter der Theke mit der Ecke seines Pfannenwenders das Blech sauber. Die Friteuse hatte er längst ausgestellt, aber der Fettgeruch hing noch in der Luft.

Der Rest der eben noch überfüllten Budengasse war leer bis auf eine Handvoll Angestellter und ein paar Männer, die darauf warteten, zum Muschizelt gebracht zu werden. Sie sahen sich nervös um, die Hüte tief ins Gesicht gezogen und die Hände in den Taschen vergraben. Sie würden nicht enttäuscht werden: Weiter hinten erwartete sie Barbara mit ihren üppigen Reizen.

Die anderen Städter – Onkel Al nannte sie Gadjos – hatten sich bereits einen Weg durch die Menagerie ins Chapiteau gebahnt, das im Rhythmus der frenetischen Musik zu pulsieren schien. Das Orchester peitschte wie üblich ohrenbetäubend laut durch sein Repertoire. Den Ablauf kannte ich auswendig – gerade jetzt zogen die Letzten der Parade aus der Manege, und Lottie, die Seiltänzerin, erklomm ihre Leiter.

Ich starrte Grady an und versuchte zu begreifen, was er da sagte. Er schaute sich um, dann beugte er sich zu mir vor.

«Außerdem», flüsterte er und blickte mir in die Augen, «kommt es mir so vor, als hättest du gerade 'ne Menge zu verlieren.» Er hob die Augenbrauen, um seiner Aussage Nachdruck zu verleihen. Mein Herz setzte einen Schlag aus.

Im Zelt brandete tosender Applaus auf, und das Orchester wechselte nahtlos zum Gounod-Walzer. Ich drehte mich unwillkürlich nach der Menagerie um, denn der Walzer gab den Einsatz für die Elefantennummer. Marlena stieg entweder gerade auf oder saß bereits auf Rosies Kopf.

«Ich muss los», sagte ich.

«Setz dich», antwortete Grady. «Iss. Wenn du dich aus dem Staub machen willst, bekommst du vielleicht eine ganze Weile lang nichts mehr zu beißen.»

In diesem Augenblick brach die Musik mit einem Kreischen ab. Die Blasinstrumente und das Schlagzeug rasselten scheußlich zusammen – die Trompeten und Piccoloflöten schlitterten in ein Katzengeheule, eine Tuba rülpste, und das hohle Klirren eines Beckens waberte durch das Chapiteau über unsere Köpfe hinweg und verlor sich.

Grady erstarrte, über seinen Burger gebeugt, mit aufgerissenem Mund und abgespreizten kleinen Fingern.

Ich sah mich nach allen Seiten um. Niemand rührte sich – alle Blicke hingen am Chapiteau. Ein paar Büschel Stroh taumelten träge über die harte Erde.

«Was ist los? Was ist passiert?», fragte ich.

«Psst», zischte Grady.

Das Orchester spielte jetzt «Stars and Stripes Forever».

«O Gott. Verdammter Mist!» Grady warf seinen Hamburger auf den Tisch und sprang so hastig auf, dass die Bank umfiel.

«Was? Was ist los?», schrie ich, denn er war bereits losgerannt.

«Der Katastrophenmarsch!», rief er mir über die Schulter zu.

Ich wirbelte herum zum Koch, der eben seine Schürzenbänder aufriss. «Wovon zum Teufel redet er?»

«Vom Katastrophenmarsch», sagte er und zerrte sich mühsam die Schürze über den Kopf. «Das heißt, es ist was Schlimmes passiert – was echt Schlimmes.»

«Was denn?»

«Könnte alles Mögliche sein – ein Feuer im Chapiteau, eine Stampede, irgendwas. Gottverdammt. Die armen Gadjos haben wahrscheinlich noch keinen Schimmer.» Er bückte sich unter der Klapptür hindurch und lief los.

Chaos – Süßwarenverkäufer hechteten über Theken, Arbeiter taumelten hinter Zelttüren hervor, Racklos rannten quer über den Platz: Wer auch immer etwas mit *Benzinis Spektakulärster Show der Welt* zu tun hatte, raste auf das Chapiteau zu.

Diamond Joe überholte mich in einer Art vollem Galopp.

«Jacob – die Menagerie», rief er. «Die Tiere sind los. Schnell, beeil dich!»

Das musste er mir nicht zweimal sagen. Marlena war in dem Zelt.

Als ich näher kam, spürte ich ein Grollen, das mir eine Heidenangst einjagte, denn es war tiefer als Lärm. Der Boden vibrierte.

Ich taumelte hinein und stand vor einem Yak – einer Wand aus gelocktem Fell mit stampfenden Hufen, roten, geblähten Nüstern und verdrehten Augen. Es galoppierte so nah an mir vorbei, dass ich mich nach hinten warf und gegen die Zeltwand drückte, um nicht von den gekrümmten Hörnern aufgespießt zu werden. An seine Schulter klammerte sich eine verängstigte Hyäne.

Der Verkaufsstand in der Mitte der Menagerie war dem Boden gleichgemacht worden, an seiner Stelle wogten gefleckte und gestreifte Flanken, Hufe, Schwänze und Klauen, alles knurrte, fauchte, brüllte oder wieherte. Ein Eisbär überragte alles andere und schlug blindlings mit den tellergroßen Tatzen um sich. Er erwischte ein Lama und warf es um – klatsch. Das Lama krachte zu Boden und streckte Hals und Beine von sich wie die fünf Zacken eines Sterns. Schimpansen hangelten sich schreiend und schnatternd an Seilen entlang, um außer Reichweite der Raubkatzen zu bleiben. Ein Zebra schlug mit aufgerissenen Augen Haken, dabei kam es einem kauernden Löwen zu nahe, der nach dem Zebra sprang, es verfehlte und dann dicht über dem Boden davonjagte.

Verzweifelt suchte ich das Zelt nach Marlena ab, aber ich sah nur eine Raubkatze durch den Verbindungsgang zum Chapiteau gleiten – es war ein Panther, und als sein geschmeidiger, schwarzer Körper im Tunnel verschwand, rechnete ich mit dem Schlimmsten. Wenn die Gadjos jetzt noch ahnungslos waren, würde sich das bald ändern. Es dauerte ein paar Sekunden, doch dann kam er – der erste langgezogene Schrei, dann noch einer und noch einer, und schließlich explodierte alles unter dem Donnern der Menschen, die versuchten, an den anderen vorbei und das Gradin hinunterzugelangen. Das Orchester brach ein zweites Mal kreischend ab, diesmal blieb es still. Ich schloss die Augen: *Gott, lass sie bitte hinten raus fliehen. Bitte, Gott, sie dürfen es nicht hier vorne versuchen.*

Ich machte die Augen wieder auf und suchte weiter verzweifelt die Menagerie nach ihr ab. Wie schwer kann es denn sein, einen Elefanten und ein Mädchen zu finden, verdammt!

Als ich ihre pinkfarbenen Pailletten sah, schrie ich vor Erleichterung beinahe auf – vielleicht tat ich es sogar. Ich weiß es nicht mehr.

Sie stand mir gegenüber vor der Rundleinwand, so ruhig wie ein Bergsee. Ihre Pailletten glitzerten wie flüssige Diamanten, wie ein funkelndes Leuchtfeuer zwischen den bunten Fellen. Sie sah mich ebenfalls, und wir blickten einander eine Ewigkeit in die Augen. Sie wirkte gelassen und träge. Und lächelte sogar. Ich wollte mir einen Weg zu ihr bahnen, aber etwas in ihrer Miene ließ mich wie angewurzelt stehen bleiben.

Vor ihr stand dieser Dreckskerl, er drehte ihr den Rücken zu, brüllte mit hochrotem Kopf und schwang seinen Stock mit der Silberspitze. Sein Seidenzylinder lag neben ihm im Stroh.

Sie griff nach etwas. Eine Giraffe rannte zwischen uns hindurch – selbst in der Panik bewegte sich ihr Hals anmutig –, und als ich wieder freie Sicht hatte, erkannte ich, dass sie eine Eisenstange gepackt hielt. Sie umfasste sie ganz locker, das eine Ende ließ sie auf dem Boden aufliegen. Sie sah mich wieder an, tief in Gedanken. Dann richtete sie den Blick auf seinen bloßen Hinterkopf.

«Großer Gott.» Plötzlich verstand ich. Ich stolperte schreiend vorwärts, obwohl meine Stimme sie auf keinen Fall erreichen konnte. «Tu das nicht! *Tu das nicht!*»

Sie hob die Stange und schlug zu, dabei spaltete sie seinen Kopf wie eine Wassermelone. Sein Schädel platzte, er riss die Augen auf, und sein Mund erstarrte zu einem O. Dann fiel er auf die Knie und kippte vornüber ins Stroh.

Ich war so benommen, dass ich mich nicht rühren konnte, noch nicht einmal, als mir ein junger Orang-Utan seine geschmeidigen Arme um die Beine schlang.

So lange ist es her. So lange. Und es verfolgt mich noch immer.

Ich rede nicht oft über damals. Habe ich noch nie. Ich weiß nicht, warum – fast sieben Jahre lang habe ich beim Zirkus gearbeitet, und wenn das keinen Gesprächsstoff liefert, was dann.

Ehrlich gesagt weiß ich, warum. Ich habe mir nie getraut. Ich hatte Angst, es würde mir herausrutschen. Ich wusste, wie wichtig es war, ihr Geheimnis zu hüten, und das tat ich auch – ihr Leben lang und darüber hinaus.

Siebzig Jahre lang habe ich keiner Menschenseele davon erzählt.

1 Ich bin neunzig. Oder dreiundneunzig. So oder so.
Wenn man fünf ist, weiß man auf den Monat genau, wie alt man ist. Auch in den Zwanzigern weiß man noch, wie alt man ist. Ich bin dreiundzwanzig, sagt man, oder: Ich bin siebenundzwanzig. Aber dann, so ab dreißig, geschieht etwas Seltsames. Anfangs ist es nicht mehr als ein Stolpern, ein kurzes Zögern. Wie alt bist du? Oh, ich bin … – man fängt zuversichtlich an, aber dann gerät man ins Stocken. Man wollte sagen dreiunddreißig, aber das stimmt nicht. Fünfunddreißig wäre richtig. Und das beunruhigt einen, denn man fragt sich, ob das der Anfang vom Ende ist. Genau das ist es, aber es dauert noch Jahrzehnte, bis man es zugibt.

Man fängt an, Wörter zu vergessen: Sie liegen einem auf der Zunge, aber anstatt sich schließlich von ihr zu lösen, bleiben sie kleben. Man geht nach oben, um etwas zu holen, und wenn man dort angekommen ist, weiß man nicht mehr, was man wollte. Man spricht sein Kind mit den Namen aller anderen Kinder und sogar mit dem des Hundes an, bevor einem der richtige einfällt. Manchmal vergisst man, welcher Tag gerade ist. Und schließlich vergisst man das Jahr.

Eigentlich habe ich es gar nicht vergessen. Man könnte eher sagen, ich habe nicht mehr darauf geachtet. Die Jahrtausendgrenze haben wir überschritten, soviel weiß ich – das ganze Tamtam wegen gar nichts, überall junge Leute, die ängstlich losschnattern und Konservendosen kaufen, weil irgendwer zu faul war, vier statt nur zwei Ziffern vorzusehen –, aber das könnte letzten Monat oder vor drei

Jahren gewesen sein. Und außerdem, was macht es denn schon? Wo ist der Unterschied zwischen drei Wochen oder drei Jahren oder sogar drei Jahrzehnten Erbsenpüree, Tapioka und Windelhöschen?

Ich bin neunzig. Oder dreiundneunzig. So oder so.

Entweder hat es einen Unfall gegeben, oder draußen ist eine Baustelle, denn eine Schar alter Damen steht wie gebannt vor dem Fenster am Ende des Flurs, wie Kinder oder Knastschwestern. Sie sind feingliedrig und zerbrechlich, ihr Haar ist so zart wie Nebel. Die meisten von ihnen sind gut zehn Jahre jünger als ich, und das erstaunt mich. Auch wenn der Körper einen verrät, der Geist will es nicht wahrhaben.

Ich parke im Flur, neben mir meine Gehhilfe. Seit meinem Hüftbruch habe ich Gott sei Dank gute Fortschritte gemacht. Eine Zeit lang sah es so aus, als könnte ich nie wieder gehen – deswegen habe ich mich überhaupt überreden lassen, hierher zu ziehen –, aber jetzt stehe ich alle paar Stunden auf und mache ein paar Schritte, und jeden Tag komme ich ein Stückchen weiter, bevor ich umkehren muss. Es steckt doch noch Leben in diesen alten Knochen.

Jetzt stehen schon fünf weißhaarige alte Damen da, zusammengedrängt deuten sie mit gekrümmten Fingern auf die Scheibe. Ich warte einen Moment ab, ob sie wieder gehen, aber sie bleiben.

Ich schaue nach unten, um zu sehen, ob meine Bremsen angezogen sind, stehe vorsichtig auf und halte mich an der Armlehne meines Rollstuhls fest, während ich den Wechsel zur Gehhilfe wage. Sobald ich ordentlich stehe, umklammere ich die grauen Gummipolster an den Handgriffen und schiebe die Gehhilfe vorwärts, bis meine Ellbogen durchgedrückt sind, damit schaffe ich genau eine Bodenfliese. Ich ziehe den linken Fuß nach vorne, passe auf, dass ich sicher stehe, und ziehe dann den anderen Fuß nach. Schieben, ziehen, warten, ziehen. Schieben, ziehen, warten, ziehen.

Der Flur ist lang, und meine Füße wollen nicht mehr so wie früher. Zum Glück habe ich nicht die Lähmung, die Camel hatte, aber ich bin trotzdem langsam. Der arme, alte Camel – ich habe seit Jahren nicht mehr an ihn gedacht. Seine Füße schlackerten so kraftlos, dass er die Knie hoch anheben und nach vorne schleudern musste. Ich schlurfe, als hätte ich Gewichte an den Füßen, und weil mein Rücken krumm ist, schaue ich ständig auf meine Hausschuhe zwischen den Beinen der Gehhilfe.

Es dauert seine Zeit, bis ich das Flurende erreiche, aber ich schaffe es – und zwar auf eigenen Füßen. Ich freue mich wie ein Schneekönig, aber als ich da bin, fällt mir auf, dass ich es auch wieder zurück schaffen muss.

Die alten Damen machen mir Platz. Sie gehören zu den Agilen, sie sind entweder selbst noch mobil oder haben Freundinnen, die sie herumfahren. Diese alten Mädels sind noch ganz klar im Kopf, und sie sind nett zu mir. Ich bin hier eine Seltenheit – ein alter Mann in einem Meer von Witwen, die sich noch immer nach ihren verstorbenen Männern sehnen.

«Oh, hier», gurrt Hazel. «Lasst Jacob mal sehen.»

Sie zieht Dollys Rollstuhl ein Stück zurück und schlurft händeringend neben mich, ihre trüben Augen strahlen. «Ach, ist das aufregend! Sie sind schon den ganzen Morgen zugange.»

Ich arbeite mich zum Fenster vor, hebe den Kopf und blinzle in die Sonne. Es ist so hell, dass ich einen Augenblick brauche, um zu erkennen, was da vor sich geht. Dann nehmen die Schemen Gestalt an.

Im Park am Ende des Blocks steht ein riesiges Zelt mit

breiten weiß-roten Streifen und einer unverkennbaren Spitze ...

Meine Pumpe macht einen solchen Sprung, dass ich mir eine Faust an die Brust presse.

«Jacob! O Jacob!», ruft Hazel. «Du meine Güte!» Sie wedelt aufgeregt mit den Händen und dreht sich zum Flur um. «Schwester! Schwester, schnell! Mr. Jankowski!»

«Mir geht's gut», sage ich hustend und klopfe mir auf die Brust. Das ist das Problem mit den alten Damen. Sie haben ständig Angst, man würde umkippen. «Hazel! Es geht mir gut!»

Doch es ist zu spät. Ich höre das Quietsch-Quietsch-Quietsch von Gummisohlen und bin wenig später von Schwestern umzingelt. Offenbar muss ich mir keine Sorgen mehr machen, wie ich zu meinem Rollstuhl zurückkomme.

«Und, was steht heute Abend auf der Karte?», brumme ich, als ich in den Speisesaal geschoben werde. «Porridge? Erbsenpüree? Babybrei? Oh, lassen Sie mich raten, es gibt Tapioka, richtig? Gibt es Tapioka? Oder nennen wir es heute Abend Reispudding?»

«Ach, Mr. Jankowski, Sie sind mir einer», sagt die Schwester tonlos. Sie braucht nicht zu antworten, und das weiß sie auch. Da heute Freitag ist, gibt es das übliche nahrhafte, aber fade Menü aus Hackbraten mit Maispüree, Kartoffelbrei aus der Tüte und Bratensoße, die vielleicht irgendwann einmal neben einem Stück Rindfleisch gestanden hat. Und da fragen die sich, warum ich abnehme.

Ich weiß ja, dass einige hier keine Zähne mehr haben, aber ich schon, und ich will Schmorbraten. Den von meiner Frau, mit ledrigen Lorbeerblättern. Ich will Möhren. Ich will Pellkartoffeln. Und ich will das alles mit einem kräftigen, schweren Cabernet Sauvignon runterspülen, nicht mit

Apfelsaft aus der Dose. Aber vor allem will ich einen ganzen Maiskolben.

Manchmal glaube ich, wenn ich zwischen einem Maiskolben und einer Nacht mit einer Frau wählen müsste, würde ich den Mais nehmen. Nicht, dass mir eine letzte Nummer im Heu nicht gefallen würde – ich bin immer noch ein Mann, und manche Dinge ändern sich nie –, aber die Vorstellung, wie die süßen Körner zwischen meinen Zähnen zerbersten, macht mir den Mund wässrig. Das sind Tagträume, ich weiß. Ich werde keines von beidem bekommen. Ich wäge nur gern die Möglichkeiten ab, so als stünde ich vor Salomo: Eine letzte Nummer im Heu oder ein Maiskolben. Ein wunderbares Dilemma. Manchmal ersetze ich den Mais durch einen Apfel.

Bei Tisch sprechen alle über den Zirkus – jedenfalls alle, die sprechen können. Die Stummen, Sprachlosen sitzen mit starren Gesichtern und verkümmerten Gliedmaßen oder mit Köpfen und Händen, die so stark zittern, dass sie ihr Besteck nicht halten können, entlang der Wände, neben sich Pflegerinnen, die ihnen löffelweise Essen in den Mund schieben und sie dann zum Kauen bewegen wollen. Sie erinnern mich an Vogeljungen, nur dass ihnen jeder Enthusiasmus fehlt. Bis auf ein leichtes Mahlen der Kiefer bleiben ihre Gesichter unbewegt und entsetzlich leer. Ich finde es so entsetzlich, weil ich genau weiß, was auf mich zukommt. Noch ist es nicht so weit, aber es kommt. Es gibt nur eine Möglichkeit, dem zu entrinnen, und ehrlich gesagt gefällt mir die auch nicht besonders gut.

Die Schwester stellt mich vor meinem Teller ab. Die Soße auf dem Hackbraten hat schon eine Haut gebildet. Ich steche versuchsweise mit der Gabel hinein. Wie zum Hohn wabbelt die Soßenschicht. Ich blicke angewidert auf und sehe Joseph McGuinty direkt in die Augen.

Er sitzt mir gegenüber, ein Neuer, ein Eindringling – ein pensionierter Anwalt mit kantigem Kinn, zerfurchter Nase und großen Schlappohren. Die Ohren erinnern mich an Rosie, aber damit hat es sich auch schon. Sie hatte eine schöne, edle Seele, und er … Er ist eben ein pensionierter Anwalt. Mir ist schleierhaft, wo die Schwestern Gemeinsamkeiten zwischen einem Veterinär und einem Anwalt vermuten, aber am ersten Abend haben sie ihn mir gegenüber abgestellt, und seitdem sitzt er dort.

Während er mich anstarrt, bewegt er den Kiefer vor und zurück wie ein wiederkäuendes Rind. Unglaublich. Er isst das Zeug tatsächlich.

Die alten Damen schnattern in wonniger Ignoranz wie die Schulmädchen.

«Sie bleiben bis Sonntag», sagt Doris. «Billy hat nachgefragt.»

«Genau, Samstag gibt es zwei Vorstellungen, und eine am Sonntag. Randall und die Mädchen gehen morgen mit mir hin», erzählt Norma. Sie dreht sich zu mir um. «Jacob, gehen Sie auch hin?»

Ich setze zu einer Antwort an, aber ehe ich etwas sagen kann, sprudelt Doris los: «Und hast du die Pferde gesehen? Was für herrliche Tiere! Als ich klein war, hatten wir auch Pferde. Ach, was bin ich gerne geritten.» Sie blickt in die Ferne, und den Bruchteil einer Sekunde lang kann ich sehen, wie hübsch sie als junge Frau war.

«Erinnert ihr euch noch an die Zeiten, als der Zirkus mit dem Zug unterwegs war?», fragt Hazel. «Ein paar Tage vorher sind immer die Plakate aufgetaucht – die ganze Stadt war damit zugekleistert! Kein Ziegelstein blieb frei!»

«Meine Güte, ja, natürlich erinnere ich mich», sagt Norma. «In einem Jahr haben sie Plakate an unsere Scheune geklebt. Die Männer erzählten meinem Vater, sie hätten einen besonderen Leim, der sich zwei Tage nach der Vorstellung auflösen würde, aber diese verflixten Plakate hingen Monate später immer noch an der Scheune!» Sie schüttelt kichernd den Kopf. «Vater schäumte vor Wut!»

«Und ein paar Tage später fuhr der Zug ein. Immer im Morgengrauen.»

«Mein Vater hat uns dann mit runter zu den Gleisen genommen, damit wir ihnen beim Abladen zusehen konnten. Das war schon ein Anblick. Und der Umzug erst! Und der Duft nach gerösteten Erdnüssen ...»

«Und Popcorn!»

«Und kandierten Äpfeln und Eis und Limonade!»

«Und das Sägemehl! Das hatte man immer in der Nase.»

«Ich habe damals den Elefanten Wasser geholt», sagt McGuinty.

Ich lasse die Gabel fallen und blicke auf. Er trieft nur so vor Selbstgefälligkeit und wartet darauf, dass die Mädels ihn hofieren.

«Das haben Sie nicht», sage ich.

Schlagartig wird es still.

«Wie bitte?», fragt er.

«Sie haben den Elefanten kein Wasser geholt.»

«Doch, das habe ich ganz bestimmt.»

«Nein, haben Sie nicht.»

«Soll das heißen, ich bin ein Lügner?», fragt er gedehnt.

«Wenn Sie behaupten, Sie hätten den Elefanten Wasser geholt, dann ja.»

Die Mädels starren mich mit offenem Mund an. Das Herz schlägt mir bis zum Hals, und ich weiß, ich sollte jetzt aufhören, aber irgendwie kann ich nicht anders.

«Wie können Sie es wagen!» McGuinty stützt die knorrigen Hände auf die Tischkante. An seinen Unterarmen treten zähe Sehnen hervor.

«Hören Sie, Freundchen», sagte ich. «Seit Jahrzehnten muss ich mir anhören, dass alte Knacker wie Sie behaupten, sie hätten den Elefanten Wasser geholt, und ich sage Ihnen, das haben Sie nicht.»

«Alte Knacker? *Alte Knacker?*» Als McGuinty sich hochstemmt, schießt sein Rollstuhl nach hinten. Er deutet mit einem knorrigen Finger auf mich und fällt dann wie vom Blitz getroffen um. Mit ratlosem Blick und offenem Mund verschwindet er unter der Tischkante.

«Schwester! Schwester!», rufen die alten Damen.

Das vertraute Getrappel von Kreppsohlen ertönt, und wenig später hieven zwei Schwestern McGuinty hoch. Er murrt und unternimmt einen kläglichen Versuch, sie abzuschütteln.

Eine dritte Schwester, eine junge Schwarze mit üppigem Busen und rosafarbener Uniform, steht am Tischende und stemmt die Hände in die Hüften. «Was in aller Welt ist denn hier los?», fragt sie.

«Dieser alte Mistkerl hat mich einen Lügner genannt», sagt McGuinty, der wieder sicher auf seinem Stuhl thront. Er zieht sein Hemd glatt, hebt das stoppelige Kinn und verschränkt die Arme vor der Brust. «Und einen alten Knacker.»

«Ach, das hat Mr. Jankowski bestimmt nicht so gemeint», sagt die junge Frau in Rosa.

«O doch, das habe ich», sage ich. «Und es stimmt auch. Pffft. Hat Wasser für die Elefanten geholt, na klar. Haben Sie eine Ahnung, wie viel so ein Elefant säuft?»

«Also wirklich», sagt Norma, schürzt die Lippen und schüttelt den Kopf. «Ich weiß nicht, was in Sie gefahren ist, Mr. Jankowski.»

Aha, ich verstehe. So ist das also.

«So eine Frechheit!» McGuinty, der Oberwasser spürt,

beugt sich leicht zu Norma hinüber. «Ich muss mich doch wohl nicht als Lügner bezeichnen lassen!»

«Und als alten Knacker», erinnere ich ihn.

«Mr. Jankowski!», ermahnt die junge Schwarze mich laut. Sie stellt sich hinter mich und löst die Bremsen an meinem Rollstuhl. «Sie sollten vielleicht eine Weile auf Ihrem Zimmer bleiben. Bis Sie sich beruhigt haben.»

«Jetzt warten Sie mal», rufe ich, als sie mich vom Tisch weg und Richtung Tür steuert. «Ich muss mich nicht beruhigen. Außerdem habe ich noch nicht gegessen!»

«Ich bringe Ihnen das Essen nach», sagt sie hinter meinem Rücken.

«Ich will nicht in mein Zimmer! Bringen Sie mich zurück! Das können Sie doch nicht machen!»

Offensichtlich kann sie das doch. Wie ein geölter Blitz schiebt sie mich den Flur entlang und biegt scharf in meine vier Wände ab. Sie stellt die Bremsen so abrupt fest, dass der ganze Stuhl quietscht.

«Dann gehe ich einfach zurück», sage ich, als sie die Fußrasten hochklappt.

«Das lassen Sie schön bleiben», entgegnet sie und stellt meine Füße auf den Boden.

«Das ist ungerecht!» Meine Stimme schlägt in ein Jammern um. «Ich sitze schon ewig an dem Tisch. Er ist gerade einmal seit zwei Wochen da. Warum sind alle auf seiner Seite?»

«Niemand ist auf irgendeiner Seite.» Sie beugt sich vor, um mich unterhalb der Arme zu umgreifen. Als sie mich hochhebt, sind unsere Köpfe direkt nebeneinander. Ihr Haar ist chemisch geglättet, und es riecht nach Blumen. Nachdem sie mich auf die Bettkante gesetzt hat, habe ich ihren rosafarbenen Busen direkt auf Augenhöhe. Und ihr Namensschild.

23

«Rosemary», sage ich.

«Ja, Mr. Jankowski?»

«Er lügt wirklich, wissen Sie.»

«Das weiß ich keineswegs. Und Sie auch nicht.»

«Doch, ich schon. Ich war mal dabei.»

Sie blinzelt irritiert. «Wie meinen Sie das?»

Zögernd überlege ich es mir anders. «Schon gut.»

«Haben Sie beim Zirkus gearbeitet?»

«Ich sage doch, schon gut.»

Einen Herzschlag lang herrscht unangenehmes Schweigen.

«Wissen Sie, Mr. McGuinty hätte sich ernsthaft verletzen können», sagt sie, während sie meine Beine zurechtlegt. Sie arbeitet rasch und effizient, aber nicht hastig.

«Der doch nicht. Anwälte sind nicht kleinzukriegen.»

Sie starrt mich lange an und nimmt mich plötzlich als richtigen Menschen wahr. Einen Augenblick lang meine ich, einen Riss in der Fassade zu spüren, bevor sie wieder geschäftig wird. «Geht Ihre Familie am Wochenende mit Ihnen in den Zirkus?»

«O ja», sage ich recht stolz. «Sonntags kommt immer jemand. Pünktlich wie ein Uhrwerk.»

Sie schüttelt eine Decke aus und legt sie mir über die Beine. «Soll ich Ihr Abendessen holen?»

«Nein», antworte ich.

In der betretenen Stille wird mir klar, dass ich ein «danke» hätte hinzufügen sollen, aber jetzt ist es zu spät.

«Na gut», sagt sie, «ich komme später wieder und sehe nach, ob Sie noch etwas brauchen.»

Sicher. Ganz bestimmt. Das sagen sie immer.

Aber Teufel noch eins, hier ist sie.

«Erzählen Sie es niemandem», sagt sie, als sie hereinstürmt

und meinen kombinierten Ess- und Frisiertisch über mein Bett schiebt. Sie legt eine Papierserviette hin, eine Plastikgabel und ein Schälchen mit Obst, das richtig verlockend aussieht, Erdbeeren, Melone und Apfel. «Das habe ich mir für die Pause mitgenommen. Ich mache Diät. Mögen Sie Obst, Mr. Jankowski?»

Ich würde ja antworten, aber meine Hand liegt auf meinem Mund, und sie zittert. Großer Gott, Apfel.

Sie tätschelt mir die andere Hand und geht, meine Tränen taktvoll ignorierend, hinaus.

Ich schiebe mir ein Stück Apfel in den Mund und schmecke genüsslich den Saft. Die brummende Neonlampe über mir wirft ein scharfes Licht auf die krummen Finger, mit denen ich Obststücke aus dem Schälchen klaube. Sie sehen so fremd aus. Das können doch nicht meine Finger sein.

Das Alter ist ein grausamer Dieb. Gerade wenn man das Leben halbwegs begreift, holt es einen von den Beinen und beugt einem den Rücken. Es bringt Schmerz und Verwirrtheit mit sich und lässt im Körper der eigenen Frau klammheimlich Krebs wuchern.

Metastatisch, hat der Arzt gesagt. Eine Frage von Wochen oder Monaten. Doch mein Liebling war so zart wie ein Spatz. Sie starb neun Tage später. Nach einundsechzig gemeinsamen Jahren umklammerte sie einfach meine Hand und verlosch.

Auch wenn ich manchmal alles darum geben würde, sie wiederzuhaben, bin ich froh, dass sie als Erste gegangen ist. Als ich sie verlor, zerriss es mich. In diesem Augenblick war für mich alles zu Ende, und ich hätte nicht gewollt, dass sie das durchmachen muss. Übrig zu bleiben ist widerlich.

Früher dachte ich, das Alter sei besser als seine Alternative, aber mittlerweile bin ich mir nicht mehr sicher. Manchmal sind Bingo und Singstunden und uralte, angestaubte

Menschen, die man in ihren Rollstühlen im Flur abstellt, so eintönig, dass ich mich nach dem Tod sehne. Vor allem, wenn mir wieder einfällt, dass ich einer dieser uralten, angestaubten Menschen bin, abgeladen wie wertloser Krempel.

Aber daran ist nichts zu ändern. Ich kann nur noch auf das Unvermeidliche warten und dabei die Geister der Vergangenheit im Auge behalten, wenn sie durch meine stumpfe Gegenwart poltern. Sie lärmen und rumoren und machen es sich gemütlich, größtenteils deshalb, weil sie keine Konkurrenz haben. Ich kämpfe nicht mehr gegen sie an.

Auch jetzt gerade lärmen und rumoren sie.

Fühlt euch ganz wie zu Hause, Jungs. Bleibt doch etwas. Oh, entschuldigt – ich sehe, das tut ihr sowieso.

Verdammte Geister.

2 Ich bin dreiundzwanzig und sitze neben Catherine Hale. Genauer gesagt sitzt sie neben mir, denn sie kam nach mir in den Hörsaal, rutschte lässig die Bank entlang, bis sich unsere Oberschenkel berührten, und zuckte dann errötend zurück, als wäre die Berührung ein Zufall.

Catherine ist eine von lediglich vier Frauen im 1931er-Jahrgang, und ihre Grausamkeit kennt keine Grenzen. Ich weiß gar nicht mehr, wie oft ich schon dachte *o Gott, o Gott, endlich lässt sie mich*, bis ein *Mein Gott, JETZT soll ich aufhören?* mich niederschmetterte.

Allem Anschein nach bin ich die älteste männliche Jungfrau auf Erden. Zumindest will sich sonst keiner meiner Altersgenossen bekennen. Sogar mein Mitbewohner Edward hat seinen Sieg verkündet, obwohl ich vermute, dass er nackten Frauen höchstens in seinen Achtseitern begegnet ist. Vor kurzem haben ein paar Jungs aus meiner Football-mannschaft einer Frau jeweils einen Vierteldollar gezahlt, damit sie es, einer nach dem anderen, in der Viehscheune mit ihr tun konnten. Sosehr ich auch gehofft hatte, meine Jungfräulichkeit in Cornell loszuwerden, ich konnte mich nicht dazu überwinden mitzumachen. Ich konnte es einfach nicht.

Und nun, nachdem ich sechs lange Jahre seziert, kastriert, beim Fohlen geholfen und meinen Arm öfter in Kuhhintern gesteckt habe, als ich zählen möchte, werden ich und mein getreuer Schatten, die Jungfräulichkeit, in zehn Tagen Ithaca verlassen, um in der Tierarztpraxis meines Vaters in Norwich mitzuarbeiten.

«Und hier sehen Sie eine Verdickung des distalen Dünndarms», sagt Professor Willard McGovern ohne jede Satzmelodie. Mit einem Zeigestock stochert er träge in den Eingeweiden einer toten Milchziege mit schwarz-weißem Fell. «Zusammen mit den vergrößerten Mesenteriallymphknoten ergibt sich deutlich das Bild einer …»

Die Tür öffnet sich mit einem Quietschen, und McGovern, den Zeigestock noch immer im Leib der Ziege vergraben, dreht sich um. Dekan Wilkins marschiert in den Raum und erklimmt die Stufen zum Podium. Während die beiden Männer miteinander sprechen, stehen sie so dicht beieinander, dass ihre Köpfe sich beinahe berühren. McGovern hört sich Wilkins' geflüsterte Dringlichkeiten an, dreht sich um und sucht mit besorgtem Blick die Reihen der Studenten ab.

Der ganze Saal wird zappelig. Catherine bemerkt, dass ich sie ansehe, schlägt die Beine übereinander und streicht sich gemächlich den Rock glatt. Ich muss schlucken, bevor ich den Blick abwende.

«Jacob Jankowski?»

Vor lauter Schreck lasse ich meinen Bleistift fallen. Er rollt unter Catherines Füße. Ich räuspere mich und stehe rasch auf. Über fünfzig Köpfe drehen sich nach mir um.

«Ja, Sir?»

«Ich würde gerne mit Ihnen sprechen.»

Ich klappe mein Notizbuch zu und lege es auf die Bank. Catherine hebt meinen Bleistift auf; als sie ihn mir zurückgibt, lässt sie ihre Finger auf meinen ruhen. Auf dem Weg zum Gang stoße ich den Leuten gegen die Knie und trete ihnen auf die Zehen. Ihr Geflüster verfolgt mich, bis ich vorne bin.

Dekan Wilkins starrt mich an. «Kommen Sie mit», sagt er.

Ich habe etwas angestellt, so viel steht fest.

Ich folge ihm auf den Flur. McGovern verlässt nach mir den Saal und schließt die Tür. Einen Augenblick lang stehen beide mit verschränkten Armen und ernsten Gesichtern da.

Meine Gedanken überschlagen sich, sie zerpflücken alles, was ich zuletzt getan habe. Haben sie das Wohnheim durchsucht? Haben sie Edwards Schnaps gefunden – oder sogar die Achtseiter? Großer Gott – wenn ich jetzt rausfliege, bringt mein Vater mich um. Ohne jede Frage. Ganz egal, was dann mit meiner Mutter wird. Na gut, ich habe ja vielleicht ein bisschen Whiskey getrunken, aber immerhin hatte ich nichts mit diesem Trauerspiel in der Scheune …

Dekan Wilkins holt tief Luft, schaut mir in die Augen und legt mir eine Hand auf die Schulter. «Mein Junge, es hat einen Unfall gegeben.» Kurze Pause. «Einen Autounfall.» Eine weitere, längere Pause. «Ihre Eltern waren in ihn verwickelt.»

Ich fixiere ihn mit meinem Blick, er soll weiterreden. «Sind sie …? Werden sie …?»

«Es tut mir leid, Junge. Es ging ganz schnell. Es war nichts mehr zu machen.»

Ich starre ihm ins Gesicht, will den Blickkontakt halten, aber das fällt mir schwer. Er entfernt sich immer weiter, bis ans Ende eines langen, schwarzen Tunnels, an dessen Wänden Sterne explodieren.

«Geht es Ihnen gut, Junge?»

«Was?»

«Geht es Ihnen gut?»

Plötzlich steht er wieder direkt vor mir. Ich blinzle und frage mich, was er meint. Wie zum Teufel könnte es mir gutgehen? Dann wird mir klar, dass er fragt, ob ich weinen werde.

Er räuspert sich und spricht weiter. «Sie müssen heute noch nach Hause fahren. Um sie zu identifizieren. Ich bringe Sie zum Bahnhof.»

Der Polizeipräsident – ein Mitglied unserer Kirchengemeinde – erwartet mich in Zivil auf dem Bahnsteig. Er begrüßt mich mit einem unbeholfenen Nicken und einem verkrampften Handschlag. Als wäre ihm der Gedanke erst nachträglich gekommen, zieht er mich in eine heftige Umarmung. Er klopft mir kräftig auf den Rücken und schiebt mich mit einem Schniefen wieder von sich. Dann fährt er mich in seinem eigenen Wagen zum Krankenhaus, einem zwei Jahre alten Phaeton, der ein Vermögen gekostet haben muss. Die Leute hätten vieles anders gemacht, wenn sie gewusst hätten, was in jenem schicksalhaften Oktober geschehen würde.

Der Leichenbeschauer führt uns ins Untergeschoss, wo er durch eine Tür schlüpft, während wir im Gang warten. Etwas später fordert uns eine Schwester wortlos auf einzutreten, indem sie uns die Tür aufhält.

Der Raum hat keine Fenster. Bis auf eine Uhr sind die Wände kahl. Auf dem Boden liegen Linoleumfliesen in Olivgrün und Weiß, und in der Mitte stehen zwei Bahren. Auf jeder liegt eine mit einem Tuch bedeckte Leiche. Ich begreife rein gar nichts. Ich erkenne nicht einmal, wo Kopf- und Fußende sind. «Sind Sie so weit?», fragt der Leichen-beschauer, als er zwischen sie tritt.

Ich schlucke und nicke. Eine Hand legt sich mir auf die Schulter. Es ist die des Polizeipräsidenten.

Der Leichenbeschauer deckt erst meinen Vater auf, dann meine Mutter.

Sie sehen nicht wie meine Eltern aus, und doch müssen sie es wohl sein. Alles an ihnen kündet vom Tod – die ver-färbten Flecken auf ihren geschundenen Leibern, die sich blauviolett auf der blutleeren, weißen Haut abzeichnen, die eingesunkenen Augen. Meine Mutter, die im Leben so hübsch und gepflegt war, hat im Tod eine starre Grimasse. Ihr Haar drückt sich verfilzt und blutdurchtränkt in das Loch in ihrem zerstörten Schädel. Ihr Mund steht offen, das Kinn ist herabgesunken, als würde sie schnarchen.

Ich wende mich ab, als mir Erbrochenes aus dem Mund schießt. Jemand hält mir eine Nierenschale hin, aber der Schwall geht darüber hinaus, und ich höre es feucht auf den Boden klatschen und gegen die Wand spritzen. Ich höre es, denn meine Augen sind fest geschlossen. Ich übergebe mich immer wieder, bis nichts mehr da ist. Zusammengekrümmt würge ich, bis ich mich frage, ob man wirklich sein Innerstes nach außen kehren kann.

Sie bringen mich raus und verfrachten mich auf einen Stuhl. Eine freundliche Krankenschwester in einer gestärkten weißen Uniform holt mir einen Kaffee, der auf dem Tisch neben mir kalt wird.

Später kommt der Kaplan und setzt sich zu mir. Er fragt, ob er irgendwen anrufen soll. Ich antworte matt, dass alle meine Verwandten in Polen leben. Er fragt nach Nachbarn und Mitgliedern unserer Kirche, aber um nichts in der Welt will mir ein Name einfallen. Kein einziger. Ich bin nicht sicher, ob ich meinen eigenen Namen wüsste.

Nachdem er gegangen ist, stehle ich mich davon. Bis zu unserem Haus sind es gute drei Kilometer, und ich komme dort an, als das letzte Stück Sonne hinter dem Horizont versinkt.

Die Auffahrt ist leer. Natürlich.

Im Garten hinter dem Haus bleibe ich stehen und starre, die Reisetasche in der Hand, auf das langgestreckte, flache Gebäude im Hof. Über dem Eingang hängt ein neues Schild mit schwarzglänzender Schrift:

E. Jankowski und Sohn
Veterinärmediziner

Nach einer Weile drehe ich mich zum Haus um, steige die Veranda hinauf und öffne die Hintertür.

Der ganze Stolz meines Vaters, sein Philco-Radio, steht auf der Arbeitsplatte in der Küche. Der blaue Pullover meiner Mutter hängt über einer Stuhllehne. Auf dem Küchentisch liegen gebügelte Laken, daneben steht eine Vase mit welkenden Veilchen. Eine umgedrehte Schüssel, zwei Teller und eine Handvoll Besteck liegen zum Trocknen auf einem karierten Küchentuch neben der Spüle.

Heute Morgen hatte ich Eltern. Heute Morgen haben sie gefrühstückt.

Dort, auf der Veranda, falle ich auf die Knie, halte mir die Hände vors Gesicht und weine hemmungslos.

Durch die Frau des Polizeipräsidenten über meine Rückkehr alarmiert, stürzen die Damen des Kirchenkreises sich noch in der gleichen Stunde auf mich.

Ich sitze noch immer auf der Veranda, das Gesicht an die Knie gepresst. Ich höre, wie Reifen auf Kies knirschen und Autotüren zugeschlagen werden, und im nächsten Moment bin ich umgeben von üppigen Körpern, Blümchenstoffen und behandschuhten Händen. Ich werde gegen weiche Busen gedrückt, von Hüten mit Schleiern gepikt und in eine Wolke aus Jasmin, Lavendel und Rosenwasser gehüllt. Der Tod ist eine förmliche Angelegenheit, sie tragen ihre Sonntagskleider. Sie tätscheln und hätscheln, und vor allem schnattern sie.

Was für ein Jammer, was für ein Jammer. Und dabei waren die beiden so gute Menschen. Eine solche Tragödie erscheint so sinnlos, gewiss, doch die Wege des Herrn sind unergründlich. Sie wollen sich um alles, wirklich alles kümmern. Das Gästezimmer von Jim und Mabel Neurater ist schon hergerichtet. Ich soll mir um nichts Gedanken machen.

Sie nehmen meine Reisetasche und steuern mich zum laufenden Wagen. Jim Neurater sitzt mit grimmigem Gesicht hinter dem Lenkrad und hält es mit beiden Händen fest umklammert.

Zwei Tage, nachdem ich meine Eltern beerdigt habe, werde ich in das Büro des Anwalts Edmund Hyde gebeten, um die Einzelheiten ihres Nachlasses zu erfahren. Während ich dem Mann gegenüber auf einem harten Lederstuhl sitze, wird mir nach und nach klar, dass es nichts zu besprechen gibt. Zuerst denke ich, er macht sich über mich lustig. Offenbar hat mein Vater sich seit fast zwei Jahren mit Bohnen und Eiern bezahlen lassen.

«*Mit Bohnen und Eiern?*» Ungläubig überschlägt sich meine Stimme. «Bohnen und Eiern?»

«Und Hühnern. Und anderen Naturalien.»

«Das verstehe ich nicht.»

«Etwas anderes haben die Leute nicht, mein Junge. Die Gemeinde ist ziemlich angeschlagen, und dein Vater wollte jedermann helfen. Er konnte es einfach nicht mit ansehen, wenn die Tiere leiden.»

«Aber … ich verstehe das nicht. Auch wenn er, hm, alles Mögliche als Bezahlung angenommen hat, wieso gehört dann alles der Bank?»

«Sie sind mit der Hypothek in Verzug geraten.»

«Meine Eltern hatten keine Hypothek.»

Ihm ist offenbar unbehaglich zumute. Er hält die Hände vor sich und presst die Fingerspitzen gegeneinander. «Nun ja, ehrlich gesagt, sie hatten eine.»

«Das stimmt nicht», widerspreche ich. «Sie haben hier fast dreißig Jahre lang gelebt. Mein Vater hat jeden Cent gespart, den er verdient hat.»

«Die Bank hat Pleite gemacht.»

Ich kneife die Augen zusammen. «Sie haben doch gerade gesagt, es geht alles an die Bank.»

Er seufzt tief. «Das ist eine andere Bank. Die Bank, die ihnen die Hypothek gegeben hat, als die andere schließen musste», sagt er. Ich weiß nicht, ob er versucht, geduldig zu wirken, und dabei kläglich scheitert, oder ob er mich auf plumpe Weise dazu bringen will zu gehen.

Zögernd überlege ich, welche Möglichkeiten mir bleiben.

«Was ist mit den Sachen im Haus? In der Praxis?», frage ich schließlich.

«Das fällt alles an die Bank.»

«Und wenn ich dagegen angehen will?»

«Wie?»

«Was ist, wenn ich herkomme, die Praxis übernehme und versuche, die Zahlungen zu leisten?»

«So funktioniert das nicht. Sie können die Praxis nicht einfach übernehmen.»

Ich starre Edmund Hyde an, in seinem teuren Anzug, hinter seinem teuren Schreibtisch, im Rücken seine ledergebundenen Bücher. Durch die Bleiglasfenster hinter ihm fallen Sonnenstrahlen herein. Mich packt plötzlich Abscheu – ich wette, er hat in seinem ganzen Leben noch keine Bohnen und Eier in Zahlung genommen.

Ich beuge mich vor und sehe ihm in die Augen. Das hier soll auch sein Problem sein. «Was soll ich machen?», frage ich langsam.

«Das weiß ich nicht, mein Junge. Ich wünschte, ich wüsste es. Dem ganzen Land geht es schlecht, so ist das nun mal.» Er lehnt sich zurück, die Fingerspitzen noch immer gegeneinandergepresst. Dann legt er den Kopf schief, als wäre ihm gerade etwas eingefallen. «Versuchen Sie Ihr Glück doch im Westen», schlägt er vor.

Mir wird klar, dass ich sein Büro sofort verlassen muss, wenn ich ihn nicht verprügeln will. Also stehe ich auf, setze meinen Hut auf und gehe.

Als ich auf den Bürgersteig trete, wird mir noch etwas klar. Mir fällt nur ein einziger Grund ein, aus dem meine Eltern eine Hypothek gebraucht hätten: um meine Ausbildung an einer Elite-Universität zu bezahlen.

Diese plötzliche Erkenntnis trifft mich mit so schmerzhafter Wucht, dass ich die Hände auf den Magen presse und zusammenklappe.

Da mir nichts Besseres einfällt, kehre ich nach Ithaca zurück – bestenfalls eine vorübergehende Lösung. Kost und Logis sind zwar bis zum Ende des Universitätsjahrs bezahlt – aber das ist bereits in sechs Tagen.

Ich habe die komplette Repetitoriumswoche verpasst. Alle wollen mir unbedingt helfen. Catherine gibt mir ihre Mitschrift, und ihre anschließende Umarmung legt nahe, dass meine üblichen Bestrebungen diesmal ein anderes Ergebnis erzielen könnten. Ich mache mich von ihr los. Zum ersten Mal seit Menschengedenken interessiere ich mich nicht für Sex.

Ich kann nicht essen. Ich kann nicht schlafen. Und ich kann ganz entschieden nicht lernen. Eine Viertelstunde lang starre ich auf einen Textabschnitt, aber ich verstehe ihn nicht. Wie könnte ich auch, wo ich doch hinter den Wörtern, auf dem weißen Papiergrund, in einer Endlosschleife den Tod meiner Eltern sehe? Wo ich doch beobachte, wie ihr cremefarbener Buick die Leitplanke durchbricht und von der Brücke stürzt, weil er dem roten Lastwagen des alten Mr. McPherson ausgewichen ist? Des alten Mr. McPherson, der, als er von der Unfallstelle weggebracht wurde, zugab, er sei nicht ganz sicher, auf welcher Straßenseite er hätte fahren sollen, und der glaubt, er habe vielleicht auf das Gas statt auf die Bremse getreten? Des alten Mr. McPherson, der an einem denkwürdigen Ostertag ohne Hose in der Kirche erschien?

Der Aufsichtsführende schließt die Tür und setzt sich. Er beobachtet die Wanduhr, bis der Minutenzeiger vorrückt.

«Sie dürfen anfangen.»

Zweiundfünfzig Prüfungsmappen werden aufgeschlagen. Einige blättern sie durch, andere fangen direkt an zu schreiben. Ich mache keines von beidem.

Vierzig Minuten später habe ich noch keinen Strich auf das Papier gebracht. Ich starre die Mappe verzweifelt an.

Da stehen Diagramme, Nummern, Linien und Tabellen – Wortketten mit Satzzeichen am Ende – manchmal mit Punkten, manchmal mit Fragezeichen, und nichts ergibt einen Sinn. Einen Moment lang frage ich mich, ob das überhaupt Englisch ist. Ich versuche es mit Polnisch, aber auch das funktioniert nicht. Es könnten genauso gut Hieroglyphen sein.

Eine Frau hustet, und ich zucke zusammen. Eine Schweißperle tropft von meiner Stirn auf die Mappe. Ich wische sie mit dem Ärmel weg, dann hebe ich die Mappe an.

Vielleicht muss ich sie näher an die Augen halten. Oder weiter weg – jetzt erkenne ich, dass der Text auf Englisch geschrieben ist, oder besser gesagt, ich erkenne die einzelnen Wörter als englisch, aber ich kann sie nicht als zusammenhängendes Ganzes lesen.

Eine zweite Schweißperle.

Ich sehe mich im Raum um. Catherine, der das hellbraune Haar ins Gesicht fällt, schreibt eifrig. Sie ist Linkshänderin, und weil sie einen Bleistift benutzt, glänzt ihr linker Arm vom Handgelenk bis zum Ellbogen silbrig. Edward neben ihr zuckt hoch, schaut panisch auf die Uhr und sackt wieder über seiner Mappe zusammen. Ich wende mich ab, zum Fenster hin.

Durch das Laub lugen Himmelsfetzen, ein Mosaik aus Blau und Grün, das sich sanft im Wind wiegt. Ich starre wie gebannt darauf, mein Blick verschwimmt, und ich sehe hinter die Blätter und Zweige. Ein feistes Eichhörnchen springt mit buschig aufgerichtetem Schwanz durch mein Blickfeld.

Mit lautem Quietschen schiebe ich meinen Stuhl zurück und stehe auf. Meine Stirn ist schweißbedeckt, mir zittern die Finger. Zweiundfünfzig Köpfe drehen sich zu mir um.

Ich sollte diese Menschen kennen, und bis vor einer Woche kannte ich sie auch. Ich wusste, wo ihre Familien wohnten. Ich wusste, was für Berufe ihre Väter hatten. Ich wusste, ob sie Geschwister hatten und ob sie sie mochten. Verdammt, ausgerechnet diejenigen, die nach dem Börsenkrach abgehen mussten, fallen mir ein: Henry Winchester, dessen Vater vom Dach der Chicagoer Börse gesprungen war. Alistair Barnes, dessen Vater sich in den Kopf geschossen hatte. Reginald Monty mit seinem erfolglosen Versuch, in einem Auto zu wohnen, nachdem seine Familie nicht mehr für Kost und Logis aufkommen konnte. Bucky Hayes, dessen arbeitsloser Vater einfach abgehauen war. Aber diese Menschen, die Leute, die hier geblieben sind? Nichts.

Mit wachsender Verzweiflung sehe ich in ihre konturlosen Gesichter, in ein leeres Oval nach dem anderen. Ich höre einen tiefen, erstickten Laut und merke, er stammt von mir. Ich ringe nach Luft.

«Jacob?»

Das Gesicht, das mir am nächsten ist, hat einen Mund, der sich bewegt. Die Stimme klingt schüchtern und unsicher. «Geht's dir gut?»

Ich blinzle, mir verschwimmt alles vor Augen. Dann durchquere ich den Raum und werfe dem Aufsichtsführenden die Prüfungsmappe auf den Schreibtisch.

«Schon fertig?», fragt er, als er die Hand danach ausstreckt. Auf dem Weg zur Tür höre ich Papier rascheln. «Warten Sie!», ruft er mir nach. «Sie haben ja nicht einmal angefangen! Sie dürfen nicht gehen. Wenn Sie gehen, kann ich Sie nicht …»

Die Tür verschluckt seine letzten Worte. Während ich durch den Innenhof gehe, sehe ich zum Büro von Dekan Wilkins hinauf. Er steht am Fenster und beobachtet mich.

Ich gehe bis zum Stadtrand, schwenke dort ab und folge den Eisenbahnschienen. Ich gehe, bis es dunkel ist und der

Mond hoch am Himmel steht, und dann laufe ich noch stundenlang weiter. Ich laufe, bis mir die Beine schmerzen und meine Füße Blasen bekommen. Und dann bleibe ich stehen, weil ich müde bin und hungrig und keine Ahnung habe, wo ich bin. Als wäre ich schlafgewandelt, aufgewacht und hätte mich plötzlich hier wiedergefunden.

Das einzige Anzeichen von Zivilisation sind die Schienen, die auf einem aufgeschütteten Schotterbett verlaufen. Auf ihrer einen Seite befindet sich Wald, auf der anderen eine kleine Lichtung. Irgendwo in der Nähe höre ich Wasser plätschern. Im Mondlicht suche ich mir einen Weg dorthin.

Der Bach ist höchstens einen Meter breit. Er verläuft am anderen Ende der Lichtung entlang den ersten Bäumen, bevor er im Wald verschwindet. Ich streife mir Schuhe und Socken ab und setze mich ans Ufer.

Als ich die Füße ins eisige Wasser tauche, ist der Schmerz zuerst so stark, dass ich sie mit einem Ruck wieder herausziehe. Ich lasse nicht locker und tauche sie immer wieder und immer länger unter, bis die Blasen schließlich durch die Kälte taub werden. Mit den Fußsohlen berühre ich den steinigen Grund und lasse das Wasser zwischen meinen Zehen durchfließen. Nach einer Weile ist es die Kälte selbst, die wehtut, und ich lege mich am Ufer auf den Rücken, den Kopf auf einen flachen Stein gebettet, während meine Füße trocknen.

In der Ferne erklingt das Heulen eines Kojoten. Das Geräusch klingt zugleich einsam und vertraut, und mit einem Seufzer lasse ich die Augen zufallen. Als es von einem Jaulen nur wenige Meter zu meiner Linken beantwortet wird, setze ich mich abrupt auf.

Der Kojote, der weiter weg ist, heult erneut, und diesmal antwortet ihm das Pfeifen eines Zuges. Ich ziehe Socken und Schuhe an, stehe auf und starre auf den Rand der Lichtung.

Der Zug kommt jetzt näher, er rattert und rumpelt auf mich zu: *RATTER-da-ratter-da-ratter-da-ratter-da, RATTER-da-ratterda-ratter-da-ratter-da, RATTER-da-ratter-da-ratter-da-ratter-da.*

Ich wische mir die Hände an der Hose ab, gehe auf die Gleise zu und bleibe ein paar Schritte vor ihnen stehen. Der beißende Gestank von Öl steigt mir in die Nase. Wieder gellt die Pfeife …

Uuuiiiiiiiiii –

Eine riesige Lok schießt um die Kurve und rast an mir vorbei, so groß und so nah, dass mir der Wind wie eine Mauer entgegenschlägt. Sie stößt dicht wallende Rauchwolken aus, ein breites, schwarzes Band, das über die nachfolgenden Wagen zieht. Der Anblick, der Lärm und der Gestank sind ungeheuer. Überwältigt sehe ich ein halbes Dutzend Flachwagen, die offenbar Fuhrkarren geladen haben; allerdings kann ich sie nicht deutlich sehen, weil der Mond hinter einer Wolke verschwunden ist.

Plötzlich erwache ich aus meiner Benommenheit. In diesem Zug sind Menschen. Es ist vollkommen egal, wohin er fährt, denn es geht auf jeden Fall weg von den Kojoten und in Richtung Zivilisation, Essen, möglicherweise Arbeit – vielleicht sogar zurück an die Uni nach Ithaca, obwohl ich keinen lausigen Cent habe und sie keinen Grund, mich wieder aufzunehmen. Und selbst wenn sie es tun, habe ich kein Zuhause, in das ich heimkehren, keine Praxis, in der ich mitarbeiten könnte.

Weitere Flachwagen rasen vorbei, diese sind offenbar mit Telefonmasten beladen. Ich sehe weiter nach hinten und versuche zu erkennen, was danach kommt. Der Mond tritt einen Augenblick lang hinter den Wolken hervor und taucht etwas in sein bläuliches Licht, das Güterwagen sein könnten.

Ich laufe los, mit dem fahrenden Zug mit. Auf dem ansteigenden Schotterbett rutsche ich aus – es ist, als würde ich in tiefem Sand laufen, und ich überkompensiere, indem ich mich nach vorne werfe. Ich stolpere, rudere mit den Armen und versuche, das Gleichgewicht wiederzufinden, bevor eines meiner Körperteile zwischen die riesigen Stahlräder und die Schienen gerät.

Ich fange mich und werde schneller, dabei suche ich jeden Wagen nach etwas ab, an dem ich mich festhalten könnte. Drei geschlossene Waggons rasen an mir vorbei. Ihnen folgen Viehwagen. Ihre Türen stehen offen, werden aber von Pferdehintern versperrt. Das ist so merkwürdig, dass es mir auffällt, obwohl ich irgendwo im Nirgendwo neben einem fahrenden Zug herlaufe.

Ich laufe langsamer und bleibe schließlich stehen. Atemlos und beinahe entmutigt drehe ich mich um. Drei Wagen weiter ist eine offene Tür.

Ich werfe mich wieder nach vorne und zähle die vorbeifahrenden Wagen.

Eins, zwei, drei …

Ich packe den eisernen Haltegriff und wuchte mich nach oben. Linker Fuß und Ellbogen schlagen zuerst auf, dann knallt mein Kinn auf die Metallkante. Mit allen dreien klammere ich mich fest. Der Lärm ist ohrenbetäubend, und mein Kiefer prallt rhythmisch gegen den Eisenbelag. Ich rieche entweder Blut oder Rost und frage mich kurz, ob ich mir die Zähne ausgeschlagen habe, bevor mir aufgeht, dass diese Frage gefährlich nahe davor ist, irrelevant zu werden – ich hänge waghalsig an der Türkante, das rechte Bein schlackert Richtung Räder. Mit der rechten Hand umklammere ich den Haltegriff. Mit der linken kratze ich so verzweifelt über die Dielen, dass ich mit den Nägeln das Holz abschabe. Ich verliere den Halt – meine Schuhe haben kaum Profil, und mein linker Fuß rutscht Stück für Stück auf die Tür zu. So weit, wie mein rechtes Bein unter dem Zug hängt, bin ich sicher, dass ich es verlieren werde. Ich wappne mich sogar schon innerlich, kneife die Augen zu und beiße die Zähne zusammen.

Nach ein paar Sekunden merke ich, dass ich immer noch unversehrt bin. Ich öffne die Augen und überlege, was ich tun kann. Mir bleiben nur zwei Möglichkeiten, und da ich nicht abspringen kann, ohne unter den Zug zu geraten, zähle ich bis drei und werfe mich mit ganzer Kraft nach oben. Es gelingt mir, das linke Knie über die Kante zu bekommen. Mit Fuß, Knie, Kinn, Ellbogen und Fingernägeln ziehe ich mich hinein und breche zusammen. Erschöpft keuchend bleibe ich auf dem Boden liegen.

Dann bemerke ich ein schummriges Licht. Ich fahre hoch und stütze mich auf einen Ellbogen.

Vier Männer sitzen im Schein einer Kerosinlampe auf grobleinenen Futtersäcken und spielen Karten. Einer von ihnen, ein verhutzelter, alter Mann mit Bartstoppeln und hohlen Wangen, hält sich einen Tonkrug an die Lippen. In seiner Überraschung hat er offenbar vergessen, ihn wieder abzusetzen. Das holt er jetzt nach, dann wischt er sich mit dem Ärmel über den Mund.

«Na so was, na so was», sagt er langsam. «Was haben wir denn da?»

Zwei der Männer sitzen regungslos da, sie starren mich über ihre aufgefächerten Karten hinweg an. Der vierte steht auf und kommt auf mich zu.

Er wirkt ungeschlacht und roh und trägt einen buschigen, schwarzen Bart. Seine Kleidung ist verdreckt, seine Hutkrempe sieht aus, als hätte jemand ein Stück herausgebissen. Ich rapple mich auf und stolpere nach hinten, nur um zu merken, dass es da nicht weitergeht. Ich blicke mich um und merke, dass ich an einem von zahllosen Leinwandbündeln lehne.

Als ich wieder nach vorne sehe, steht der Mann direkt vor mir, sein Atem stinkt nach Alkohol. «Hier auf'm Zug is' kein Platz für Penner, Jungchen. Kannst gleich wieder abspringen.»

«Mach mal halblang, Blackie», sagt der Alte mit dem Krug. «Schön sachte, okay?»

«Sachte, von wegen», meint Blackie, als er nach meinem Kragen greift. Ich schlage seinen Arm beiseite. Er langt mit der anderen Hand nach mir, und ich ziehe den Arm hoch, um ihn zu stoppen. Unsere Unterarme knallen hörbar gegeneinander.

«Ho-ho», feixt der Alte. «Vorsicht, Kumpel. Leg dich lieber nicht mit Blackie an.»

«Ich würde eher sagen, Blackie legt sich mit mir an», rufe ich und wehre einen weiteren Schlag ab.

Blackie stürzt sich auf mich. Ich stolpere gegen einen der Leinwandballen, aber noch bevor mein Kopf aufschlägt, werde ich wieder nach vorne gerissen. Im nächsten Moment hat er mir den rechten Arm hinter den Rücken gedreht, meine Füße baumeln über der offenen Türkante, und ich blicke auf den Waldrand, der eindeutig zu schnell vorbeirast.

«Blackie!», blafft der Alte. «Blackie! Lass ihn los. Lass ihn los, hörst du, und zwar drinnen im Zug!»

Blackie reißt mir den Arm bis in den Nacken und schüttelt mich durch.

«Blackie, ich mein's ernst!», ruft der alte Mann. «Wir können keinen Ärger brauchen. Lass ihn los!»

Blackie hält mich noch ein Stückchen weiter aus der Tür, dann macht er eine halbe Drehung und schubst mich auf die

Leinwandballen. Er geht wieder zu den anderen, schnappt sich den Tonkrug und klettert dann direkt neben mir über die Ballen ans andere Ende des Wagens. Ich reibe mir den geschundenen Arm und lasse ihn nicht aus den Augen.

«Mach dir nichts draus, Kleiner», sagt der Alte. «Leute aus dem Zug werfen ist mit das Schönste an Blackies Job, und er hatte schon 'ne ganze Weile keine Gelegenheit mehr dazu. Hier», sagt er und klopft mit der flachen Hand neben sich auf den Boden. «Komm mal her.»

Wieder sehe ich zu Blackie hinüber.

«Komm schon», fordert der alte Mann mich auf. «Nicht so schüchtern. Blackie benimmt sich jetzt, stimmt's, Blackie?»

Blackie grunzt, dann trinkt er einen Schluck.

Ich stehe auf und gehe vorsichtig zu den anderen.

Der Alte streckt mir die rechte Hand entgegen. Nach kurzem Zögern ergreife ich sie.

«Ich bin Camel», sagt er. «Und das hier ist Grady. Das ist Bill. Blackie hast du ja schon kennengelernt.» Als er lächelt, entblößt er eine knappe Handvoll Zähne.

«Freut mich.»

«Grady, hol mal den Krug rüber, ja?», sagt Camel.

Grady wirft mir einen langen Blick zu, und ich erwidere ihn. Nach einer Weile steht er auf und geht langsam zu Blackie hinüber.

Camel kämpft sich so schwerfällig auf die Füße, dass ich ihn zwischendurch am Ellbogen stütze. Als er steht, hält er die Kerosinlampe hoch und beäugt mein Gesicht. Er begutachtet meine Kleidung und mustert mich von oben bis unten.

«Na, was hab ich dir gesagt, Blackie?», ruft er verärgert. «Der hier ist kein Penner. Blackie, komm hier rüber und guck ihn dir an, damit du den Unterschied lernst.»

Blackie grunzt, nimmt einen letzten Schluck und über-lässt Grady den Krug.

Camel späht zu mir herauf. «Wie heißt du doch gleich?»

«Jacob Jankowski.»

«Du hast rote Haare.»

«Ich weiß.»

«Wo kommst du her?»

Ich zögere. Komme ich aus Norwich oder aus Ithaca? Kommt man aus dem Ort, den man gerade verlassen hat, oder daher, wo man Wurzeln hat?

«Nirgendwoher», antworte ich.

Camels Miene verfinstert sich. Mit leichtgebeugten Knien schwankt er, dabei flackert das Licht seiner mitpendelnden Laterne. «Hast du was ausgefressen, Junge? Musstest du stiften gehen?»

«Nein», sage ich. «Nichts dergleichen.»

Er beäugt mich noch einen Moment, bevor er gedanken-verloren nickt. «In Ordnung. Geht mich eh nichts an. Wo willst du hin?»

«Ich weiß nicht.»

«Bist du arbeitslos?»

«Ja. Ich schätze schon.»

«Brauchst du dich nicht für schämen. Was kannst du?»

«So ziemlich alles», sage ich.

Grady taucht mit dem Krug auf und gibt ihn Camel, der ihn mit dem Ärmel abwischt und an mich weiterreicht. «Hier, nimm einen Schluck.»

Was Schnaps angeht, bin ich nicht völlig unbeleckt, aber Selbstgebrannter ist eine Klasse für sich. Er fährt mir wie Höllenfeuer durch Brust und Kopf. Ich hole tief Luft und kämpfe gegen die Tränen an, dabei blicke ich Camel direkt in die Augen, obwohl meine Lunge beinahe in Flammen aufgeht.

Camel beobachtet mich und nickt bedächtig. «Morgen früh sind wir in Utica. Ich bring dich dann zu Onkel Al.»

«Was? Zu wem?»

«Weißt schon. Alan Bunkel, Zirkusdirektor ohnegleichen. Herr und Meister bekannter und unbekannter Sphären.»

Offenbar sieht man mir meine Verwirrung an, denn Camel bricht in zahnloses Kichern aus. «Sag bloß, das hast du nicht gemerkt, Kleiner.»

«Was gemerkt?», frage ich.

«Verdammt, Jungs», johlt er und sieht sich nach den anderen um. «Er hat wirklich keine Ahnung.»

Grady und Bill grinsen. Nur Blackie wirkt nicht amüsiert. Mit finsterem Blick zieht er sich den Hut tiefer ins Gesicht.

Camel dreht sich zu mir um, räuspert sich und lässt sich jedes Wort auf der Zunge zergehen: «Du bist nicht auf irgendeinen Zug gesprungen, Junge. Du bist bei der Fliegenden Vorhut von *Benzinis Spektakulärster Show der Welt.*»

«Der *was*?»

Camel krümmt sich regelrecht vor Lachen.

«Großartig, einfach großartig.» Er zieht die Nase hoch und wischt sich mit dem Handrücken über die Augen. «Ach je. Junge, du bist beim Zirkus gelandet.»

Ich blinzle ihn an.

«Das da ist das Chapiteau», sagt er, hält die Kerosinlampe hoch und deutet mit einem krummen Finger auf die großen Leinwandballen. «Einer von den Leinenwagen ist falsch auf die Schienen gefahren und jetzt vollkommen zerdeppert, deshalb ist das Zeug hier. Hau dich einfach irgendwo hin und schlaf. Wir sind erst in ein paar Stunden da. Sieh nur zu, dass du nicht zu dicht an der Tür liegst. Manchmal fegen wir ganz schön durch die Kurven.»

3 Das langgezogene Kreischen der Bremsen reißt mich aus dem Schlaf. Ich stecke ein gutes Stück tiefer zwischen den Leinwandballen als beim Einschlafen und habe die Orientierung verloren. Es dauert einen Moment, bis ich weiß, wo ich bin.

Der Zug kommt mit einem Ruck zum Stehen und lässt Dampf ab. Blackie, Bill und Grady rappeln sich auf und springen wortlos aus der Tür. Als sie verschwunden sind, humpelt Camel zu mir. Er beugt sich herunter und stößt mich an.

«Na los, Kleiner», sagt er. «Du musst hier raus, bevor die Zeltkolonne kommt. Ich versuch gleich mal, dich für heute früh bei Crazy Joe unterzubringen.»

«Crazy Joe?», frage ich, als ich mich hinsetze. Meine Schienbeine jucken, und mein Hals tut höllisch weh.

«Der große Stallchef», erklärt Camel. «Aber nur von den Arbeitstieren. August lässt ihn nicht mal in die Nähe der Dressurpferde. Eigentlich lässt ihn wohl eher Marlena nicht, aber ist ja egal. Dich wird sie auch nicht in ihre Nähe lassen. Bei Crazy Joe hast du wenigstens 'ne Chance. Wir hatten in letzter Zeit öfter schlechtes Wetter und matschige Plätze, und 'ne Menge von seinen Leuten sind abgehauen, weil sie keine Lust mehr auf diese Drecksarbeit hatten. Jetzt sieht's etwas eng aus bei ihm.»

«Warum heißt er Crazy Joe?»

«Weiß nicht genau», sagt Camel. Er bohrt mit einem Finger im Ohr herum und begutachtet, was er hervorgeholt hat. «Ich glaub, er war 'ne Weile im Knast, aber ich weiß nicht, warum. Und frag ihn auch lieber nicht.» Er wischt sich den Finger an der Hose ab und schlendert zur Tür.

«Na los, komm schon!», sagt er mit einem Blick über die Schulter zu mir. «Wir haben nicht den ganzen Tag Zeit!»

Er setzt sich auf die Kante und lässt sich vorsichtig auf den Schotter hinabgleiten.

Ich kratze mir ein letztes Mal verzweifelt die Schienbeine, binde mir die Schuhe zu und folge ihm.

Wir haben neben einer weiten Grasfläche gehalten. Am anderen Ende des Platzes stehen vereinzelte Backsteinbauten im Gegenlicht der nahenden Morgendämmerung. Hunderte von schmutzigen, unrasierten Männern strömen aus dem Zug, sie versammeln sich neben ihm wie Ameisen an einer Süßspeise, fluchen, strecken sich und zünden Zigaretten an. Rampen werden polternd zu Boden gelassen, und wie aus dem Nichts liegen plötzlich Waagscheite für sechs oder acht Pferde auf dem Boden. Dann kommt ein Kaltblüter nach dem anderen, stämmige Percherons mit gestutztem Schweif, die schnaubend und prustend in ihren Zuggeschirren die Rampen herunterstampfen. Die Schwingtüren, die von den Arbeitern aufgehalten werden, fassen die Rampen eng ein, damit die Tiere nicht zu nah an den Rand geraten.

Einige Männer kommen mit gesenkten Köpfen auf uns zu.

«Morgen, Camel», sagt ihr Anführer im Vorbeigehen, bevor er in den Wagen steigt. Die anderen klettern hinter ihm hinein. Sie stellen sich rings um einen Leinwandballen auf und wuchten ihn, keuchend vor Anstrengung, durch die Tür. Er landet etwa einen halben Meter weiter in einer Staubwolke.

«Morgen, Will», sagt Camel. «Sag mal, hast du für einen alten Mann was zu rauchen?»

«Klar.» Der Mann richtet sich auf und klopft sein Hemd ab. Aus einer Tasche fischt er eine verbogene Zigarette. «Ist 'ne Bull Durham», sagt er, beugt sich vor und streckt Camel die Zigarette entgegen. «Tut mir leid.»

«Selbstgedrehte sind genau mein Ding», sagt Camel. «Klasse, Will. Verbindlichsten Dank.»

Will deutet mit dem Daumen auf mich. «Wer ist das?»

«Ein Frischling. Er heißt Jacob Jankowski.»

Will betrachtet mich, dann dreht er sich weg und spuckt aus der Tür. «Wie frisch?», fragt er Camel.

«Taufrisch.»

«Hast du ihn schon untergebracht?»

«Nee.»

«Na, dann viel Glück.» Er zieht vor mir den Hut. «Du solltest nicht zu feste schlafen, Kleiner, wenn du weißt, was ich meine.» Er verschwindet im Inneren des Wagens.

«Was meint er damit?», frage ich, aber Camel ist schon einige Schritte entfernt. Ich trabe ein Stück, um ihn einzuholen.

Hunderte von Pferden laufen zwischen den schmutzigen Männern umher. Auf den ersten Blick wirkt alles chaotisch, aber bis Camel seine Zigarette angezündet hat, sind mehrere Dutzend Gespanne angeschirrt. Sie laufen an den Flachwagen entlang und ziehen so die Karren auf die Rampen zu. Sobald die Vorderräder eines Karrens die abschüssige Holzbahn berühren, springt der Mann, der die Deichsel führt, zur Seite. Und daran tut er gut. Die schwerbeladenen Karren schießen die Rampen herunter und bleiben erst drei, vier Meter weiter stehen.

Die Morgensonne zeigt mir, was ich letzte Nacht nicht sehen konnte – die Wagen sind scharlachrot angemalt, sie tragen Goldverzierungen und Strahlenkränze auf den Rädern, und auf jedem prangt der Name BENZINIS SPEKTAKULÄRSTE SHOW DER WELT. Ist ein Karren angespannt, stemmen sich die Percherons in ihre Geschirre und ziehen die schwere Last über den Platz.

«Vorsicht», warnt Camel, nimmt meinen Arm und zieht

48

mich zu sich. Mit der anderen Hand hält er seinen Hut fest, die plumpe Zigarette zwischen den Zähnen.

Drei Reiter galoppieren an uns vorbei. Sie schwenken ab, reiten quer über den Platz, umrunden ihn und kehren wieder um. Der Reiter an der Spitze begutachtet zu beiden Seiten fachmännisch den Untergrund. Mit der einen Hand hält er die Zügel fest, mit der anderen holt er mit Wimpeln versehene Pflöcke aus einem Lederbeutel und schleudert sie in den Boden.

«Was macht er da?», frage ich.

«Er steckt das Gelände ab», antwortet Camel. Er bleibt vor einem Pferdewagen stehen. «Joe! He, Joe!»

Jemand streckt den Kopf durch die Tür.

«Ich hab hier einen Frischling. Ganz neu eingetroffen. Kannst du was mit ihm anfangen?»

Der Angesprochene tritt vor auf die Rampe. Mit einer Hand, an der drei Finger fehlen, schiebt er seine Hutkrempe hoch. Er mustert mich, schießt einen Schwall dunkelbraunen Tabaksaft aus dem Mundwinkel und verschwindet wieder im Wagen.

Camel klopft mir gratulierend auf den Arm. «Du bist drin, Kleiner.»

«Wirklich?»

«Jawoll. Jetzt geh mal schön Scheiße schaufeln. Ich seh später nach dir.»

Der Pferdewagen ist unglaublich dreckig. Ich arbeite mit einem Jungen namens Charlie zusammen, dessen Gesicht so glatt ist wie das eines Mädchens. Er ist noch nicht einmal im Stimmbruch. Nachdem wir etwa eine Kubiktonne Mist durch die Tür geschaufelt haben, mache ich eine Pause und sehe mir den restlichen Dreck an. «Wie viele Pferde werden hier eigentlich verladen?»

«Siebenundzwanzig.»

«Herrje. Dann sind sie ja so eingepfercht, dass sie sich nicht mehr rühren können.»

«Darum geht es ja», sagt Charlie. «Sobald das Keilpferd geladen ist, kann keines mehr umfallen.»

Plötzlich ergeben die Pferdehintern von letzter Nacht einen Sinn. Joe taucht in der Tür auf. «Die Fahne weht.»

Charlie lässt die Schaufel fallen und geht zur Tür. «Was ist los? Wo willst du hin?», frage ich.

«Die Fahne am Küchenbau ist oben.»

Ich schüttle den Kopf. «Tut mir leid, ich versteh's immer noch nicht.»

«Futter», sagt er.

Das verstehe ich allerdings. Ich lasse ebenfalls die Schaufel fallen.

Zelte sind wie Pilze aus dem Boden geschossen, das größte – offenbar das Hauptzelt – liegt allerdings noch platt auf dem Boden. Über seine Kanten stehen Männer gebeugt, um die einzelnen Teile miteinander zu verschnüren. Entlang der Mittelachse ragen Holzmasten empor, auf denen schon das Sternenbanner weht. Durch ihre Takelung sehen sie aus wie die Masten auf einem Schiffsdeck.

Auf dem ganzen Gelände rammen achtköpfige Mannschaften in halsbrecherischer Geschwindigkeit Pflöcke in den Boden. Wenn ein Hammer auf den Pflock trifft, sind fünf andere im Schwung. Ihr gleichmäßiges Hämmern klingt wie Maschinengewehrfeuer, das den restlichen Lärm übertönt.

Andere Mannschaften richten riesige Masten auf. Charlie und ich kommen an einem Trupp von zehn Männern vorbei, die mit aller Kraft an einem Seil ziehen, während ein Arbeiter von der Seite skandiert: «Ziehen, rütteln, halten! Und wieder – ziehen, rütteln, halten! Und jetzt festschlagen!»

Den Küchenbau könnte man nicht einmal verfehlen, wenn man es wollte – auch ohne die orangeblaue Fahne, den blubbernden Kessel im Hintergrund oder die Leute, die darauf zuströmen. Der Geruch von Essen trifft meinen Bauch wie eine Kanonenkugel. Ich habe seit vorgestern nichts mehr gegessen, und mir dreht sich vor Hunger der Magen um.

Die Seitenwände des Küchenbaus sind hochgebunden, damit die Luft durchziehen kann, aber in der Mitte wird er durch einen Vorhang geteilt. Die Tische auf dieser Seite sind mit rot-weiß karierten Tischdecken, Besteck und Blumenvasen dekoriert. Sie bilden einen krassen Gegensatz zu den verdreckten Männern, die am warmen Buffet anstehen.

«Mein Gott», sage ich zu Charlie, als wir unseren Platz in der Reihe einnehmen. «Was für eine Auswahl!»

Es gibt Kartoffelpuffer, Würstchen und übervolle Körbe mit dickgeschnittenem Brot. Dazu Schinkenaufschnitt, Eier in allen möglichen Varianten, Töpfchen mit Marmelade und Schalen voller Orangen.

«Das ist noch gar nichts», sagt er. «Bei Big Bertha gibt's zu dem Ganzen hier sogar Kellner. Du sitzt einfach an deinem Tisch, und sie bringen dir alles.»

«Big Bertha?»

«Ringling.»

«Hast du mal da gearbeitet?»

«Ähm … nein», antwortet er verlegen. «Aber ich kenne welche, die da waren.»

Ich schnappe mir einen Teller und schaufle ihn mit Kartoffeln, Eiern und Würstchen voll. Ich versuche, nicht allzu verhungert auszusehen. Der Duft ist überwältigend. Ich öffne den Mund und atme tief ein – das ist wie himmlisches Manna. Das *ist* himmlisches Manna.

Camel taucht wie aus dem Nichts auf. «Hier. Gib das

dem Burschen da vorn, am Ende der Schlange», sagt er und drückt mir eine Karte in die freie Hand.

Der Mann am Ende der Schlange sitzt auf einem Klappstuhl und starrt unter der Krempe eines verbeulten Filzhutes hervor. Ich halte ihm meine Karte hin. Er sieht zu mir hoch, die Arme resolut vor der Brust verschränkt.

«Abteilung?», fragt er.

«Wie bitte?»

«Zu welcher Abteilung gehörst du?»

«Ähm … ich weiß nicht genau», sagte ich. «Ich hab den ganzen Morgen lang Pferdewagen ausgemistet.»

«Das hilft mir nicht weiter», sagt er und ignoriert weiterhin meine Karte. «Dressurpferde, Arbeitspferde oder Menagerie? Was denn nun?»

Ich antworte nicht. Ich bin mir ziemlich sicher, dass Camel mindestens zwei davon erwähnt hat, aber ich kann mich nicht genau erinnern.

«Wenn du nicht weißt, wie deine Abteilung heißt, bist du auch nicht bei der Show», sagt der Mann. «Also, was zum Teufel hast du hier zu suchen?»

«Alles in Ordnung, Ezra?», fragt Camel, der von hinten auf uns zukommt.

«Ganz und gar nicht. Ich hab hier einen oberschlauen Gadjo, der von der Show ein Frühstück ergaunern will», antwortet Ezra und spuckt auf den Boden.

«Das ist kein Gadjo», sagt Camel. «Er ist ein Frischling, und er gehört zu mir.»

«Ach ja?»

«Ach ja.»

Der Mann schnippt seine Hutkrempe nach oben und begutachtet mich vom Scheitel bis zur Sohle. Nach einem Moment sagt er: «In Ordnung, Camel. Wenn du für ihn bürgst, soll mir das reichen.» Seine Hand schießt vor und schnappt sich meine Karte. «Und noch was. Bring ihm bei, wie man redet, bevor ihn einer windelweich prügelt, klar?»

«Zu welcher Abteilung gehöre ich denn nun?», frage ich, als ich auf einen der Tische zusteuere.

«O nein, das lässt du schön bleiben.» Camel packt mich am Ellbogen. «Die Tische da sind nicht für unsereins. Halt dich lieber an mich, bis du dich hier auskennst.»

Ich folge ihm um den Vorhang herum. Die Tische auf der anderen Seite stehen direkt aneinander, ihr nacktes Holz ist nur mit Salz- und Pfefferstreuern dekoriert. Hier gibt es keine Blumen. «Wer sitzt auf der anderen Seite? Die Artisten?»

Camel wirft mir einen Blick zu. «Meine Güte, Kleiner. Halt einfach die Klappe, bis du unsere Sprache kannst, ja?»

Er setzt sich und schiebt sich sofort eine halbe Scheibe Brot in den Mund. Er kaute lange darauf herum, bevor er mich ansieht. «Ach komm schon, sei nicht sauer. Ich pass doch nur auf dich auf. Du hast ja gesehen, wie Ezra war, und Ezra ist noch harmlos. Setz dich schon hin.»

Nach kurzem Zögern steige ich über die Bank und stelle den Teller ab. Ich begutachte meine pferdemistigen Hände, wische sie mir an der Hose ab und stürze mich, obwohl sie nicht sauberer sind als vorher, auf mein Essen.

«Wie ist das nun mit *unserer Sprache*?», frage ich schließlich.

«Sie heißen Gaukler», sagt Camel mit vollem Mund. «Und du bist in der Abteilung Arbeitspferde. Vorerst.»

«Und wo stecken diese Gaukler?»

«Die müssen jeden Moment ankommen. Zwei Zugabschnitte fehlen noch. Sie bleiben lange auf, schlafen lange und kommen pünktlich zum Frühstück an. Und wo wir gerade dabei sind, nenn sie bloß nicht Gaukler, wenn sie in der Nähe sind.»

«Wie soll ich sie denn nennen?»

«Artisten.»

«Wieso kann ich sie dann nicht immer Artisten nennen?» Leiser Ärger schleicht sich in meine Stimme.

«Es gibt die, und es gibt uns, und du gehörst zu uns», sagt Camel. «Egal. Das lernst du schon.» In der Ferne pfeift ein Zug. «Wenn man vom Teufel spricht.»

«Ist Onkel Al bei ihnen?»

«Ja, aber komm nicht auf dumme Gedanken. Wir gehen ihm erst mal aus dem Weg. Wenn wir noch aufbauen, ist er so reizbar wie ein Bär mit Zahnschmerzen. Sag mal, wie kommst du mit Joe zurecht? Hast du schon genug von der Pferdescheiße?»

«Die macht mir nichts.»

«Na, ich halte dich für was Besseres. Ich hab mit einem Freund gesprochen», sagt Camel, drückt ein weiteres Stück Brot zusammen und wischt damit das Fett vom Teller auf. «Bleib den restlichen Tag bei ihm, dann legt er ein gutes Wort für dich ein.»

«Was soll ich machen?»

«Alles, was er sagt. Das ist mein voller Ernst.» Er zieht eine Augenbraue hoch, um seine Aussage zu unterstreichen.

Camels Freund ist ein kleiner Mann mit großem Schmerbauch und dröhnender Stimme. Er heißt Cecil und arbeitet als Anreißer in der Kuriositätenschau. Nachdem er mich taxiert hat, erklärt er, ich sei für die anstehende Aufgabe brauchbar. Ich soll mich zusammen mit Jimmy und Wade – zwei weiteren Männern, die für ausreichend vorzeigbar erachtet werden, um sich unter die Städter zu mischen – am Rand der Menge positionieren und sie auf ein Signal hin nach vorne Richtung Eingang drängen.

Die Kuriositätenschau geht von der Budengasse ab, auf

der emsig gearbeitet wird. Auf einer Seite müht sich eine Gruppe Schwarzer mit den Werbebannern für die Kuriositätenschau ab. Ihnen gegenüber hört man Klirren und die Rufe von weißen Männern, die in ihren weißen Jacken ein Limonadenglas ums andere auf den Theken ihrer rot-weiß-gestreiften Verkaufsstände zu Pyramiden auftürmen. In der Luft hängt der Duft von frischem Popcorn und gerösteten Erdnüssen über einem kräftigen Tiergeruch.

Am Ende der Budengasse, hinter dem Kartenschalter, steht ein riesiges Zelt, in das alle möglichen Tiere gekarrt werden – Lamas, Kamele, Zebras, Affen, wenigstens ein Eisbär und eine ganze Reihe von Raubtierkäfigen.

Cecil und einer der schwarzen Männer hantieren mit einem Banner herum, auf dem eine ungemein dicke Frau abgebildet ist. Im nächsten Augenblick verpasst Cecil dem anderen Mann eine Kopfnuss. «Nun mach schon, Junge! In einer Minute ist hier alles voller Gadjos. Wie sollen wir sie zu uns kriegen, wenn sie unsere prächtige Lucinda nicht sehen können?»

Eine Pfeife schrillt, und alle erstarren.

«Türen!», dröhnt eine Männerstimme.

Dann bricht die Hölle los. Die Männer an den Verkaufsständen hasten hinter ihre Theken, legen letzte Hand an ihre Ware und richten ihre Jacken und Mützen. Bis auf die arme Seele, die sich immer noch mit Lucindas Banner abmüht, schlüpfen alle Schwarzen durch die Zeltwand außer Sichtweite.

«Häng das gottverdammte Banner auf und scher dich raus!», schreit Cecil. Nach einem letzten Handgriff verschwindet der Mann.

Ich drehe mich um. Eine Wand aus Menschen treibt auf uns zu, angeführt von kreischenden Kindern, die ihre Eltern an der Hand hinter sich her zerren.

Wade stößt mir einen Ellbogen in die Seite. «Pssst ... Willst du die Menagerie sehen?»

«Die was?»

Er deutet mit dem Kopf auf das Zelt zwischen uns und dem Chapiteau. «Du renkst dir den Hals danach aus, seit du hier bist. Willst du mal sehen?»

«Und was ist mit ihm?», frage ich mit einem Blick auf Cecil.

«Wir sind zurück, bevor er uns vermisst. Außerdem können wir nichts machen, bevor er genug Leute zusammenhat.»

Wade bringt mich zum Kartenschalter, an dem vier alte Männer hinter roten Podesten Wache halten. Drei ignorieren uns. Der vierte streift Wade mit einem Blick und nickt.

«Na los. Geh schon gucken», sagt Wade. «Ich behalte Cecil im Auge.»

Ich spähe hinein. Das Zelt ist riesig, so hoch wie der Himmel, und ruht auf langen, geraden Masten, die sich in unterschiedlichen Winkeln neigen. Die Leinwand ist straff gespannt und beinahe durchsichtig – durch den Stoff und die Nähte schimmert Sonnenlicht auf den größten Süßigkeitenstand überhaupt. Er steht genau in der Mitte der Menagerie und funkelt im Licht, inmitten von Bannern, die für Root Beer, Popcorn und Eiscreme werben.

Zwei der vier Wände sind von prachtvollen, rot-goldenen Tierkäfigen gesäumt, deren heruntergeklappte Seitenwände den Blick freigeben auf Löwen, Tiger, Panther, Jaguare, Bären, Schimpansen und Klammeraffen – sogar auf einen Orang-Utan. Kamele, Lamas, Zebras und Pferde stehen hinter niedrigen Seilen, die zwischen Eisenpflöcken gespannt sind, und vergraben die Köpfe in Heubergen. In einem Verschlag aus Maschendraht stehen zwei Giraffen.

Ich sehe mich vergebens nach einem Elefanten um, als

mein Blick an einer Frau hängen bleibt. Sie sieht Catherine so ähnlich, dass mir der Atem stockt, von ihrem ebenmäßigen Gesicht über den Haarschnitt bis zu den schlanken Schenkeln, die ich mir immer unter Catherines züchtigen Röcken vorgestellt habe. In rosafarbenen Pailletten, Strümpfen und Satinschläppchen unterhält sie sich vor einer Reihe von Rappen und Schimmeln mit einem Mann in Frack und Zylinder. Einem der Schimmel, einem eindrucksvollen Araberhengst mit silberner Mähne und Schweif, hält sie die hohle Hand unter das Maul. Sie streicht eine Haarsträhne zurück und richtet ihren Kopfschmuck. Dann langt sie hinauf, um den Schopf des Tiers auf dessen Stirn glatt zu streichen. Mit ihrer Hand umschließt sie sein Ohr und lässt es sich durch die Finger gleiten.

Nach einem lauten Krachen fahre ich herum und sehe, dass die Seitenwand des Käfigs neben mir zugefallen ist. Als ich mich zurückdrehe, blickt die Frau mich an. Sie runzelt die Stirn, als würde sie mich erkennen. Nach einem Moment wird mir klar, dass ich lächeln sollte oder den Blick abwenden oder irgendetwas tun, aber ich kann nicht. Schließlich legt der Mann mit dem Zylinder ihr eine Hand auf die Schulter, und sie wendet sich ab, aber langsam und widerstrebend. Wenig später wirft sie mir noch einen verstohlenen Blick zu.

Wade taucht wieder auf. «Komm mit», sagt er und verpasst mir einen Hieb zwischen die Schultern. «Es ist Showtime.»

* * *

«Verehrte Da-a-a-amen und He-e-e-erren! Noch fü-ü-ü-ünfundzwanzig Minuten bis zur Vorstellung! Fü-ü-ü-ünfundzwanzig Minuten! Sie können in aller Ruhe die verblüffenden, die unglaublichen, die phanta-a-a-astischen Wunder bestaunen, die wir aus allen Himmelsrichtungen zusammengetragen haben, und bekommen immer noch einen Platz direkt an der Manege! Sie haben reichlich Zeit für die Kuriositäten, die Spektakel, die Launen der Natur! Wir zeigen Ihnen die eindrucksvollste Sammlung der Welt, meine Damen und Herren! Der ganzen Welt!»

Cecil steht auf einem Podest neben dem Eingang zur Kuriositätenschau. Mit ausholenden Gesten stolziert er vor einer lockeren Gruppe von etwa fünfzig Leuten auf und ab. Sie sind unentschieden, aus ihrem kurzen Anhalten ist noch kein echtes Stehenbleiben geworden.

«Kommen Sie nur herein, sehen Sie die hinreißende, die gewaltige, die Liebliche Lucinda – die schönste Dicke Dame der Welt! Vierhundertundzwei Kilo pralle Perfektion, meine Damen und Herren! Sehen Sie hier den menschlichen Strauß – er kann alles verschlucken und wieder ausspucken, was Sie ihm geben. Versuchen Sie es! Brieftaschen, Uhren, sogar Glühbirnen! Was Sie auch wollen, er spuckt es aus! Und lassen Sie sich Frank Otto nicht entgehen, den meisttätowierten Mann der Welt! Er wurde im finstersten Dschungel von Borneo gefangen genommen und für ein Verbrechen verurteilt, das er nicht begangen hatte. Und seine Strafe? Jawohl, Leute, seine Strafe steht in unauslöschlicher Tinte auf seinen Körper geschrieben!»

Die Menge rückt dichter zusammen, ihr Interesse ist geweckt. Jimmy, Wade und ich mischen uns hinten unters Volk.

«Und nun», sagt Cecil und wirbelt herum. Mit einem grotesken Zwinkern legt er einen Finger an die Lippen – die Geste ist so übertrieben, dass sie einen Mundwinkel nach oben zerrt. Mit erhobener Hand bittet er um Ruhe. «Und nun – verzeihen Sie, meine Damen, aber das Folgende gilt nur den Herren – ausschließlich den Herren! Aufgepasst, meine Herren, da wir uns in gemischter Gesellschaft befinden, verbietet mir mein Feingefühl, mich zu wiederholen. Meine Herren, wenn Sie heißblütige Amerikaner sind, wenn durch Ihre Adern echtes Männerblut fließt, dann haben wir etwas für Sie, das Sie sich nicht entgehen lassen sollten. Wenn Sie diesem Burschen dort folgen – da drüben, gleich da drüben –, werden Sie etwas so Erstaunliches sehen, etwas so Schockierendes, dass es Sie garantiert …»

Er unterbricht sich, schließt die Augen und hebt eine Hand. Bedauernd schüttelt er den Kopf. «Doch nein», fährt er fort, «der Anstand sowie die Anwesenheit von Damen verbieten es, dass ich weiterspreche. Ich kann nicht mehr sagen, meine Herren. Nur das noch – *lassen Sie es sich nicht entgehen!* Geben Sie einfach dem Burschen dort Ihren Vierteldollar, und er lässt Sie sofort hinein. An den Vierteldollar, den Sie heute ausgeben, werden Sie nie mehr denken, aber Sie werden nie vergessen, was Sie hier zu sehen bekommen. Davon werden Sie Ihr Leben lang erzählen, meine Herren. Ihr Leben lang.»

Cecil richtet sich auf, packt mit beiden Händen den Saum seiner karierten Weste und zieht sie stramm. Er setzt eine respektvolle Miene auf und deutet mit ausladenden Gesten auf den gegenüberliegenden Eingang. «Meine Damen, wenn Sie bitte hier herüberkommen wollen – auch für Ihren empfindsamen Geschmack halten wir Wunder und Kuriositäten bereit. Ein Gentleman denkt immer auch an die Damen. Besonders bei so reizenden Damen, wie Sie es sind.» Dabei schließt er lächelnd die Augen. Die Frauen in der Menge blicken nervös ihren davonziehenden Männern hinterher.

An einer Stelle bricht ein Ziehen und Zerren aus. Eine Frau hält ihren Mann mit einer Hand am Ärmel fest, während sie mit der anderen auf ihn einschlägt. Er verzieht grimmig das

Gesicht. Als er sich endlich losgerissen hat, zupft er sich das Revers zurecht und wirft seiner nun schmollenden Frau einen bösen Blick zu. Während er davonstolziert, um seinen Vierteldollar zu bezahlen, gackert jemand wie ein Huhn. Ein Lachen geht durch die Menge.

Die anderen Frauen, die vielleicht nur kein Aufsehen erregen wollen, sehen widerstrebend zu, wie ihre Männer sich nach und nach anstellen. Als Cecil das auffällt, steigt er von seinem Podest. Er ist die Anteilnahme und galante Aufmerksamkeit in Person und lockt die Frauen zu sittsameren Vergnügungen.

Er berührt sein rechtes Ohrläppchen. Ich dränge unmerklich nach vorne. Die Frauen treten näher an Cecil heran, und ich komme mir vor wie ein Hütehund.

«Wenn Sie hier eintreten, meine Damen», fährt Cecil fort, «zeige ich Ihnen etwas, das Sie noch nie gesehen haben. Es ist so außergewöhnlich, so erstaunlich, dass Sie es sich in Ihren kühnsten Träumen nicht vorstellen können, und trotzdem können Sie sich beim Kirchgang oder mit den Großeltern beim Abendessen darüber unterhalten. Und bringen Sie auch die lieben Kleinen mit, das hier ist Unterhaltung für die ganze Familie. Hier sehen Sie ein Pferd, das seinen Kopf dort hat, wo sein Schweif sein sollte! Die reinste Wahrheit, meine Damen. Ein echtes Lebewesen mit einem Schweif anstelle des Kopfes. Sehen Sie es sich mit eigenen Augen an. Und wenn Sie nachher Ihren Gatten davon erzählen, werden die sich vielleicht wünschen, bei ihren reizenden Frauen geblieben zu sein. O ja, meine Lieben, das werden sie!»

Mittlerweile bin ich umringt von Menschen. Fast alle Männer sind verschwunden, und ich lasse mich vom Strom der Kirchgänger und Frauen, der jungen Burschen und restlichen nicht-heißblütigen Amerikaner treiben.

Das Pferd mit dem Schweif anstelle des Kopfes ist genau

das – ein Pferd, das rückwärts in eine Box geführt wurde, sodass sein Schweif in seinem Futtereimer hängt.

«Ach, Herrgott nochmal», sagt eine Frau.

«Das gibt's ja nicht», sagt eine andere, aber vor allem hört man erleichtertes Lachen, denn wenn dies das Pferd mit dem Schweif anstelle des Kopfes ist, wie schlimm kann dann schon die Vorstellung für die Männer sein?

Vor dem Zelt bricht eine Rauferei aus.

«Ihr gottverdammten Dreckschweine! Jawohl, verdammt nochmal, ich will mein Geld zurück – glaubt ihr etwa, ich zahle einen Vierteldollar, um mir ein paar dämliche Strapse anzusehen? Ihr wollt heißblütige Amerikaner? Da habt ihr einen! Ich will sofort mein Geld zurück!»

«Entschuldigung, Ma'am», sage ich und zwänge meine Schulter zwischen die beiden Frauen vor mir.

«Hey, Mister, warum so eilig?»

«Entschuldigen Sie. Verzeihung», sage ich, während ich mich nach draußen dränge.

Cecil und ein rotgesichtiger Mann stehen sich kampfbereit gegenüber. Der Mann stürzt vor, legt Cecil beide Hände auf die Brust und schubst ihn nach hinten. Die Menge teilt sich, und Cecil kracht gegen die gestreifte Brüstung seines Podiums. Die Zuschauer drängen näher heran, sie stellen sich auf Zehenspitzen und gaffen.

Ich stürze durch sie hindurch und erreiche Cecil gerade, als der andere Mann ausholt und zuschlagen will – seine Faust ist nur noch wenige Zentimeter von Cecils Kinn entfernt, als ich sie im Schwung packe und ihm hinter den Rücken drehe. Mit einem Arm umklammere ich seinen Hals und ziehe ihn zurück. Er prustet, greift nach oben und zerkratzt mir den Unterarm. Ich drücke fester zu, bis meine Sehnen sich in seine Luftröhre graben, und bugsiere ihn unter Ziehen und Zerren aus der Budengasse. Dann stoße ich ihn zu Boden. Keuchend liegt er in einer Staubwolke und hält sich die Kehle.

Nur Sekunden später marschieren zwei Männer in Anzügen an mir vorbei, packen ihn bei den Armen und schleppen den hustenden Mann Richtung Stadt. Sie neigen sich ihm zu, klopfen ihm auf den Rücken, murmeln aufmunternde Worte und rücken ihm den Hut gerade, den er wundersamerweise aufbehalten hat.

«Gute Arbeit», sagt Wade mit einem Schulterklopfen. «Hast du prima gemacht. Komm mit zurück. Die kümmern sich jetzt um ihn.»

«Wer sind die beiden?», frage ich, während ich die langen, blutigen Kratzer auf meinem Arm untersuche.

«Flicker. Sie beruhigen ihn und machen ihm gute Laune. Damit es keinen Ärger gibt.» Er dreht sich zur Menge, klatscht einmal laut und reibt sich die Hände. «Okay, Leute. Alles in Ordnung. Hier gibt's nichts mehr zu sehen.»

Die Leute zögern zu gehen. Als der Mann mit seiner Eskorte schließlich hinter einem roten Backsteingebäude verschwindet, löst sich die Menge langsam auf, aber viele werfen hoffnungsvolle Blicke über die Schulter, um ja nichts zu verpassen.

Jimmy drängt sich durch die Nachzügler.

«He», ruft er. «Cecil will dich sehen.»

Er bringt mich nach hinten. Cecil sitzt auf der Kante eines Klappstuhls. Er hat die Beine ausgestreckt, an den Füßen trägt er Gamaschen. Sein Gesicht ist rot und schweißbedeckt, und er wedelt sich mit einem Programm Luft zu. Mit der freien Hand klopft er mehrere Taschen ab, bevor er in seine Weste greift. Er zieht eine flache, rechteckige Flasche hervor, stülpt die Lippen zurück und zieht mit den Zähnen den Korken heraus. Er spuckt ihn neben sich auf den Boden und nimmt einen kurzen Schluck. Dann sieht er mich.

Die Flasche noch an den Lippen, lässt er den Blick auf mir ruhen. Dann setzt er die Flasche ab und stellt sie auf seinen drallen Bauch. Er trommelt mit den Fingern dagegen, während er mich von oben bis unten mustert.

«Du hast dich da draußen ziemlich gut gemacht», sagt er schließlich.

«Danke, Sir.»

«Wo hast du das gelernt?»

«Keine Ahnung. Beim Football. In der Schule. Wenn der eine oder andere Bulle was dagegen hatte, seine Hoden zu verlieren.»

Er starrt mich weiter an, schürzt die Lippen und trommelt mit den Fingern.

«Hat Camel dich schon in der Show untergebracht?»

«Nein, Sir, noch nicht offiziell.»

Wieder schweigt er eine Weile. Dann kneift er die Augen eng zusammen. «Kannst du den Mund halten?»

«Ja, Sir.»

Er nimmt einen langen Zug aus seiner Flasche und blickt entspannter drein. «Na dann, in Ordnung», sagt er mit einem bedächtigen Nicken.

Es ist Abend, und während die Gaukler die Menge im Chapiteau begeistern, stehe ich hinten in einem viel kleineren Zelt am anderen Ende des Geländes, hinter einer Reihe von Gepäckwagen, zu dem man nur durch Mund-zu-Mund-Propaganda und ein Eintrittsgeld von fünfzig Cent gelangt. Im Zelt ist es schummrig, eine Kette roter Glühbirnen wirft ihr weiches Licht auf eine Frau, die sich systematisch auszieht.

Meine Aufgabe ist es, die Ordnung aufrechtzuerhalten und in regelmäßigen Abständen mit einem Metallrohr gegen die Zeltwände zu schlagen, um Spanner abzuschrecken;

besser gesagt, um die Spanner zu ermuntern, vorne am Eingang ihre fünfzig Cent zu zahlen. Außerdem soll ich darauf achten, dass sich ein solches Verhalten wie vorhin bei der Kuriositätenschau nicht wiederholt, obwohl ich überzeugt bin, dass der Bursche, der sich nachmittags so aufgeregt hat, hier kaum etwas auszusetzen hätte.

Die zwölf Reihen Klappstühle sind bis zum letzten Platz besetzt. Selbstgebrannter geht von Hand zu Hand, und die Männer tasten blind nach der Flasche, weil keiner den Blick von der Bühne abwenden will.

Die Frau ist ein stattlicher Rotschopf mit Wimpern, die zu lang sind, um echt zu sein, und einem aufgemalten Schönheitsfleck neben den vollen Lippen. Ihre Beine sind lang, die Hüften ausladend, der Busen ein Naturschauspiel. Sie trägt nur noch einen Tanga, ein durchsichtig schimmerndes Tuch und einen herrlich prall gefüllten Büstenhalter. Sie schüttelt die Schultern und bewegt sich wie Wackelpudding im Gleichtakt mit der kleinen Kapelle zu ihrer Rechten.

In ihren federbesetzten Pantoletten gleitet sie einige Schritte über die Bühne. Ein Trommelwirbel setzt ein, und sie hält inne, den Mund in gespieltem Erstaunen aufgerissen. Sie wirft den Kopf in den Nacken, bietet ihren Hals dar und lässt die Hände von oben über die Schalen ihres Büstenhalters wandern. Dann beugt sie sich vor und drückt zu, bis das Fleisch zwischen ihren Fingern hindurchquillt.

Ich suche die Zeltwände ab. An einer Stelle lugen unten ein Paar Schuhspitzen hervor. Dicht an der Wand entlang gehe ich darauf zu. Direkt vor den Schuhen schlage ich schwungvoll mit dem Rohr gegen die Zeltwand. Nach einem Grunzlaut verschwinden die Schuhe. Ich halte einen Moment lang das Ohr an die Naht, bevor ich auf meinen Posten zurückkehre.

Der Rotschopf wiegt sich im Takt der Musik und streicht

mit lackierten Fingernägeln über das Tuch. Es ist mit Gold oder Silber durchwebt und glitzert, während sie es hin und her über die Schultern zieht. Plötzlich knickt sie in der Taille nach vorne, wirft den Kopf zurück und schüttelt sich.

Die Männer brüllen. Zwei oder drei stehen auf und schütteln anfeuernd die Fäuste. Ich sehe zu Cecil hinüber, dessen stählerner Blick mir sagt, ich soll die Kerle im Auge behalten.

Die Frau richtet sich auf, dreht dem Publikum den Rücken zu und schreitet in die Mitte der Bühne. Sie zieht das Tuch zwischen ihren Beinen durch und reibt sich langsam daran. Die Zuschauer stöhnen. Sie dreht sich mit dem Gesicht zu uns und lässt den Schal weiter vor- und zurückgleiten, so fest an sich gepresst, dass sich ihre Vulva abzeichnet.

«Zieh dich aus, Süße! Zieh dich ganz aus!»

Die Männer gebärden sich immer wilder, mehr als die Hälfte ist aufgesprungen. Cecil winkt mich vor. Ich stelle mich dichter an die Stuhlreihen.

Das Tuch fällt zu Boden, und die Frau dreht uns erneut den Rücken zu. Sie wirft ihr Haar nach hinten, sodass es ihr über die Schulterblätter fällt, dann hebt sie die Hände an den Verschluss des Büstenhalters. Die Menge bricht in Jubel aus. Sie hält inne, wirft einen Blick über die Schulter und zwinkert, dabei schiebt sie die Träger neckisch die Arme hinunter. Dann lässt sie den Büstenhalter zu Boden fallen und dreht sich um, die Hände auf den Brüsten. Protestgeschrei kommt von den Männern.

«Ach, komm schon, Süße, zeig uns, was du hast!»

Mit kokettem Schmollen schüttelt sie den Kopf.

«Na, komm schon! Ich hab fünfzig Cent bezahlt!»

Sie schüttelt den Kopf, blickt nach unten und blinzelt züchtig. Plötzlich reißt sie Mund und Augen auf und zieht die Hände weg.

Zwei prachtvolle Kugeln stürzen herab. Mit einem Ruck endet ihr Fall, dann schwingen sie sanft hin und her, obwohl ihre Besitzerin vollkommen ruhig dasteht.

Nach einem kollektiven Luftholen und einem Augenblick andächtiger Stille schreien die Männer vor Freude.

«Braves Mädchen!»

«Los, zeig's uns!»

«Verdammt, ist die heiß!»

Sie streichelt sich, hebt und knetet, rollt ihre Brustwarzen zwischen den Fingern hin und her. Wollüstig starrt sie zu den Männern hinunter, fährt sich mit der Zunge über die Unterlippe.

Ein Trommelwirbel setzt ein. Sie packt die beiden harten Nippel fest zwischen Daumen und Zeigefinger und zieht eine Brust hoch, sodass die Brustwarze zur Decke zeigt. Das Gewicht verteilt sich, und die Brust nimmt eine völlig andere Form an. Dann lässt sie sie fallen – ruckhaft, beinahe gewaltsam. Sie hält die Brustwarze fest und zieht dann die andere Seite mit der gleichen Bewegung hoch. Dann wechselt sie ab, wird dabei immer schneller. Heben, fallen lassen, heben, fallen lassen – als die Trommel aussetzt und die Posaune übernimmt, bewegt sie die Arme so schnell, dass sie verschwimmen, ihr Fleisch ist eine wogende, pumpende Masse. Die Männer brüllen ihre Anerkennung heraus.

«O ja!»

«Großartig, Schätzchen! Großartig!»

«Lobet den Herrn!»

Wieder setzt ein Trommelwirbel ein. Sie beugt sich vor, und diese wunderbaren Titten schaukeln, ganz schwer und tief – mindestens dreißig Zentimeter lang, unten breiter und runder als oben, als läge in jeder eine Grapefruit.

Sie rollt mit den Schultern; erst mit der einen, dann mit der anderen, dadurch bewegen sich ihre Brüste in entgegengesetzte Richtungen. Je schneller sie wird, desto größere Kreise beschreiben sie, und durch den Schwung werden sie länger. Es dauert nicht lange, bis sie in der Mitte hörbar gegeneinanderklatschen.

Großer Gott. Im Zelt könnte ein Aufruhr stattfinden, ich würde nichts davon mitkriegen. In meinem Kopf ist kein einziger Tropfen Blut mehr.

Die Frau richtet sich auf und macht einen Knicks. Als sie wieder steht, hebt sie eine Brust an und lässt ihre Zunge um die Brustwarze kreisen, um sie schließlich zwischen die Lippen zu saugen. Sie lutscht völlig ungeniert an ihrer eigenen Brust, während die Männer ihre Hüte schwenken, die Fäuste in die Luft recken und schreien wie die Tiere. Sie lässt die Brust fallen, zwickt noch einmal kurz in den feuchten Nippel und wirft den Männern eine Kusshand zu. Dann hebt sie ihr durchsichtiges Tuch auf und geht mit erhobenem Arm von der Bühne. Das Tuch zieht sie als schimmernde Fahne hinter sich her.

«Na dann, Jungs», sagt Cecil, klatscht in die Hände und erklimmt die Stufen zur Bühne. «Einen großen Applaus für unsere Barbara!»

Die Männer jubeln, pfeifen und klatschen mit hocherhobenen Händen.

«Ist sie nicht was Besonderes? Was für eine Frau. Und heute ist euer Glückstag, Jungs, denn nur heute Abend empfängt sie nach ihrem Auftritt einige wenige Besucher. Das ist eine echte Ehre, Leute. Sie ist ein Schmuckstück, unsere Barbara, ein echtes Schmuckstück.»

Die Männer drängen zum Ausgang, klopfen sich auf die Schulter und tauschen erste Erinnerungen aus.

«Hast du diese Titten gesehen?»

«Mann, was für ein Fahrgestell. Daran würd ich gerne mal 'ne Weile rumspielen.»

Ich bin froh, dass ich nirgends eingreifen muss, denn es fällt mir schwer, nicht die Fassung zu verlieren. Das war das erste Mal, dass ich eine nackte Frau gesehen habe, und ich glaube, ich werde nie mehr derselbe sein.

4 Die nächsten fünfundvierzig Minuten lang stehe ich vor Barbaras Ankleide Wache, während sie Besucher empfängt. Nur fünf Männer sind bereit, sich von den erforderlichen zwei Dollar zu trennen, und sie stehen missmutig Schlange. Der erste geht hinein und kommt nach sieben Minuten Schnaufen und Keuchen wieder heraus. Er nestelt an seinem Hosenschlitz, bevor er davonschwankt und der nächste dran ist.

Nachdem der letzte verschwunden ist, erscheint Barbara im Zelteingang. Sie ist nackt bis auf einen orientalischen Morgenmantel aus Seide, den sie nicht einmal zugebunden hat. Ihr Haar ist zerzaust, ihr Lippenstift verschmiert. In einer Hand hält sie eine brennende Zigarette.

«Das war's, Süßer», sagt sie und schickt mich mit einer Handbewegung weg. In ihrem Atem und ihren Augen spürt man Whiskey. «Heute gibt's nichts umsonst.»

Ich gehe zurück zum Muschizelt, um die Stühle einzusammeln und beim Abbau der Bühne zu helfen, während Cecil das Geld zählt. Am Ende habe ich einen Dollar in der Tasche und am ganzen Körper Muskelkater.

Das Chapiteau steht noch, es schimmert wie ein Geisterkolosseum und scheint im Rhythmus des Orchesters zu pulsieren. Ich staune es an, weil mich die Reaktionen des

Publikums faszinieren. Die Leute lachen, klatschen und pfeifen. Zuweilen hört man ein kollektives Luftholen oder erschrockenes Aufschreien. Auf meiner Taschenuhr sehe ich, dass es Viertel vor zehn ist.

Ich überlege, mir einen Teil der Vorstellung anzusehen, aber ich befürchte, wenn ich den Zirkusplatz überquere, werde ich wieder zu irgendeiner Arbeit verdonnert. Die Racklos, die den Großteil des Tages in dieser oder jener Ecke verschlafen haben, bauen die riesige Zeltstadt ebenso zügig wieder ab, wie sie sie aufgebaut haben. Überall fallen Zeltplanen und kippen Masten. Pferde, Karren und Männer überqueren das Gelände und ziehen alles zurück zum Abstellgleis.

Ich sinke zu Boden und lege den Kopf auf die angewinkelten Knie.

«Jacob? Bist du das?»

Ich blicke auf. Camel humpelt mit zusammengekniffenen Augen auf mich zu. «Dachte ich es mir doch», sagt er. «Meine Augen sind auch nicht mehr das, was sie mal waren.»

Er lässt sich neben mir zu Boden gleiten und holt eine kleine, grüne Flasche hervor. Er zieht den Korken heraus und nimmt einen Schluck.

«Ich bin langsam zu alt für so was, Jacob. Jeden Abend tut mir alles weh. Verdammt, mir tut jetzt schon alles weh, und der Tag ist noch nicht mal vorbei. Die Fliegende Vorhut kommt hier wahrscheinlich erst in zwei Stunden los, und fünf Stunden danach fangen wir mit dem ganzen Mist von vorne an. Das ist kein Leben für einen alten Mann.»

Er reicht mir die Flasche.

«Was zum Teufel ist das?», frage ich, als ich mir die ungenießbare Flüssigkeit näher ansehe.

«Jake», sagt er und greift schnell nach der Flasche.

«Du trinkst dieses Ingwerzeugs?»

«Na und?»

Eine Weile lang sitzen wir schweigend da.

«Verdammte Prohibition», sagt Camel schließlich. «Der Kram hat ganz ordentlich geschmeckt, bis die Regierung meinte, das darf es nicht. Wirkt zwar immer noch, schmeckt aber entsetzlich. Und das ist eine verdammte Schande, weil es das Einzige ist, was meine alten Knochen in Schwung hält. Ich bin so ziemlich am Ende. Ich könnte höchstens noch Eintrittskarten verkaufen, und dafür bin ich wohl zu hässlich.»

Ich sehe ihn kurz an und muss ihm recht geben. «Kannst du nichts anderes machen? Vielleicht hinter den Kulissen?»

«Der Kartenverkauf ist die letzte Station.»

«Und was machst du, wenn du nicht mehr zurechtkommst?»

«Ich schätze, dann hab ich eine Verabredung mit Blackie.» Erwartungsvoll dreht er sich zu mir. «He, hast du Zigaretten?»

«Nein. Tut mir leid.»

«Hab ich mir fast schon gedacht», seufzt er.

Schweigend sehen wir zu, wie die zahllosen Gespanne Ausrüstung, Tiere und Zeltwände zurück zum Zug schaffen. Die Artisten verlassen das Chapiteau durch den Hintereingang, verschwinden in Garderobenzelten und kommen in Straßenkleidung wieder heraus. Gruppenweise stehen sie zusammen, lachen und reden, einige wischen sich noch das Gesicht ab. Auch ohne Kostüm wirken sie glamourös. Die farblosen Arbeiter, die überall umherlaufen, existieren zwar im gleichen Universum, aber offenbar in einer anderen Dimension. Sie reagieren mit keiner Geste aufeinander.

Camel unterbricht meinen Tagtraum. «Warst du am College?»

«Ja, Sir.»

«Dachte ich mir.»

Wieder bietet er mir die Flasche an, aber ich schüttle den Kopf.

«Hast du abgeschlossen?»

«Nein», antworte ich.

«Warum nicht?»

Ich gebe ihm keine Antwort.

«Wie alt bist du, Jacob?»

«Dreiundzwanzig.»

«Ich hab einen Sohn in deinem Alter.»

Die Musik ist verklungen, und die ersten Städter verlassen das Chapiteau. Sie bleiben verwundert stehen und fragen sich, was mit der Menagerie passiert ist, durch die sie das Zelt betreten haben. Während sie durch den Vordereingang hinausgehen, kommt von hinten ein ganzes Heer Männer herein, karrt Tribünenbänke, Logenstühle und die Piste hinaus und wirft die Teile dröhnend auf einen Transportkarren. Das Chapiteau wird bereits ausgeschlachtet, bevor das Publikum es ganz verlassen hat.

Camel gibt ein verschleimtes Husten von sich, die Anstrengung schüttelt ihn durch. Mit einem Blick frage ich ihn, ob ich ihm auf den Rücken klopfen soll, doch er wehrt ab. Er schnieft, hustet und spuckt aus. Dann leert er die Flasche, wischt sich mit dem Handrücken über den Mund und mustert mich aus den Augenwinkeln von oben bis unten.

«Hör mal», sagte er. «Du musst mir gar nichts erzählen, aber ich weiß auch so, dass du noch nicht lange auf der Straße lebst. Du bist zu sauber, deine Klamotten sind zu gut, und du besitzt überhaupt nichts. Auf der Straße sammelt man Zeug – vielleicht kein tolles Zeug, aber man sammelt es trotzdem. Ich weiß, das sagt grad der Richtige, aber für einen Jungen wie dich ist das Landstreicherleben nichts.

Ich kenn es gut, und das ist kein Leben.» Seine Unterarme ruhen auf den angezogenen Knien, das Gesicht hat er mir zugewandt. «Wenn du etwas hast, wohin du zurückkannst, dann solltest du gehen.»

Es dauert einen Moment, bis ich mit brüchiger Stimme antworten kann: «Ich habe nichts.»

Er wirft mir einen langen Blick zu, dann nickt er. «Tut mir wirklich leid, das zu hören.»

Die Menge zerstreut sich auf dem Weg vom Chapiteau zum Parkplatz und weiter Richtung Stadtgrenze. Hinter dem Chapiteau steigt ein Ballon in den Himmel, gefolgt vom langgezogenen Heulen eines Kindes. Man hört Gelächter, Motorengeräusche und laute, aufgeregte Stimmen.

«Unglaublich, wie sie sich verbogen hat.»

«Ich hätte mich fast totgelacht, als dieser eine Clown seine Hose runtergelassen hat.»

«Wo ist Jimmy – Hank, hast du Jimmy bei dir?»

Plötzlich rappelt Camel sich auf. «Ha! Da ist er. Da kommt der alte Mistkerl.»

«Wer?»

«Onkel Al! Komm schon! Wir müssen dich in die Show bringen.»

Er humpelt schneller davon, als ich ihm zugetraut hätte. Ich stehe auf und folge ihm.

Onkel Al ist nicht zu verkennen. Er ist der Inbegriff eines Zirkusdirektors, vom scharlachroten Frack über die weiße Reithose bis zum Zylinder und dem gewachsten Zwirbelbart. Mit herausgestrecktem Schmerbauch marschiert er über das Gelände wie der Anführer einer Blaskapelle, dabei erteilt er mit sonorer Stimme Befehle. Er bleibt stehen, um einen Löwenkäfig vorbeizulassen, dann geht er weiter, vorbei an einer Gruppe Männer, die sich mit einer aufgerollten Zeltwand abmüht. Im Vorübergehen verpasst er einem der

Männer einen Schlag auf den Kopf. Der Mann schreit auf, dreht sich um und reibt sich das Ohr, aber Onkel Al und sein Gefolge sind längst weitergezogen.

«Da fällt mir ein», wirft Camel mir über die Schulter zu, «egal, was du tust, erwähne vor Onkel Al niemals Ringling.»

«Warum nicht?»

«Lass es einfach.»

Camel hastet zu Onkel Al und stellt sich ihm in den Weg. «Ach, da sind Sie ja», quäkt er mit gekünstelter Stimme. «Könnte ich vielleicht kurz mit Ihnen sprechen, Sir?»

«Jetzt nicht, Bursche, jetzt nicht», dröhnt Al und marschiert im Stechschritt weiter, wie diese Braunhemden, die man neuerdings in den körnigen Wochenschauen im Kino sieht. Kraftlos humpelt Camel hinterher, streckt den Kopf zur einen Seite vor, lässt sich dann zurückfallen und läuft wie ein geprügelter Hund zur anderen Seite.

«Es dauert nur einen Augenblick, Sir. Ich hab mich nur gefragt, ob eine der Abteilungen vielleicht noch jemanden brauchen kann.»

«Du willst wohl einen neuen Job, was?»

Camels Stimme schraubt sich hoch wie eine Sirene. «O nein, Sir. Ich nicht. Ich bin zufrieden da, wo ich bin. Ja, Sir. Zufrieden wie ein Fisch im Wasser.» Er kichert irre.

Die Entfernung zwischen ihnen wird immer größer. Camel stolpert und wird langsamer. «Sir?», ruft er hinterher. Er bleibt stehen. «Sir?»

Onkel Al ist zwischen all den Leuten, Pferden und Karren verschwunden.

«Verdammt. Verdammt nochmal!» Camel reißt sich den Hut vom Kopf und pfeffert ihn auf den Boden.

«Schon in Ordnung, Camel», sage ich. «Danke, dass du's versucht hast.»

«Nein, es ist nicht in Ordnung», schreit er.

«Camel, ich ...»

«Sei bloß ruhig. Ich will's gar nicht hören. Du bist ein guter Kerl, und ich werd nicht einfach danebenstehen und zusehen, wie du dich davonschleichst, weil dieser launische Fettsack keine Zeit hat. Mach ich nicht. Also erweis einem alten Mann ein bisschen Respekt und funk mir nicht dazwischen.»

Seine Augen blitzen.

Ich bücke mich, um den Hut aufzuheben, wische den Schmutz ab und strecke ihn Camel entgegen.

Nach kurzem Zögern nimmt er ihn an. «Na gut», sagt er schroff. «Ich schätze, das geht klar.»

Camel nimmt mich mit zu einem Waggon und sagt mir, ich soll davor warten. Ich lehne mich gegen eines der riesigen Speichenräder und vertreibe mir die Zeit damit, abwechselnd Splitter unter meinen Fingernägeln herauszupulen und auf langen Grashalmen herumzukauen. Einmal fällt mir der Kopf nach vorne, fast wäre ich eingeschlafen.

Eine Stunde später taumelt Camel wieder heraus, in einer Hand eine Flasche, in der anderen eine Selbstgedrehte. Seine flatternden Augenlider stehen auf Halbmast.

«Das da is' Earl», lallt er und deutet mit ausladender Geste auf den Wagen. «Er kümmert sich um dich.»

Ein kahlköpfiger Mann steigt aus dem Wagen. Er ist riesig, sein Hals ist dicker als sein Kopf. Verwischte grüne Tätowierungen ziehen sich von seinen Fingerknöcheln aus über die starkbehaarten Arme. Er streckt die Hand aus.

«Sehr erfreut», sagt er.

«Ganz meinerseits», entgegne ich verblüfft. Ich drehe mich zu Camel um, der im Zickzack über das saftige Gras in die ungefähre Richtung der Fliegenden Vorhut läuft. Dabei singt er, und zwar schief.

74

Earl hält die Hände wie einen Trichter an den Mund. «Camel, halt die Klappe! Mach, dass du in den Zug kommst, bevor er ohne dich losfährt.»

Camel fällt auf die Knie.

«Ach, verdammt», sagt Earl. «Warte hier. Ich bin gleich wieder da.»

Er geht hinüber und hebt den alten Mann so mühelos hoch, als wäre er ein Kind. Camel lässt Arme, Beine und Kopf einfach baumeln. Er kichert und seufzt.

Earl setzt Camel in der Tür eines Waggons ab, beratschlagt mit jemandem im Inneren und kommt dann zurück.

«Das Zeug bringt den alten Kerl noch um», grummelt er, während er direkt an mir vorbeigeht. «Wenn es ihm nicht die Gedärme zerfrisst, fällt er irgendwann von diesem gottverdammten Zug. Ich rühr das Zeug nicht an», sagt er mit einem Blick über die Schulter zu mir.

Ich stehe wie angewurzelt dort, wo er mich zurückgelassen hat.

Er wirkt überrascht. «Kommst du jetzt, oder was?»

Als der letzte Zugabschnitt losfährt, kauere ich mich in einem Schlafwagen eng zusammengedrängt mit einem anderen Mann unter eine Koje. Er ist der rechtmäßige Besitzer dieses Fleckchens, ließ sich aber um den Preis meines einzigen Dollars dazu überreden, mich ein oder zwei Stunden dort bleiben zu lassen. Trotzdem murrt er, und ich schlinge die Arme um die Knie, um mich so klein wie möglich zu machen.

Der Geruch ungewaschener Körper und Kleidung ist erdrückend. In und unter den Kojen, von denen jeweils drei übereinanderstehen, liegen mindestens ein, manchmal auch zwei Männer. Der Bursche, der sich in die Nische mir gegenüber gequetscht hat, versucht vergebens, eine dünne, graue Decke mit Fausthieben zu einem Kissen zu formen.

Durch den allgemeinen Lärm dringt eine Stimme: «*Ojcze nasz, któryś jest w niebie, święś sięimię Twoje, przyjdź królestwo Twoje …*»

«Gottverdammt», sagt mein Gastgeber. Er streckt den Kopf in den Gang. «Sprich Englisch, du blöder Polack!» Kopfschüttelnd zieht er sich wieder unter die Koje zurück. «Diese Typen manchmal. Keine fünf Minuten im Land.»

«*… i nie wódź nas na pokuszenie, ale zbaw nas ode złego. Amen.*»

Ich schmiege mich an die Wand, schließe die Augen und flüstere: «Amen.»

Der Zug schlingert. Das Licht flackert auf, dann erlischt es. Irgendwo vor uns gellt eine Pfeife. Wir fahren an, und das Licht brennt wieder. Ich bin unglaublich müde, und mein Kopf knallt ungebremst gegen die Wand.

Eine Weile später wache ich auf und sehe vor mir ein paar riesige Arbeitsstiefel.

«Bist du so weit?»

Ich schüttle den Kopf und versuche, mich zurechtzufinden.

Dabei kann ich meine Sehnen quietschen und knacken hören. Dann sehe ich ein Knie und schließlich Earls Gesicht. «Bist du immer noch da unten?», fragt er und lugt unter die Koje.

«Ja. Tut mir leid.»

Ich winde mich unter der Koje hervor und rapple mich hoch.

«Halleluja», sagt mein Gastgeber und streckt sich.

«*Pierdol się*», antworte ich.

In einer Koje ein paar Schritte weiter prustet jemand vor Lachen.

«Komm mit», sagt Earl. «Al hat genug intus, um lockerer zu sein, aber nicht so viel, um fies zu werden. Ich schätze, das ist deine Chance.»

Er führt mich durch zwei weitere Schlafwagen. Als wir die Plattform an ihrem Ende erreichen, stehen wir vor einem Wagen ganz anderer Kategorie. Durch sein Fenster sehe ich glänzendpoliertes Holz und reichverzierte Lampen.

Earl sieht mich an. «Bereit?»

«Klar», antworte ich.

Ich bin keineswegs bereit. Er packt mich am Kragen und schmettert mich mit dem Gesicht gegen den Türrahmen. Mit der anderen Hand reißt er die Schiebetür zur Seite und stößt mich hinein. Ich falle mit ausgestreckten Armen nach vorne. Ein Messinggeländer fängt meinen Sturz ab, ich richte mich auf und blicke mich schockiert nach Earl um. Dann sehe ich die anderen.

«Was ist denn das?», fragt Onkel Al aus den Tiefen eines Ohrensessels. Er sitzt mit drei anderen Männern an einem Tisch, rollt zwischen Daumen und Zeigefinger der einen Hand eine dicke Zigarre hin und her und hält in der anderen Hand fünf aufgefächerte Karten. Vor ihm auf dem Tisch steht ein Kognakglas, direkt dahinter liegt ein ansehnlicher Stapel Pokerchips.

«Ist auf den Zug gesprungen, Sir. Hab ihn gefunden, als er durch einen Schlafwagen schleichen wollte.»

«Ach ja?», fragt Onkel Al. Er zieht träge an seiner Zigarre, bevor er sie am Rand eines Standaschers ablegt. Dann lehnt er sich zurück, betrachtet seine Karten und lässt aus den Mundwinkeln Rauch aufsteigen. «Ich halte deine drei und erhöhe um fünf», sagt er, beugt sich vor und wirft einen Stapel Chips in den Pott.

«Soll ich ihm zeigen, wo die Tür ist?», fragt Earl. Er

kommt auf mich zu, packt mich am Revers und zieht mich hoch. Ich spanne die Muskeln an und umklammere seine Handgelenke; wenn er mich noch einmal werfen will, werde ich mich festhalten. Ich blicke von Onkel Al zur unteren Hälfte von Earls Gesicht – mehr kann ich nicht sehen – und wieder zurück.

Onkel Al schiebt seine Karten zusammen und legt sie sorgfältig auf den Tisch. «Noch nicht, Earl», sagt er. Dann greift er zur Zigarre und nimmt einen Zug. «Lass ihn runter.»

Earl setzt mich ab, den Rücken Onkel Al zugewandt. Er unternimmt einen halbherzigen Versuch, meine Jacke glatt zu ziehen.

«Komm näher», fordert Onkel Al mich auf.

Ich gehorche und bin froh, aus Earls Reichweite zu kommen.

«Ich glaube, ich hatte noch nicht das Vergnügen», sagt er und stößt einen Rauchring aus. «Wie heißt du?»

«Jacob Jankowski, Sir.»

«Und was, bitteschön, hat Jacob Jankowski auf meinem Zug vor?»

«Ich suche Arbeit», antworte ich.

Onkel Al starrt mich an, während er träge Rauchringe ausstößt. Die Hände legt er sich auf den Bauch, mit den Fingern trommelt er gemächlich auf seine Weste.

«Hast du schon mal beim Zirkus gearbeitet, Jacob?»

«Nein, Sir.»

«Hast du mal eine Vorstellung gesehen, Jacob?»

«Ja, Sir. Natürlich.»

«Von wem?»

«Ringling Brothers», sage ich. Als ich jemanden scharf Luft holen höre, drehe ich den Kopf. Earl hat warnend die Augen aufgerissen.

«Aber die war furchtbar. Absolut furchtbar», füge ich hastig hinzu, als ich mich wieder zu Onkel Al umdrehe.

«Tatsächlich», sagt Onkel Al.

«Ja, Sir.»

«Und hast du unsere Show gesehen, Jacob?»

«Ja, Sir», antworte ich und spüre, wie ich erröte.

«Und wie fandest du sie?», fragt er.

«Sie war … spektakulär.»

«Welche Nummer hat dir am besten gefallen?»

Hektisch sauge ich mir Details aus den Fingern. «Die mit den schwarzen und weißen Pferden. Und dem Mädchen in Rosa», antworte ich. «Mit den Pailletten.»

«Hast du gehört, August? Der Kleine mag deine Marlena.»

Der Mann, der Onkel Al gegenübersitzt, steht auf und dreht sich um – er ist der Mann aus dem Menageriezelt, jetzt allerdings ohne Zylinder. Sein markantes Gesicht zeigt keine Regung, sein dunkles Haar glänzt vor Pomade. Auch er trägt einen Schnurrbart, der jedoch – anders als bei Onkel Al – nicht breiter ist als die Lippen.

«Und was genau gedenkst du hier zu tun?», fragt Onkel Al. Er beugt sich vor und nimmt sein Kognakglas vom Tisch. Nachdem er den Inhalt umhergeschwenkt hat, leert er das Glas in einem Zug. Wie aus dem Nichts taucht ein Kellner auf und schenkt nach.

«Ich würde so ziemlich alles machen. Aber wenn es geht, möchte ich mit Tieren arbeiten.»

«Mit Tieren», wiederholt er. «Hast du gehört, August? Der Junge will mit Tieren arbeiten. Du willst den Elefanten wohl Wasser holen, nicht wahr?»

Earl runzelt die Stirn. «Aber Sir, wir haben keine …»

«Halt den Mund!», kreischt Onkel Al und springt auf. Mit dem Ärmel streift er den Kognakschwenker und wirft ihn hinunter. Während er mit geballten Fäusten auf das Glas starrt, verfinstert sich seine Miene zunehmend. Dann bleckt er die Zähne, stößt einen langen, unmenschlichen Schrei aus und stampft wieder und wieder auf das Glas.

Die folgende Stille wird nur vom rhythmischen Rattern der Schwellen unter uns durchbrochen. Dann kniet sich der Kellner hin, um die Scherben aufzusammeln.

Onkel Al holt tief Luft, verschränkt die Hände hinter dem Rücken und dreht sich zum Fenster. Als er sich uns schließlich erneut zuwendet, hat sein Gesicht wieder einen rosigen Teint. Ein Schmunzeln umspielt seine Lippen.

«Ich sage dir, wie es aussieht, Jacob Jankowski.» Er speit meinen Namen aus, als sei er etwas Widerwärtiges. «Leute wie dich habe ich zu Tausenden gesehen. Was ist es diesmal – hast du dich mit deiner Mutti gezankt? Oder bist du nur auf ein kleines Abenteuer in den Semesterferien aus?»

«Nein, Sir, so ist das nicht.»

«Mir ist verdammt egal, wie es ist – auch wenn ich dir Arbeit bei der Show gebe, du würdest es nicht durchstehen. Keine Woche lang. Nicht mal einen Tag. Die Show ist eine gutgeölte Maschine, und nur die Härtesten halten durch. Aber von harter Arbeit haben College-Jungs wie du ohnehin keine Ahnung, richtig, Kleiner?»

Er stiert mich herausfordernd an, so als solle ich ja nicht wagen, etwas zu sagen. «Und jetzt verpiss dich», sagt er mit einer abweisenden Handbewegung. «Earl, bring ihn zur Tür. Schmeiß ihn erst raus, wenn du tatsächlich ein rotes Licht siehst – ich will keinen Ärger bekommen, weil sich Mamis kleiner Liebling wehgetan hat.»

«Einen Moment, Al», sagt August. Deutlich belustigt grinst er. «Stimmt das? Bist du wirklich am College?»

Ich fühle mich wie eine Maus, die zwei Katzen sich gegenseitig zuschubsen. «Ich war am College.»

«Und was hast du studiert? Etwas Schöngeistiges vielleicht?» Seine Augen funkeln spöttisch. «Rumänischen Volkstanz? Aristotelische Literaturkritik? Oder, Mr. Jankowski, haben Sie vielleicht einen Abschluss als Akkordeonspieler?»

«Ich habe Veterinärmedizin studiert.»

Schlagartig ändert sich sein Gesichtsausdruck. «Veterinärmedizin? Du bist Tierarzt?»

«Nicht ganz.»

«Was meinst du mit ‹nicht ganz›?»

«Ich habe die Abschlussprüfung nicht mitgeschrieben.»

«Warum nicht?»

«Ich hab's einfach nicht gemacht.»

«Und diese Prüfung war die nach dem letzten Studienjahr?»

«Genau.»

«An welchem College?»

«Cornell.»

August und Onkel Al sehen sich an.

«Marlena hat erzählt, dass es Silver Star nicht gutgeht», sagt August. «Ich sollte dem Vorläufer auftragen, einen Tierarzt zu organisieren. Sie hat offenbar nicht verstanden, dass der Vorläufer vor uns in den Städten ist, deshalb heißt er ja so.»

«Worauf willst du hinaus?», fragt Onkel Al.

«Der Kleine soll ihn sich morgen früh mal ansehen.»

«Und wo sollen wir ihn heute Nacht unterbringen? Wir sind jetzt schon überbelegt.» Er nimmt seine Zigarre vom Aschenbecher und klopft sie am Rand ab. «Wir könnten ihn wohl einfach auf einen der Flachwagen verfrachten.»

«Ich dachte eher an den Pferdewagen», sagt August.

Onkel Al runzelt die Stirn. «Was? Zu Marlenas Pferden?»

«Ja.»

«Du meinst da, wo früher die Ziegen waren? Schläft da nicht dieser kleine Scheißer ... wie heißt er doch gleich?», überlegt er mit einem Fingerschnipsen. «Stinko? Kinko? Dieser Clown mit dem Hund?»

«Ganz genau», sagt August lächelnd.

August führt mich zurück durch die Schlafwagen der Männer bis zu einer kleinen Plattform gegenüber von einem Güterwagen.

«Bist du schwindelfrei, Jacob?», fragt er freundlich.

«Ich glaube schon», antworte ich.

«Gut.» Er beugt sich kurzerhand vor, packt etwas an der Seite des Güterwagens und klettert behände auf das Dach.

«Gottverdammt», rufe ich. Panisch blicke ich von der Stelle, an der August verschwunden ist, zu der Kupplung und den Bahnschwellen, die unter den Waggons dahinrasen. Der Zug fährt ruckelnd durch eine Kurve. Schwer atmend strecke ich die Arme aus, um das Gleichgewicht zu halten.

«Komm schon», ertönt eine Stimme vom Dach.

«Verdammt, wie hast du das gemacht? Woran hast du dich festgehalten?»

«Da ist eine Leiter. Direkt hinter der Ecke. Lehn dich vor und greif danach. Du findest sie schon.»

«Und wenn nicht?»

«Dann heißt es wohl ‹auf Wiedersehen›, oder?»

Ich taste mich behutsam bis zur Kante vor und kann gerade den Rand einer schmalen Eisenleiter erkennen.

Ich halte sie fest im Blick und wische mir die Hände an den Oberschenkeln ab. Dann lasse ich mich nach vorne fallen.

Mit der rechten Hand berühre ich die Leiter. Ich fuchtele wild mit der linken herum, bis ich die andere Seite zu fassen bekomme. Ich stemme die Füße auf die Sprossen, klammere mich fest und versuche, wieder Atem zu schöpfen.

«Nun komm endlich.»

Als ich nach oben sehe, grinst August mit wehenden Haaren zu mir herunter.

Ich klettere aufs Dach. Er rückt zur Seite, und als ich neben ihm sitze, legt er mir eine Hand auf die Schulter. «Dreh dich mal um. Ich will dir etwas zeigen.»

Er deutet auf den Zug, der sich hinter uns wie eine riesige Schlange erstreckt; die miteinander verbundenen Waggons neigen sich ruckelnd zur Seite, als wir durch eine Kurve fahren.

«Ein schöner Anblick, nicht wahr, Jacob?», sagt August. Ich werfe ihm einen Blick zu. Er starrt mich mit blitzenden Augen unumwunden an. «Aber nicht ganz so schön wie meine Marlena, was?» Er schnalzt mit der Zunge und zwinkert.

Bevor ich ihm widersprechen kann, steht er auf und tänzelt das Dach entlang.

Ich recke den Hals und zähle die Güterwagen. Es sind mindestens sechs.

«August?»

«Ja?» Er hält mitten in einer Drehung inne.

«In welchem Wagen ist Kinko?»

Plötzlich geht er in die Hocke. «In diesem. Nochmal Glück gehabt, was?» Er stemmt eine Dachluke zur Seite und verschwindet.

Ich krabble auf allen vieren hinüber.

«August?»

«Was denn?», antwortet eine Stimme aus dem Dunkeln. «Steht da eine Leiter?»

«Nein, einfach loslassen.»

Ich lasse mich innen herab, bis ich nur noch an den Fingerspitzen hänge. Als ich auf den Boden krache, begrüßt mich ein überraschtes Wiehern.

Durch Schlitze in den Wänden des Güterwagens fallen schmale Streifen Mondlicht. Auf der einen Seite steht eine Reihe von Pferden, auf der anderen eine offensichtlich selbstgebaute Wand.

August macht ein paar Schritte und drückt die Tür nach innen auf. Sie knallt gegen die dahinterliegende Wand und gibt den Blick frei auf einen provisorischen Raum, der von einer Kerosinlampe erhellt wird. Die Lampe steht auf einer umgedrehten Lattenkiste neben einer Pritsche. Auf der liegt bäuchlings ein Zwerg, vor ihm ein aufgeschlagener Wälzer. Er ist etwa in meinem Alter und hat, ebenso wie ich, rotes Haar. Aber anders als meines steht seines widerspenstig zu Berge. Sein Gesicht, sein Hals, die Arme und Hände sind mit Sommersprossen übersät.

«Kinko», sagt August voll Abscheu.

«August», antwortet der Zwerg, ebenso angewidert.

«Das ist Jacob», sagt August und spaziert durch den winzigen Raum. Er beugt sich hinunter und berührt im Vorbeigehen einige Sachen. «Er wird eine Weile dein Schlafgenosse sein.»

Ich trete vor und strecke die Hand aus. «Guten Abend.»

Kinko betrachtet gleichgültig meine Hand und sieht dann wieder zu August. «Was ist er?»

«Er heißt Jacob.»

«Ich habe gefragt, was, nicht wer.»

«Er soll in der Menagerie aushelfen.»

Kinko springt auf. «Ein Menageriearbeiter? Vergiss es. Ich bin Artist. Ich wohne hier ganz sicher nicht mit einem Arbeiter.»

Hinter ihm erklingt ein Knurren, und erst jetzt sehe ich

den Jack-Russel-Terrier. Mit gesträubtem Fell steht er am Bettende. «Ich bin der Stallmeister und zuständig für alle Tiere», sagt August gedehnt, «und nur dank meiner Großzügigkeit darfst du hier überhaupt schlafen. Ebenfalls nur dank meiner Großzügigkeit ist nicht alles voll mit Racklos. Natürlich kann ich das jederzeit ändern. Außerdem ist dieser Gentleman der neue Tierarzt der Show – und kommt noch dazu von der Cornell –, er steht damit in meinem Ansehen um einiges höher als du. Vielleicht möchtest du ihm ja die Pritsche anbieten.» Das Licht der Lampe flackert in Augusts Augen. Seine Lippen beben im Halbschatten.

Im nächsten Moment dreht er sich zu mir um und schlägt die Hacken zusammen. «Gute Nacht, Jacob. Ich bin sicher, Kinko wird es dir hier gemütlich machen. Nicht wahr, Kinko?»

Kinko wirft ihm finstere Blicke zu.

August streicht sich mit beiden Händen das Haar glatt. Dann geht er und schließt die Tür hinter sich. Ich starre auf die rohen Bretter, bis ich über uns seine Schritte höre. Ich drehe mich um.

Kinko und der Hund starren mich an. Der Hund zieht die Lefzen hoch und knurrt.

Ich verbringe die Nacht auf einer zerknitterten Pferdedecke, die so weit wie möglich von der Pritsche entfernt an der Wand liegt. Die Decke ist klamm. Wer auch immer die Lattenwände abgedichtet hat, um aus dieser Ecke einen Raum zu machen, hat schlecht gearbeitet; die Decke hat Regen abbekommen und stinkt nach Schimmel.

Ich schrecke aus dem Schlaf auf. Arme und Hals habe ich mir wund gekratzt. Ich weiß nicht, ob es am Schlafen auf der Pferdehaardecke liegt oder am Ungeziefer, und ich will es auch nicht wissen. Der Himmel, den man durch die zugespachtelten Ritzen sehen kann, ist schwarz, und wir fahren noch.

Ein Traum hat mich geweckt, aber ich kann mich an keine Einzelheiten erinnern. Ich schließe die Augen und dringe zaghaft in die verborgenen Winkel meiner Seele vor.

Da ist meine Mutter. Sie trägt ein kornblumenblaues Kleid und hängt im Hof Wäsche auf die Leine. Im Mund hat sie hölzerne Wäscheklammern und weitere in der Schürze, die sie sich um die Taille gebunden hat. Sie hantiert mit einem Bettlaken, dazu singt sie leise auf Polnisch.

Schnitt.

Ich liege auf dem Boden, über mir baumeln die Brüste der Stripperin, mit Warzenhöfen so groß und braun wie Reibekuchen. Sie schwingen im Kreis – nach außen, nach innen, KLATSCH. Nach außen, nach innen, KLATSCH. Erst durchzuckt mich Erregung, dann Gewissensbisse und schließlich Übelkeit.

Und dann bin ich …

Ich bin …

5 Ich bin ein greinender, alter Narr, das bin ich.
Ich habe wohl geschlafen. Dabei hätte ich schwören können, dass ich noch vor einem Augenblick dreiundzwanzig Jahre alt war, und jetzt stecke ich in diesem armseligen, welken Körper.

Ich schniefe und wische mir die dummen Tränen weg. Ich versuche, mich zusammenzureißen, denn die dralle, junge Frau in Pink ist wieder da. Entweder hat sie die Nacht durchgearbeitet, oder ich habe einen ganzen Tag verpasst. Scheußlich, das nicht zu wissen.

Außerdem würde ich mich gerne an ihren Namen erinnern, aber er fällt mir nicht ein. So ist das mit neunzig. Oder dreiundneunzig.

«Guten Morgen, Mr. Jankowski», sagt die Schwester, als sie das Licht anknipst. Sie geht zum Fenster und stellt die Lamellen der Jalousie waagerecht, sodass Sonnenlicht hereinströmt. «Und nun frisch und fröhlich in den neuen Tag.»

«Wieso das denn?», grummle ich.

«Weil der Herrgott Ihnen einen weiteren Tag geschenkt hat», antwortet sie und stellt sich neben mich. Sie drückt einen Knopf an meinem Bettgestell. Es summt, und gleich darauf sitze ich aufrecht im Bett. «Außerdem gehen Sie morgen in den Zirkus.»

Der Zirkus! Also habe ich doch keinen Tag verloren.

Sie stülpt eine Einwegkappe auf ein Thermometer und steckt es in mein Ohr. So werde ich jeden Morgen gepikt und gezwackt, wie ein Stück Fleisch, das man ganz hinten im Kühlschrank ausgegraben hat und das erst einmal argwöhnisch beäugt wird.

Nachdem das Thermometer gepiepst hat, schnippt die Schwester die Kappe in den Abfalleimer und schreibt etwas in meine Akte. Dann nimmt sie die Blutdruckmanschette von der Wand.

«Möchten Sie heute Morgen im Speisesaal frühstücken, oder soll ich Ihnen etwas bringen?», fragt sie, während sie die Manschette um meinen Arm legt und aufpumpt.

«Ich will kein Frühstück.»

Sie drückt ein Stethoskop gegen meine Armbeuge und sagt mit Blick auf die Anzeige: «Aber, Mr. Jankowski, Sie müssen bei Kräften bleiben.»

Ich versuche, ihr Namensschild zu lesen. «Wofür? Um einen Marathon zu laufen?»

«Damit Sie sich nichts einfangen und deswegen den Zirkus verpassen», antwortet sie. Als die Luft aus der Manschette entwichen ist, nimmt sie mir das Gerät vom Arm und hängt es zurück an die Wand.

Endlich! Jetzt kann ich ihren Namen sehen.

«Dann esse ich hier, Rosemary», sage ich, um zu beweisen, dass ich mir ihren Namen gemerkt habe. Stets den Anschein zu erwecken, man hätte noch alle Tassen im Schrank, ist anstrengend, aber wichtig. Außerdem bin ich gar nicht richtig verwirrt. Ich muss nur über mehr Dinge die Übersicht behalten als andere Leute.

«Ich darf verkünden, dass Sie so gesund sind wie ein Pferd», sagt sie und schreibt noch etwas in meine Akte, bevor sie sie zuschlägt. «Ich wette, wenn Sie nicht zu viel Gewicht verlieren, schaffen Sie noch zehn Jahre.»

«Na prima», entgegne ich.

Als Rosemary zurückkommt, um mich auf den Flur zu schieben, bitte ich sie, mich zum Fenster zu bringen, damit ich sehen kann, was im Park vor sich geht.

Es ist ein wunderbarer Tag, am sonnigen Himmel ziehen Schäfchenwolken. Wie schön – ich kann mich nur zu gut daran erinnern, wie die Arbeit auf einem Zirkusgelände bei schlechtem Wetter aussieht. Natürlich ist die Arbeit heute ganz anders als früher. Ich frage mich, ob die Arbeiter noch immer Racklos genannt werden. Ganz sicher hat sich die Unterbringung verbessert, da muss man sich nur die Wohnmobile ansehen. Auf manchen sind sogar Satellitenschüsseln montiert.

Kurz nach dem Mittagessen sehe ich, wie der erste Bewohner des Altenheims von seinen Verwandten die Straße hinaufgeschoben wird. Zehn Minuten später zieht dort eine regelrechte Karawane entlang. Da ist Ruthie – ach, und auch Nellie Compton, aber was soll das bringen? Sie ist nur noch Gemüse, sie wird sich an gar nichts erinnern. Und da ist Doris – dann muss das ihr Randall sein, von dem sie ständig erzählt. Und da ist auch dieser Mistkerl McGuinty. O ja, ganz Hahn im Korb, mit einem Plaid über den Knien und seiner Familie, die um ihn herumscharwenzelt. Sicher verbreitet er wieder Elefantengeschichten.

Hinter dem Chapiteau steht eine Reihe von prächtigen Percherons, ohne Ausnahme mit strahlend weißem Fell. Ob sie zu einer Voltigiernummer gehören? Voltigierpferde sind immer weiß, damit man auf ihrem Rücken das Kolophonium nicht sieht, mit dem die Artisten ihre Füße rutschsicher machen.

Selbst wenn sie eine Freiheitsdressur zeigen, könnten sie Marlenas auf keinen Fall das Wasser reichen. Nichts und niemand ließe sich mit Marlena vergleichen.

Gleichermaßen besorgt wie hoffnungsvoll halte ich umsonst nach einem Elefanten Ausschau.

Später am Nachmittag kehrt die Karawane heim, mit Ballons an den Rollstühlen und albernen Hüten auf den Köpfen. Ein paar haben sogar Tüten mit Zuckerwatte auf dem Schoß – Tüten! So weiß man doch gar nicht, ob das Zeug nicht eine Woche alt ist. Zu meiner Zeit war es frisch, es wurde in einer Trommel auf einen Papierkegel gesponnen.

Um fünf Uhr kommt eine schlanke Schwester mit einem Pferdegesicht ans Flurende. «Es gibt Abendessen, sind Sie so weit, Mr. Jankowski?», fragt sie, tritt die Feststellbremse los und wendet meinen Rollstuhl.

«Hrrmmpf», entgegne ich gereizt, weil sie meine Antwort nicht abgewartet hat.

Als wir den Speisesaal betreten, steuert sie auf meinen üblichen Tisch zu.

«Nein, warten Sie!», sage ich. «Da möchte ich heute nicht sitzen.»

«Keine Sorge, Mr. Jankowski. Ich bin sicher, Mr. McGuinty ist Ihnen wegen gestern Abend nicht mehr böse.»

«Mag sein, aber ich bin ihm noch böse. Ich will da drüben sitzen», sage ich und zeige auf einen anderen Tisch.

«Aber an dem Tisch sitzt niemand», wendet sie ein.

«Genau.»

«Ach, Mr. Jankowski. Lassen Sie mich doch einfach …»

«Bringen Sie mich verdammt nochmal einfach dahin, wohin ich möchte.»

Mein Rollstuhl bleibt stehen, und hinter mir herrscht eisige Stille. Einen Augenblick später geht es weiter. Die Schwester stellt mich am gewünschten Tisch ab und geht. Als sie wiederkommt, um mir einen Teller vor die Nase zu knallen, kneift sie die Lippen fest zusammen.

Wenn man alleine an einem Tisch sitzt, besteht das größte Problem darin, dass einen nichts von den Unterhaltungen der anderen ablenkt. Ich will nicht lauschen, aber ich kann sie gar nicht überhören. Die meisten reden über den Zirkus, was in Ordnung ist. Nicht in Ordnung ist, dass der alte Furz McGuinty an meinem Tisch sitzt, mit meinen Freundinnen, und Hof hält wie König Artus. Und das ist noch nicht alles – offenbar hat er jemandem vom Zirkus erzählt, er hätte früher den Elefanten Wasser geholt, und sie haben seine Eintrittskarte zu einem Logenplatz hochgestuft! Unglaublich! Jetzt sitzt er da, faselt endlos von seiner Sonderbehandlung und lässt sich von Hazel, Doris und Norma anhimmeln.

Das halte ich nicht mehr aus. Ich sehe auf meinen Teller und finde ein undefinierbares Ragout mit heller Soße und pockigem Wackelpudding als Nachtisch.

«Schwester!», brülle ich. «Schwester!»

Eine der Schwestern blickt auf und sieht zu mir herüber. Da ich offensichtlich nicht im Sterben liege, lässt sie sich ordentlich Zeit.

«Was kann ich für Sie tun, Mr. Jankowski?»

«Wie wäre es, wenn Sie mir etwas Richtiges zu essen bringen?»

«Wie bitte?»

«Richtiges Essen. Sie wissen schon – das Zeug, das die Leute draußen kriegen.»

«Ach, Mr. Jankowski …»

«Kommen Sie mir nicht mit Ihrem ‹Ach, Mr. Jankowski›, junge Dame. Das ist ein Kinderessen, und ich bin doch keine fünf Jahre alt. Ich bin neunzig. Oder dreiundneunzig.»

«Das ist kein Kinderessen.»

«Doch, natürlich. Es hat überhaupt keinen Biss. Sehen Sie …», sage ich und ziehe meine Gabel durch den soßenbedeckten Hügel. Die Pampe klatscht von der Gabel und hinterlässt auf ihr eine breiige Schicht. «Das nennen Sie Essen? Ich will etwas, in das ich meine Zähne schlagen kann. Etwas Knuspriges. Und was bitte soll das hier sein?», frage ich und pike in den Klumpen roten Wackelpudding. Er bebt unzüchtig, so wie ein mir einst wohlbekannter Busen.

«Das ist Salat.»

«Salat? Sehen Sie da irgendwelches Gemüse? Ich nicht.»

«Das ist Obstsalat», antwortet sie mit erzwungener Ruhe.

«Sehen Sie hier irgendwelches Obst?»

«Ja. Allerdings», sagt sie und deutet auf eine Pocke. «Da. Und da. Das ist ein Stück Banane und das da eine Weintraube. Warum probieren Sie es nicht mal?»

«Warum probieren *Sie* es nicht?»

Sie verschränkt die Arme vor der Brust. Die Oberlehrerin ist mit ihrer Geduld am Ende. «Das Essen ist für die Heimbewohner. Es wurde extra von einem Ernährungsberater zusammengestellt, der sich auf geriatrische …»

«Ich will das Zeug nicht. Ich will richtiges Essen.»

Im Saal herrscht Totenstille. Ich sehe mich um. Alle starren mich an. «Was denn?», frage ich laut. «Ist das zu viel verlangt? Vermisst hier denn sonst keiner richtiges Essen? Ihr könnt doch nicht alle zufrieden sein mit dieser … dieser … *Pampe*?» Ich lege die Hand an den Rand des Tellers und gebe ihm einen Schubs.

Nur einen kleinen.

Ehrlich.

Mein Teller schießt über den Tisch und kracht zu Boden.

Dr. Rashid wird gerufen. Sie sitzt an meinem Bett und stellt mir Fragen, die ich höflich zu beantworten versuche, aber ich bin es so leid, behandelt zu werden, als sei ich unvernünftig, dass ich wohl leider etwas schrullig wirke.

Nach einer halben Stunde bittet sie die Schwester, mit ihr auf den Flur zu gehen. Ich gebe mir Mühe, etwas zu hören, aber mit meinen alten Ohren kann ich trotz deren unanständiger Größe nur Gesprächsfetzen aufschnappen: «sehr ernste Depression» und «tritt als Aggression zutage, das ist bei geriatrischen Patienten nicht ungewöhnlich».

«Wissen Sie was, ich bin nicht taub!», rufe ich von meinem Bett aus. «Nur alt!»

Dr. Rashid wirft einen Blick zu mir ins Zimmer und nimmt die Schwester beim Arm. Sie gehen den Flur hinunter, außer Hörweite.

An diesem Abend liegt eine neue Tablette in meinem Papp-becher. Sie fällt mir erst auf, als ich die Tabletten schon in der Hand halte.

«Was ist das?», frage ich und schiebe sie auf der Handflä-che umher. Ich drehe sie um und untersuche die Rückseite.

«Was?», fragt die Schwester.

«Das», antworte ich und tippe auf die Tablette des An-stoßes. «Die Tablette hier. Die ist neu.»

«Das ist Elavil.»

«Wogegen ist das?»

«Damit werden Sie sich besser fühlen.»

«Wogegen ist das?», wiederhole ich.

Sie antwortet nicht. Ich sehe auf, und unsere Blicke be-gegnen sich.

«Depressionen», antwortet sie schließlich.

«Das nehme ich nicht.»

«Mr. Jankowski ...»

«Ich bin nicht depressiv.»

«Dr. Rashid hat es verschrieben. Damit werden Sie ...»

«Sie wollen mich ruhigstellen. Sie wollen aus mir ein Wa-ckelpudding essendes Schaf machen. Ich nehme das nicht, das sag ich Ihnen.»

«Mr. Jankowski, ich muss mich noch um zwölf andere Pa-tienten kümmern. Bitte nehmen Sie jetzt Ihre Tabletten.»

«Ich dachte, wir wären Bewohner.»

Jeder einzelne ihrer herben Züge versteinert.

«Die anderen nehme ich, aber die nicht», sage ich und schnipse die Tablette von meiner Hand. Sie fliegt durch die Luft und landet auf dem Fußboden. Die anderen werfe ich mir in den Mund. «Wo ist mein Wasser?», frage ich undeut-lich, weil ich versuche, die Tabletten in der Mitte meiner Zunge zu lassen.

Sie gibt mir einen Plastikbecher, hebt die Tablette auf

und geht in mein Badezimmer. Ich höre die Spülung. Dann kommt sie zurück.

«Mr. Jankowski, ich hole jetzt eine neue Elavil, und wenn Sie die nicht nehmen, rufe ich Dr. Rashid, die Ihnen dann eine Spritze verschreibt. So oder so bekommen Sie das Elavil. Wie, liegt ganz bei Ihnen.»

Als sie die Tablette bringt, schlucke ich sie. Eine Viertelstunde später bekomme ich außerdem eine Spritze – kein Elavil, etwas anderes, aber es erscheint mir trotzdem nicht fair, weil ich die verdammte Tablette doch genommen habe.

Nach kürzester Zeit bin ich ein Wackelpudding essendes Schaf. Na ja, zumindest ein Schaf. Aber weil ich mir den Zwischenfall ins Gedächtnis rufe, der mich in diese missliche Lage gebracht hat, wird mir klar: Wenn mir jetzt jemand pockigen Wackelpudding vorsetzte, würde ich ihn essen.

Was haben die mit mir gemacht?

Mit jedem Funken Menschlichkeit, der noch in meinem elenden Körper steckt, halte ich an meinem Zorn fest, doch es nutzt nichts. Er entgleitet mir, wie die Ebbe dem Meeresstrand. Ich grüble über diese traurige Tatsache nach, als ich merke, dass dunkler Schlaf um meinen Kopf kreist. Er ist schon seit einer Weile da, wartet auf den richtigen Augenblick und kommt mit jeder Umkreisung näher. Ich verabschiede mich von meiner Wut, die nur noch eine Formalität ist, und nehme mir vor, am nächsten Morgen wieder wütend zu werden. Dann lasse ich mich treiben, denn ich kann mich nicht mehr widersetzen.

6 Der Zug kämpft ächzend gegen den wachsenden Widerstand der Druckluftbremsen an. Nach mehreren Minuten und einem letzten langgezogenen Kreischen kommt das riesige Eisenungetüm mit einem Ruck zum Stehen und lässt Dampf ab.

Kinko schlägt seine Decke zurück und steht auf. Er ist höchstens einen Meter zwanzig groß. Erst reckt er sich, gähnt und gibt einen Schmatzer von sich, dann kratzt er sich am Kopf, unter den Achseln und an den Hoden. Die Hündin springt ihm, wild mit dem Stummelschwanz wedelnd, um die Füße.

«Komm, Queenie», sagt er und hebt sie hoch. «Willst du raus? Will Queenie Gassi?» Er drückt ihr einen Kuss auf den braunweißen Kopf und durchquert den kleinen Raum.

Von meiner zerknitterten Pferdedecke in der Ecke aus beobachte ich ihn.

«Kinko?»

Würde er nicht mit Nachdruck die Tür zuknallen, könnte ich fast glauben, er hätte mich nicht gehört.

Wir stehen auf einem Abstellgleis hinter der Fliegenden Vorhut, die offenbar seit mehreren Stunden hier ist. Zur Freude der Städter, die herumstehen und zuschauen, ist die Zeltstadt bereits aufgebaut. Auf den Wagendächern der Fliegenden Vorhut sitzen scharenweise Kinder, die mit glänzenden Augen das Gelände bestaunen. Darunter haben sich ihre Eltern versammelt, sie halten die jüngeren Geschwister an der Hand und zeigen auf die wundersamen Dinge vor sich.

Die Arbeiter aus dem Hauptzug steigen aus den Schlafwagen, zünden sich Zigaretten an und schlendern quer über den Zirkusplatz zum Küchenbau. Dort ist die orangeblaue Fahne bereits gehisst, und der dampfende Kessel daneben kündet fröhlich vom angerichteten Frühstück.

Die Artisten kommen aus weiter hinten angehängten und offensichtlich besseren Schlafwagen. Es herrscht eine deutliche Hierarchie: Je näher am Zugende sich die Quartiere befinden, desto eindrucksvoller sind sie. Onkel Al höchstpersönlich entsteigt einem Wagen direkt vor dem Bremserhäuschen. Mir fällt auf, dass Kinko und ich die ersten menschlichen Fahrgäste hinter der Lok sind.

«Jacob!»

Ich drehe mich um. August kommt mit großen Schritten auf mich zu, er trägt ein frisch gestärktes Hemd und ist sauber rasiert. In seinem glatten Haar zeichnen sich noch die Zinken des Kamms ab.

«Na, mein Junge, wie fühlen wir uns heute Morgen?», fragt er.

«Ganz gut», antworte ich. «Ein bisschen müde.»

«Hat dir der kleine Troll Ärger gemacht?»

«Nein», sage ich. «Er war in Ordnung.»

«Bestens.» Er klatscht in die Hände. «Wollen wir uns dann mal das Pferd ansehen? Wahrscheinlich ist es nichts Ernstes. Marlena verhätschelt sie schrecklich. Ah, da ist ja mein kleiner Schatz. Hierher, Liebling», ruft er fröhlich. «Ich möchte dir Jacob vorstellen. Er ist sehr angetan von dir.»

Ich spüre, wie mir das Blut ins Gesicht schießt.

Sie bleibt neben ihm stehen und lächelt mich an, während sich August zum Pferdewagen umdreht. «Sehr erfreut», sagt sie und streckt mir die Hand entgegen. Auch aus der Nähe sieht sie Catherine verblüffend ähnlich – feine Gesichtszüge, ein Porzellanteint und vereinzelte Sommersprossen auf dem Nasenrücken. Strahlend blaue Augen und Haar, das eine Spur zu dunkel ist, um noch als blond zu gelten.

«Ganz meinerseits», entgegne ich. Mir wird schmerzlich bewusst, dass ich mich seit zwei Tagen nicht rasiert habe, meine Kleidung vor Pferdemist starrt und ich auch andere unangenehme Gerüche verströme.

Sie neigt leicht den Kopf. «Sag mal, habe ich dich nicht gestern gesehen? In der Menagerie?»

«Ich glaube nicht», lüge ich instinktiv.

«Doch, sicher. Direkt vor der Vorstellung. Als der Schimpansenkäfig zugeknallt ist.»

Ich sehe kurz zu August, aber er steht immer noch mit dem Rücken zu uns. Sie folgt meinem Blick und scheint zu verstehen.

«Du kommst nicht aus Boston, oder?», fragt sie leise.

«Nein. Da war ich auch noch nie.»

«Hm», sagt sie. «Du kommst mir nur irgendwie bekannt vor. Egal», fährt sie fröhlich fort, «Auggie sagt, du bist Tierarzt.» Als er seinen Namen hört, dreht August sich um.

«Nein», antworte ich. «Also, nicht so ganz.»

«Er ist nur bescheiden», sagt August. «Pete! He, Pete!»

Einige Männer bringen vor der Tür des Pferdewagens eine Rampe mit angebauten Seitenrändern an. Ein großgewachsener Mann mit dunklen Haaren dreht sich um. «Ja, Chef?», fragt er.

«Ladet die anderen ab und bring Silver Star raus, okay?»

«Klar.»

Elf Pferde – fünf Schimmel und sechs Rappen – später betritt Pete ein letztes Mal den Pferdewaggon. Kurz darauf ist er zurück. «Silver Star rührt sich nicht von der Stelle, Chef.»

«Dann mach ihm Beine», sagt August.

«O nein, das lässt du schön bleiben», sagt Marlena und wirft August einen bösen Blick zu. Sie marschiert die Rampe hinauf und verschwindet.

Während August und ich draußen warten, hören wir leidenschaftliches Flehen und Zungenschnalzen. Ein paar

Minuten später taucht sie in der Tür auf, neben sich den Araberhengst mit der Silbermähne.

Marlena geht vor ihm hinaus, sie schnalzt mit der Zunge und redet leise. Er hebt den Kopf und weicht nach hinten aus. Schließlich folgt er ihr die Rampe hinunter, jeden Schritt von einem tiefen Nicken begleitet. Unten angekommen, zieht er so heftig nach hinten, dass er sich fast hinsetzt.

«Mein Gott, Marlena – hast du nicht gesagt, er wäre leicht angeschlagen?», sagt August.

Marlena ist kreidebleich. «Das war er auch. Gestern ging es ihm längst nicht so schlecht. Er lahmt seit ein paar Tagen ein bisschen, aber bei weitem nicht so schlimm.»

Sie schnalzt mit der Zunge und zieht, bis das Pferd schließlich auf den Schotter tritt. Es steht mit gekrümmtem Rücken da, dabei verlagert es so viel Gewicht wie möglich auf die Hinterbeine. Mir wird bang ums Herz. Diese Eiertanz-Haltung ist typisch.

«Und, was meinst du?», fragt August.

«Einen Moment noch», antworte ich, obwohl ich mir bereits zu neunundneunzig Prozent sicher bin. «Habt ihr eine Hufzange?»

«Nein. Aber der Schmied hat eine. Soll ich Pete losschicken?»

«Noch nicht. Vielleicht brauche ich sie nicht.»

Ich hocke mich neben den linken Vorderlauf und streiche mit den Händen über sein Bein, von der Schulter bis zur Fessel. Dann lege ich eine Hand auf die Vorderseite seines Hufs. Er glüht vor Hitze. Ich lege Daumen und Zeigefinger hinten an seine Fessel. In der Arterie fühlt man den Puls hämmern.

«Verdammt», sage ich.

«Was ist los?», fragt Marlena.

Ich richte mich auf und fasse nach Silver Stars Fuß. Er hält ihn fest am Boden.

«Komm schon, Junge», sage ich und ziehe an seinem Huf.

Schließlich hebt er ihn an. Die Sohle ist geschwollen, dunkel und rot umrandet. Ich setze den Fuß sofort wieder ab.

«Er hat Hufrehe», sage ich.

«O mein Gott!», sagt Marlena und schlägt sich die Hand vor den Mund.

«Was?», fragt August. «Was hat er?»

«Hufrehe», antworte ich. «Dabei ist das Gewebe zwischen der Hufkapsel und dem Hufbein entzündet, und das Hufbein dreht sich nach unten und drückt auf die Sohle.»

«Bitte so, dass man es verstehen kann. Ist es schlimm?»

Ich blicke zu Marlena, die sich noch immer die Hand vor den Mund hält. «Ja.»

«Bekommst du ihn wieder hin?»

«Wir können ihn dick einpacken und dafür sorgen, dass er nicht aufsteht. Nur Heu, kein Getreide. Und keine Arbeit.»

«Aber bekommst du ihn wieder hin?»

Ich zögere und werfe Marlena einen weiteren Blick zu. «Wahrscheinlich nicht.»

August betrachtet Silver Star misstrauisch, bläht die Wangen auf und schnauft.

«Nun, nun», ertönt hinter uns eine unverkennbare Stimme. «Wenn das mal nicht unser ureigenster Tierarzt ist!»

Onkel Al, angetan mit einer schwarz-weiß karierten Hose und einer blutroten Weste, kommt auf uns zu. In der Hand hält er einen Spazierstock mit silbernem Knauf, den er bei jedem Schritt exaltiert vor und zurück schwingt. Eine Handvoll Leute folgt ihm.

«Na, was sagt der Medizinmann? Hast du das Pferd wieder auf Vordermann gebracht?», fragt er heiter und bleibt vor mir stehen.

«Nicht ganz», antworte ich.

«Warum nicht?»

«Offenbar hat er Hufrehe», sagt August.

«Er hat was?», fragt Onkel Al.

«Es sind seine Hufe.»

Onkel Al beugt sich hinunter und nimmt Silver Stars Hufe in Augenschein. «Ich finde, sie sehen ganz gut aus.»

«Aber das sind sie nicht», sage ich.

Er dreht sich zu mir um. «Was sollen wir deiner Meinung nach mit ihm machen?»

«Ihm Stallruhe verordnen und weniger Getreide füttern. Viel mehr können wir nicht tun.»

«Stallruhe kommt nicht in Frage. Er ist das Têtenpferd bei der Freiheitsdressur.»

«Wenn das Pferd weiterarbeitet, dreht sich das Hufbein so weit, bis es durch die Sohle bricht, und dann verlieren Sie ihn», mache ich ihm klar.

Onkel Al blinzelt mehrmals. Dann sieht er Marlena an.

«Wie lange fällt er aus?»

Ich zögere und wähle meine nächsten Worte sorgfältig. «Vielleicht für immer.»

«*Gottverdammt!*», schreit er und rammt seinen Stock in den Boden. «Wo soll ich mitten in der Saison ein anderes Dressurpferd herbekommen?» Er dreht sich nach seinen Gefolgsleuten um.

Sie zucken mit den Schultern, murmeln vor sich hin und weichen seinem Blick aus.

«Nutzlose Mistkerle. Warum behalte ich euch eigentlich? Okay, du …» Er zeigt mit seinem Stock auf mich. «Du bist eingestellt. Bring das Pferd in Ordnung. Neun Dollar die

Woche. Du unterstehst August. Wenn du das Pferd ver-lierst, fliegst du raus. Genauer gesagt, sobald es irgend-welchen Ärger gibt, fliegst du raus.» Er stellt sich vor Mar-lena, tätschelt ihr die Schulter und sagt freundlich: «Na, na, meine Liebe. Keine Angst. Jacob wird sich gut um ihn kümmern. August, hol unserer Kleinen Frühstück, ja? Wir müssen los.»

August dreht sich ruckartig um. «Wie meinst du das, wir müssen los?»

«Wir bauen ab», antwortet Onkel Al mit einer vagen Geste. «Wir fahren weiter.»

«Wovon zum Teufel redest du? Wir sind gerade erst ange-kommen. Wir haben noch nicht mal ganz aufgebaut!»

«Eine Planänderung, August. Eine Planänderung.»

Onkel Al und sein Gefolge ziehen ab. August starrt ihnen mit offenem Mund nach.

Das Küchenzelt brummt vor Gerüchten.

Vor den Kartoffelpuffern:

«Carson Brothers hat vor ein paar Wochen zu wenig Wechselgeld rausgegeben. Hat die ganze Gegend versaut.»

«Ha», prustet ein anderer. «Das übernehmen doch sonst wir.»

Vor dem Rührei:

«Die haben gehört, dass wir Schnaps dabeihaben. Jetzt gibt's 'ne Razzia.»

«Die Razzia wird's wohl geben», antwortet jemand. «Aber wegen dem Muschizelt, nicht wegen dem Schnaps.»

Vor den Haferflocken:

«Onkel Al hat letztes Jahr den Sheriff bei der Platzgebühr geleimt. Die Bullen sagen, wir haben zwei Stunden, bevor sie uns wegjagen.»

Ezra hängt ebenso windschief auf seinem Stuhl wie gestern, mit verschränkten Armen, das Kinn gegen die Brust gedrückt. Er schenkt mir keinerlei Beachtung.

«Langsam, mein Junge», sagt August, als ich auf die Abtrennung zugehe. «Wo willst du denn hin?»

«Auf die andere Seite.»

«Unfug», entgegnet er. «Du bist der Tierarzt der Show. Du kommst mit mir. Obwohl ich wirklich versucht bin, dich hinüberzuschicken, nur um zu erfahren, was so geredet wird.»

Ich folge August und Marlena zu einem der hübsch gedeckten Tische. Ein paar Tische weiter sitzt Kinko mit drei anderen Zwergen, Queenie zu seinen Füßen. Sie sieht hoffnungsvoll hoch, die Zunge hängt ihr seitlich aus dem Maul. Kinko ignoriert sie, ebenso wie alle anderen am Tisch. Er starrt mich unverwandt an, dabei mahlt er grimmig mit den Kiefern.

«Iss etwas, Liebling», sagt August und schiebt ein Zuckerschälchen neben Marlenas Porridge. «Du brauchst dir keine Sorgen zu machen. Wir haben einen waschechten Tierarzt bei uns.»

Ich setze zu einem Widerspruch an, schlucke ihn aber runter.

Eine zierliche Blondine kommt auf uns zu. «Marlena! Süße! Du rätst nie, was ich gehört habe!»

«Hallo, Lottie», sagt Marlena. «Keine Ahnung. Was gibt's denn?»

Lottie gleitet neben Marlena auf die Bank und redet pausenlos, beinahe ohne Luft zu holen. Sie ist Seiltänzerin, und ihre heißen Neuigkeiten stammen aus zuverlässiger Quelle – ihr Informant hat gehört, wie Onkel Al und der Vorläufer vor dem Chapiteau hitzig diskutiert haben. Es dauert nicht lange, bis unser Tisch umlagert ist, und Lotties Bericht und die Zwischenrufe aus ihrem Publikum liefern mir einen

Schnellkurs über die Geschichte von Alan J. Bunkel und *Benzinis Spektakulärster Show der Welt.*

Onkel Al ist ein Aasgeier. Vor fünfzehn Jahren war er Direktor bei einem kleinen Wanderzirkus, einem bunt zusammengewürfelten Haufen mangelernährter Artisten, deren lahmende Schindmähren sie von Stadt zu Stadt zogen.

Im August 1928 machte – ohne jedes Zutun der Wall Street – *Benzinis Spektakulärste Show der Welt* Pleite. Ihnen ging einfach das Geld aus, und sie schafften den Sprung in die nächste Stadt nicht mehr, geschweige denn ins Winterquartier. Der Generaldirektor stieg in einen Zug und ließ alles zurück – Menschen, Ausrüstung und Tiere.

Onkel Al hatte das Glück, in der Nähe zu sein, und konnte zu einem Spottpreis einen Schlafwagen und zwei Flachwagen von Eisenbahnbeamten kaufen, die unbedingt ihre Abstellgleise leer räumen wollten. Auf den beiden Flachwagen konnten die wenigen heruntergekommenen Zirkuswagen gut untergebracht werden, und da auf den Eisenbahnwaggons bereits Benzinis spektakulärste Show der Welt prangte, behielt Alan Bunkel den Namen bei und reihte sich offiziell in die Elite der Eisenbahnzirkusse ein.

Nach dem Börsenkrach ging es auch mit größeren Zirkusgesellschaften bergab, und Onkel Al konnte sein Glück kaum fassen. Es fing 1929 mit den Gentry Brothers und Buck Jones an. Im Jahr darauf schlossen die Cole Brothers, die Christy Brothers und der mächtige John Robinson. Und jedes Mal, wenn ein Unternehmen auseinanderbrach, war Onkel Al zur Stelle und riss sich die Überbleibsel unter den Nagel: ein paar Eisenbahnwaggons, eine Handvoll gestrandeter Artisten, einen Tiger oder ein Kamel. Er hatte überall Späher – sobald bei einem größeren Zirkus Probleme auftraten, bekam Onkel Al ein Telegramm und eilte an Ort und Stelle.

Diese Leichenfledderei machte ihn reich. In Minneapolis schnappte er sich sechs Paradewagen und einen zahnlosen Löwen. In Ohio waren es ein Schwertschlucker und ein Flachwagen. In Des Moines folgten ein Garderobenzelt, ein Flusspferd mit passendem Wagen und die Liebliche Lucinda, in Portland dann achtzehn Zugpferde, zwei Zebras und eine Schmiede. In Seattle bekam er zwei Schlafwagen und eine waschechte Abnormität – eine bärtige Dame –, und das machte ihn glücklich, denn was Onkel Al sich am meisten wünscht, wovon er nachts träumt, sind menschliche Kuriositäten. Keine künstlichen Sensationen – wie Männer, die von Kopf bis Fuß mit Tätowierungen übersät sind, Frauen, die auf Kommando Brieftaschen und Glühbirnen verschlucken und wieder hervorwürgen, weibliche Haarwunder oder Männer, die sich Pflöcke in die Nase hämmern. Onkel Al will echte Kuriositäten. Missgeburten. Und deshalb machen wir diesen Umweg nach Joliet.

Der Fox Brothers Circus hat gerade Bankrott gemacht, und Onkel Al ist Feuer und Flamme, denn dort hat der weltberühmte Charles Mansfield-Livingston gearbeitet, ein gutaussehender, eleganter Mann, dem ein parasitärer Zwilling aus der Brust wächst. Er sieht aus wie ein Kleinkind, dessen Kopf in Charles' Brustkorb steckt. Charles nennt ihn liebevoll Chaz und zieht ihm Anzüge in Miniaturgröße und schwarze Lackschühchen an, und wenn er umhergeht, hält er ihn bei den kleinen Händen. Gerüchten zufolge kann Chaz mit seinem winzigen Penis sogar eine Erektion bekommen.

Onkel Al versucht verzweifelt, nach Joliet zu kommen, bevor jemand anders zuschlägt. Und obwohl Saratoga Springs mit unseren Plakaten vollgepflastert ist, obwohl wir zwei Tage dort gastieren sollten und 2200 Brote, 52 Kilo Butter, 360 Dutzend Eier, 712 Kilo Fleisch, 11 Fässer

Sauerkraut, 48 Kilo Zucker, 24 Kisten Apfelsinen, 24 Kilo Schmalz, 544 Kilo Gemüse und 212 Dosen Kaffee auf das Gelände geliefert wurden, trotz der Tonnen von Heu und Steckrüben und Runkelrüben und anderen Tierfutters hinter dem Menageriezelt, trotz der mehreren hundert Städter, die sich am Rand des Zirkusplatzes versammelt haben, erst aufgeregt, dann erstaunt und mittlerweile immer wütender, trotz all dem bauen wir wieder ab und fahren weg.

Der Koch ist außer sich. Der Vorläufer droht zu kündigen. Der Stallmeister der Arbeitstiere ist wütend und prügelt mit erstaunlicher Hemmungslosigkeit die leidgeprüften Männer von der Fliegenden Vorhut.

Alle hier haben das schon einmal mitgemacht. Sie fürchten vor allem, dass sie auf der dreitägigen Reise nach Joliet nicht genug zu essen bekommen. Die Küchenmannschaft ist nach Kräften bemüht, so viel Lebensmittel wie möglich in den Hauptzug zu schaffen, und verspricht, bei der ersten Gelegenheit Düppen – offenbar eine Art Essenspaket – auszuteilen.

Als August erfährt, dass wir eine dreitägige Reise vor uns haben, stößt er einen Strom wilder Flüche aus, dann geht er auf und ab, wünscht Onkel Al zum Teufel und brüllt uns anderen Befehle zu. Während wir Tierfutter in den Zug schleppen, versucht August, den Küchenchef zu überreden – oder notfalls zu bestechen –, ihm einen Teil der Lebensmittel für die Menschen abzutreten.

Diamond Joe und ich tragen eimerweise Innereien von der Menagerie zum Hauptzug. Sie stammen von den hiesigen Schlachthöfen und sind widerlich – muffig, blutig und verkohlt. Wir stellen die Eimer in den Tierwaggons direkt neben die Türen. Die Fahrgäste – Kamele, Zebras und andere Heufresser – stampfen und lärmen und protestieren auf jede erdenkliche Weise, aber das Fleisch muss bei ihnen stehen, weil nirgendwo anders Platz dafür ist. Die Raubkatzen fahren in Paradekäfigen auf den Flachwagen mit.

Nach getaner Arbeit suche ich August. Er belädt hinter dem Küchenbau eine Schubkarre mit den Sachen, die er der Küchenmannschaft abschwatzen konnte.

«Wir sind gleich fertig mit dem Aufladen», sage ich. «Sollen wir uns irgendwie ums Wasser kümmern?»

«Kippt das alte Wasser weg und füllt die Eimer neu. Der Wasserwagen ist voll, aber damit kommen wir keine drei Tage aus. Wir werden unterwegs anhalten müssen. Onkel Al ist vielleicht ein harter Knochen, aber er ist nicht dumm. Er wird die Tiere nicht aufs Spiel setzen. Ohne Tiere kein Zirkus. Ist das Fleisch geladen?»

«Soweit es geht.»

«Das Fleisch hat Vorrang. Wenn ihr Heu rausschmeißen müsst, um Platz zu schaffen, dann macht das. Die Katzen sind mehr wert als die Heufresser.»

«Wir sind bis zum Anschlag vollgepackt. Solange Kinko und ich nicht woanders schlafen, passt nichts mehr rein.»

Zögernd tippt sich August mit dem Finger gegen die geschürzten Lippen. «Nein», entscheidet er schließlich. «Marlena würde nie zulassen, dass Fleisch bei ihren Pferden steht.»

Zumindest kenne ich jetzt meinen Platz. Auch wenn der irgendwo hinter den Katzen ist.

Der Wasserrest in den Pferdeeimern ist brackig und voller Hafer. Aber immerhin ist es Wasser, also trage ich einen Eimer nach draußen, ziehe mein Hemd aus und schütte mir das restliche Wasser über Arme, Kopf und Brust.

«Fühlst du dich nicht mehr ganz frisch, Doc?», fragt August.

Als ich mich vorbeuge, tropft Wasser aus meinem Haar. Ich wische mir die Augen frei und richte mich auf. «Tut mir leid. Ich wusste nicht, welches Wasser ich sonst nehmen sollte, und das hier hätte ich sowieso weggeschüttet.»

«Nein, nein, schon in Ordnung. Wir können von unserem Tierarzt ja kaum erwarten, dass er wie ein Arbeiter lebt, nicht wahr? Ich sag dir was, Jacob. Jetzt ist es zu spät, aber sobald wir in Joliet sind, sorge ich dafür, dass du dein eigenes Wasser bekommst. Artisten und Chefs bekommen jeweils zwei Eimer; auch mehr, wenn du bereit bist, den Wassermann zu schmieren», sagt er und reibt Daumen und Zeigefinger aneinander. «Ich bringe dich auch mit dem Montagsmann zusammen, damit du andere Kleidung bekommst.»

«Dem Montagsmann?»

«Wann hat deine Mutter Waschtag, Jacob?»

Ich starre ihn an. «Du meinst doch nicht …»

«Die ganze Wäsche, die da auf den Leinen hängt. Es wäre doch eine Schande, sie verkommen zu lassen.»

«Aber …»

«Nur keine Sorge, Jacob. Wenn du die Antwort nicht hören willst, frag nicht. Und wasch dich nicht mit diesem Schmodder. Komm mal mit.»

Er führt mich über den Zirkusplatz zu einem der letzten drei aufgebauten Zelte. Darin stehen Hunderte Eimer in Zweierreihen vor Truhen und Kleiderständern, die mit Namen oder Initialen markiert sind. Mehr oder weniger unbekleidete Männer benutzen sie, um sich zu waschen oder zu rasieren.

«Hier», sagt er und deutet auf zwei Eimer. «Nimm die.»

«Und was ist mit Walter?», frage ich, als ich den Namen auf einem der beiden Eimer lese.

«Ach, ich kenne Walter. Der versteht das. Hast du ein Rasiermesser?»

«Nein.»

«Meine sind dahinten», sagt er und zeigt quer durch das Zelt. «Am anderen Ende. Mein Name steht darauf. Aber beeil dich – wir dürften in etwa einer halben Stunde aufbrechen.»

«Danke», sage ich.

«Gern geschehen», antwortet er. «Ich lege dir ein Hemd in den Pferdewagen.»

Als ich beim Pferdewagen ankomme, steht Silver Star vor der hinteren Wand in knietiefem Stroh. Seine Augen sind glasig, sein Puls rast.

Die anderen Pferde sind noch draußen, deshalb kann ich mich zum ersten Mal richtig umsehen. Durch Trennwände, die hinter jedem Pferd einzeln von der Seite her zugeklappt werden, können sechzehn Boxen entstehen. Wäre der Wagen nicht für die mysteriösen, verschwundenen Ziegen umgebaut worden, würden zweiunddreißig Pferde hineinpassen.

Am Fußende von Kinkos Pritsche liegt ausgebreitet ein sauberes, weißes Hemd. Mein altes ziehe ich aus und werfe es auf die Pferdedecke in der Ecke. Bevor ich das neue Hemd überstreife, halte ich es mir unter die Nase und atme dankbar den Duft von Waschmittel ein.

Während ich das Hemd zuknöpfe, fällt mein Blick auf Kinkos Bücher. Sie liegen auf der Kiste neben der Kerosinlampe. Ich stecke mir das Hemd in die Hose, setze mich auf die Pritsche und greife nach dem obersten Buch.

Es sind Shakespeares gesammelte Werke. Darunter liegen eine Sammlung von Wordsworth-Gedichten, eine Bibel und ein Buch mit Stücken von Oscar Wilde. Im Buchdeckel des Shakespeare-Bandes sind einige kleine Comics versteckt. Ich erkenne sie sofort. Es sind Achtseiter.

Einen davon schlage ich auf. Eine plump gezeichnete

Olivia Öl liegt, nackt bis auf ihre Schuhe, mit gespreizten Beinen auf einem Bett. Sie steckt ihre Finger in sich. In einer Gedankenblase über ihrem Kopf erscheint Popeye mit einer Erektion, die ihm bis ans Kinn reicht. Wimpy späht mit ebenso enormer Erektion durchs Fenster.

«Was zum Teufel soll das?»

Der Comic fällt mir aus der Hand, und ich bücke mich rasch, um ihn aufzuheben.

«Lass deine Finger davon, verdammt!», sagt Kinko, stürmt auf mich zu und entreißt ihn mir. «Und mach, dass du von meinem Bett kommst!»

Ich springe auf.

«Also, Freundchen», sagt er und reckt sich, um mir einen Finger gegen die Brust zu stoßen. «Ich bin nicht gerade begeistert davon, hier mit dir pennen zu müssen, aber offenbar habe ich dabei nichts zu sagen. Aber das kannst du mir glauben, dass ich was dazu zu sagen habe, ob du an meine Sachen gehst.»

Er ist unrasiert, seine blauen Augen funkeln, und sein Gesicht hat die Farbe von Roter Bete.

«Du hast recht», stammle ich. «Tut mir leid. Ich hätte dein Zeug nicht anrühren dürfen.»

«Hör zu, du kleiner Pisser. Mir ging's hier bestens, bis du aufgekreuzt bist. Und ich hab sowieso schon schlechte Laune. Irgendein Arschloch hat heute mein Wasser verbraucht, also geh mir lieber aus dem Weg. Ich bin vielleicht klein, aber glaub nicht, ich würde nicht mit dir fertig.»

Ich reiße die Augen auf. Ich fange mich wieder, aber nicht schnell genug.

Er kneift die Augen zusammen. Er betrachtet mein Hemd und mein frisch rasiertes Gesicht. Dann schmeißt er den Achtseiter auf seine Pritsche. «Na toll. Hast du nicht schon genug angerichtet?»

«Es tut mir leid. Ich schwöre dir, ich wusste nicht, dass es dein Wasser war. August hat gesagt, ich könnte es nehmen.»

«Hat er auch gesagt, du kannst meine Sachen durchwühlen?»

Betreten zögere ich. «Nein.»

Er sammelt seine Bücher ein und stopft sie in die Kiste. «Kinko – Walter – es tut mir leid.»

«Für dich immer noch Kinko, Alter. Nur Freunde nennen mich Walter.»

Ich gehe in die Ecke und lasse mich auf meine Pferdedecke fallen. Kinko hilft Queenie aufs Bett und legt sich neben sie. So demonstrativ, wie er an die Decke starrt, rechne ich fast damit, dass sie anfängt zu schwelen.

Kurz darauf fährt der Zug los. Eine Weile lang verfolgen uns dreißig, vierzig Männer, die wütend Mistgabeln und Baseballschläger schwingen, aber das tun sie vor allem, um heute Abend beim Essen etwas erzählen zu können. Wären sie wirklich auf einen Kampf aus gewesen, hätten sie vor unserer Abfahrt dafür reichlich Zeit gehabt.

Ich kann sie durchaus verstehen – ihre Frauen und Kinder haben sich tagelang auf den Zirkus gefreut, und sie selbst waren wahrscheinlich auf die Art der Unterhaltung aus, die gerüchtehalber im hinteren Teil unserer Zeltstadt geboten wird. Statt sich an Barbaras prächtigen Reizen zu erfreuen, müssen sie sich jetzt mit ihren Achtseitern begnügen. Ich kann verstehen, dass die Kerle da Dampf ablassen müssen.

Kinko und ich werden unter frostigem Schweigen durchgerüttelt, während der Zug Fahrt aufnimmt. Er liegt lesend auf seiner Pritsche. Queenie hat den Kopf auf seine Socken gelegt. Meistens schläft sie, aber sobald sie wach wird, beobachtet sie mich. Ich sitze auf der Pferdedecke, abgekämpft bis auf die Knochen, aber noch nicht müde genug, um mich hinzulegen und das Ungeziefer und den Schimmel zu ertragen.

Zur Abendessenzeit stehe ich auf und strecke mich. Kinko wirft mir einen kurzen Blick zu, dann widmet er sich wieder seinem Text.

Ich gehe hinaus zu den Pferden, die abwechselnd schwarz und weiß nebeneinanderstehen. Beim Einladen haben wir alle nach vorne verlegt, um für Silver Star einen vier Boxen breiten Platz zu schaffen. Obwohl die anderen Pferde in für sie ungewohnten Boxen stehen, wirken sie recht ungerührt, wahrscheinlich, weil wir sie in der üblichen Reihenfolge verladen haben. Die in die Pfosten geritzten Namen passen nicht mehr zu den Inhabern der Boxen, aber ich kann mir ausrechnen, wer wer ist. Das vierte Pferd von vorne heißt Blackie, und ich frage mich, ob seine Persönlichkeit wohl der seines menschlichen Namensvetters ähnelt.

Silver Star kann ich nicht sehen, er muss sich hingelegt haben. Das ist gut und schlecht zugleich: gut, weil er dadurch den Huf nicht belastet, und schlecht, weil seine Schmerzen offenbar so groß sind, dass er nicht stehen will. Wegen des Aufbaus der Boxen kann ich erst nach ihm sehen, wenn wir anhalten und die anderen Pferde abladen.

Ich setze mich gegenüber der offenen Wagentür hin und betrachte die Landschaft, bis es dunkel wird. Irgendwann rutsche ich an der Wand hinunter und schlafe ein.

Als die Zugbremsen loskreischen, kommt es mir vor, als seien nur Minuten vergangen. Fast im gleichen Moment öffnet sich die Tür vom Ziegenverschlag, und Kinko betritt mit Queenie den Vorraum. Kinko lehnt sich mit der Schulter gegen die Wand, die Hände tief in den Taschen vergraben, und ignoriert mich geflissentlich. Schließlich halten wir an, er springt hinaus, dreht sich um und klatscht zwei Mal. Queenie springt in seine Arme, und beide verschwinden.

Ich rapple mich auf und spähe durch die offene Tür.

Wir stehen mitten im Nirgendwo auf einem Nebengleis. Die anderen beiden Zugabschnitte haben ebenfalls angehalten, sie erstrecken sich vor uns auf den Schienen, mit jeweils einem dreiviertel Kilometer Abstand.

Die Leute steigen im ersten Morgenlicht aus dem Zug. Die Artisten strecken sich mürrisch, bilden Grüppchen und reden und rauchen, während die Arbeiter Rampen herunterklappen und Tiere abladen.

Kurz darauf tauchen August und seine Leute auf.

«Joe, du kümmerst dich um die Affen», sagt August. «Pete, Otis, ladet die Heufresser ab und lasst sie saufen, klar? Nehmt den Bach, nicht die Tröge. Wir müssen Wasser sparen.»

«Aber lasst Silver Star im Waggon», werfe ich ein.

Es folgt ein langes Schweigen. Die Männer sehen erst mich und dann August an, der mit eiskaltem Blick antwortet.

«Ja», sagt er schließlich. «Richtig. Lasst Silver Star im Waggon.»

Er dreht sich um und geht weg. Die anderen Männer sehen mich mit großen Augen an.

Ich laufe ein paar Schritte, um August einzuholen. «Es tut mir leid», sage ich und passe mich seinem Tempo an. «Ich wollte niemanden herumkommandieren.»

Er bleibt vor dem Kamelwagen stehen und schiebt die Tür zur Seite. Wir werden vom Grunzen und Klagen der leidgeprüften Dromedare begrüßt.

«Schon in Ordnung, mein Junge», erwidert August fröhlich und reicht mir schwungvoll einen Eimer Fleisch. «Du kannst mir dabei helfen, die Katzen zu füttern.» Ich packe den dünnen Metallhenkel des Eimers. Eine Wolke aus erbosten Fliegen steigt daraus auf.

«O mein Gott», sage ich. Ich stelle den Eimer ab, drehe mich um und würge. Ich wische mir Tränen aus den Augen, mir kommt noch immer alles hoch. «August, das können wir nicht verfüttern.»

«Warum nicht?»

«Es ist verdorben.»

Keine Antwort. Als ich mich umdrehe, sehe ich, dass August mir einen zweiten Eimer hingestellt hat und losgegangen ist. Mit zwei weiteren Eimern marschiert er die Gleise entlang. Ich schnappe meine und laufe ihm nach.

«Es ist verfault. Das können die Katzen doch nicht fressen!», fahre ich fort.

«Es wäre aber besser. Sonst müssen wir ein paar schwere Entscheidungen fällen.»

«Was?»

«Bis Joliet ist es noch weit, und leider haben wir keine Ziegen mehr.»

Ich bin zu verdutzt, um antworten zu können.

Beim zweiten Zugabschnitt angekommen, springt August auf einen Flachwagen und klappt die Seiten von zwei Raubtierkäfigen auf. Er schließt die Vorhängeschlösser auf, lässt sie an den Türen hängen und springt herunter auf den Schotter.

«Dann mal los», sagt er und gibt mir einen Klaps auf den Rücken.

«Womit?»

«Jeder bekommt einen Eimer voll. Mach schon», drängt er.

Zögernd klettere ich auf den Flachwagen. Der Gestank nach Katzenurin ist überwältigend. August reicht mir nacheinander die Fleischeimer an. Als ich sie auf dem verwitterten Holzboden absetze, versuche ich, nicht zu atmen.

Die Raubtierkäfige haben jeweils zwei getrennte Bereiche. Links von mir sind zwei Löwen, rechts ein Tiger und ein Panther. Alle vier sind gewaltig. Sie heben die Köpfe und wittern mit zuckenden Schnurrhaaren.

«Los, mach schon», sagt August.

«Wie denn, einfach die Tür auf und rein damit?»

«Wenn dir nichts Besseres einfällt.»

Der Tiger steht auf, gute 250 Kilo in prächtigem Schwarz, Orange und Weiß. Er hat einen riesigen Kopf und lange Schnurrhaare. Er kommt zur Tür, dreht um und geht weg. Als er zurückkommt, faucht er und schlägt nach dem Riegel. Das Vorhängeschloss rasselt gegen die Stangen.

«Fang mit Rex an», sagt August und deutet auf die Löwen, die ebenfalls hin und her laufen. «Er ist der linke.»

Rex ist deutlich kleiner als der Tiger, seine Mähne ist verfilzt, und unter seinem stumpfen Fell kann man die Rippen erkennen. Ich wappne mich innerlich und greife nach einem Eimer.

«Warte.» August zeigt auf einen anderen Eimer. «Nicht dieser. Der da.»

Ich sehe keinen Unterschied, aber da ich bereits feststellen konnte, dass man August nicht widersprechen sollte, gehorche ich.

Als der Löwe mich kommen sieht, springt er auf die Tür zu. Ich erstarre.

«Was ist los, Jacob?»

Ich drehe mich um. August strahlt mich an.

«Du hast doch wohl keine Angst vor Rex, oder?», fährt er fort. «Er ist ein echtes Schmusekätzchen.»

Rex hält inne, um sein räudiges Fell an den vorderen Käfigstangen zu reiben.

Mit zittrigen Händen nehme ich das Vorhängeschloss ab und lege es neben mich auf den Boden. Ich packe den Eimer und warte. Als Rex sich das nächste Mal von der Tür wegdreht, öffne ich sie.

Bevor ich das Fleisch ausschütten kann, schließen sich seine mächtigen Kiefer um meinen Arm. Ich schreie. Der Eimer fällt krachend zu Boden, und die kleingehackten Innereien verteilen sich über den ganzen Boden. Die Raubkatze lässt von meinem Arm ab und stürzt sich auf das Fleisch.

Ich knalle die Tür zu, drücke mit dem Knie dagegen und sehe nach, ob mein Arm noch dran ist. Das ist er. Er tropft vor Speichel und ist so rot, als hätte ich ihn in kochendes Wasser getaucht, aber die Haut ist unverletzt. Dann merke ich, dass August hinter mir schallend lacht.

Ich drehe mich zu ihm um. «Was war das denn? Findest du das witzig?»

«Ja, allerdings», antwortet August, der sich nicht die geringste Mühe gibt, seine Heiterkeit zu unterdrücken.

«Du bist echt krank, weißt du das?» Ich springe vom Flachwagen und stampfe nach einem weiteren Blick auf den unversehrten Arm davon.

«Jacob, warte», lacht August. Er folgt mir. «Sei nicht sauer. Ich hab mir nur einen kleinen Scherz erlaubt.»

«Einen Scherz? Ich hätte den Arm verlieren können!»

«Er hat doch keine Zähne.»

Ich bleibe stehen, starre auf den Schotter zu meinen Füßen und lasse das sacken. Dann gehe ich weiter. Dieses Mal folgt August mir nicht.

Wutentbrannt gehe ich zum Bach und knie mich neben ein paar Männern hin, die Zebras tränken. Eines der Zebras scheut, es bellt und reißt das gestreifte Maul hoch. Der Mann, der die Führleine hält, wirft mir immer wieder Blicke zu, während er versucht, das Tier unter Kontrolle zu halten. «Gottverdammt!», ruft er. «Was ist das? Ist das Blut?»

Ich sehe an mir herunter. Überall sind Blutspritzer von den Innereien. «Ja», antworte ich. «Ich habe die Raubkatzen gefüttert.»

«Spinnst du? Willst du mich umbringen?»

Ich gehe stromabwärts, bis das Zebra sich beruhigt. Dann hocke ich mich neben den Bach, um mir Blut und Löwenspeichel von den Armen zu waschen.

Später kehre ich zum zweiten Zugabschnitt zurück. Diamond Joe steht auf einem Flachwagen neben einem Schimpansenkäfig. Seine aufgekrempelten, grauen Hemdsärmel geben starkbehaarte, muskulöse Arme frei. Der Schimpanse sitzt auf seinem Hintern, frisst händeweise Getreide mit Obst und beobachtet uns aus glänzenden, schwarzen Augen.

«Brauchst du Hilfe?», frage ich.

«Nein. Bin gleich fertig. Hab gehört, August hat dich mit dem alten Rex drangekriegt.»

Ich hebe den Blick und will schon sauer werden. Aber Joe lächelt nicht.

«Sieh dich vor», sagt er. «Rex reißt dir vielleicht nicht den Arm ab, aber Leo schon. Darauf kannst du wetten. Ich weiß nicht, warum August dich überhaupt darum gebeten hat. Clive ist der Katzenkutscher. Außer er wollte etwas klarstellen.» Er hält inne, streckt die Hand in den Käfig und berührt die Finger des Schimpansen, bevor er die Tür schließt. Dann springt er vom Wagen.

«Hör zu, das sag ich nur ein Mal. August ist komisch, und ich meine nicht ha-ha-komisch. Sei lieber vorsichtig. Er mag es nicht, wenn man seine Autorität in Frage stellt. Und er hat so Momente, wenn du weißt, was ich meine.»

«Ich glaube schon.»

«Wahrscheinlich tust du das nicht. Aber das kommt noch. Hast du schon was gegessen?»

«Nein.»

Er deutet die Schienen entlang auf die Fliegende Vorhut. Neben den Gleisen stehen Tische. «Die Küchenmannschaft hat so was wie Frühstück gemacht. Und auch Düppen. Denk dran, dir eines zu nehmen, weil das wohl heißt, dass wir erst heute Abend wieder anhalten. Man muss zugreifen, solange der Vorrat reicht, sag ich immer.»

«Danke, Joe.»

«Da nicht für.»

Ich gehe zum Pferdewagen zurück, in der Hand mein Düppen aus einem Schinkensandwich, einem Apfel und zwei Flaschen Root Beer. Als ich Marlena neben Silver Star im Stroh sitzen sehe, lege ich das Fresspaket ab und trete langsam neben sie.

Silver Star liegt auf der Seite, seine Flanke hebt und senkt sich, sein Atem geht flach und schnell. Marlena sitzt mit untergeschlagenen Beinen neben seinem Kopf.

«Es geht ihm nicht besser, oder?», fragt sie und blickt zu mir hoch.

Ich schüttle den Kopf.

«Ich begreife nicht, wie das so schnell gehen konnte.» Ihre Stimme ist kaum hörbar und tonlos, und mir wird klar, dass sie wahrscheinlich gleich weinen wird.

Ich hocke mich neben sie. «Manchmal ist es einfach so. Aber es liegt nicht daran, dass Sie etwas falsch gemacht hätten.»

Sie streichelt seinen Kopf, fährt mit den Fingern über die eingefallene Wange und um seinen Unterkiefer. Er zuckt mit den Augenlidern.

«Können wir noch irgendetwas für ihn tun?», fragt sie.

«Außer ihn aus dem Zug zu schaffen, nichts. Sogar unter optimalen Voraussetzungen kann man nicht viel mehr tun, als ihnen das Futter zu kürzen und zu beten.»

Sie schaut kurz zu mir herüber, dann bleibt ihr Blick an meinem Arm hängen. «O mein Gott. Was ist passiert?»

Ich sehe zu Boden. «Ach, das. Das ist nichts.»

«Das stimmt nicht», sagt sie und kniet sich hin. Sie nimmt meinen Unterarm in beide Hände und dreht ihn in das Sonnenlicht, das zwischen den Holzlatten hindurchscheint. «Es sieht frisch aus. Das wird ein ordentlicher Bluterguss. Tut das weh?» Sie hält meinen Arm mit einer Hand fest und streicht mit der anderen über den blauen Fleck, der sich unter meiner Haut ausbreitet. Ihre Handfläche ist kühl und glatt, und meine Härchen richten sich auf.

Ich schließe die Augen und schlucke schwer. «Nein, wirklich, mir geht's …»

Eine Pfeife ertönt, und sie sieht zur Tür. Ich nutze die Gelegenheit, um den Arm wegzuziehen und aufzustehen. «Zwa-a-a-a-a-a-anzig Minuten!», brüllt jemand mit sonorer Stimme in der Nähe der Lok. «Zwa-a-a-a-a-a-anzig Minuten bis zur Abfahrt!»

Joe streckt den Kopf durch die offene Tür. «Beeil dich! Wir müssen die Tiere einladen! Oh, Entschuldigung, Ma'am», sagt er und tippt gegen seine Mütze. «Ich hab Sie gar nicht gesehen.»

«Schon in Ordnung, Joe.»

Joe wartet verlegen an der Tür. «Es ist nur, wir müssen jetzt anfangen», sagt er verzweifelt.

«Macht nur», sagt Marlena. «Ich fahre diese Etappe bei Silver Star mit.»

«Das geht nicht», entfährt es mir.

Sie sieht zu mir hoch, ihre Kehle ist langgestreckt und blass. «Und warum nicht?»

«Wenn wir die Pferde eingeladen haben, sitzen Sie da hinten fest.»

«Das macht nichts.»

«Und wenn etwas passiert?»

«Es passiert schon nichts. Und wenn doch, klettere ich einfach über die Pferde.» Sie setzt sich wieder im Stroh zurecht und schlägt die Beine unter.

«Ich weiß nicht», sage ich zweifelnd. Doch der Blick, mit dem Marlena Silver Star ansieht, lässt keinen Zweifel daran, dass sie sich nicht vom Fleck rühren wird.

Ich sehe erneut zu Joe, der frustriert und gottergeben die Hände hebt.

Nach einem letzten Blick auf Marlena klappe ich die Trennwand zu und helfe dabei, die anderen Pferde einzuladen.

Diamond Joe behält recht damit, dass vor uns eine lange Etappe liegt. Erst am späten Abend halten wir wieder an.

Kinko und ich haben seit Saratoga Springs kein Wort miteinander gesprochen. Offensichtlich hasst er mich. Ich kann es ihm nicht einmal verdenken – August hat das geschickt eingefädelt, aber es hat wohl keinen Zweck, das Kinko zu erklären.

Ich bleibe vorne bei den Pferden, um ihm etwas Privatsphäre zu gönnen. Außerdem macht mich der Gedanke nervös, dass Marlena hinter einer Reihe von fünfhundert Kilo schweren Tieren feststeckt.

Als der Zug anhält, klettert sie leichtfüßig über die Pferde und springt zu Boden. Kinko kommt aus dem Ziegenverschlag und reißt kurz erschrocken die Augen auf. Dann blickt er mit gespielter Gleichgültigkeit von Marlena zur offenen Tür.

Pete, Otis und ich laden die Dressurpferde, Kamele und

Lamas ab und tränken sie. Diamond Joe, Clive und ein paar Tierkutscher gehen vor zum zweiten Zugabschnitt, um die Käfigtiere zu versorgen. August ist nirgends zu sehen.

Nachdem wir die Tiere in den Zug zurückgebracht haben, steige ich in den Pferdewagen und werfe einen Blick in den Verschlag. Kinko hockt im Schneidersitz auf dem Bett. Queenie schnuppert an einer zusammengerollten Schlafmatte, welche die verwanzte Pferdedecke ersetzt hat. Darauf liegen eine ordentlich gefaltete, rotkarierte Decke und ein Kissen mit glattem, weißem Bezug. Mittig auf dem Kissen ruht ein viereckiges Stück Karton. Als ich mich bücke, um es aufzuheben, springt Queenie weg, als hätte ich sie getreten.

Mr. und Mrs. August Rosenbluth erbitten umgehend
Ihre Anwesenheit in Privatabteil 3, Wagen 48,
zum Cocktailempfang mit anschließendem Abendessen.

Überrascht sehe ich auf. Kinko durchbohrt mich mit seinen Blicken.

«Du hast keine Zeit verloren, dich einzuschleimen, was?», sagt er.

7 Die Wagen sind nicht durchgehend nummeriert, und ich brauche eine Weile, bis ich Nummer 48 finde. Auf einem satten Burgunderrot posaunen dreißig Zentimeter große Goldbuchstaben heraus: BENZINIS SPEKTAKULÄRSTE SHOW DER WELT. Direkt unter dem glänzenden neuen

Lack sind die Umrisse eines anderen Namens erkennbar: ZIRKUS CHRISTY.

«Jacob!» Marlenas Stimme dringt durch ein Fenster. Kurz darauf erscheint sie auf dem Podest am Ende des Waggons, sie hält sich am Geländer fest und schwingt mit wirbelndem Rock herum. «Jacob! Ach, ich freue mich so, dass du kommen konntest. Bitte, komm rein!»

«Danke», entgegne ich, sehe mich verstohlen um, steige hinauf und folge ihr durch den Gang bis zur zweiten Tür.

Privatabteil 3 ist ebenso prächtig wie falsch benannt – es macht die Hälfte des Wagens aus und umfasst mindestens ein weiteres Zimmer, das durch einen dicken Samtvorhang abgetrennt wird. Der große Raum hat eine Walnusstäfelung und ist mit damastbezogenen Möbeln, einer Essnische und einer Pullman-Küche ausgestattet.

«Mach es dir bequem», fordert Marlena mich auf und deutet auf einen Stuhl. «August wird jeden Moment hier sein.»

«Danke.»

Sie nimmt mir gegenüber Platz.

Dann springt sie wieder auf. «Oh. Wo sind nur meine Manieren? Möchtest du ein Bier?»

«Danke», antworte ich. «Sehr gerne.»

Sie stürmt an mir vorbei zum Kühlschrank.

«Mrs. Rosenbluth, darf ich Ihnen eine Frage stellen?»

«Ach bitte, nenn mich Marlena», sagt sie und öffnet die Flasche. Sie hält ein hohes Glas schräg und schenkt das Bier langsam ein, damit sich keine Schaumkrone bildet. «Und ja, natürlich. Frag nur.» Sie reicht mir das Glas und geht ein zweites holen.

«Wieso haben alle hier im Zug so viel Alkohol?»

«Am Anfang der Saison fahren wir immer nach Kanada», sagt sie, als sie sich wieder hinsetzt. «Dort sind die Gesetze wesentlich zivilisierter. Wohl bekomm's.» Sie streckt mir ihr Glas entgegen.

Ich stoße mit ihr an und nippe. Es ist ein kaltes, klares Lager. Wunderbar. «Wird an der Grenze nicht kontrolliert?»

«Wir stellen den Alkohol zu den Kamelen», sagt sie.

«Tut mir leid, das verstehe ich nicht.»

«Kamele spucken.»

Ich pruste das Bier beinahe durch die Nase aus. Sie kichert ebenfalls, dabei hält sie sich sittsam eine Hand vor den Mund. Dann seufzt sie und stellt ihr Bier ab. «Jacob?»

«Ja?»

«August hat mir erzählt, was heute Morgen passiert ist.»

Ich werfe einen Blick auf meinen verletzten Arm.

«Er fühlt sich schrecklich. Er mag dich. Wirklich. Es ist nur … Na ja, es ist kompliziert.» Errötend senkt sie den Blick.

«Es ist ja nichts passiert», sage ich. «Kein Problem.»

«Jacob!», ruft August hinter mir. «Mein Bester! Schön, dass du uns heute Abend Gesellschaft leistest. Wie ich sehe, hat Marlena dich schon mit einem kühlen Getränk versorgt; hat sie dir auch schon die Garderobe gezeigt?»

«Die Garderobe?»

«Marlena», sagt er, dreht sich um und schüttelt traurig den Kopf. Er droht vorwurfsvoll mit dem Finger. «Also wirklich, Liebling.»

«Oh!», sagt sie und springt auf. «Das habe ich völlig vergessen.»

August geht zum Samtvorhang und reißt ihn zur Seite. «Tadaa!»

Auf dem Bett liegen nebeneinander mehrere Kleidungsstücke: zwei Smokings, komplett mit Schuhen, und ein wunderschönes, roséfarbenes Kleid mit Perlenstickerei an Ausschnitt und Saum.

Marlena schlägt jauchzend vor Freude die Hände zusammen. Sie läuft zum Bett, schnappt sich das Kleid, hält es sich an und dreht sich.

Ich wende mich an August. «Die sind aber nicht vom Montagsmann ...»

«Ein Smoking auf einer Wäscheleine? Nein, Jacob. Als Stallmeister genießt man gewisse Vorteile. Du kannst dich da drinnen zurechtmachen», sagt er und zeigt auf eine glänzendpolierte Holztür. «Marlena und ich ziehen uns hier draußen um. Nichts, was wir nicht schon gesehen hätten, richtig, Liebling?», fragt er.

Sie packt einen roséfarbenen Seidenschuh am Absatz und wirft ihn nach August.

Bevor ich die Badezimmertür schließe, sehe ich nur noch ihre Füße, als sie gemeinsam aufs Bett fallen.

Als ich herauskomme, sind Marlena und August die Würde in Person. Sie halten sich im Hintergrund, während drei Kellner mit weißen Handschuhen an einem fahrbaren Tischchen und silbernen Platten mit Servierglocken zugange sind.

Marlenas Kleid bedeckt kaum ihre Schultern, man sieht ihre Schlüsselbeine und den schmalen Träger eines Büstenhalters. Sie folgt meinem Blick und schiebt, erneut errötend, den Träger zurück unter den Stoff.

Das Essen ist phantastisch: Austerncremesuppe, gefolgt von Prime-Rib-Steaks mit Salzkartoffeln und Spargel in Sahnesoße. Dann kommt Hummersalat. Als der Nachtisch serviert wird – englischer Plumpudding mit Brandycreme –, habe ich das Gefühl, ich könne keinen Bissen mehr herunterbringen. Und doch kratze ich ein paar Minuten später meinen Teller mit dem Löffel sauber.

«Offenbar hat das Essen Jacob nicht zugesagt», sagt August gedehnt.

Ich erstarre mitten in der Bewegung.

Dann brechen er und Marlena in wildes Kichern aus. Beschämt lege ich den Löffel zur Seite.

«Nein, nein, mein Junge, ich mache nur Spaß, ist doch klar», gluckst er, beugt sich vor und tätschelt mir die Hand. «Iss. Lass es dir gutgehen. Hier, nimm noch etwas.»

«Danke, ich kann nicht mehr.»

«Na, dann noch etwas Wein», sagt er und schenkt nach, ohne meine Antwort abzuwarten.

August ist in einem Maße freundlich, charmant und verschmitzt, dass ich im Laufe des Abends zu glauben beginne, der Zwischenfall mit Rex sei wirklich nur ein fehlgeschlagener Witz gewesen. Der Wein und die Emotionen lassen ihn strahlen, während er davon berichtet, wie er Marlena den Hof machte. Er erzählt davon, wie er ihre starke Verbindung zu Pferden in dem Moment erkannte, in dem sie vor drei Jahren das Menageriezelt betrat – die Pferde selbst verrieten es ihm. Und davon, wie er Onkel Al in große Bedrängnis brachte, weil er sich nicht fortrühren wollte, bevor er sie im Sturm erobert und geheiratet hätte.

«Das war nicht leicht», sagt August, gießt den Rest aus einer Champagnerflasche in mein Glas und langt nach der nächsten. «Marlena ist nicht leicht zu überzeugen, außerdem war sie damals so gut wie verlobt. Aber das hier ist besser, als mit einem spießigen Bankier verheiratet zu sein, nicht wahr, Liebling? Jedenfalls liegt es ihr im Blut. Nicht jeder kann eine Freiheitsdressur zeigen. Das ist ein Talent, eine Gabe, ein sechster Sinn, wenn du so willst. Sie kann mit den Pferden sprechen, und glaub mir, sie hören ihr zu.»

Nach vier Stunden und sechs Flaschen tanzen August und Marlena zu «Maybe It's the Moon», während ich mich, das rechte Bein über der Armlehne baumelnd, auf einem Polstersessel fläze. August wirbelt Marlena ein letztes Mal herum, bevor sie mit ausgestreckten Armen, Hand in Hand, stehen bleiben. Er schwankt. Sein Haar ist zerzaust, seine Fliege hängt offen aus dem Hemdkragen, und er hat das Hemd oben aufgeknöpft. Er starrt Marlena so durchdringend an, dass er wie ein anderer Mensch aussieht.

«Was ist los?», fragt Marlena. «Auggie? Geht es dir gut?»

Sein Blick hängt wie gebannt an ihrem Gesicht, und er legt den Kopf schief, als wolle er ihren Wert schätzen. Er hebt die Mundwinkel an. Dann nickt er, langsam, es ist nur eine winzige Bewegung.

Marlena reißt die Augen auf. Sie versucht zurückzuweichen, doch er umfasst mit der Hand ihr Kinn.

Schlagartig hellwach, setze ich mich auf.

Mit kalten, glänzenden Augen starrt August sie weiter an. Dann verwandelt sich sein Gesichtsausdruck erneut, er wirkt so sentimental, dass ich einen Moment lang damit rechne, er könne gleich in Tränen ausbrechen. Die Hand an ihrem Kinn, zieht er sie zu sich und küsst sie auf die Lippen. Dann nimmt er Kurs aufs Schlafzimmer und fällt mit dem Gesicht voran aufs Bett.

«Entschuldige mich einen Moment.» Sie geht ins Schlafzimmer und wälzt ihn herum, sodass er lang ausgestreckt mitten auf dem Bett liegt. Sie zieht ihm die Schuhe aus und lässt sie zu Boden fallen. Als sie wieder herauskommt, schließt sie den Samtvorhang, überlegt es sich aber sofort anders. Sie öffnet ihn wieder, stellt das Radio aus und nimmt mir gegenüber Platz.

Ein majestätisches Schnarchen dringt aus dem Schlafzimmer.

Mir brummt der Schädel, ich bin sturzbetrunken.

«Was zum Teufel war das denn?», frage ich.

«Was?» Marlena schleudert ihre Schuhe von den Füßen, schlägt die Beine übereinander und beugt sich vor, um den

Spann zu massieren. Augusts Finger haben auf ihrem Kinn rote Abdrücke hinterlassen.

«Das», bricht es aus mir hervor. «Gerade. Als ihr getanzt habt.»

Rasch hebt sie den Kopf. Ihre Züge verzerren sich, und ich fürchte, sie fängt gleich an zu weinen. Dann dreht sie sich zum Fenster und hält einen Finger an die Lippen. Beinahe eine halbe Minute lang schweigt sie.

«Du musst etwas über Auggie verstehen», sagt sie, «und ich weiß nicht recht, wie ich es erklären soll.»

Ich lehne mich vor. «Versuch es.»

«Er ist … launisch. Er kann der charmanteste Mann auf Erden sein. So wie heute Abend.»

Ich warte, dass sie weiterspricht. «Und …?»

Sie lehnt sich in ihrem Sessel zurück. «Und, na ja, er hat … so Momente. Wie heute.»

«Was war heute?»

«Er hat dich fast an eine Raubkatze verfüttert.»

«Ach. Das. Ich war nicht gerade begeistert, aber es war nicht wirklich gefährlich. Rex hat doch keine Zähne.»

«Nein, aber er wiegt zweihundert Kilo und hat Krallen», sagt sie leise.

Ich stelle mein Weinglas auf den Tisch, als mir die Tragweite ihrer Bemerkung klar wird. Marlena zögert, dann blickt sie auf und sieht mir in die Augen. «Jankowski ist ein polnischer Name, oder?»

«Ja. Sicher.»

«Die meisten Polen mögen keine Juden.»

«Ich wusste nicht, dass August Jude ist.»

«Bei dem Namen Rosenbluth?», fragt sie. Sie senkt den Blick, ihre Hände verkrampfen sich auf ihrem Schoß. «Meine Familie ist katholisch. Sie haben mich enterbt, als sie es herausgefunden haben.»

«Das tut mir leid. Aber es überrascht mich nicht.»

Sie blickt mich scharf an.

«So habe ich das nicht gemeint», sage ich. «Ich bin nicht … so.»

Ein peinliches Schweigen entsteht.

«Warum bin ich eigentlich hier?», frage ich schließlich. In meinem betrunkenen Zustand kann ich das alles nicht verarbeiten.

«Ich wollte die Sache bereinigen.»

«Du wolltest das? Er wollte nicht, dass ich komme?»

«Doch, natürlich. Er wollte es auch wiedergutmachen, aber ihm fällt das schwerer. Er kommt nicht gegen diese kleinen Momente an. Sie sind ihm peinlich. Am besten tut man so, als sei nichts gewesen.» Sie schnieft und schaut mich mit einem angespannten Lächeln an. «Und wir hatten einen schönen Abend, nicht wahr?»

«Ja. Das Essen war großartig. Danke.»

Während wir in erneutes Schweigen verfallen, dämmert mir, dass ich, falls ich nicht mitten in der Nacht betrunken von Wagen zu Wagen springen will, die Nacht hier verbringen werde.

«Bitte, Jacob», sagt Marlena. «Ich möchte, dass zwischen uns alles in Ordnung ist. August freut sich so, dass du jetzt bei uns bist. Und Onkel Al auch.»

«Und warum freut der sich?»

«Onkel Al hat es gewurmt, dass er keinen Tierarzt hatte, und dann tauchst du auf einmal auf, noch dazu von einem Elite-College.»

Ich begreife immer noch nicht und sehe sie nur an.

«Ringling hat einen Tierarzt», fährt Marlena fort, «und Onkel Al ist glücklich, wenn er wie Ringling ist.»

«Ich dachte, er hasst Ringling.»

«Herzchen, er will Ringling sein.»

Ich lehne den Kopf zurück und schließe die Augen, aber das erweist sich als verheerend, weil sich alles dreht, also öffne ich sie wieder und versuche, mich auf die Füße zu konzentrieren, die vom Bettende baumeln.

Als ich wach werde, steht der Zug – kann ich die kreischenden Bremsen wirklich verschlafen haben? Ich sitze im Sonnenlicht, das durch das Fenster hereinfällt, und mein Hirn hämmert gegen den Schädel. Meine Augen schmerzen, und im Mund habe ich einen Geschmack wie von Abwasser.

Mühsam kämpfe ich mich hoch und spähe ins Schlafzimmer. August schmiegt sich, einen Arm über Marlena gelegt, von hinten an sie. Sie liegen vollständig bekleidet auf der Überdecke.

Ich ernte vielsagende Blicke, als ich im Smoking, mit meinen anderen Sachen unter dem Arm, aus Wagen 48 steige. An diesem Ende des Zuges, wo die meisten Schaulustigen Artisten sind, werde ich mit distanzierter Belustigung betrachtet. Bei den Schlafwagen der Arbeiter werden die Blicke härter und argwöhnischer.

Behutsam klettere ich in den Pferdewagen und öffne die Tür des kleinen Zimmers.

Kinko sitzt auf der Kante seiner Pritsche, in der einen Hand einen Achtseiter, in der anderen seinen Penis. Er erstarrt, die purpurschimmernde Eichel ragt aus seiner Faust hervor. Einen Herzschlag lang herrscht Stille, dann folgt das Zischen einer leeren Cola-Flasche, die auf meinen Kopf zufliegt. Ich ducke mich.

«Raus hier!», schreit Kinko, als die Flasche am Türrahmen hinter mir zerschellt. Er springt auf, sein erigiertes Glied hüpft wild auf und ab. «Raus hier, verdammt!» Er schmeißt noch eine Flasche nach mir.

Ich drehe mich zur Tür, halte schützend die Hände hinter

den Kopf und lasse meine Sachen fallen. Dann höre ich einen Reißverschluss, und im nächsten Augenblick krachen Shakespeares gesammelte Werke neben mir gegen die Wand. «Okay, okay!», rufe ich. «Ich geh ja schon!»

Ich ziehe die Tür hinter mir zu und lehne mich an die Wand. Der Strom von Flüchen reißt nicht ab.

Otis taucht vor dem Pferdewagen auf. Erschrocken sieht er auf die geschlossene Tür, dann zuckt er mit den Schultern. «He, Herr Graf. Hilfst du uns jetzt mit den Tieren, oder was?»

«Klar doch.» Ich springe zu Boden.

Er starrt mich an.

«Was denn?», frage ich.

«Willst du dir nicht erst mal diese Klamotten ausziehen?»

Ich werfe einen Blick auf die geschlossene Tür hinter mir. Etwas Schweres kracht von innen gegen die Wand. «Ähm, nein. Ich glaube, ich bleib erst mal so.»

«Musst du wissen. Clive hat die Katzenkäfige sauber gemacht. Wir sollen das Fleisch holen.»

Heute Morgen dringt noch mehr Lärm aus dem Kamelwagen.

«Die Heufresser können die Fahrt mit dem Fleisch echt nicht leiden», sagt Otis. «Aber egal, was sie für ein Tamtam machen, wir haben noch ein gutes Stück Weg vor uns.»

Ich schiebe die Tür zur Seite. Eine Wolke aus Fliegen quillt heraus. Ich sehe die Maden im gleichen Moment, in dem mich der Gestank trifft. Es gelingt mir, ein paar Schritte zur Seite zu taumeln, bevor ich mich übergebe. Otis macht es mir nach, zusammengekrümmt drückt er die Hände auf den Bauch.

Als er mit dem Spucken fertig ist, atmet er ein paar Mal

tief durch, dann zieht ein schmutziges Taschentuch hervor. Er bedeckt damit Mund und Nase und geht zurück zum Wagen. Dort schnappt er sich einen Eimer, läuft zum Waldrand und kippt ihn aus. Er hält den Atem an, bis er den halben Rückweg geschafft hat. Dann bleibt er stehen, beugt sich vor, stützt sich mit den Händen auf den Knien ab und ringt nach Luft.

Ich versuche zu helfen, aber sobald ich näher komme, krampft sich mein Zwerchfell wieder zusammen.

«Es tut mir leid», sage ich zu Otis, als er zurückkommt. Mich würgt es noch immer. «Ich kann das nicht. Ich kann's einfach nicht.»

Er sieht mich böse an.

«Mein Magen spielt verrückt», versuche ich zu erklären. «Ich hab gestern Abend zu viel getrunken.»

«Klar. Glaub ich gerne», antwortet er. «Setz dich, Herr Graf. Ich mach das schon.»

Otis schüttet das restliche Fleisch am Waldrand zu einem Hügel auf, der von zahllosen Fliegen umschwirrt wird.

Wir lassen die Tür des Kamelwagens offen stehen, aber ein einfaches Durchlüften wird eindeutig nicht reichen.

Wir führen die Kamele und Lamas die Gleise entlang und binden sie am Zug fest. Dann schütten wir eimerweise Wasser auf den Holzboden und kehren den entstehenden Schlick mit Schrubbern aus dem Wagen. Der Gestank ist immer noch entsetzlich, aber mehr können wir nicht tun.

Nachdem wir die anderen Tiere versorgt haben, gehe ich zurück zum Pferdewagen. Silver Star liegt auf der Seite, und Marlena kniet neben ihm, noch immer im roséfarbenen Kleid von gestern Abend. Ich gehe an der langen Reihe offener Trenntüren vorbei und bleibe neben ihr stehen.

Silver Star hat die Augen nur einen Spaltbreit geöffnet. Etwas in ihm lässt ihn zucken und schnauben.

«Es geht ihm schlechter», sagt Marlena, ohne mich anzusehen.

Nach einem Moment antworte ich: «Ja.»

«Hat er noch eine Chance auf Besserung? Eine kleine?»

Ich zögere, denn was mir auf der Zunge liegt, ist eine Lüge, und ich merke, dass ich sie nicht aussprechen kann.

«Du kannst mir die Wahrheit sagen», bittet sie. «Ich muss es wissen.»

«Nein. Ich fürchte, er hat keine Chance mehr.»

Sie legt ihm eine Hand auf den Hals. «Wenn das so ist, dann versprich mir, dass es schnell geht. Ich will nicht, dass er leidet.»

Ich verstehe, worum sie mich bittet, und schließe die Augen. «Ich verspreche es.»

Sie steht auf und starrt auf ihn hinunter. Ihre stoische Reaktion wundert mich und macht mir gleichzeitig Sorgen, doch dann entsteigt ein seltsamer Laut ihrer Kehle. Ihm folgt ein Stöhnen, und im nächsten Moment weint sie hemmungslos. Sie versucht nicht einmal, die Tränen wegzuwischen, die ihre Wangen hinabrinnen, sie steht einfach nur da, die Arme um sich geschlungen, ihre Schultern beben, und sie ringt nach Atem. Sie sieht aus, als würde sie gleich zusammenbrechen.

Entsetzt sehe ich sie an. Ich habe keine Schwester, und bei meinen wenigen Erfahrungen damit, Frauen zu trösten, ging es nie um etwas auch nur annähernd so Niederschmetterndes. Nach kurzem Zögern lege ich ihr eine Hand auf die Schulter.

Sie dreht sich um und fällt gegen mich, die feuchte Wange drückt sie gegen mein – Augusts – Smokinghemd. Ich streichle ihr den Rücken und murmle beruhigend, bis ihre Tränen schließlich in stoßweises Schluchzen übergehen. Dann löst sie sich von mir.

Ihre Augen und ihre Nase sind rot und geschwollen, ihr Gesicht ist rotzverschmiert. Sie zieht die Nase hoch und wischt mit den Händen unter den Augen entlang, als würde das helfen. Dann strafft sie die Schultern und durchquert mit klappernden Absätzen den Wagen, ohne sich noch einmal umzublicken.

«August.» Ich stehe an seinem Bett und rüttle ihn an der Schulter. Er schlackert schlaff hin und her und zeigt so viel Reaktion wie eine Leiche.

Ich bücke mich und brülle ihm ins Ohr. «August!»

Er grunzt gereizt.

«August! Wach auf!»

Endlich rührt er sich, rollt herum und legt sich eine Hand über die Augen. «O Gott», sagt er. «O Gott. Ich glaube, mein Kopf explodiert gleich. Zieh die Vorhänge zu, ja?»

«Hast du ein Gewehr?»

Die Hand rutscht von den Augen. Er setzt sich auf. «Was?»

«Ich muss Silver Star töten.»

«Das kannst du nicht.»

«Ich muss.»

«Du hast Onkel Al gehört. Wenn dem Pferd irgendwas passiert, lassen sie dich bei Rot aussteigen.»

«Was genau soll das heißen?»

«Sie schmeißen dich aus dem Zug. Während der Fahrt. Wenn du Glück hast, in Sichtweite von einem roten Gleislicht bei einem Güterbahnhof, damit du in die Stadt findest. Und wenn nicht, na, dann kannst du nur hoffen, dass die Tür nicht aufgeht, während der Zug über eine Brücke fährt.»

Camels Bemerkung über eine Verabredung mit Blackie ergibt plötzlich Sinn – ebenso wie ein paar der Kommentare während meines ersten Treffens mit Onkel Al. «Dann lasse ich es eben darauf ankommen und bleibe hier, wenn der Zug abfährt. Aber auf jeden Fall muss das Pferd getötet werden.»

August starrt mich aus dunkelgeränderten Augen an.

«Scheiße», sagt er schließlich. Er schwingt die Beine herum, sodass er auf dem Bettende sitzt. Dann reibt er sich die stoppeligen Wangen. «Weiß Marlena Bescheid?», fragt er, beugt sich vor und kratzt sich durch die Socken an den Zehen.

«Ja.»

«Verdammt.» Er steht auf und presst eine Hand gegen den Kopf. «Al bekommt einen Anfall. Na gut, wir treffen uns in ein paar Minuten am Pferdewagen. Ich bringe das Gewehr mit.»

Ich wende mich zum Gehen.

«Ach, Jacob?»

«Ja?»

«Zieh doch bitte erst meinen Smoking aus.»

Als ich wieder beim Pferdewagen ankomme, steht die Innentür offen. Reichlich beklommen strecke ich den Kopf hinein, aber Kinko ist verschwunden. Ich gehe in den Verschlag und ziehe meine normalen Sachen an. Ein paar Minuten später taucht August mit einem Gewehr auf.

«Hier», sagt er, als er die Rampe heraufkommt. Er reicht mir das Gewehr und lässt zwei Patronen in meine freie Hand fallen.

Eine davon stecke ich in meine Tasche, die andere halte ich ihm wieder entgegen. «Ich brauche nur eine.»

«Und wenn du vorbeischießt?»

«Verdammt nochmal, August, ich stehe direkt neben ihm.»

Er starrt mich an, dann nimmt er die überzählige Patrone. «Na gut, in Ordnung. Bring ihn weit genug vom Zug weg, bevor du es tust.»

«Du machst wohl Witze. Er kann nicht laufen.»

«Hier geht es nicht», sagt er. «Die anderen Pferde stehen direkt daneben.»

Ich sehe ihn bloß an.

«Scheiße», sagt er schließlich. Er dreht sich um und lehnt sich an die Wand, mit den Fingern trommelt er gegen die Holzlatten. «Gut. In Ordnung.»

Er geht zur Tür. «Otis! Joe! Holt die anderen Pferde hier raus. Bringt sie mindestens bis zum zweiten Zugabschnitt.»

Draußen murmelt jemand etwas.

«Ja, ich weiß», sagt August. «Sie müssen eben einfach warten. Ja, das weiß ich. Ich spreche mit Al und erkläre ihm, es gab eine kleine … Komplikation.»

Er wendet sich wieder mir zu. «Ich werde mal Al suchen gehen.»

«Du sollest lieber auch Marlena suchen.»

«Hast du nicht gesagt, sie weiß schon Bescheid?»

«Das stimmt. Aber ich möchte nicht, dass sie alleine ist, wenn sie den Schuss hört. Du etwa?»

August starrt mich lange und durchdringend an. Als er schließlich die Rampe hinunterstampft, setzt er die Füße mit solcher Wucht auf, dass die Bretter unter ihm erzittern.

Ich warte eine volle Viertelstunde, um August genug Zeit zu geben, Onkel Al und Marlena zu finden, und auch, damit die Männer die anderen Tiere weit genug wegbringen können.

Dann endlich nehme ich das Gewehr in die Hand, schiebe die Patrone in die Kammer und spanne den Bolzen.

Silver Star presst das Maul gegen die Boxenwand, seine Ohren zucken. Ich beuge mich vor und fahre mit den Fingern seinen Hals entlang. Dann setze ich die Gewehrmündung unterhalb seines linken Ohrs an und drücke ab.

Der Knall ist gewaltig, der Gewehrkolben hämmert gegen meine Schulter. Silver Star verkrampft sich, seine Muskeln spannen sich in einem letzten Nervenzucken an, dann liegt er still. Weit entfernt höre ich ein einziges, verzweifeltes Wiehern.

Als ich aus dem Pferdewagen steige, habe ich ein Pfeifen in den Ohren, und trotzdem erscheint mir alles unheimlich still. Eine kleine Menschenmenge hat sich zusammengefunden. Mit langen Gesichtern stehen die Leute reglos da. Ein Mann nimmt seinen Hut ab und drückt ihn sich an die Brust.

Ich gehe ein paar Dutzend Schritte vom Zug weg, setze mich auf eine grasbewachsene Anhöhe und reibe mir die Schulter.

Otis, Pete und Earl betreten den Pferdewagen. Als sie wieder herauskommen, ziehen sie Silver Stars leblosen Körper an einem Seil um seine Hinterläufe die Rampe herunter. Sein nach oben gedrehter Bauch sieht riesig und verletzlich aus, auf dem glatten Schneeweiß heben sich die schwarzen Genitalien ab. Bei jedem Ruck am Seil scheint er zustimmend mit dem Kopf zu nicken.

Ich sitze beinahe eine Stunde lang da und starre das Gras zwischen meinen Füßen an. Ich zupfe ein paar Halme ab und rolle sie zwischen den Fingern hin und her, dabei frage ich mich, warum zum Teufel es so lange dauert, bis sie abfahren.

Irgendwann kommt August zu mir. Er starrt mich an, dann bückt er sich, um das Gewehr aufzuheben. Ich habe nicht mal bemerkt, dass ich es mitgenommen hatte.

«Komm schon, Junge», sagt er. «Du willst doch nicht hier zurückbleiben.»

«Doch, ich glaube schon.»

«Mach dir keine Sorgen wegen dem, was ich vorhin gesagt habe – ich habe mit Al gesprochen, und hier wird keiner bei Rot aussteigen. Es ist alles in Ordnung.»

Mürrisch blicke ich zu Boden. Nach einer Weile setzt August sich neben mich.

«Oder nicht?», fragt er.

«Wie geht es Marlena?», frage ich zurück.

August mustert mich, dann zieht er eine Packung Camels aus seiner Hemdtasche. Er schüttelt eine Zigarette heraus und bietet sie mir an.

«Nein, danke», sage ich.

«Hast du heute zum ersten Mal ein Pferd erschossen?», fragt er und zieht die Zigarette mit den Zähnen aus der Packung.

«Nein. Aber das heißt nicht, dass ich es gerne mache.»

«Als Tierarzt gehört das dazu, mein Junge.»

«Streng genommen bin ich keiner.»

«Dann hast du halt deinen Abschluss nicht. Egal.»

«Es ist nicht egal.»

«Ist es doch. Es ist nur ein Stück Papier, und hier schert sich keiner darum. Du bist jetzt beim Zirkus. Hier gelten andere Regeln.»

«Wie meinst du das?»

Er deutet mit einer Handbewegung auf den Zug. «Sag mal, glaubst du ernsthaft, das wäre die spektakulärste Show der Welt?»

Ich antworte nicht.

«Na?», fragt er und stößt mich mit der Schulter an.

«Keine Ahnung.»

«Nicht mal annähernd. Wahrscheinlich sind wir noch

nicht einmal auf Platz fünfzig der spektakulärsten Shows der Welt. Wir haben vielleicht ein Drittel von dem, was Ringling hat. Du weißt ja schon, dass Marlena nicht zum rumänischen Adel gehört. Und Lucinda? Wiegt bei weitem keine vierhundertzwei Kilo. Hundertachtzig, höchstens. Und glaubst du wirklich, Frank Otto hat seine Tätowierungen von aufgebrachten Kopfjägern in Borneo? Natürlich nicht. Er hat früher bei der Fliegenden Vorhut Zeltpflöcke eingeschlagen. Neun Jahre hat er für die ganze Bemalung gebraucht. Und willst du wissen, was Onkel Al gemacht hat, als das Flusspferd gestorben ist? Er hat es statt in Wasser in Formaldehyd gelegt und es weiter herumgezeigt. Zwei Wochen lang waren wir mit einem eingelegten Flusspferd unterwegs. Das Ganze hier ist eine Illusion, Jacob, und das ist völlig in Ordnung. Die Leute wollen das so. Sie erwarten das von uns.»

Er steht auf und streckt mir eine Hand entgegen. Nach einem Augenblick ergreife ich sie und lasse mich von ihm hochziehen.

Dann gehen wir zum Zug.

«Verdammt, August», sage ich, «das hätte ich fast vergessen. Die Raubkatzen haben noch nicht gefressen. Wir mussten ihr Fleisch wegschmeißen.»

«Keine Sorge, mein Junge», sagt er. «Das ist schon geregelt.»

«Wie meinst du das, schon geregelt?» Ich bleibe wie angewurzelt stehen. «August? Was meinst du damit, es wäre schon geregelt?»

August geht, das Gewehr lässig über die Schulter gehängt, einfach weiter.

8 «Wachen Sie auf, Mr. Jankowski. Sie haben schlecht geträumt.»

Ich reiße die Augen auf. Wo bin ich?

Ach, verflucht nochmal.

«Ich habe nicht geträumt», widerspreche ich.

«Na, auf jeden Fall haben Sie im Schlaf geredet», sagt die Schwester. Dieses nette schwarze Mädchen ist wieder da. Warum fällt es mir so schwer, ihren Namen zu behalten? «Irgendwas von Sternen, die an Katzen verfüttert werden. Machen Sie sich mal keine Sorgen wegen der Katzen – ich bin sicher, die haben ihr Futter bekommen, auch wenn Sie vorher aufgewacht sind. Warum haben Sie denn diese Dinger hier an?», überlegt sie, als sie meine Handgelenke von den Klettgurten befreit. «Sie wollten doch wohl nicht weglaufen, oder?»

«Nein. Ich habe es gewagt, mich über das fade Zeug zu beschweren, das man uns hier vorsetzt.» Ich werfe ihr einen Blick aus den Augenwinkeln zu. «Und dann ist mein Teller irgendwie vom Tisch gerutscht.»

Sie hält inne und sieht mich an. Dann bricht sie in schallendes Gelächter aus. «Also wirklich, Sie machen mir ja Sachen», sagt sie, als sie meine Handgelenke zwischen ihren warmen Händen reibt. «Meine Güte.»

Dann fällt mir ihr Name wie eine Erleuchtung ein: Rosemary! Ha. Also bin ich doch nicht senil.

Rosemary. Rosemary. Rosemary.

Ich brauche etwas, um ihn mir einzuprägen, einen Reim oder etwas Ähnliches. Heute Morgen ist er mir ja vielleicht eingefallen, aber das heißt noch lange nicht, dass ich mich morgen oder auch nur im Laufe des Tages noch an ihn erinnern werde.

Sie geht zum Fenster und zieht die Jalousie auf.

«Ich darf doch bitten.»

«Bitten worum?»

«Ich mag mich irren, aber ist dies hier nicht mein Zimmer? Vielleicht möchte ich die Jalousie ja gar nicht offen haben. Ich kann Ihnen sagen, ich bin es gründlich leid, dass jeder meint, er wüsste besser, was ich will, als ich selbst.»

Rosemary starrt mich an. Dann lässt sie die Jalousie herunter, marschiert aus dem Zimmer und lässt die Tür hinter sich zufallen. Vor Überraschung sperre ich den Mund weit auf. Gleich darauf klopft es, bevor die Tür einen Spaltbreit geöffnet wird.

«Guten Morgen, Mr. Jankowski, darf ich hereinkommen?»

Verdammich, was hat sie vor?

«Ich sagte, darf ich hereinkommen?», wiederholt sie.

«Natürlich», stammle ich.

«Verbindlichsten Dank», sagt sie, während sie den Raum betritt und sich an das Fußende meines Bettes stellt. «Und, möchten Sie, dass ich die Jalousie aufziehe, damit der Herrgott seine Sonne auf Sie scheinen lassen kann, oder wollen Sie lieber den ganzen Tag lang im stockdunklen Zimmer sitzen?»

«Ach, ziehen Sie das Ding schon hoch. Und hören Sie mit diesem Unsinn auf.»

«Das ist kein Unsinn, Mr. Jankowski», sagt sie, geht zum Fenster und zieht die Jalousie hoch. «Kein bisschen. Ich habe das früher nie so gesehen, und ich muss mich bei Ihnen bedanken, dass Sie mir die Augen geöffnet haben.»

Macht sie sich über mich lustig? Ich kneife die Augen zusammen und versuche in ihrem Gesicht zu lesen.

«Gehe ich recht in der Annahme, dass Sie in Ihrem Zimmer frühstücken möchten?»

Ich antworte nicht, weil ich immer noch nicht sicher bin, ob ich Lunte rieche. Man sollte glauben, meine Vorliebe dafür stünde mittlerweile in meiner Akte, aber jeden Morgen stellen sie mir diese dumme Frage. Natürlich würde ich lieber im Speisesaal frühstücken. Wenn ich dabei im Bett bleibe, fühle ich mich wie ein Invalide. Aber frühmorgens vor dem Frühstück werden die Windeln gewechselt, und bei dem Geruch nach Fäkalien, der dann durch den Flur weht, würgt es mich. Erst ein, zwei Stunden nachdem der letzte Pflegebedürftige gesäubert, gefüttert und im Flur abgestellt wurde, kann man gefahrlos seine Nase zur Tür rausstrecken.

«Nun, Mr. Jankowski – wenn Sie erwarten, dass man sich nach Ihren Wünschen richtet, dann müssen Sie schon durchblicken lassen, wie Ihre Wünsche aussehen.»

«Ja. Bitte. Ich möchte hier frühstücken», sage ich.

«Gut, in Ordnung. Möchten Sie vor oder nach dem Frühstück duschen?»

«Wieso meinen Sie, ich müsste duschen?», frage ich schwer gekränkt, obwohl ich keineswegs sicher bin, dass eine Dusche nicht nötig wäre.

«Weil heute doch Besuchstag ist und Ihre Familie kommt», antwortet sie mit ihrem strahlenden Lächeln. «Und weil ich dachte, Sie möchten sich für Ihren Ausflug heute Nachmittag frisch machen.»

Meinen Ausflug? Ach ja, der Zirkus! Ich muss zugeben, zwei Tage hintereinander mit der Aussicht auf einen Zirkusbesuch aufzuwachen, war wirklich nett.

«Ich glaube, dann möchte ich vor dem Frühstück duschen, wenn es Ihnen nichts ausmacht», erwidere ich freundlich.

Zu den größten Demütigungen des Alters gehört es, dass andere einem unbedingt bei Dingen wie dem Baden oder dem Gang auf die Toilette helfen wollen.

Eigentlich kann ich beides alleine, aber sie haben solche

Angst, ich könnte fallen und mir wieder die Hüfte brechen, dass ich ein Kindermädchen bekomme, ob ich will oder nicht. Ich bestehe grundsätzlich darauf, alleine auf die Toilette zu gehen, und trotzdem ist immer jemand dabei, nur für den Fall, und aus irgendeinem Grund ist es immer eine Frau. Ich sage ihr dann, sie soll sich umdrehen, während ich meine Hose herunterlasse und mich setze, und dann schicke ich sie hinaus, bis ich fertig bin.

Das Baden ist noch peinlicher, weil ich mich vor einer Schwester bis aufs Adamskostüm ausziehen muss. Nun ja, manches ändert sich nie, und obwohl ich über neunzig bin, reckt zuweilen mein kleiner Freund sein Köpfchen. Ich kann nichts dagegen machen. Sie tun immer so, als würden sie nichts merken. Das haben sie wahrscheinlich so gelernt, aber dieses geflissentliche Übersehen ist fast noch schlimmer, als wenn sie darauf reagieren würden. Es bedeutet, dass sie in mir nicht mehr sehen als einen harmlosen alten Mann mit einem harmlosen alten Penis, der ab und an vorwitzig wird. Sollte allerdings mal eine von ihnen die Sache ernst nehmen und zur Tat schreiten, würde der Schock mich wahrscheinlich umbringen.

Rosemary hilft mir in die Duschkabine. «So, dann halten Sie sich einfach an dem Griff da fest …»

«Ich weiß, ich weiß. Ich hab schon mal geduscht», sage ich, packe den Haltegriff und lasse mich langsam auf den Duschstuhl sinken. Rosemary schiebt den Duschkopf an der Stange nach unten bis in meine Reichweite.

«Ist die Temperatur so in Ordnung, Mr. Jankowski?», fragt sie, während sie mit diskret abgewandtem Blick die Hand kurz in den Wasserstrahl hält.

«Bestens. Geben Sie mir bitte einfach das Shampoo und gehen Sie raus, ja?»

«Na, Mr. Jankowski, Sie haben ja heute eine Laune.» Sie

öffnet die Shampooflasche und drückt ein paar Tropfen auf meine Hand. Das reicht, es sind nur noch etwa ein Dutzend Haare übrig.

«Rufen Sie mich, wenn Sie etwas brauchen», sagt sie und zieht den Vorhang zu. «Ich warte hier draußen.»

«Hrrmmpf», entgegne ich.

Als sie endlich verschwunden ist, gefällt mir das Duschen richtig gut. Ich nehme den Duschkopf aus seiner Halterung und bringe den Strahl nah an den Körper, richte ihn auf die Schultern und den Rücken hinunter und dann auf meine dürren Gliedmaßen. Ich lege sogar mit geschlossenen Augen den Kopf zurück, und das Wasser sprüht mir direkt ins Gesicht. Ich tue so, als wäre es ein tropischer Regenschauer, schüttle den Kopf und genieße es. Mir gefällt sogar, wie es sich da unten anfühlt, an dieser schrumpeligen rosa Schlange, die vor so langer Zeit fünf Kinder gezeugt hat.

Manchmal, wenn ich im Bett liege, schließe ich die Augen und erinnere mich daran, wie der nackte Körper einer Frau aussieht und vor allem, wie er sich anfühlt. Meistens ist es der Körper meiner Frau, aber nicht immer. Ich war ihr absolut treu. Nicht ein Mal in den sechzig Jahren habe ich in fremden Revieren gewildert, außer vielleicht in Gedanken, und ich habe das Gefühl, das hätte ihr nichts ausgemacht. Sie war eine außerordentlich verständnisvolle Frau.

O Gott, ich vermisse sie so. Und nicht nur, weil ich nicht hier wäre, wenn sie noch am Leben wäre, obwohl das bei allen Heiligen stimmt. Wie schwach wir auch geworden wären, wir hätten doch füreinander gesorgt, so wie immer. Aber als sie nicht mehr war, hatte ich keine Chance gegen die Kinder. Nach meinem ersten Sturz hatten sie alles schneller unter Dach und Fach gebracht, als man «Cracker Jack» sagen konnte.

Aber Dad, du hast dir die Hüfte gebrochen, sagten sie, als

sei mir das vielleicht entgangen. Ich habe mich stur gestellt. Ich habe ihnen gedroht, ihnen den Geldhahn zuzudrehen, bis mir eingefallen ist, dass sie mein Geld bereits verwalteten. Sie haben mich nicht daran erinnert – sie haben mich wie einen alten Narren zetern lassen, bis es mir von selbst wieder eingefallen ist, und das hat mich noch wütender gemacht, denn wenn sie mich auch nur ein bisschen respektieren würden, hätten sie mir wenigstens die Tatsachen klargemacht. Ich kam mir vor wie ein Kleinkind, das seinen Wutanfall ausleben darf.

Je klarer mir das Ausmaß meiner Hilflosigkeit wurde, desto haltloser wurde meine Position.

Ihr habt recht, gab ich nach. Wahrscheinlich könnte ich etwas Hilfe gebrauchen. Ich schätze, jemanden tagsüber hier zu haben, wäre nicht schlecht, nur als Hilfe beim Kochen und Putzen. Nein? Und wie wäre jemand, der hier wohnt? Ich weiß, ich bin etwas nachlässig geworden, seit eure Mutter gestorben ist ... Aber ihr habt doch gesagt ... Na gut, dann kann einer von euch bei mir einziehen ... Aber ich verstehe nicht ... Ach, Simon, du hast doch ein großes Haus. Ich könnte doch sicher ...?

Es sollte nicht sein.

Ich weiß noch, wie ich zum letzten Mal mein Haus verließ, dick eingemummelt wie ein Kater auf dem Weg zum Tierarzt. Als der Wagen losfuhr, verschleierten Tränen mir die Augen, sodass ich nicht einmal einen letzten Blick zurück werfen konnte.

Es ist kein Pflegeheim, sagten sie. Es ist betreutes Wohnen – schrittweise, weißt du. Du bekommst nur Hilfe, wenn du welche brauchst, und wenn du älter wirst ...

Hier brachen sie immer ab, als würde ich so den Gedanken nicht zu Ende spinnen.

Lange empfand ich es als Verrat, dass nicht eines meiner

fünf Kinder anbot, mich zu sich zu nehmen. Mittlerweile nicht mehr. Nachdem ich in Ruhe darüber nachdenken konnte, weiß ich, dass sie auch ohne mich genug Probleme haben.

Simon ist um die siebzig und hatte schon mindestens einen Herzinfarkt. Ruth hat Diabetes und Peter Probleme mit der Prostata. Josephs Frau ist mit dem Strandbarkeeper durchgebrannt, als sie in Griechenland waren, und auch wenn Dinahs Brustkrebs sich Gott sei Dank zurückgezogen zu haben scheint, wohnt jetzt ihre Enkelin bei ihr, und sie versucht, das Mädchen nach zwei unehelichen Kindern und einer Verhaftung wegen Ladendiebstahls wieder auf den richtigen Weg zu bringen.

Und das sind nur die Dinge, von denen ich weiß. Es geht noch viel mehr vor sich, aber darüber sprechen sie in meiner Gegenwart nicht, weil sie mich nicht aufregen wollen. Von einigem habe ich Wind bekommen, aber sobald ich nachfrage, machen sie dicht. Wir dürfen Opa nicht aufregen, nicht wahr.

Warum? Das würde ich gerne wissen. Diese merkwürdige Praxis, jemanden zu seinem Schutz auszuschließen, finde ich schrecklich, denn sie drängt mich vollkommen aus dem Spiel. Wenn ich nicht weiß, was in ihrem Leben los ist, wie soll ich mich dann am Gespräch beteiligen?

Ich bin zu dem Schluss gekommen, dass es dabei gar nicht um mich geht. Es ist ein Schutzmechanismus, der ihnen helfen soll, sich gegen meinen bevorstehenden Tod zu wappnen, so wie Jugendliche sich von ihren Eltern distanzieren, um sich auf ihren Auszug vorzubereiten. Als Simon sechzehn und aufmüpfig wurde, dachte ich, er sei das Problem. Als Dinah dann so weit war, wusste ich, dass sie nichts dazu konnte – das war der Lauf der Dinge.

Aber bei allen Zensurmaßnahmen hat meine Familie

mich immer treu und brav besucht. Jeden Sonntag erscheint hier jemand, komme, was wolle. Sie reden endlos darüber, wie schön/schlecht/angenehm das Wetter ist, was sie im Urlaub getrieben und was sie zu Mittag gegessen haben, bis sie pünktlich um fünf dankbar auf die Uhr sehen und gehen.

Manchmal versuchen sie beim Aufbrechen, mich in den Bingosaal am Ende des Flurs zu schleppen, so wie die Bande von vor zwei Wochen. Möchtest du da nicht mitmachen?, haben sie gefragt. Wir können dich auf dem Weg nach draußen hinbringen. Das ist doch sicher lustig.

Klar, habe ich gesagt. Wenn man ein Brokkoli ist. Und sie haben gelacht, was mir gefallen hat, obwohl es kein Scherz war. In meinem Alter heimst man Lorbeeren ein, wo man sie kriegen kann. Zumindest hat es gezeigt, dass sie zugehört haben.

Mit meinen Binsenweisheiten kann ich sie nicht lange fesseln, das kann ich ihnen kaum übelnehmen. Meine wahren Geschichten sind alle angestaubt. Was bringt es schon, wenn ich aus erster Hand von der spanischen Grippe erzählen kann, vom Aufkommen des Automobils, Weltkriegen, Kalten Kriegen, Guerillakriegen und dem Sputnik – das ist alles längst Geschichte. Was habe ich sonst schon zu bieten? Ich erlebe ja nichts mehr. So ist es, wenn man alt wird, und ich glaube, genau da liegt der Hund begraben. Ich bin noch nicht bereit, alt zu sein.

Aber ich sollte mich nicht beklagen, wo doch heute Zirkustag ist.

Rosemary kommt mit dem Frühstückstablett zurück, und als sie die braune Plastikhaube abnimmt, sehe ich, dass sie Sahne und Rohrzucker auf mein Porridge gegeben hat.

«Erzählen Sie aber Dr. Rashid nichts von der Sahne», sagt sie.

«Warum nicht? Darf ich keine Sahne bekommen?»

«Nicht Sie persönlich. Das gehört zu der besonderen Diät hier. Einige unserer Bewohner können schwere Speisen nicht mehr so gut verdauen wie früher.»

«Wie steht es mit Butter?» Ich bin empört. In Gedanken gehe ich die letzten Wochen, Monate und Jahre durch und versuche, mich an den letzten Auftritt von Sahne oder Butter in meinem Leben zu erinnern. Verdammt, sie hat recht. Warum ist mir das nicht aufgefallen? Oder es ist mir aufgefallen, und ich mag das Essen deshalb so wenig. Na, kein Wunder. Ich wette, wir essen auch noch salzarm.

«Dadurch bleiben Sie angeblich länger gesund», sagt sie kopfschüttelnd. «Aber warum alte Herrschaften an ihrem Lebensabend nicht ein Stückchen Butter genießen dürfen, ist mir schleierhaft.» Sie sieht mich scharf an. «Sie haben doch Ihre Gallenblase noch, oder?»

«Ja.»

Ihre Züge entspannen sich wieder. «Na, dann lassen Sie sich die Sahne schmecken, Mr. Jankowski. Wollen Sie beim Essen fernsehen?»

«Nein. Heutzutage läuft sowieso nur Schrott», antworte ich.

«Sie haben ja so recht», sagt sie und legt die Decke am Fußende meines Bettes zusammen. «Klingeln Sie, wenn Sie noch etwas brauchen.»

Als sie gegangen ist, beschließe ich, netter zu sein. Ich muss mir etwas einfallen lassen, damit ich es nicht vergesse. Ich habe keine Schnur, aber ich könnte mir wohl ein Stück Serviette um den Finger wickeln. In meiner Jugend haben das die Leute in den Filmen ständig gemacht. Sich Schnur um den Finger gewickelt, um sich an etwas zu erinnern, meine ich.

Ich greife nach der Serviette, und dabei fällt mein Blick

auf meine Hände. Sie sind knorrig und krumm, mit dünner Haut und – genau wie mein eingefallenes Gesicht – voller Leberflecke.

Mein Gesicht. Ich schiebe das Porridge zur Seite und klappe den Frisierspiegel auf. Mittlerweile sollte ich es besser wissen, aber irgendwie erwarte ich immer noch, mich selbst zu erblicken. Stattdessen sehe ich eine dieser Schrumpfapfelpuppen, verdorrt und fleckenübersät, mit schlaffem Hals und Augenringen und großen Schlappohren. Auf dem Schädel sprießen zwischen den Altersflecken einige nutzlose weiße Haarsträhnen.

Ich will die Haare mit der Hand glatt streichen und erstarre beim Anblick meiner alten Hand auf meinem alten Kopf. Ich beuge mich zum Spiegel und öffne die Augen ganz weit, um hinter die schlaffe Haut zu sehen.

Es nutzt nichts. Selbst wenn ich mir direkt in die blassblauen Augen sehe, kann ich mich selbst nicht mehr finden. Wann habe ich aufgehört, ich zu sein?

Mir ist zu übel, als dass ich essen könnte. Ich stülpe den braunen Deckel wieder über das Porridge und ertaste mit einigen Schwierigkeiten das Bedienfeld für mein Bett. Dann drücke ich auf den Knopf, der das Kopfteil herunterfährt, wodurch der Tisch wie ein Geier über mir schwebt. Moment mal, hier ist auch ein Knopf, um das Bett abzusenken. Gut. Jetzt kann ich mich auf die Seite rollen, ohne den verdammten Tisch anzustoßen und das Porridge zu verschütten. Das will ich nicht schon wieder machen, nachher halten sie das für einen Wutausbruch und rufen Dr. Rashid.

Sobald mein Bett flach und möglichst weit unten ist, rolle ich mich auf die Seite und starre durch die Jalousie in den blauen Himmel. Kurz darauf habe ich so etwas wie Frieden gefunden.

Der Himmel, der Himmel – er bleibt immer gleich.

9 In Tagträume versunken, starre ich durch die offene Tür in den Himmel, als das durchdringende Kreischen der Bremsen einsetzt und alles einen Satz nach vorne macht. Ich stütze mich auf dem rauen Boden ab, und nachdem ich das Gleichgewicht wiedererlangt habe, fahre ich mir mit den Händen durchs Haar und binde mir die Schuhe zu. Offenbar sind wir endlich in Joliet angekommen.

Die grobe Holztür neben mir öffnet sich quietschend, und Kinko kommt heraus. Mit Queenie zu seinen Füßen lehnt er sich gegen den Rahmen der Wagentür und starrt angestrengt auf die vorüberziehende Landschaft. Er hat mich seit dem gestrigen Vorfall keines Blickes gewürdigt, und ehrlich gesagt fällt es mir auch schwer, ihn anzusehen, denn einerseits kann ich seine Demütigung nur zu gut nachempfinden, andererseits kann ich ein Lachen kaum unterdrücken. Als der Zug schließlich mit einem Ruck und einem Seufzer stehen bleibt, steigen Kinko und Queenie mit dem üblichen Händeklatschen und dem Sprung auf den Arm aus.

Alles ist merkwürdig still. Obwohl die Fliegende Vorhut eine gute halbe Stunde vor uns eingetroffen ist, stehen die Männer schweigend herum. Kein geordnetes Chaos. Kein Geklapper von Rampen, kein Fluchen, niemand wirft Seilrollen, es werden auch keine Gespanne angeschirrt. Nur Hunderte von zerzausten Männern, die staunend die aufgeschlagenen Zelte eines anderen Zirkus begaffen.

Es sieht aus wie eine Geisterstadt. Das Chapiteau ist da, aber keine Menschenmenge. Der Küchenbau, aber keine Fahne. Wagen und Garderobenzelte stehen am anderen Ende des Platzes, aber die zurückgebliebenen Menschen wandern ziellos umher oder sitzen träge im Schatten.

Gerade, als ich vom Pferdewagen springe, fährt ein schwarzbeiger Plymouth auf den Parkplatz. Zwei Männer in

Anzügen steigen aus, beide mit Aktentasche und Homburg, und begutachten die Lage.

Onkel Al eilt, *sans entourage*, zu ihnen; er trägt seinen Zylinder und schwingt den Stock mit dem Silberknauf. Mit heiter-freundlicher Miene schüttelt er beiden Männern die Hand. Beim Sprechen dreht er sich um und deutet mit ausholender Geste auf das Gelände. Die Geschäftsleute nicken, sie verschränken die Arme und schätzen und rechnen.

Hinter mir knirscht der Schotter, und plötzlich steht August neben mir. «So ist er, unser Al», sagt er. «Er riecht die Stadtverwaltung aus einem Kilometer Entfernung. Wart's ab – spätestens heute Mittag frisst der Bürgermeister ihm aus der Hand.» Er schlägt mir auf die Schulter. «Komm mit.»

«Wohin?», frage ich.

«In die Stadt, frühstücken», antwortet er. «Ich glaube nicht, dass es hier etwas zu essen gibt. Wahrscheinlich bis morgen nicht.»

«Herrje – wirklich?»

«Na ja, wir versuchen's, aber wir haben dem Vorläufer ja keine Zeit gelassen, vor uns hier anzukommen, oder?»

«Was ist mit denen?»

«Mit wem?»

Ich zeige auf den aufgelösten Zirkus.

«Die? Wenn sie hungrig genug werden, verziehen sie sich. Ist für alle das Beste.»

«Und unsere Leute?»

«Ach, die. Die halten schon durch, bis es was gibt. Keine Sorge. Al lässt sie nicht verhungern.»

Wir gehen in ein Diner unweit der Hauptstraße. Eine Wand ist von Sitzgruppen gesäumt, gegenüber steht eine laminatbeschichtete Theke mit rotgepolsterten Hockern. Dort sitzen ein paar Männer, sie rauchen und unterhalten sich mit dem Mädchen hinter der Theke.

Ich halte Marlena die Tür auf. Sie steuert sofort auf eine der Sitzgruppen zu und rutscht bis zur Wand durch. August lässt sich auf die gegenüberliegende Bank fallen, und so sitze ich schließlich neben ihr. Sie verschränkt die Arme und starrt die Wand an.

«Morgen. Was darf's denn sein?», fragt das Mädchen von ihrem Platz hinter der Theke aus.

«Einmal komplett», bestellt August. «Ich sterbe vor Hunger.»

«Wie wollen Sie Ihre Eier?»

«Als Spiegeleier.»

«Ma'am?»

«Nur Kaffee», sagt Marlena, schlägt die Beine übereinander und wippt mit dem Fuß. Die Bewegung ist hektisch, beinahe aggressiv. Sie würdigt die Kellnerin keines Blickes. Auch August nicht. Oder mich, wenn ich es recht bedenke.

«Sir?», fragt das Mädchen.

«Ähm, das Gleiche wie er», sage ich. «Danke.»

August lehnt sich zurück und holt ein Päckchen Camels hervor. Er schnippt gegen den unteren Rand, und eine Zigarette schießt in hohem Bogen heraus. Er fängt sie mit den Lippen auf und lehnt sich zurück, mit glänzenden Augen und triumphierend ausgebreiteten Armen.

Marlena wendet sich ihm zu und sieht ihn an. Mit steinerner Miene klatscht sie, langsam und bedächtig.

«Komm schon, Liebling, sei nicht albern», sagt August. «Du weißt doch, dass wir kein Fleisch mehr hatten.»

«Entschuldigt mich», sagt sie und rutscht auf mich zu. Ich springe auf, um ihr Platz zu machen. Mit klappernden Absätzen und wiegenden Hüften marschiert sie in ihrem roten Glockenrock zur Tür hinaus.

«Frauen», sagt August und zündet in der hohlen Hand seine Zigarette an. Dann klappt er das Feuerzeug zu. «Ach, entschuldige. Willst du eine?»

«Nein, danke. Ich rauche nicht.»

«Nicht?», fragt er nach und nimmt einen Zug. «Du solltest damit anfangen. Ist gut für die Gesundheit.» Er steckt das Päckchen wieder ein und schnippt mit den Fingern nach dem Mädchen hinter der Theke. Sie steht mit einem Pfannenwender in der Hand am Herd.

«Etwas Beeilung, bitte. Wir haben nicht den ganzen Tag Zeit.»

Sie bleibt mit erhobenem Pfannenwender stehen. Zwei Männer an der Theke drehen sich mit großen Augen langsam zu uns um. «Ähm, August», sage ich.

«Was?» Er wirkt ernsthaft verwundert.

«Ich mache, so schnell ich kann», sagt die Kellnerin frostig.

«Prima. Mehr verlange ich ja gar nicht», entgegnet August. Er beugt sich zu mir und spricht leise weiter. «Was habe ich gesagt. Frauen. Wahrscheinlich ist Vollmond oder so.»

Bei meiner Rückkehr zum Zirkusplatz stehen einige wenige Zelte von Benzini: die Menagerie, das Stallzelt und der Küchenbau. Die Fahne weht, und der Geruch nach altem Fett hängt in der Luft.

«Lass es lieber», sagt ein Mann, der gerade herauskommt. «Frittierte Fladen und nur Muckefuck, mit dem man sie runterspülen kann.»

«Danke für die Warnung», sage ich.

Er spuckt aus und geht.

Die übriggebliebenen Mitarbeiter von Fox Brothers stehen vor dem Direktionswagen Schlange, eingehüllt in eine

Aura des verzweifelten Hoffens. Einige lächeln und machen Witze, aber ihr Lachen klingt schrill. Manche starren mit verschränkten Armen stur vor sich hin. Andere zappeln herum oder laufen mit gesenktem Kopf auf und ab. Einer nach dem anderen werden sie hineingerufen zu einer Audienz bei Onkel Al.

Die meisten steigen niedergeschlagen wieder aus. Einige wischen sich über die Augen und unterhalten sich leise mit den vorderen in der Schlange. Andere blicken stoisch geradeaus und machen sich dann auf in Richtung Stadt.

Zwei Zwerge gehen zusammen hinein. Wenige Minuten später kommen sie mit grimmigen Gesichtern wieder heraus und sprechen mit einem Grüppchen anderer Männer. Dann ziehen sie entlang der Gleise von dannen, Seite an Seite mit hocherhobenen Köpfen und vollgepackten Kissenbezügen über den Schultern.

Ich suche in der Menge nach dem berühmten Charles. Einige Abnormitäten sind dabei: Zwerge und Kleinwüchsige und Riesen, eine bärtige Dame (Al hat schon eine, also wird sie wohl kein Glück haben), ein unglaublich dicker Mann (der Glück haben könnte, wenn Al ein Pärchen will) und ein Sammelsurium von betrübt dreinschauenden Menschen und Hunden. Aber kein Mann, dem ein Kleinkind aus der Brust wächst.

Nachdem Onkel Al seine Wahl getroffen hat, reißen unsere Arbeiter alle Zelte des anderen Zirkus ab, bis auf den Stall und die Menagerie. Die zurückgebliebenen Männer von Fox Brothers, die auf keiner Lohnliste mehr stehen, sitzen da und sehen zu, sie rauchen und spucken Tabaksaft in hohes Gestrüpp aus Wilder Möhre und Disteln.

Als Onkel Al herausfindet, dass die Stadtverwaltung die Arbeitstiere von Fox Brothers noch nicht aufgelistet hat, werden rasch einige unauffällige Pferde von einem Stallzelt ins andere verfrachtet. Man könnte auch sagen, sie werden einverleibt. Und Onkel Al hat nicht als Einziger diese Idee – an den Ausläufern des Geländes treibt sich eine Handvoll Farmer mit Halftern in der Hand herum.

«Sie nehmen einfach so welche mit?», frage ich Pete.

«Wahrscheinlich», antwortet er. «Is' mir völlig egal, solange sie unsere nicht anrühren. Aber halt die Augen auf. Es wird ein, zwei Tage dauern, bis alles auseinanderklamüsert ist, und ich will nicht, dass eins von unseren nachher fehlt.»

Unsere Arbeitstiere haben im Akkord geschuftet, und jetzt schäumen die großen Pferde und atmen schwer. Ich überrede einen der Stadtangestellten, einen Hydranten aufzudrehen, damit wir sie tränken können, aber damit haben sie immer noch weder Heu noch Hafer.

August kommt wieder, als wir den letzten Trog füllen.

«Was zum Teufel macht ihr da? Die Pferde haben drei Tage lang im Zug gestanden – los, bringt sie raus und macht ihnen ordentlich Dampf, damit sie nicht weich werden.»

«Dampf machen, so'n Mist», antwortet Pete. «Sieh dich mal um. Was glaubst du wohl, was die in den letzten vier Stunden gemacht haben?»

«Du hast unsere Arbeitspferde genommen?»

«Was zum Teufel hätte ich sonst nehmen sollen?»

«Du hättest deren Pferde nehmen sollen!»

«Deren verdammte Pferde kenn ich nicht!», schreit Pete. «Und warum sollen wir deren Arbeitspferde nehmen, wenn wir unseren nachher eh nur Dampf machen sollen, damit sie in Form bleiben!»

August öffnet den Mund. Dann schließt er ihn wieder und verschwindet.

Wenig später treffen Lieferwagen auf dem Gelände ein. Einer nach dem anderen fährt rückwärts an den Küchenbau, und unglaubliche Mengen an Lebensmitteln verschwinden dahinter. Die Küchenmannschaft macht sich an die Arbeit, und im Handumdrehen dampft der Kessel, und der Duft von gutem Essen – von richtigem Essen – weht über den Platz.

Futter und Streu für die Tiere werden wenig später gebracht, nicht in Lastwagen, sondern auf Karren. Als wir das Heu ins Stallzelt fahren, wiehern und poltern die Pferde, sie recken die Hälse und schnappen das Futter direkt aus der Luft.

Die Tiere in der Menagerie freuen sich genauso, uns zu sehen – die Schimpansen schreien, blecken die Zähne und schaukeln an ihren Gitterstäben. Die Fleischfresser laufen auf und ab, während die Heufresser vor Aufregung die Köpfe zurückwerfen, schnauben, kreischen und sogar bellen.

Ich öffne den Käfig des Orang-Utan-Weibchens und stelle einen Topf mit Obst, Gemüse und Nüssen auf den Boden. Als ich wieder zumache, streckt sie ihren langen Arm durch die Gitterstäbe. Sie deutet auf eine Orange in einem der anderen Töpfe.

«Die? Willst du die?»

Sie zeigt weiter darauf und blinzelt mich aus ihren eng zusammenstehenden Augen an. Ihr flaches, breites Gesicht wird von roten Haarfransen umsäumt. Sie ist das Scheußlichste und das Schönste, was ich je gesehen habe.

«Hier.» Ich halte ihr die Orange hin. «Kannst du haben.»

Sie nimmt sie und legt sie auf den Boden. Wieder streckt sie den Arm aus. Zuerst habe ich ernsthafte Bedenken, dann halte ich ihr die Hand hin. Sie umschließt sie kurz mit ihren langen Fingern. Anschließend setzt sie sich hin und schält ihre Orange. Ich bin völlig verblüfft. Sie hat sich bei mir bedankt.

«Das wäre geschafft», sagt August, als wir die Menagerie verlassen. Er klopft mir auf die Schulter. «Trink einen Schluck mit mir, mein Junge. Marlena hat Limonade in ihrem Garderobenzelt, und zwar nicht dieses Gesöff vom Saftstand. Wir schütten einen Tropfen Whiskey dazu, hm?»

«Ich komme gleich nach», sage ich. «Erst muss ich nach der anderen Menagerie sehen.» Wegen des besonderen Status der Arbeitstiere von Fox Brothers – deren Anzahl im Laufe des Nachmittags stetig abgenommen hat – habe ich selbst dafür gesorgt, dass sie Futter und Wasser haben. Ihre Exoten und Dressurpferde aber muss ich mir erst noch anschauen.

«Nein», sagt August mit Nachdruck. «Du kommst jetzt gleich mit.»

Sein Ton überrascht mich. «Na gut. Wie du meinst», sage ich. «Weißt du, ob sie Futter und Wasser bekommen haben?»

«Das bekommen sie schon noch. Später.»

«Was?»

«Sie bekommen schon noch Futter und Wasser. Nur später.»

«Verdammt, August, wir haben über dreißig Grad. Wir können sie doch nicht einfach ohne Wasser da stehen lassen.»

«Das können wir, und das werden wir. So macht Onkel Al Geschäfte. Er und der Bürgermeister pokern ein Weilchen, wer die besseren Nerven hat, und dem Bürgermeister geht irgendwann auf, dass er keinen Schimmer hat, was er mit Giraffen und Zebras und Löwen anfangen soll, er geht mit dem Preis runter, und dann – und erst dann – kümmern wir uns um sie.»

«Tut mir leid, aber das kann ich nicht», sage ich, drehe mich um und will gehen.

Er hält mich am Arm fest. Er stellt sich vor mich und beugt sich bis auf wenige Zentimeter zu mir. Dann legt er mir einen Finger an die Wange. «Doch, du kannst. Wir kümmern uns um sie. Nur jetzt noch nicht. So läuft das nun mal.»

«So ein Schwachsinn.»

«Onkel Al hat echtes Talent dabei bewiesen, diesen Zirkus aufzubauen. Nur deshalb sind wir heute das, was wir sind. Wer zum Teufel weiß denn, was in dem Zelt ist? Wenn er nichts davon will, na prima. Wen kümmert's? Aber wenn er etwas davon will, und du pfuschst ihm ins Handwerk, und er muss deinetwegen mehr bezahlen, dann kannst du sicher sein, dass Al mit dir abrechnet. Hast du verstanden?» Er spricht durch zusammengebissene Zähne. «Hast ... du ... verstanden?», wiederholt er Wort für Wort.

Ich erwidere sein unverwandtes Starren. «Vollkommen.»

«Gut», sagt er. Er nimmt den Finger von meinem Gesicht und tritt einen Schritt zurück.

«Gut», sagt er noch einmal, nickt und blickt entspannter drein. Dann lacht er gezwungen. «Ich sag dir was, der Whiskey wird uns jetzt guttun.»

«Ich glaube, ich passe.»

Nach einem langen Blick zuckt er mit den Schultern. «Wie du meinst», sagt er.

Aus einiger Entfernung beobachte ich das Zelt, in dem die herrenlosen Tiere untergebracht sind, und werde immer verzweifelter. Die Seitenwand wird von einem Windstoß nach innen gedrückt. Die Luft kann nicht einmal durchziehen. Nie habe ich deutlicher gespürt, wie mir die Hitze auf den Schädel knallt oder wie trocken meine Kehle ist. Ich nehme meinen Hut ab und wische mir mit dem verdreckten Arm über die Stirn.

Als die orangeblaue Fahne über dem Küchenbau zum Abendessen ruft, reihen sich ein paar neue Benzini-Mitarbeiter ein; man kann sie an den roten Essensmarken erkennen, die sie fest in der Hand halten. Der dicke Mann hatte Glück, ebenso die bärtige Dame und eine Handvoll Zwerge. Onkel Al hat nur Artisten und Abnormitäten genommen, allerdings stand ein Unglücksrabe nach wenigen Minuten wieder ohne Job da, weil August mitbekommen hat, wie er beim Verlassen des Direktionswagens Marlena etwas zu wohlwollend angesehen hat.

Ein paar andere wollen sich in die Schlange schmuggeln, aber keiner von ihnen kommt an Ezra vorbei. Seine einzige Aufgabe ist es, jeden aus der Show zu kennen, und darin ist er verdammt gut. Wenn er auf einen bedauernswerten Menschen zeigt, kümmert Blackie sich um ihn. Einem oder zwei der Abgewiesenen gelingt es, eine Handvoll Essen hinunterzuschlingen, bevor sie kopfüber aus dem Küchenbau fliegen.

Überall auf dem Gelände lungern abgerissene, stumme Männer herum, denen der Hunger ins Gesicht geschrieben steht. Einer von ihnen spricht Marlena an, als sie vom warmen Buffet kommt. Er ist groß, hager und hat tiefe Wangenfalten. Unter anderen Umständen könnte er als gut aussehend gelten.

«Miss? He, Miss. Hätten Sie was übrig? Ein Stück Brot vielleicht?»

Marlena bleibt stehen und sieht ihn an. Sein Gesicht ist eingefallen, seine Augen verzweifelt. Sie blickt auf ihren Teller.

«Geben Sie sich einen Ruck, Miss. Haben Sie Mitleid. Ich hab seit zwei Tagen nichts gegessen.» Er fährt sich mit der Zunge über die aufgesprungenen Lippen.

«Geh weiter», sagt August, packt Marlena am Arm und führt sie resolut zu einem Tisch in der Zeltmitte. Er nimmt nicht unseren üblichen Tisch, aber mir ist schon aufgefallen, dass die Leute lieber nicht mit August streiten. Marlena sitzt stumm da und blickt immer wieder zu den Männern vor dem Zelt.

«Es geht einfach nicht», sagt sie und wirft ihr Besteck auf den Tisch. «Ich kann nicht essen, während diese armen Leute da draußen sind.» Sie steht auf und nimmt ihren Teller.

«Wohin willst du?», fragt August barsch.

Marlena starrt ihn an. «Wie soll ich hier sitzen und essen, wenn die seit zwei Tagen nichts zu beißen hatten?»

«Du wirst ihm das nicht geben», entgegnet August. «Und jetzt *setz dich*!»

An mehreren Tischen blicken sich Leute um. August lächelt sie nervös an und beugt sich zu Marlena. «Liebling», sagt er eindringlich, «ich weiß, wie schwer es dir fällt. Aber wenn du ihm etwas zu essen gibst, bestärkt ihn das nur darin hierzubleiben, und was dann? Onkel Al hat seine Wahl schon getroffen. Er gehörte nicht dazu. Er muss weiterziehen, das ist alles – je eher, desto besser. Es ist zu seinem Besten. Du würdest ihm einen Gefallen tun.»

Marlena kneift die Augen zusammen. Sie stellt ihren Teller ab, spießt mit der Gabel ein Schweinekotelett auf und knallt es auf eine Brotscheibe. Sie schnappt sich Augusts Brot, klatscht es obendrauf und stürmt davon.

«Wag es ja nicht», ruft August.

Sie geht schnurstracks auf den hageren Mann zu und drückt ihm das Sandwich in die Hand. Dann stolziert sie unter vereinzeltem Klatschen und Pfeifen von den Arbeiter-zelten her davon.

August bebt vor Wut, an seiner Schläfe pulsiert eine Ader. Einen Moment später steht er auf und nimmt seinen Teller. Er kippt sein Essen in den Müll und geht.

Ich sehe mir meinen Teller an. Er ist vollgeladen mit Koteletts, Kohl, Kartoffelbrei und Bratäpfeln. Ich habe den ganzen Tag wie ein Pferd geschuftet, aber jetzt bekomme ich keinen Bissen herunter.

Obwohl es beinahe sieben Uhr ist, steht die Sonne noch hoch am Himmel. Ein Gewitter liegt in der Luft. Hier sieht es ganz anders aus als im Nordosten, aus dem wir kommen. Die Gegend ist flach und knochentrocken. Auf dem Zirkus-platz wächst überall hohes Gras, aber es ist braun und nieder-getrampelt und so spröde wie Stroh. An den Rändern, nahe der Gleise, hat sich Unkraut breitgemacht – zähe Pflanzen mit faserigen Stängeln, kleinen Blättern und gedrungenen Blüten, die ihre ganze Energie darauf verwenden, sich der Sonne entgegenzustrecken.

Im Vorbeigehen sehe ich Kinko im schmalen Schatten hinter dem Stallzelt stehen. Vor ihm hockt Queenie und verrichtet ihr Geschäft, sie hat Durchfall und hoppelt nach jedem wässrigen Ausstoß ein Stückchen vor.

«Was ist denn hier los?», frage ich und bleibe neben ihm stehen.

Kinko sieht mich böse an. «Wonach zum Teufel sieht's denn aus? Sie hat Dünnpfiff.»

«Was hat sie gefressen?»

«Weiß der Geier.»

Ich schaue mir eine der kleinen Pfützen auf Parasiten hin an. Sie scheint keine zu haben. «Frag im Küchenbau nach etwas Honig.»

«Hm?», macht Kinko, richtet sich auf und blinzelt zu mir hoch.

«Honig. Wenn du an gemahlene Rotulmenrinde kommst, rühr davon etwas unter. Aber ein Löffel Honig sollte auch schon helfen», sage ich.

Mit in die Seite gestemmten Armen wirft er mir einen finsteren Blick zu. Dann sagt er skeptisch: «Okay», und wendet sich wieder seinem Hund zu.

Ich gehe weiter und setze mich schließlich auf ein Fleckchen Gras ein Stück entfernt von der Fox-Brothers-Menagerie. Sie liegt verdächtig verlassen da, als wäre sie von einem Minenfeld umgeben. Niemand nähert sich ihr auf weniger als zwanzig Schritte. Die Zustände im Inneren müssen grauenhaft sein, aber außer Onkel Al und August zu fesseln und den Wasserwagen zu kapern, fällt mir ums Verrecken nicht ein, was ich machen könnte. Ich werde immer verzweifelter, bis ich nicht mehr still sitzen kann. Also stehe ich auf und gehe stattdessen zu unserer Menagerie.

Sogar mit gefüllten Wassertrögen und Durchzug sind die Tiere durch die Hitze völlig abgestumpft. Die Zebras, Giraffen und anderen Heufresser halten sich auf den Füßen, aber sie recken die Hälse und halten die Augen halb geschlossen. Auch das Yak steht regungslos da, trotz der Fliegen, die unbarmherzig seine Augen und Ohren umschwirren. Ein paar verscheuche ich, aber sie landen sofort wieder. Es ist hoffnungslos.

Der Eisbär liegt auf dem Bauch, Kopf und Schnauze von sich gestreckt. Wenn er sich ausruht, wirkt er harmlos, fast niedlich, sein unteres Körperdrittel macht den Großteil seiner Masse aus. Er atmet tief ein, hält einen Moment lang die Luft an und gibt dann ein langgezogenes, grollendes Stöhnen von sich. Der Arme. In der Arktis gibt es nie auch nur annähernd solche Temperaturen.

Das Orang-Utan-Weibchen liegt flach auf dem Rücken, alle viere von sich gestreckt. Sie wendet mir den Kopf zu und blinzelt traurig, als wolle sie sich dafür entschuldigen, nicht enthusiastischer zu sein.

Schon in Ordnung, sage ich ihr mit einem Blick. *Ich verstehe das.*

Sie blinzelt noch einmal, dann dreht sie den Kopf wieder Richtung Decke.

Marlenas Pferde schnauben zur Begrüßung, sie stupsen mit den Lippen meine Hände an, die immer noch nach Bratäpfeln riechen. Sobald sie merken, dass ich nichts für sie habe, verlieren sie das Interesse und gleiten zurück in ihren Halbschlaf.

Die Raubkatzen liegen vollkommen ruhig mit leicht geöffneten Augen auf der Seite. Würde sich ihr Brustkorb nicht regelmäßig heben und senken, könnte man meinen, sie seien tot. Ich lehne die Stirn gegen die Gitterstäbe und betrachte sie eine Zeit lang. Schließlich wende ich mich ab, um zu gehen. Aber nach drei Schritten drehe ich mich mit einem Ruck um. Gerade ist mir aufgefallen, dass ihre Käfigböden verdächtig sauber sind.

Marlena und August streiten sich so laut, dass ich sie schon aus zwanzig Metern Entfernung hören kann. Vor ihrem Garderobenzelt bleibe ich stehen, denn ich glaube nicht, dass ich sie unterbrechen will. Aber ich möchte auch nicht lauschen – schließlich nehme ich allen Mut zusammen und presse den Mund gegen die Zelttür.

«August! He, August!»

Sie verstummen. Ich höre ein Scharren, und wie jemand «pst» macht.

«Was gibt's denn?», ruft August.

«Hat Clive die großen Katzen gefüttert?»

Sein Gesicht erscheint in der Zelttür. «Ach ja. Tja, das war ein bisschen schwierig, aber ich habe mir was überlegt.»

«Was denn?»

«Morgen früh kommt etwas. Keine Sorge. Denen geht's gut. Herrje», sagt er und reckt den Hals, um an mir vorbei-zusehen. «Was ist denn jetzt wieder?»

Onkel Al, angetan mit rotem Frack, Zylinder und karier-ter Hose, stürmt mit ausgreifenden Schritten auf uns zu. Seine Speichellecker spurten aufgeregt hinterher, um Schritt zu halten.

August seufzt und hält den Zelteingang für mich zur Sei-te. «Komm ruhig rein und setz dich. Wahrscheinlich lernst du gleich, wie man Geschäfte macht.»

Ich schlüpfe durch den Zelteingang. Marlena sitzt mit verschränkten Armen und übereinandergeschlagenen Bei-nen an ihrem Schminktisch. Sie wippt wütend mit dem Fuß.

«Liebling», sagt August. «Reiß dich zusammen.»

«Marlena?», ruft Onkel Al vor der Zelttür. «Marlena? Darf ich hereinkommen, meine Liebe? Ich muss mit August reden.»

Marlena schnalzt mit der Zunge und verdreht die Augen. «Ja, Onkel Al. Natürlich, Onkel Al. Immer herein, Onkel Al», psalmodiert sie.

Die Zelttür wird zur Seite geschoben, und Onkel Al kommt herein, er ist reichlich verschwitzt und strahlt über das ganze Gesicht.

«Das Geschäft ist perfekt», sagt er und bleibt vor August stehen.

«Also hast du ihn bekommen», sagt August.

«Hm? Was?», entgegnet Onkel Al mit einem überrasch-ten Blinzeln.

«Den Mann mit dem Kind in der Brust.»

«Nein, nein, nein, vergiss ihn.»

«Was heißt hier ‹vergiss ihn›?», fragt August. «Ich dachte, wir sind nur seinetwegen hergekommen. Was ist passiert?»

«Was?», weicht Onkel Al aus. Hinter ihm schauen Leute ins Zelt, die heftig den Kopf schütteln. Einer macht eine Geste, als würde er sich die Kehle aufschlitzen.

August beobachtet sie seufzend. «Oh. Ringling hat ihn.»

«Vergiss das mal», sagt Onkel Al. «Ich habe Neuigkeiten – große Neuigkeiten. Man könnte sogar sagen, dicke Neuigkeiten!» Sein kurzer Blick auf das Gefolge wird mit herzhaftem Lachen quittiert. «Rate mal.»

«Ich habe keine Ahnung, Al», sagt August.

Erwartungsvoll wendet er sich Marlena zu.

«Ich weiß es nicht», sagt sie mürrisch.

«Wir haben einen Dickhäuter!», ruft Onkel Al und breitet jubelnd die Arme aus. Mit dem Stock erwischt er einen der Speichellecker, der zurückspringt.

Augusts Züge erstarren. «Was?»

«Einen Dickhäuter! Einen Elefanten!»

«Du hast einen Elefanten?»

«Nein, August – *du* hast einen Elefanten. Sie heißt Rosie, ist dreiundfünfzig und absolut brillant. Die Beste, die sie hatten. Ich bin so gespannt, was für eine Nummer ihr euch ausdenkt …» Er schließt die Augen, um es sich besser vorstellen zu können. Er hält sich die Hände vors Gesicht, wackelt mit den Fingern und lächelt verzückt. «Ich glaube, Marlena sollte mit ihr arbeiten. Sie kann beim Umzug durch die Stadt und der großen Parade auf ihr reiten, und dann kannst du eine der Hauptnummern in der Manege mit ihr machen. Ach ja!» Er dreht sich um und schnippt mit den Fingern. «Wo ist sie? Los, Beeilung, ihr Hohlköpfe.»

Eine Flasche Champagner wird hervorgezaubert. Mit einer tiefen Verbeugung präsentiert er sie Marlena zur Begutachtung. Dann dreht er den Drahtverschluss auf und lässt den Korken knallen.

Hinter ihm stellt jemand Champagnerflöten auf Marlenas Schminktisch.

Onkel Al füllt die Gläser und reicht sie Marlena, August und mir.

Das letzte Glas erhebt er selbst. Ihm steigen Tränen in die Augen. Er seufzt tief und schlägt sich mit der freien Hand an die Brust.

«Es ist mir eine große Freude, diesen bedeutsamen Anlass mit euch zu feiern – mit meinen allerbesten Freunden!» Er wiegt sich in seinen gamaschenbewehrten Schuhen und ringt sich eine echte Träne ab, die ihm über die feiste Wange rinnt. «Wir haben nicht nur einen Tierarzt – noch dazu einen aus Cornell –, wir haben einen Elefanten. Einen Elefanten!» Glückselig zieht er die Nase hoch und hält überwältigt einen Moment inne. «Seit Jahren warte ich auf diesen Tag. Und das ist erst der Anfang, meine Freunde. Jetzt gehören wir zu den Großen. Wir sind eine ernst zu nehmende Show!»

Hinter ihm wird vereinzelt applaudiert. Marlena balanciert ihre Champagnerflöte auf dem Knie, August hält seine stocksteif vor sich. Nachdem er das Glas in die Hand genommen hat, hat er sich nicht mehr gerührt.

Onkel Al reckt seinen Champagner in die Luft und ruft: «Auf *Benzinis Spektakulärste Show der Welt*!»

«Auf Benzinis! Auf Benzinis!», erschallt es hinter ihm. Marlena und August bleiben stumm.

Al leert sein Glas und wirft es dem Nächststehenden aus seinem Gefolge zu. Der lässt es in seine Jackentasche gleiten und folgt Al aus dem Zelt hinaus. Der Eingang schließt sich, und wir sind wieder zu dritt.

Einen Moment lang herrscht absolute Stille. Dann zuckt August mit dem Kopf, als würde er zu sich kommen.

«Wir sollten uns diesen Dickhäuter wohl mal ansehen», sagt er und trinkt sein Glas in einem Zug aus. «Jacob, du kannst jetzt diese dämlichen Tiere versorgen. Zufrieden?»

Ich schaue ihn groß an. Dann leere auch ich mein Glas. Aus dem Augenwinkel sehe ich, wie Marlena es mir gleichtut.

In der Menagerie der Fox Brothers wimmelt es nur so von Benzini-Leuten. Sie laufen hin und her, füllen Tröge, schaufeln Heu und karren Mist weg. Teile der Seitenwand wurden hochgebunden, damit der Wind durchwehen kann. Beim Hineingehen sehe ich mich im Zelt nach Tieren um, die Hilfe brauchen. Zum Glück wirken alle recht munter.

Die Elefantenkuh ragt vor der hinteren Wand auf, ein riesiges Tier in der Farbe von Sturmwolken.

Wir schlängeln uns zwischen den Arbeitern bis zu ihr durch. Sie ist gigantisch, an der Schulter misst sie mindestens drei Meter. Ihre Haut ist von der Rüsselspitze bis hinunter zu ihren breiten Füßen marmoriert und rissig wie ein ausgetrocknetes Flussbett. Nur ihre Ohren sind glatt. Sie blickt uns mit unheimlich menschlichen Augen an. Sie sind bernsteinfarben, liegen tief in den Höhlen und werden eingerahmt von unerhört langen Wimpern.

«Großer Gott», sagt August.

Ihr Rüssel streckt sich uns entgegen, als hätte er ein Eigenleben. Er tanzt auf und ab, erst vor August, dann vor Marlena und schließlich vor mir. An seinem Ende windet sich ein tastender, fingerähnlicher Fortsatz. Die Nasenlöcher öffnen und schließen sich, und nach einigem Schnüffeln und Pusten verschwindet der Rüssel. Er schwingt wie ein Pendel vor ihr hin und her, wie ein riesiger Wurm aus Muskeln. Der Finger hebt etwas Streu auf und lässt es wieder fallen. Mein Blick klebt an dem baumelnden Rüssel, und ich wünschte, er käme zurück. Ich locke ihn mit der Hand, doch er kommt nicht.

August ist fassungslos, und auch Marlena ist sprachlos. Ich weiß nicht, was ich denken soll. Nie zuvor habe ich ein so großes Tier gesehen. Sie überragt mich um mehr als einen Meter.

«Sind Sie der Elefantenkutscher?», fragt ein Mann, der sich uns von rechts nähert. Sein dreckiges Hemd hängt ihm aus der Hose und bauscht sich unter den Hosenträgern.

«Ich bin der Stallmeister und für alle Tiere zuständig», antwortet August und richtet sich zu voller Größe auf.

«Wo ist der Elefantenkutscher?», fragt der Mann und spuckt eine Ladung Tabaksaft aus dem Mundwinkel.

Die Elefantendame streckt den Rüssel aus und tippt ihm auf die Schulter. Er schlägt nach ihr und geht außer Reichweite. Mit offenem, schaufelförmigem Maul präsentiert sie etwas, das man nur als Lächeln bezeichnen kann, und fängt an, sich im Einklang mit dem Rüssel hin und her zu wiegen.

«Warum wollen Sie das wissen?», fragt August.

«Will ihm nur was sagen, sonst nichts.»

«Warum?»

«Will ihm sagen, worauf er sich gefasst machen kann.»

«Wie meinen Sie das?»

«Zeigen Sie mir Ihren Elefantenkutscher, dann sag ich's Ihnen.»

August nimmt meinen Arm und zieht mich vor. «Hier, das ist er. Also, worauf können wir uns gefasst machen?»

Der Mann mustert mich, schiebt seinen Priem in eine Backentasche und redet weiter mit August. «Das hier ist das dämlichste Vieh, das es je gegeben hat.»

August sieht ihn fassungslos an. «Sie sollte doch der beste Elefant sein. Al hat gesagt, sie wäre die Beste.»

Der Mann schnaubt und spritzt einen Schwall brauner Spucke in Richtung des großen Tiers. «Wenn sie die Beste ist, warum war sie dann als Einzige noch da? Meinen Sie, Sie wären als Erster zum Plündern gekommen? Sie waren ja erst nach drei Tagen hier. Na ja, viel Glück dann.» Damit will er gehen.

«Warten Sie», sagt August rasch. «Was können Sie mir noch sagen? Ist sie gefährlich?»

«Nee, nur dumm wie Bohnenstroh.»

«Woher kommt sie?»

«Von einem dreckigen Polack, der ist mit ihr durch die Gegend gezogen. In Libertyville ist er tot umgefallen. Die Stadt hat sie für ein Butterbrot abgegeben. War trotzdem kein Schnäppchen, seitdem hat sie 'nen feuchten Dreck gemacht und nur gefressen.»

August ist blass geworden. «Soll das heißen, sie war nicht mal beim Zirkus?»

Der Mann steigt über das Seil und verschwindet hinter dem Elefanten. Als er zurückkommt, hat er einen Holzstock in der Hand, etwa einen Meter lang und mit einem zehn Zentimeter langen Metallhaken am Ende.

«Hier ist Ihr Elefantenhaken. Den werden Sie brauchen. Viel Glück auch. Was mich angeht, ich will im Leben nie wieder einen Elefanten sehen.» Er spuckt noch einmal aus und geht.

August und Marlena starren ihm nach. Ich sehe gerade noch, wie die Elefantenkuh ihren Rüssel in die Tränke taucht. Dann hebt sie ihn an, zielt und spritzt den Mann mit solcher Wucht voll, dass das Wasser ihm den Hut vom Kopf reißt.

Mit tropfnassem Haar und Hemd bleibt er stehen. Einen

Augenblick lang rührt er sich nicht. Dann wischt er sich das Gesicht ab, hebt den Hut auf, verbeugt sich vor den erstaunten Menageriearbeitern und geht seiner Wege.

10 August schnauft und schnaubt und läuft so rot an, dass er beinahe violett wird. Dann marschiert er davon, wahrscheinlich, um die Sache mit Onkel Al auszufechten.

Marlena und ich sehen uns an. Wortlos einigen wir uns, dass keiner ihm nachgeht.

Einer nach dem anderen verlassen die Arbeiter die Menagerie. Die Tiere richten sich, nachdem sie endlich mit Futter und Wasser versorgt wurden, zur Nacht ein. Am Ende eines verzweifelten Tages herrscht Frieden.

Allein zurückgeblieben, halten Marlena und ich Rosie Fressen vor den neugierigen Rüssel. Als sie mir mit ihrem merkwürdigen, biegsamen Finger ein Heubüschel aus der Hand zieht, quietscht Marlena vor Vergnügen. Rosie wirft den Kopf in den Nacken und öffnet ihr Maul zu einem Lächeln.

Als ich mich nach Marlena umdrehe, merke ich, dass sie mich ansieht. In der Menagerie hört man nichts als Scharren, Schnauben und leises Kauen. Draußen, weit entfernt, spielt jemand auf einer Mundharmonika eine eindringliche Melodie im Dreivierteltakt, die ich nicht wiedererkenne.

Ich weiß nicht genau, wie es passiert – strecke ich ihr die Arme entgegen? Oder sie mir? –, aber schon im nächsten Moment halte ich sie in den Armen, und wir wiegen uns vor dem niedrigen Absperrseil in einem schwungvollen Walzer.

Bei einer Drehung fällt mein Blick auf Rosies erhobenen Rüssel und ihr lächelndes Gesicht.

Plötzlich löst Marlena sich von mir.

Ich bleibe regungslos stehen, die Arme noch leicht erhoben, und weiß nicht, was ich machen soll.

«Ähm», sagt Marlena, wird knallrot und sieht überall hin, nur nicht zu mir. «So. Nun ja. Lass uns gehen und auf August warten, ja?»

Wie gebannt schaue ich sie an. Ich will sie küssen. Ich will sie dringender küssen, als ich jemals irgendetwas anderes wollte.

«Ja», stimme ich schließlich zu. «Ja. Tun wir das.»

Eine Stunde später kehrt August in das Privatabteil zurück. Er stürmt herein und knallt die Tür zu.

«Zweitausend hat dieser nichtsnutzige Dreckskerl für diesen nichtsnutzigen Dreckselefanten bezahlt», sagt er, wirft seinen Hut in die Ecke und reißt sich die Jacke vom Leib. *Zweitausend Piepen, verdammt!* Er lässt sich auf den nächsten Stuhl fallen und stützt den Kopf in die Hände.

Marlena holt eine Flasche Blended Whiskey aus dem Schrank, stellt sie nach einem Blick auf August aber zurück und greift stattdessen einen Single Malt. «Und das ist nicht mal das Schlimmste – o nein», sagt August, reißt sich die Krawatte ab und zerrt an seinem Hemdkragen. «Willst du wissen, was er noch gemacht hat? *Naaa?* Los, rat mal.»

Er sieht Marlena an, die sich völlig unbeeindruckt gibt. Sie füllt drei Gläser mit gut vier Fingerbreit Whiskey.

«Du sollst raten!», blafft August.

«Ich habe keine Ahnung», sagt Marlena gelassen. Sie schraubt die Flasche wieder zu.

«Das restliche Geld hat er für einen gottverdammten Elefantenwagen ausgegeben.»

Plötzlich aufmerksam geworden, dreht Marlena sich um. «Er hat keine Artisten engagiert?»

«Doch, sicher.»

«Aber ...»

«Ja. Genau», unterbricht August sie.

Marlena gibt ihm sein Glas, winkt mich heran, damit ich meines nehme, und setzt sich.

Ich trinke einen Schluck und warte, solange ich kann. «Schön, dass ihr beiden wisst, worüber zum Teufel ihr redet, aber ich weiß es nicht. Würdet ihr mich wohl einweihen?»

August bläst die Wangen auf, atmet aus und streicht sich eine Locke aus der Stirn. Er beugt sich vor und stützt die Ellbogen auf die Knie. Dann hebt er den Kopf, um mir direkt in die Augen zu sehen. «Das heißt, Jacob, dass wir Leute eingestellt haben, ohne sie unterbringen zu können. Das heißt, Jacob, dass Onkel Al den Arbeitern einen Schlafwagen weggenommen und ihn zu einem Schlafwagen für die Artisten gemacht hat. Und weil er zwei Frauen eingestellt hat, muss er den Wagen in zwei Abteile trennen. Das heißt, Jacob, weil weniger als ein Dutzend Artisten untergebracht werden müssen, schlafen jetzt vierundsechzig Arbeiter unter den Karren auf den Flachwagen.»

«So ein Unsinn», sage ich. «Er soll doch einfach jeden in den Kojenwagen stecken, der einen Schlafplatz braucht.»

«Das kann er nicht», sagt Marlena.

«Warum nicht?»

«Weil man Arbeiter und Artisten nicht zusammenwerfen kann.»

«Aber das geht doch bei Kinko und mir auch.»

«Ha!», schnaubt August, ein schiefes Lächeln im Gesicht. «Ach, verrat uns doch bitte – wie läuft es denn?» Er legt den Kopf schief und lächelt.

Marlena atmet tief durch und schlägt die Beine übereinander. Gleich darauf wippt ihr roter Lederschuh heftig auf und ab.

Ich stürze meinen Whiskey hinunter und gehe.

Es war viel Whiskey, und seine Wirkung setzt irgendwo zwischen dem Privatabteil und den Schlafwagen ein. Auch bin ich nicht der Einzige mit einem Schwips – da die «Geschäfte» jetzt in trockenen Tüchern sind, lassen alle von BENZINIS SPEKTAKULÄRSTER SHOW DER WELT etwas Dampf ab. Die Feiern decken die gesamte Bandbreite ab, von vornehmen Soireen mit Jazz aus dem Radio und fröhlichem Lachen bis zu wahllosen Grüppchen verdreckter Männer, die sich ein Stück vom Zug entfernt hinkauern und Schnaps oder Ähnliches reihum gehen lassen. Ich sehe, wie Camel die Hand zum Gruß hebt, bevor er seinen üblen Fusel weiterreicht.

Aus dem hohen Gras dringen Geräusche, und als ich genauer nachschaue, entdecke ich einen Mann zwischen nackten, weitgespreizten Frauenbeinen. Er grunzt und rammelt wie ein Hase. Seine Hose hängt auf Kniehöhe, sein haariger Hintern fährt auf und ab. Sie hat sich in sein Hemd gekrallt und stöhnt bei jedem Stoß. Als mir nach einem Moment klar wird, was ich da beobachte, reiße ich mich los und taumle weiter.

Vor dem Pferdewagen laufen Leute umher, einige sitzen in der offenen Tür.

Drinnen sind noch mehr Menschen. Kinko, mit einer Flasche in der Hand und einer Miene trunkener Gastfreundlichkeit, ist der König der Party. Als er mich sieht, stolpert er und torkelt, doch er wird von seinen Freunden gestützt.

«Jacob! Mein Bester!», johlt er mit blitzenden Augen. Er schüttelt die Hände ab und richtet sich auf. «Leute – Freunde!», ruft er den etwa dreißig Menschen zu, die in der Ecke feiern, in der sonst Marlenas Pferde stehen. Er kommt zu mir und legt mir einen Arm um die Hüfte. «Das hier ist mein lieber, guter Freund Jacob.» Er unterbricht sich, um einen Schluck aus der Flasche zu nehmen. «Bitte heißt ihn willkommen», sagt er. «Mir zuliebe.»

Seine Gäste pfeifen und lachen. Kinko lacht, bis er husten muss. Er lässt mich los und wedelt sich mit der Hand vor dem Gesicht herum, bis er sich wieder gefangen hat. Dann schlingt er dem Mann neben uns einen Arm um die Hüfte. Die beiden wanken davon.

Weil der Ziegenverschlag proppenvoll ist, steuere ich auf das andere Ende des Wagens zu, das früher Silver Star gehört hat, und rutsche an der Bretterwand zu Boden.

Neben mir raschelt etwas im Stroh. Ich strecke die Hand aus, um es anzustupsen, und hoffe, dass es keine Ratte ist. Queenies weißer Stummelschwanz blitzt kurz auf, bevor sie sich, wie eine Krabbe im Sand, tiefer im Stroh vergräbt.

Von da an bin ich mir nicht mehr sicher, was die Reihenfolge angeht. Mir werden Flaschen in die Hand gedrückt, und ich glaube, aus den meisten trinke ich auch. Es dauert nicht lange, bis alles verschwimmt und mich wohlige Nächstenliebe zu Mensch und Tier durchströmt. Die Leute legen mir den Arm um die Schulter, und ich tue es ihnen gleich. Wir lachen lauthals – ich weiß nicht mehr, worüber, aber alles ist unglaublich komisch.

Wir machen ein Spiel, bei dem man etwas werfen muss, und wenn man das Ziel nicht trifft, muss man trinken. Ich treffe sehr selten. Irgendwann habe ich das Gefühl, ich müsste mich gleich übergeben, und krieche zur allgemeinen Belustigung auf allen vieren davon.

Ich sitze in einer Ecke. Ich weiß nicht mehr genau, wie

ich hierhergekommen bin, aber ich lehne mit dem Kopf auf den Knien an der Wand. Ich würde einiges darum geben, wenn sich nicht mehr alles so drehen würde, aber es dreht sich weiter, und ich versuche es damit, den Kopf an die Wand zu lehnen.

«Na, was haben wir denn da?», höre ich dicht vor mir eine sinnliche Stimme sagen.

Ich reiße die Augen auf. Direkt vor mir sind zwei Handbreit üppigen Dekolletés. Ich lasse den Blick nach oben bis zu einem Gesicht wandern. Es ist Barbara. Ich blinzle, damit ich nur noch eine Barbara sehe. O Gott – es hilft nicht. Aber halt, Moment. Alles in Ordnung. Da sind nicht zwei Barbaras, da sind zwei Frauen.

«Hallo, Süßer», sagt Barbara und streichelt mein Gesicht. «Alles in Ordnung?»

«Mmm», mache ich und versuche zu nicken.

Ihre Fingerspitzen verweilen unter meinem Kinn, während sie sich zu der Blondine neben ihr dreht. «So jung. Er ist zum Anbeißen, stimmt's, Nell?»

Nell zieht an ihrer Zigarette und pustet den Rauch aus einem Mundwinkel. «Allerdings. Ich glaub, ich hab ihn noch nie gesehen.»

«Er hat vor ein paar Tagen im Muschizelt ausgeholfen», erzählt Barbara. «Wie heißt du, Süßer?», fragt sie mich leise, dabei fährt sie mir mit einem Finger über die Wange.

«Jacob.» Ich kann gerade noch einen Rülpser unterdrücken.

«Jacob», wiederholt sie. «Ja sicher, ich weiß, wer du bist. Das ist der, von dem Walter erzählt hat», sagt sie Nell. «Er ist neu, ein echter Frischling. Hat sich im Muschizelt wirklich gut gemacht.»

Sie drückt mein Kinn nach oben, um mir tief in die Augen zu blicken. Ich versuche, den Blick zu erwidern, kann aber kaum geradeaus sehen. «Ach, du bist wirklich süß. Also, Jacob – warst du schon mal mit einer Frau zusammen?»

«Ich … äh …», stammle ich. «Äh …»

Nell kichert. Barbara lehnt sich zurück und stemmt die Hände in die Hüften. «Was meinst du? Sollen wir ihn mal ordentlich willkommen heißen?»

«Das müssen wir ja fast», antwortet Nell. «Ein Frischling *und* eine Jungfrau?» Sie schiebt mir eine Hand zwischen die Beine, bis in den Schritt. Mein wackliger Kopf zuckt hoch. «Glaubst du, seine Haare da unten sind auch rot?», fragt sie und umfasst mich mit ihrer Hand.

Barbara beugt sich vor, faltet meine Hände auseinander und führt eine an ihren Mund. Sie dreht sie herum, fährt mit einem langen Fingernagel über meine Handfläche und lässt mich nicht aus den Augen, während sie den Weg mit ihrer Zunge nachzeichnet. Dann legt sie meine Hand auf ihre linke Brust, genau dahin, wo die Brustwarze sein muss.

O Gott. O Gott. Ich berühre eine Brust. Durch ein Kleid, aber immerhin …

Barbara steht kurz auf, streicht ihren Rock glatt, sieht sich verstohlen um und geht in die Hocke. Ich wundere mich über diese neue Position, da nimmt sie wieder meine Hand. Dieses Mal führt sie sie unter ihren Rock und drückt meine Finger gegen warme, feuchte Seide.

Mir stockt der Atem. Der Whiskey, der Selbstgebrannte, der Gin und was sonst noch alles – es verfliegt augenblicklich. Sie reibt meine Hand über ihren für mich unerforschten, wunderbaren Hügel.

Verdammt. Ich könnte jetzt schon kommen.

«Hmmmmm?», schnurrt sie und hält meine Hand so, dass mein Mittelfinger tiefer eindringt. Warme, pulsierende Seide umfasst ihn von beiden Seiten. Dann legt sie meine Hand auf mein Knie und greift mir prüfend in den Schritt.

«Mmmmmm», macht sie mit halbgeschlossenen Augen. «Er ist so weit, Nell. In diesem Alter sind sie am besten.»

Die restliche Nacht besteht aus fiebrigen Einzelbildern. Zwar bekomme ich mit, wie ich von zwei Frauen gestützt werde, aber ich glaube, aus dem Pferdewagen falle ich heraus. Zumindest merke ich, dass ich mit dem Gesicht im Dreck liege. Dann werde ich hochgezerrt und durch die Dunkelheit bugsiert, bis ich auf einer Bettkante sitze.

Jetzt sind da ganz sicher zwei Barbaras. Und auch zwei von der anderen. Nell, richtig?

Barbara geht einen Schritt zurück und hebt die Arme. Sie wirft den Kopf in den Nacken, lässt die Hände über ihren Körper gleiten und tanzt im Kerzenlicht. Ich bin interessiert, gar keine Frage. Aber ich kann einfach nicht mehr gerade sitzen. Also kippe ich nach hinten.

Jemand zerrt an meiner Hose. Ich murmle etwas, das ich selbst nicht verstehe, aber ich glaube, es ist keine Aufforderung. Mit einem Mal geht es mir gar nicht mehr gut.

O Gott. Sie berührt mich – *ihn* – streichelt ihn versuchsweise. Ich stütze mich auf die Ellbogen, um an mir herunterzusehen. Er ist schlaff, eine mickrige, rosafarbene Schildkröte, die sich in ihrem Panzer verkrochen hat. Außerdem scheint er an meinem Bein zu kleben. Sie zieht ihn ab, schiebt mit beiden Händen meine Schenkel auseinander und greift nach meinen Eiern. Sie hält sie in einer Hand und spielt mit ihnen, während sie meinen Penis begutachtet. Entsetzt sehe ich, wie er trotz ihrer Bemühungen hoffnungslos schlaff bleibt.

Die andere Frau – jetzt ist es wieder nur eine, wie zum Teufel soll ich da durchblicken? – liegt neben mir auf dem Bett. Sie holt eine magere Brust aus dem Kleid und hebt sie an meinen Mund. Sie reibt mir damit über das ganze Gesicht. Jetzt kommt ihr angemalter Mund auf mich zu, ein klaffender Schlund mit herausgestreckter Zunge. Ich drehe den Kopf nach rechts, wo keine Frau liegt. Dann spüre ich, wie sich Lippen um meine Eichel schließen.

Ich keuche. Die Frauen kichern, aber es klingt ermutigend, wie ein Schnurren, und sie versuchen es weiter.

Ogottogott, jetzt saugt sie. Sie *saugt*, um Himmels willen! Ich kann nicht länger …

Herrje, ich muss …

Ich drehe den Kopf und speie das scheußliche Durcheinander in meinem Magen auf Nell.

Nach einem entsetzlichen Knarren wird die Dunkelheit über mir von einem Lichtstrahl durchschnitten.

Kinko mustert mich. «Los, Herzchen, aufwachen. Dein Chef sucht dich.»

Er hält einen Deckel auf. Nach und nach ergibt alles Sinn, denn als mein eingeengter Körper merkt, wie sich mein Hirn zurückmeldet, wird mir bald klar, dass mich jemand in eine Truhe gestopft hat.

Kinko klappt den Deckel ganz auf und entfernt sich. Mühsam renke ich meinen krummen Hals wieder ein und setze mich auf. Die Truhe steht in einem Zelt, umgeben von unzähligen Gestellen mit farbenprächtigen Kostümen, Requisiten und Schminktischen.

«Wo bin ich?», krächze ich. Ich huste, um die ausgedörrte Kehle freizubekommen.

«In der Clownsgasse», antwortet Kinko. Er schiebt ein paar Töpfchen mit Farbe auf einem Tisch hin und her.

Als ich einen Arm hebe, um ihn mir über die Augen zu legen, merke ich, dass ich Seide trage. Genauer gesagt einen roten Morgenmantel aus Seide. Einen roten Morgenmantel aus Seide, der offensteht. Ein Blick nach unten zeigt mir, dass jemand mir die Genitalien rasiert hat.

Rasch schlage ich den Morgenmantel zu und frage mich, ob Kinko etwas gesehen hat.

Großer Gott, was habe ich gestern Abend gemacht? Ich habe keinen Schimmer. Nichts als Bruchstücke von Erinnerungen und …

O Gott. Ich habe eine Frau vollgekotzt.

Ich rapple mich hoch und binde den Morgenmantel zu. Dann wische ich mir über die Stirn. Die fühlt sich merkwürdig glitschig an, und meine Hand ist weiß verschmiert.

«Was zum …», setze ich an und starre auf meine Hand.

Kinko dreht sich um und reicht mir einen Spiegel. Voll böser Vorahnung nehme ich ihn an. Als ich ihn mir vor das Gesicht halte, blickt mir daraus ein Clown entgegen.

Ich strecke den Kopf aus dem Zelt, schaue links, schaue rechts und renne dann unter lautem Gelächter und Frotzeleien zum Pferdewagen.

«Uuuuiiii, was für'n heißer Feger!»

«He, Fred – guck mal, die neue Muschi!»

«Sag mal, Süße, heute Abend schon was vor?»

Ich stürze in den Ziegenverschlag, knalle die Tür zu und lehne mich dagegen. Keuchend warte ich, bis das Lachen draußen abebbt. Dann schnappe ich mir ein Tuch und reibe mir nochmal über das Gesicht. In der Clownsgasse habe ich es mir wund gerieben, aber irgendwie glaube ich immer noch nicht, dass es sauber ist. Ich glaube, nichts an mir wird jemals wieder sauber sein. Am schlimmsten ist, dass ich nicht einmal weiß, was ich alles gemacht habe. Ich kann mich nur an Bruchstücke erinnern, und so entsetzlich sie auch sein mögen, ist es noch schlimmer, nicht zu wissen, was dazwischen passiert ist.

Plötzlich wird mir klar, dass ich keine Ahnung habe, ob ich noch Jungfrau bin.

Ich stecke eine Hand in den Morgenmantel und kratze mich an den stoppeligen Eiern.

Wenig später kommt auch Kinko. Ich liege auf meiner Schlafmatte, die Arme über dem Kopf.

«Lass dich lieber schleunigst da draußen blicken», sagt er. «Er sucht dich immer noch.»

Etwas schnauft mir ins Ohr. Ich hebe den Kopf und stoße gegen eine feuchte Nase. Queenie springt zurück, wie von einem Katapult abgeschossen. Sie betrachtet mich aus einem Meter Entfernung und schnuppert vorsichtig. Wahrscheinlich bin ich heute früh ein wahres Potpourri der Gerüche. Ich lasse den Kopf wieder fallen.

«Willst du gefeuert werden, oder was?», fragt Kinko.

«Im Moment ist mir das echt egal», murmle ich.

«Was?»

«Ich gehe sowieso.»

«Was zum Teufel redest du da?»

Ich kann nicht antworten. Ich kann ihm nicht erzählen, dass ich mich nicht nur unglaublich und unverzeihlich blamiert, sondern auch meine erste Chance auf Sex vergeigt habe – auf etwas, woran ich während der letzten acht Jahre beinahe pausenlos gedacht habe. Ganz zu schweigen davon, dass ich mich auf eine der Frauen übergeben habe, die dazu bereit waren, und dass ich dann umgekippt bin, mir jemand die Eier rasiert, das Gesicht angemalt und mich in eine Truhe gestopft hat. Allerdings kann ihm das nicht alles neu sein, da er mich ja heute Morgen zu finden wusste. Vielleicht hat er bei dem ganzen Spaß sogar mitgemacht.

«Sei kein Waschlappen», sagt er. «Willst du etwa auf der

Straße landen wie die anderen armen Penner? Los, ab nach draußen mit dir, bevor du gefeuert wirst.»

Ich bleibe einfach liegen.

«Ich hab gesagt, steh auf!»

«Was kümmert es dich?», grummle ich. «Und hör auf zu schreien. Mir tut der Kopf weh.»

«Steh jetzt endlich auf, verdammt, sonst tut dir gleich noch mehr weh!»

«Schon gut! Aber schrei nicht so!»

Ich wuchte mich hoch und werfe ihm einen finsteren Blick zu. Mein Schädel hämmert, und meine Gelenke fühlen sich an, als hingen Bleigewichte an ihnen. Weil er mich immer noch beobachtet, drehe ich mich zur Wand und behalte den Morgenmantel an, bis ich die Hose hochgezogen habe, um zu verstecken, dass ich rasiert bin. Trotzdem laufe ich hochrot an.

«Ach ja, willst du einen guten Rat?», fragt er. «Ein paar Blumen für Barbara wären angebracht. Die andere ist nur eine Hure, aber Barbara ist eine Freundin.»

Ich schäme mich bis an die Haarwurzeln, mir wird sogar kurz schwarz vor Augen. Als ich keine Angst mehr habe, ohnmächtig zu werden, blicke ich zu Boden; ich werde sicher nie wieder jemandem in die Augen sehen können.

Der Zug von Fox Brothers hat das Abstellgleis verlassen, und der so umstrittene Elefantenwagen ist direkt hinter der Lok angekoppelt, wo es sich am ruhigsten fährt. Statt Ritzen in den Bretterwänden hat er Lüftungsklappen und besteht aus Metall. Die Jungs von der Fliegenden Vorhut bauen eifrig die Zelte ab – die großen sind überwiegend schon am Boden, wodurch im Hintergrund die Gebäude von Joliet sichtbar werden. Eine Reihe von Städtern hat sich versammelt, um dem Treiben zuzusehen.

Ich finde August im Menageriezelt bei der Elefanten-kuh.

«Beweg dich!», schreit er und fuchtelt mit dem Elefanten-haken vor ihrem Kopf herum.

Sie lässt den Rüssel baumeln und blinzelt.

«Ich sagte *beweg dich*!» Er stellt sich hinter sie und drischt auf ihr Bein ein. «Beweg dich endlich, gottverdammt!» Sie aber kneift die Augen zusammen und legt nur die riesigen Ohren flach an den Kopf.

August sieht mich und erstarrt. Er nimmt den Haken herunter. «Harte Nacht?», spottet er.

Die Schamesröte kribbelt mir den Nacken hoch und über den ganzen Kopf.

«Vergiss es. Hol dir einen Stock und hilf mir; dieses dum-me Vieh soll sich bewegen.»

Pete nähert sich von hinten, in den Händen dreht er sei-nen Hut. «August?»

August fährt wütend herum. «Um Himmels willen. Was ist los, Pete? Siehst du nicht, dass ich zu tun habe?»

«Das Futter für die Katzen ist da.»

«Gut. Kümmer dich darum. Wir haben nicht viel Zeit.»

«Was genau soll ich damit machen?»

«Was glaubst du wohl, was du damit machen sollst?»

«Aber Boss …», sagt Pete verzweifelt.

«Gottverdammt!», flucht August. Die Ader an seiner Schläfe pocht bedrohlich. «Muss ich denn jeden Mist selbst machen? Hier», sagt er und streckt mir den Elefantenhaken entgegen. «Bring dem Vieh was bei. Irgendwas. Bis jetzt, glaube ich, kann sie nicht mehr als scheißen und fressen.»

Mit dem Haken in der Hand beobachte ich, wie er aus dem Zelt stürmt. Ich sehe ihm immer noch hinterher, als mir der Elefantenrüssel über das Gesicht streicht und mir warm ins Ohr pustet. Ich drehe mich um und blicke direkt in ein bernsteinfarbenes Auge. Es zwinkert mir zu. Von diesem Auge wandert mein Blick zu dem Elefantenhaken in meiner Hand.

Dann sehe ich wieder in das Auge, und wieder zwinkert es. Ich beuge mich hinunter und lege den Haken weg.

Sie lässt ihren Rüssel über den Boden streifen, dabei fächert sie mit ihren Ohren wie mit riesigen Blättern. Ihr Maul öffnet sich zu einem Lächeln.

«Hallo», sage ich. «Hallo, Rosie. Ich bin Jacob.»

Nach kurzem Zögern strecke ich die Hand aus, nur ein bisschen. Pustend zischt der Rüssel an mir vorbei. Ermutigt lege ich ihr eine Hand auf die Schulter. Ihre Haut ist rau und stoppelig und erstaunlich warm.

«Hallo», sage ich noch einmal und tätschle sie vorsichtig.

Ihr enormes Ohr fächert vor und zurück, und dann ist der Rüssel wieder da. Ich berühre ihn zaghaft, dann streichle ich ihn. Ich bin vollkommen fasziniert und so vertieft, dass ich August erst sehe, als er plötzlich vor mir stehen bleibt.

«Was zum Henker ist heute Morgen nur mit euch los? Ich sollte euch allesamt feuern – Pete ist sich zu fein für die Arbeit, und du verschwindest erst und schmust dann mit dem Elefanten rum. Wo ist der verdammte Haken?»

Ich bücke mich, um ihn aufzuheben. August reißt ihn mir aus der Hand, und Rosie legt wieder die Ohren an.

«Hier, Prinzessin», sagt August zu mir. «Ich habe eine Aufgabe für dich, die du vielleicht sogar schaffst. Such Marlena und sorg dafür, dass sie in nächster Zeit nicht hinter die Menagerie geht.»

«Warum?»

August atmet tief ein und umklammert den Elefantenhaken so fest, dass seine Knöchel weiß hervortreten. «Weil

ich es gesagt habe. Alles klar?» Er spricht mit zusammengebissenen Zähnen.

Natürlich gehe ich hinter die Menagerie, um herauszufinden, was Marlena nicht sehen soll. Gerade als ich
um die Ecke komme, schneidet Pete einem abgehalfterten
Grauschimmel die Kehle durch. Das Pferd schreit, aus der
klaffenden Wunde in seinem Hals schießt meterweit Blut.

«Ach du Scheiße!», rufe ich und mache einen Satz nach
hinten.

Das Herz des Pferdes schlägt langsamer, und die Blutfon-
tänen werden schwächer. Schließlich geht das Pferd in die
Knie und kracht vornüber. Es scharrt mit den Vorderhufen,
dann liegt es still. Seine Augen sind weit aufgerissen. Aus
seinem Hals ergießt sich ein See dunklen Blutes.

Pete, der sich über das zuckende Tier beugt, sieht kurz
zu mir hoch.

An einem Pflock neben ihm ist ein ausgemergelter Brauner festgebunden. Er ist vor Angst außer sich. Seine gewei-
teten Nüstern schimmern rot, er reckt das Maul hoch in
die Luft. Die Führleine ist zum Zerreißen gespannt. Pete
steigt über das tote Pferd, packt das Seil nahe am Kopf des
Braunen und schneidet ihm die Kehle durch. Noch mehr
spritzendes Blut, noch ein Todeskampf, noch ein Tier, das
zusammenbricht.

Petes Arme hängen kraftlos herab, die Ärmel hat er bis
über die Ellbogen aufgekrempelt, und in der Hand hält er
das blutige Messer. Er lässt das Pferd nicht aus den Augen,
bis es tot ist, dann hebt er den Kopf und sieht mich an.

Er wischt sich die Nase ab, spuckt aus und macht sich
wieder an die Arbeit.

«Marlena? Bist du da drin?», frage ich und klopfe an die Tür
ihres Privatabteils.

«Jacob?», höre ich drinnen eine leise Stimme.

«Ja.»

«Komm rein.»

Von einem der offenen Fenster aus blickt sie in Richtung Lok. Als ich hineingehe, wendet sie mir den Kopf zu. Sie hat die Augen weit aufgerissen und ist leichenblass.

«O Jacob ...» Ihre Stimme zittert. Sie ist den Tränen nahe.

«Was ist los? Was ist passiert?», frage ich und durchquere den Raum.

Sie drückt eine Hand gegen die Lippen und dreht sich wieder zum Fenster.

August und Rosie arbeiten sich lautstark den Zug entlang. Sie kommen nur quälend voran, und jeder auf dem Platz sieht ihnen zu.

August prügelt von hinten auf sie ein, und Rosie läuft ein paar Schritte vor. Als August sie einholt, schlägt er sie erneut, dieses Mal so hart, dass sie den Rüssel hebt, brüllt und zur Seite ausbricht. August flucht lang und derb und läuft hinter ihr her, er schwingt den Elefantenhaken und rammt ihr die Spitze in die Schulter. Rosie wimmert, sie bewegt sich keinen Zentimeter mehr. Sogar aus dieser Entfernung können wir sie zittern sehen.

Marlena unterdrückt ein Schluchzen. Ich greife spontan nach ihrer Hand. Als ich sie finde, umklammert sie meine Finger so fest, dass es wehtut.

Nach weiterem Stoßen und Prügeln entdeckt Rosie den Elefantenwagen am vorderen Zugende. Sie hebt den Rüssel, trompetet und rennt donnernd davon. August verschwindet in der Staubwolke hinter ihr, Racklos springen in Panik aus dem Weg. Als Rosie in den Wagen steigt, wirkt sie eindeutig erleichtert.

Der Staub legt sich, und August kommt schreiend und

winkend zum Vorschein. Diamond Joe und Otis trotten langsam und geschäftsmäßig zum Elefantenwagen und machen sich daran, ihn zu verschließen.

11 Während der ersten Zugstunden nach Chicago lockt Kinko die offenbar von ihrem Durchfall genesene Queenie mit Trockenfleisch und versucht ihr beizubringen, auf den Hinterläufen zu gehen.

«Hoch! Hoch, Queenie, hoch! Ja, fein. Braves Mädchen!»

Ich liege eingerollt und mit dem Gesicht zur Wand auf meiner Schlafmatte. Mein körperlicher Zustand ist ebenso miserabel wie mein seelischer, und das will etwas heißen. Mein Kopf steckt voller Bilder, so verworren wie ein Garnknäuel: meine Eltern zu Lebzeiten, die mich in Cornell absetzen. Meine toten Eltern, unter ihnen das grünweiße Linoleum. Marlena, die mit mir in der Menagerie Walzer tanzt. Marlena heute Morgen am Fenster, die gegen ihre Tränen ankämpft. Rosie mit ihrem schnüffelnden, neugierigen Rüssel. Rosie, drei Meter groß und mächtig wie ein Berg, die unter Augusts Schlägen wimmert. August, der auf dem Dach des fahrenden Zuges tanzt. August, der wie wahnsinnig mit dem Elefantenhaken fuchtelt. Barbara, die auf der Bühne ihre Brüste kreisen lässt. Barbara und Nell und ihre fachkundigen Handreichungen.

Die Erinnerung an letzte Nacht trifft mich wie ein Vorschlaghammer. Ich kneife die Augen fest zusammen, um die Bilder aus dem Kopf zu bekommen, aber es wirkt nicht. Die grässlichsten Erinnerungen halten sich am hartnäckigsten.

Irgendwann hört Queenies aufgeregtes Jaulen auf. Gleich darauf quietschen die Federn von Kinkos Pritsche. Dann herrscht Stille. Er beobachtet mich, das fühle ich. Ich drehe mich zu ihm herum.

Er sitzt auf dem Bettrand, barfuß, mit übereinandergeschlagenen Beinen und zerzaustem Haar. Queenie klettert auf seinen Schoß, die Hinterläufe streckt sie wie ein Frosch von sich.

«Erzähl mir was von dir», sagt Kinko.

Die Sonne sticht wie ein Messer durch die Ritzen hinter ihm. Ich bedecke meine Augen und verziehe das Gesicht.

«Nein, ernsthaft. Woher kommst du?»

«Nirgendwoher», sage ich, drehe mich wieder zur Wand und ziehe mir das Kissen über den Kopf.

«Warum bist du so sauer? Wegen gestern Nacht?»

Bei der bloßen Erwähnung steigt mir die Galle hoch.

«Ist dir das peinlich, oder was?»

«Um Himmels willen, lass mich doch einfach in Ruhe», blaffe ich.

Er schweigt.

Einen Moment später drehe ich mich wieder um. Er beobachtet mich immer noch und spielt dabei mit Queenies Ohren. Sie leckt schwanzwedelnd seine andere Hand ab.

«Tut mir leid», sage ich. «Ich hab so was noch nie gemacht.»

«Na ja, das war nicht schwer zu erraten.»

Mit beiden Händen umklammere ich meinen hämmernden Schädel. Ich bräuchte Wasser, ungefähr einen Eimer voll …

«Hör mal, das ist halb so wild», fährt er fort. «Du lernst schon noch, mehr zu vertragen. Und das andere – tja, ich musste dir das von neulich heimzahlen. Jetzt sind wir quitt. Eigentlich hast du eher noch einen gut bei mir. Der Honig hat Queenie abgedichtet wie ein Korken. Und, kannst du lesen?»

Ich blinzle ein paar Mal. «Hm?», mache ich.

«Willst du vielleicht was lesen, statt dazuliegen und im eigenen Saft zu schmoren?»

«Ich glaube, ich schmore lieber noch ein bisschen.» Ich schließe fest die Augen und bedecke sie mit meiner Hand. Mein Gehirn fühlt sich zu groß an für meinen Kopf, die Augen tun mir weh, und mir ist kotzübel. Und meine Eier jucken.

«Wie du meinst», sagt er.

«Vielleicht ein andermal.»

«Klar. Sicher.»

Pause.

«Kinko?»

«Ja?»

«Danke für das Angebot.»

«Klar.»

Längere Pause.

«Jacob?»

«Ja?»

«Wenn du willst, kannst du mich Walter nennen.»

Unter meiner Hand reiße ich die Lider auf.

Seine Pritsche quietscht unter seinen Bewegungen. Als ich durch meine gespreizten Finger schiele, sehe ich, wie er sein Kissen doppelt legt, sich zurücklehnt und ein Buch aus der Kiste nimmt. Queenie zu seinen Füßen lässt mich nicht aus den Augen. Sie runzelt besorgt die Stirn.

Am späten Nachmittag nähert sich der Zug Chicago. Obwohl mein Schädel pocht und jeder Knochen schmerzt, verrenke ich mir in der offenen Wagentür den Hals, um alles zu sehen. Schließlich ist das die Stadt des Valentinstag-Massakers, der Jazzmusik, der Gangster und Flüster-kneipen.

In der Ferne sehe ich mehrere hohe Gebäude, und während ich noch versuche, das legendäre Allerton auszumachen, sind wir schon an den Schlachthöfen. Sie erstrecken sich kilometerlang, und wir passieren sie im Kriechtempo. Neben den hässlichen Flachbauten ragen die Pferche voller panisch blökender Rinder und verdreckter, grunzender Schweine bis direkt an die Gleise. Doch das ist nichts im Vergleich zu den Geräuschen und Gerüchen, die aus den Gebäuden dringen: Binnen Minuten treiben mich der Gestank von Blut und die durchdringenden Schreie in den Ziegenverschlag zurück, wo ich das Gesicht in die angeschimmelte Pferdedecke presse, um den Geruch des Todes wieder loszuwerden.

Mein Magen ist noch so empfindlich, dass ich, obwohl wir die Schlachthöfe weit hinter uns gelassen haben, lieber im Pferdewagen bleibe, bis alles aufgebaut ist. Der Wunsch, Tiere um mich zu haben, treibt mich schließlich zu einem Rundgang durch die Menagerie.

Ich kann gar nicht beschreiben, welche Zuneigung ich plötzlich für sie empfinde, für die Hyänen, die Kamele und alle anderen. Selbst für den Eisbären, der im Sitzen mit seinen zehn Zentimeter langen Fängen an seinen zehn Zentimeter langen Krallen nagt. Eine Woge der Liebe für diese Tiere bricht über mich herein, eine wahre Sturzflut, so klar und rein wie Wasser und so beständig wie ein Obelisk.

Mein Vater hat die Behandlung der Tiere noch als seine Pflicht angesehen, als er schon längst nicht mehr bezahlt wurde. Er konnte nicht tatenlos zusehen, wenn ein Pferd eine Kolik hatte oder eine Kuh eine Steißgeburt, egal, ob es für ihn den Ruin bedeutete. Die Parallelen lassen sich nicht leugnen. Ich bin fraglos der einzige Puffer zwischen diesen Tieren und den Geschäftspraktiken von August und Onkel Al. Mein Vater würde sich um sie kümmern, und das Gleiche würde er von mir erwarten, davon bin ich felsenfest überzeugt. Egal, wie sehr ich mich letzte Nacht blamiert habe, ich kann diese Tiere nicht im Stich lassen. Ich bin ihr Hirte, ihr Beschützer. Und das ist mehr als eine Pflicht. Es ist ein Pakt mit meinem Vater.

Einen Schimpansen, der Streicheleinheiten braucht, trage ich bei meiner Runde durch das Zelt auf der Hüfte mit mir herum. Der große, freie Platz ist offenbar für die Elefantenkuh vorgesehen. Wahrscheinlich hat August Probleme, sie aus ihrem Wagen zu holen. Wäre ich ihm auch nur im Geringsten wohlgesonnen, würde ich nachsehen, ob ich helfen kann. Aber ich bin es nicht.

«He, Doc», sagt Pete. «Otis meint, eine der Giraffen hätte 'ne Erkältung. Kannst du mal nachsehen?»

«Sicher», antworte ich.

«Komm mit, Bobo», sagt Pete und streckt die Arme aus.

Der Affe klammert sich mit seinen haarigen Gliedmaßen nur fester an mich.

«Na los», sage ich und versuche, seine Arme zu lösen. «Ich bin gleich wieder da.»

Bobo bewegt sich keinen Millimeter.

«Na los», wiederhole ich.

Nichts.

«Na gut. Noch einmal drücken, und dann reicht's.» Ich presse mein Gesicht in sein dunkles Fell.

Der Schimpanse schenkt mir ein breites Grinsen und küsst mich auf die Wange. Dann klettert er hinunter, schiebt seine Hand in Petes Hand und zockelt auf krummen Beinen davon.

Der Giraffe fließt etwas Eiter den langen Nasengang hinunter. Bei einem Pferd würde ich mir deswegen keine Sorgen machen, aber da ich von Giraffen keine Ahnung habe, gehe ich auf Nummer sicher und verpasse ihr einen Halswickel. Dafür muss Otis eine Leiter unten festhalten und mir alles Nötige anreichen.

Die Giraffe ist scheu und wunderschön und vermutlich das merkwürdigste Wesen, das ich je gesehen habe. Ihre Beine und ihr Hals sind zierlich, der Körper fällt nach hinten ab, und ihre Zeichnung wirkt, als sei sie mit Puzzlestücken bedeckt. Merkwürdige Fellknubbel ragen oberhalb der großen Ohren aus ihrem dreieckigen Schädel. Sie hat große, dunkle Augen und so samtweiche Lippen wie ein Pferd. Ich halte sie an ihrem Halfter fest, aber im Großen und Ganzen bleibt sie ruhig stehen, während ich ihre Nasenlöcher abtupfe und ihren Hals mit Flanell umwickle. Als ich fertig bin, klettere ich hinunter.

«Kannst du mich kurz vertreten?», frage ich Otis, als ich mir die Hände an einem Lumpen abwische.

«Klar. Warum?»

«Ich habe was zu erledigen», antworte ich.

Otis kneift die Augen zusammen. «Du willst doch nicht abhauen, oder?»

«Was? Nein. Natürlich nicht.»

«Sag's mir lieber gleich, weil wenn du abhauen willst, übernehme ich nicht für dich.»

«Ich haue nicht ab. Warum sollte ich abhauen?»

«Wegen … Na, du weißt schon. Gewisser Ereignisse.»

«Nein! Ich haue nicht ab. Lass es einfach gut sein, ja?» Weiß denn hier jeder von meiner Blamage?

Ich mache mich zu Fuß auf den Weg und finde mich nach einigen Kilometern in einer Wohngegend wieder. Die Häuser sind heruntergekommen, zahlreiche Fenster wurden mit Brettern vernagelt. Eine lange Schlange verwahrloster, niedergeschlagener Menschen steht vor der Tür einer Mission um Essen an. Ein schwarzer Junge will meine Schuhe putzen; ich würde zwar gerne darauf eingehen, habe aber keinen Cent in der Tasche.

Endlich finde ich eine katholische Kirche. Ich sitze lange in einer Bank weit hinten und betrachte die Buntglasfenster hinter dem Altar. Obwohl ich mir von ganzem Herzen Vergebung wünsche, kann ich mich der Beichte nicht stellen. Irgendwann stehe ich auf und entzünde Kerzen zum Gedenken an meine Eltern.

Als ich gehen will, fällt mein Blick auf Marlena – sie muss hereingekommen sein, während ich im Alkoven stand. Zwar kann ich nur ihren Rücken sehen, aber sie ist es, vorne in der ersten Bankreihe mit einem blassgelben Kleid und passendem Hut. Ihr Hals ist zierlich, ihre Schultern kantig. Unter ihrer Hutkrempe lugen ein paar hellbraune Locken hervor.

Sie kniet sich auf ein Kissen, um zu beten, und mir zieht sich das Herz zusammen.

Ich verlasse die Kirche, bevor ich meiner Seele noch größeren Schaden zufüge.

Nach meiner Rückkehr zum Zirkusplatz sehe ich, dass Rosie ins Menageriezelt gebracht wurde. Ich weiß nicht, wie, und ich frage auch nicht.

Als ich zu ihr gehe, lächelt sie, dann ballt sie ihre Rüsselspitze wie eine Faust und reibt sich ein Auge. Nachdem ich sie eine Weile beobachtet habe, steige ich über das Seil. Sie legt die Ohren an und kneift die Augen zusammen. Das trifft mich, denn ich vermute, dass sie auf mich so reagiert. Dann höre ich seine Stimme.

«Jacob?»

Nach einem Moment drehe ich mich zu ihm um.

«Hör mal», sagt August und fährt mit der Stiefelspitze über den Boden. «Ich weiß, ich war in den letzten paar Tagen etwas grob zu dir.»

Jetzt sollte ich etwas Verbindliches antworten, um es ihm leichter zu machen, aber ich tue es nicht. Mir ist nicht besonders versöhnlich zumute.

«Ich will damit sagen, dass ich es etwas übertrieben habe. Der ganze Ärger hier, weißt du. Der kann einem ganz schön zusetzen.» Er hält mir die Hand hin. «Wieder Freunde?»

Nach kurzem Zögern ergreife ich sie. Immerhin ist er mein Boss. Jetzt, wo ich beschlossen habe zu bleiben, wäre es dumm, gefeuert zu werden.

«Du bist in Ordnung», sagt er, drückt mir die Hand und klopft mir mit der anderen auf die Schulter. «Heute Abend lade ich euch ein, dich und Marlena. Um es wiedergutzumachen. Ich kenne da einen tollen kleinen Laden.»

«Was ist mit der Vorstellung?»

«Eine Vorstellung wäre heute sinnlos. Niemand weiß, dass wir hier sind. Das hat man davon, wenn man die Route über den Haufen wirft und quer durchs halbe Land gondelt.» Er seufzt. «Aber Onkel Al weiß es am besten. Offensichtlich.»

«Ich weiß nicht ...», sage ich. «Die letzte Nacht war ziemlich ... heftig.»

«Feuer mit Feuer, Jacob! Feuer mit Feuer. Komm gegen neun vorbei.» Mit strahlendem Lächeln marschiert er davon.

Als ich ihm hinterherblicke, wird mir plötzlich klar, wie schrecklich ungern ich in seiner Gesellschaft sein möchte – und wie unheimlich gerne in der von Marlena.

Die Tür des Privatabteils öffnet sich, und ich sehe Marlena, die in ihrem roten Satinkleid umwerfend schön aussieht.

«Was denn?», fragt sie und blickt an sich hinunter. «Habe ich einen Fleck auf dem Kleid?» Sie verrenkt sich, um Körper und Beine zu inspizieren.

«Nein», antworte ich. «Du siehst großartig aus.» Sie hebt den Blick und sieht mich an.

Hinter ihr kommt August im Frack durch den grünen Vorhang. Er mustert mich und stellt fest: «So kannst du nicht gehen.»

«Ich habe nichts anderes.»

«Dann musst du dir etwas leihen. Na los. Aber Beeilung, bitte. Das Taxi wartet.»

Wir rasen durch ein Labyrinth aus Parkplätzen und Gassen, bis wir an einer Straßenecke in einem Industriegebiet abrupt anhalten. August steigt aus und reicht dem Fahrer einen zusammengerollten Geldschein.

«Kommt schon», sagt er und hilft Marlena vom Rücksitz. Ich folge ihnen.

Wir stehen in einer Gasse zwischen großen Lagerhäusern aus rotem Backstein. Das Licht der Straßenlaternen fällt auf rauen Asphalt. An einer Straßenseite hat der Wind Unrat gegen die Wände geweht. Gegenüber parken Autos – Roadster, Coupés, Limousinen, sogar Luxuswagen –, alles neue und auffällige Modelle.

August bleibt vor einer eingelassenen Holztür stehen. Nachdem er energisch geklopft hat, steht er da und wippt mit dem Fuß. Als der längliche Türspion aufgezogen wird, kommen dahinter die Augen und die zusammengewachsenen, buschigen Brauen eines Mannes zum Vorschein. Aus dem Hintergrund dringen die Geräusche einer Feier zu uns.

«Ja?»

«Wir wollen uns die Show ansehen», sagt August.

«Welche Show?»

«Na, Frankies natürlich», antwortet August lächelnd.

Der Türspion wird zugeschoben. Dann hört man ein Klicken und Klappern und schließlich das unverkennbare Öffnen einer Verriegelung. Die Tür schwingt auf.

Der Mann misst uns mit einem kurzen Blick. Dann winkt er uns hinein und knallt die Tür zu. Wir durchqueren ein gefliestes Foyer, gehen an einer Garderobe mit uniformierten Angestellten vorbei und ein paar Stufen hinunter bis zu einer Tanzfläche mit Marmorboden. Unter der hohen Decke hängen kunstvolle Kristalllüster. Auf einer erhöhten Bühne spielt eine Kapelle, und auf der von Tischen und u-förmigen Nischen gesäumten Tanzfläche schieben sich die Paare. Einige Stufen höher gelegen, befindet sich an der rückwärtigen Wand eine holzvertäfelte Bar mit Barkeepern im Smoking und Hunderten Flaschen auf Regalen vor einem Spiegel aus Rauchglas.

Marlena und ich warten in einer der mit Leder ausgekleideten Nischen, während August die Drinks holt. Marlena beobachtet die Kapelle. Sie hat die Beine übereinandergeschlagen und wippt wieder drohend mit dem Fuß.

Vor mir wird ein Glas auf den Tisch geknallt. Gleich darauf lässt August sich neben Marlena plumpsen. Bei näherer Betrachtung erkenne ich in meinem Glas Eiswürfel und Scotch.

«Geht es dir gut?», fragt Marlena.

«Bestens», antworte ich.

«Du bist etwas blass um die Nase.»

«Unser Jacob hat einen winzigen Kater», sagt August. «Wir versuchen, Feuer mit Feuer zu bekämpfen.»

«Aber sag mir Bescheid, wenn ich aus dem Weg gehen sollte», sagt Marlena skeptisch, bevor sie sich wieder der Kapelle zuwendet.

August hebt sein Glas. «Auf die Freundschaft!»

Marlena sieht gerade lange genug über die Schulter, um ihren schaumigen Drink zu finden, dann hält sie das Glas hoch, während wir mit ihr anstoßen. Sie saugt geziert an ihrem Trinkhalm und spielt mit ihren lackierten Fingernägeln daran herum. August kippt seinen Scotch hinunter. Als mein Drink meine Lippen berührt, versperrt meine Zunge ihm sofort instinktiv den Weg. Da August mich beobachtet, tue ich so, als würde ich schlucken, bevor ich das Glas absetze.

«So ist's gut, mein Junge. Noch ein paar davon, und du bist putzmunter.»

Bei mir bin ich nicht sicher, aber Marlena wird nach dem zweiten Brandy Alexander deutlich vergnügter. Sie zerrt August auf die Tanzfläche. Während er sie herumwirbelt, schütte ich meinen Scotch in einen Topf mit einer Palme.

Mit roten Wangen kehren Marlena und August vom Tanzen zurück. Marlena seufzt und fächelt sich mit der Karte Luft zu. August zündet sich eine Zigarette an.

Sein Blick fällt auf mein leeres Glas. «Oh, wie nachlässig von mir», sagt er und steht auf. «Nochmal das Gleiche?»

«Ach, warum nicht», entgegne ich wenig begeistert. Marlena, schon wieder ganz gefangen von dem Treiben auf der Tanzfläche, nickt bloß.

Vielleicht dreißig Sekunden, nachdem August gegangen ist, springt sie auf und ergreift meine Hand.

«Was machst du denn?», frage ich lachend, als sie an meinem Arm zieht.

«Komm schon! Tanz mit mir!»

«Was?»

«Ich liebe dieses Lied!»

«Nein … ich …»

Doch umsonst, ich stehe längst. Sie zerrt mich auf die

Tanzfläche, swingt, schnippt mit den Fingern. Sobald wir zwischen den anderen Paaren stehen, dreht sie sich zu mir um. Ich hole tief Luft, dann nehme ich sie in die Arme. Nach ein paar Takten legen wir los und schweben inmitten der wogenden Menge über die Tanzfläche.

Sie ist federleicht, nicht einen Schritt verpatzt sie, und bei meiner Ungeschicklichkeit ist das ein echtes Kunststück. Nicht, dass ich nicht tanzen könnte, denn das kann ich durchaus. Ich weiß nicht, was zum Teufel mit mir los ist. Betrunken bin ich ganz bestimmt nicht.

Sie macht eine Drehung von mir weg und wieder zurück, unter meinem Arm hindurch, sodass sie sich mit dem Rücken an mich lehnt. Mein Unterarm liegt auf ihrem Schlüsselbein, unsere Haut berührt sich. Unter meinem Arm hebt und senkt sich ihr Busen. Ihr Scheitel berührt mein Kinn, ihr Haar duftet, und ihr Körper ist von der Anstrengung erhitzt. Und dann löst sie sich mit einer Drehung von mir und entfaltet sich wie eine Blume.

Als die Musik verklingt, pfeifen die Tänzer und klatschen mit hocherhobenen Händen Beifall, und niemand ist so begeistert dabei wie Marlena. Ich blicke hinüber zu unserer Nische. August sitzt mit verschränkten Armen da und kocht vor Wut. Erschrocken trete ich einen Schritt von Marlena weg.

«Razzia!»

Einen Augenblick lang sind alle wie erstarrt, dann ertönt ein zweiter Schrei.

«Razzia! Alle raus hier!»

Ich werde im Gewimmel mitgerissen. Die Menschen schreien und drängen fieberhaft zum Ausgang. Marlena blickt sich ein Stück weiter vorne im Gebrodel der panischen Gesichter nach mir um.

«Jacob!», ruft sie. «Jacob!»

Ich kämpfe mich durch die Leiber auf sie zu.

In diesem Meer aus Menschen ergreife ich eine Hand und sehe an Marlenas Gesichtsausdruck, dass sie ihr gehört. Ich halte sie fest umklammert und suche in der Menge nach August, doch ich sehe nur Fremde.

An der Tür werden Marlena und ich auseinandergerissen. Im nächsten Moment schubst mich jemand in eine Gasse. Die Leute klettern kreischend in ihre Autos. Motoren werden angelassen, Hupen ertönen, und Reifen quietschen.

«Na los! Na los! Macht, dass ihr wegkommt!»

«Bewegt euch!»

Marlena taucht aus dem Nichts auf und schnappt sich meine Hand. Unter Sirenengeheul und Pfeifentrillern flüchten wir. Als dröhnend Schüsse fallen, packe ich Marlena und gehe mit ihr in einer schmaleren Gasse in Deckung.

«Warte mal», keucht sie, bleibt stehen und zieht, auf einem Fuß hüpfend, einen Schuh aus. Während sie den anderen abstreift, hält sie sich an meinem Arm fest. «Fertig», sagt sie, beide Schuhe in der Hand.

Wir laufen kreuz und quer durch Nebenstraßen und kleine Gassen, bis wir weder Sirenen noch Menschen oder quietschende Reifen hören. Schließlich bleiben wir nach Luft ringend unter einer eisernen Feuertreppe stehen.

«Großer Gott», sagt Marlena. «Großer Gott, das war knapp. Ich frage mich, ob August es rausgeschafft hat.»

«Das hoffe ich doch sehr», keuche ich. Ich beuge mich vor und stütze die Hände auf die Oberschenkel.

Wenig später sehe ich zu Marlena auf. Sie sieht mich unverwandt an, atmet durch den Mund und bricht in hysterisches Lachen aus.

«Was ist?», frage ich.

«Ach, nichts. Gar nichts.» Sie lacht weiter, scheint den Tränen aber gefährlich nah.

«Was ist los?», hake ich nach.

«Ach», sagt sie, schnieft und hält sich einen Finger ans Auge. «Das Leben ist nur ganz schön verrückt, das ist alles. Hast du ein Taschentuch?»

Ich klopfe meine Taschen ab und finde eines. Sie wischt sich damit über die Stirn und tupft ihr Gesicht ab. «Ich sehe schrecklich aus. Sieh dir nur mal meine Strümpfe an!», sagt sie schrill und zeigt auf ihre bloßen Füße. Ihre Zehen lugen durch die zerrissenen Spitzen. «Und dabei sind sie aus Seide!» Ihre Stimme klingt hoch und gekünstelt.

«Marlena?», frage ich sanft. «Geht es dir gut?»

Stöhnend presst sie sich eine Faust vor den Mund. Ich greife nach ihrem Arm, aber sie dreht sich weg. Statt mit dem Gesicht zur Wand stehen zu bleiben, dreht sie sich weiter, wie ein Derwisch. Nach der dritten Umdrehung packe ich sie bei den Schultern und presse meine Lippen auf ihre Lippen. Sie erstarrt und ringt nach Atem, dabei saugt sie Luft zwischen meinen Lippen hindurch. Und im nächsten Moment gibt sie nach. Sie berührt mit den Fingerspitzen mein Gesicht. Dann reißt sie sich los, macht ein paar Schritte zurück und starrt mich entsetzt an.

«Jacob», sagt sie mit brüchiger Stimme. «O Gott, Jacob.»

«Marlena.» Ich mache einen Schritt auf sie zu, bleibe dann aber stehen. «Es tut mir so leid. Ich bin zu weit gegangen.»

Sie hält sich eine Hand vor den Mund und starrt mich an. Ihre Augen sind dunkle Abgründe. Dann lehnt sie sich an die Wand, zieht die Schuhe an und blickt zu Boden.

«Marlena, bitte.» Hilflos strecke ich die Arme aus.

Sie richtet ihren zweiten Schuh, dann stürzt sie taumelnd davon.

«Marlena!» Ich laufe ihr ein paar Schritte nach.

Sie geht schneller und hält eine Hand neben ihr Gesicht, um sich vor meinem Blick zu schützen.

Ich bleibe stehen.

Sie läuft mit klappernden Absätzen die Gasse entlang.

«Marlena! Bitte!»

Ich sehe ihr nach, bis sie um die Ecke biegt. Sie hält sich immer noch die Hand neben das Gesicht, wohl für den Fall, dass ich noch da bin.

Für den Weg zurück zum Zirkus brauche ich mehrere Stunden.

Ich sehe Hauseingänge, aus denen Beine ragen, und Schilder, die Essensausgaben ankündigen. Ich sehe Fenster, in denen Schilder mit der Aufschrift GESCHLOSSEN hängen, und bestimmt nicht nur für die Nacht. Ich sehe Schilder mit der Aufschrift WIR STELLEN NIEMANDEN EIN und Schilder im zweiten Stock, auf denen VORBEREITUNG FÜR DEN KLASSENKAMPF steht. Im Fenster einer Metzgerei sehe ich ein weiteres Schild:

SIE HABEN KEIN GELD?

HABEN SIE ETWAS ANDERES?

WIR NEHMEN ALLES!

Ich sehe einen Zeitungskasten, und die Schlagzeile lautet:

PRETTY BOY FLOYD SCHLÄGT WIEDER ZU:

FLIEHT MIT $ 4000 BEUTE, MENGE JUBELT.

Gut einen Kilometer vom Zirkusplatz entfernt komme ich an einem Lager von Landstreichern vorbei. Das Feuer in der Mitte ist von Menschen umringt. Einige sind wach, sie sitzen auf dem Boden und starren ins Feuer. Andere haben sich auf zusammengefaltete Kleidungsstücke gelegt. Ich bin nah genug, um an ihren Gesichtern zu erkennen, dass die meisten jung sind – jünger als ich. Auch einige junge Frauen sind dabei, und ein Paar ist gerade zugange. Sie sind nicht einmal in die Büsche gegangen, liegen nur ein Stück weiter vom Feuer entfernt als die anderen. Ein oder zwei Jungen sehen desinteressiert zu. Wer bereits schläft, hat sich die Schuhe ausgezogen, sie aber an seine Knöchel gebunden.

Am Feuer sitzt ein älterer Mann, das Kinn voller Bartstoppeln oder Krätze oder auch beidem. Seinen eingefallenen Wangen nach besitzt er keine Zähne mehr. Unsere Blicke treffen sich, und wir sehen einander lange an. Ich frage mich, warum so viel Feindseligkeit in seinem Blick liegt, bis mir einfällt, dass ich einen Abendanzug trage. Er kann nicht wissen, dass uns sonst kaum etwas unterscheidet. Ich unterdrücke den unsinnigen Wunsch, ihm das zu erklären, und gehe weiter.

Endlich auf dem Platz angekommen, bleibe ich stehen und betrachte das Zelt. Es erhebt sich riesig vor dem Nachthimmel. Wenig später finde ich mich vor der Elefantenkuh wieder. Ich kann nur ihre Umrisse erkennen, und auch das erst, nachdem sich meine Augen an die Lichtverhältnisse gewöhnt haben. Sie schläft, ihr enormer Körper ist bis auf ihr langsames, ruhiges Atmen reglos. Ich möchte sie berühren, meine Hände auf ihre raue, warme Haut legen, aber ich bringe es nicht übers Herz, sie zu wecken.

Bobo liegt in einer Käfigecke, einen Arm über den Kopf gestreckt, den anderen quer über der Brust. Er seufzt tief, schmatzt und dreht sich auf die Seite. Genau wie ein Mensch.

Schließlich kehre ich zum Pferdewagen zurück und lege mich auf meine Matte. Queenie und Walter verschlafen meine Ankunft.

Ich liege bis zum Morgengrauen wach, höre Queenie beim Schnarchen zu und fühle mich elend. Vor kaum einem Monat stand ich kurz vor dem Abschluss an einer Eliteuniversität und einer Laufbahn an der Seite meines Vaters. Jetzt bin ich nur einen Schritt davon entfernt, ein Obdachloser zu werden – ein Zirkusarbeiter, der sich nicht ein, sondern zwei Mal in ebenso vielen Tagen danebenbenommen hat.

Ich hätte es nicht für möglich gehalten, meine Kotzattacke auf Nell zu übertreffen, aber genau das ist mir wohl gestern Abend gelungen. Was habe ich mir nur dabei gedacht?

Ob sie es August erzählt? Vor meinem inneren Auge blitzt der Elefantenhaken auf, wie er auf meinen Kopf zurast, gefolgt von der noch kürzeren Vision, wie ich gleich gehe und mich den Landstreichern anschließe. Aber ich bleibe, denn ich kann den Gedanken nicht ertragen, Rosie, Bobo und die anderen im Stich zu lassen.

Ich werde mich zusammenreißen. Ich werde aufhören zu trinken und dafür sorgen, dass ich nie wieder mit Marlena alleine bin. Ich werde zur Beichte gehen.

Mit einem Zipfel des Kopfkissens wische ich meine Tränen fort. Dann kneife ich die Augen fest zusammen und rufe mir das Bild meiner Mutter ins Gedächtnis. Ich versuche, es festzuhalten, doch bald tritt Marlena an ihre Stelle. Ich sehe sie vor mir, wie sie kühl und distanziert mit wippendem Fuß die Kapelle beobachtet; wie sie strahlend mit mir über die Tanzfläche wirbelt; wie sie hysterisch – und dann entsetzt – in der Gasse steht.

Zuletzt jedoch erinnere ich mich daran, sie zu spüren, an meinen Arm über ihrem Brustansatz, an ihre weichen, vollen Lippen. Und an das eine Detail, das ich weder ganz begreifen noch verdrängen kann, das mich bis in den Schlaf verfolgt: das Gefühl ihrer Fingerspitzen, die über mein Gesicht streichen.

Kinko – Walter – weckt mich ein paar Stunden später.

«Hey, Schlafmütze», sagt er und rüttelt mich wach. «Die Fahne weht.»

«Okay. Danke», antworte ich, ohne mich zu rühren.

«Du stehst ja gar nicht auf.»

«Du bist ein Genie, weißt du das?»

Walter schraubt seine Stimme um ungefähr eine Oktave höher. «He, Queenie – komm her! Komm, Kleines! Hierher, Queenie. Leck ihn fein ab. Ja, mach fein!»

Queenie stürzt sich auf meinen Kopf.

«He, hör auf!», rufe ich und halte schützend einen Arm hoch, weil Queenie mir ihre Zunge ins Ohr bohrt und auf meinem Gesicht herumtanzt. «Lass das! Ist ja gut!»

Aber sie lässt sich nicht aufhalten. Also setze ich mich auf, und Queenie fliegt herunter. Walter sieht mich an und lacht. Queenie krabbelt auf meinen Schoß, stellt sich auf die Hinterbeine und leckt mir Kinn und Hals ab.

«Brave Queenie. Feines Mädchen», sagt Walter. «Und, Jacob – du siehst aus, als hättest du wieder einen … interessanten Abend verbracht.»

«Kann man so nicht sagen», entgegne ich. Da Queenie sowieso auf meinem Schoß hockt, streichle ich sie. Zum ersten Mal lässt sie sich von mir anfassen. Sie ist warm, ihr Fell fühlt sich drahtig an.

«Du wirst schon noch trinkfest. Komm mit frühstücken. Das Essen hilft deinem Magen.»

«Ich habe nichts getrunken.»

Er sieht mich einen Augenblick lang an. «Ah», macht er mit weisem Nicken.

«Was soll das denn heißen?», frage ich.

«Frauenprobleme», sagt er.

«Nein.»

«Doch.»

«Nein, stimmt nicht!»

«Erstaunlich, dass Barbara dir schon verziehen hat. Oder hat sie das nicht?» Nach einem weiteren Blick auf mein Gesicht nickt er wieder. «Mh-hmm. Ich glaube, so langsam verstehe ich. Du hast ihr keine Blumen besorgt, oder? Du solltest wirklich anfangen, auf mich zu hören.»

«Warum kümmerst du dich nicht um deinen Kram?», blaffe ich. Dann setze ich Queenie auf den Boden und stehe auf.

«Tse. Du bist ganz schön bärbeißig, weißt du das? Na, komm, holen wir uns was zu futtern.»

Nachdem wir uns die Teller vollgeschaufelt haben, will ich Walter zu seinem Tisch folgen.

«Was zum Teufel soll das werden?», fragt er und bleibt stehen.

«Ich dachte, ich setze mich zu dir.»

«Das geht nicht. Jeder hier hat seinen Platz. Außerdem wäre das ein Abstieg für dich.»

Ich zögere.

«Was ist eigentlich los mit dir?», fragt er. Er sieht hinüber zu meinem üblichen Tisch, an dem August und Marlena schweigend und mit auf den Teller gehefteten Blick essen. Walter blinzelt.

«O Mann, das kann nicht dein Ernst sein.»

«Ich hab doch gar nichts gesagt», antworte ich.

«Das brauchst du auch nicht. Hör mal, Junge, den Weg darfst du auf keinen Fall einschlagen, verstehst du? Das meine ich im übertragenen Sinne. Im wörtlichen Sinne machst du jetzt, dass du an diesen Tisch kommst, und benimm dich vollkommen normal.»

Wieder blicke ich zu August und Marlena. Ganz offensichtlich ignorieren sie einander.

«Jacob, glaub mir», sagt Walter. «Das ist der fieseste Scheißkerl, dem ich je begegnet bin, also egal, was da vor sich geht …»

«Da geht nichts vor sich. Rein gar nichts …»

«… es muss jetzt gleich aufhören, sonst hast du schnell ausgespielt. Wenn du Glück hast, steigst du nur bei Rot aus, wahrscheinlich aber auf einer Brücke. Das ist mein Ernst. Und jetzt geh da rüber.»

Ich blicke zu ihm hinunter.

«Husch!», macht er und scheucht mich mit einer Geste Richtung Tisch.

August schaut auf, als ich näher komme.

«Jacob!», ruft er. «Schön, dich zu sehen. War nicht sicher, ob du gestern Abend nach Hause gefunden hast. Hätte nicht gut ausgesehen, wenn ich dich auf Kaution hätte rausholen müssen, weißt du. Hätte Ärger geben können.»

«Ich habe mir um euch zwei auch Sorgen gemacht», sage ich, als ich mich setze.

«Ach, wirklich?», fragt er übertrieben erstaunt.

Seine Augen blitzen, sein Lächeln ist merkwürdig schief.

«Wir haben ganz gut zurückgefunden, nicht wahr, Liebling?», sagt er mit einem Blick zu Marlena. «Aber Jacob, verrat mir doch mal, wie ihr zwei euch verlieren konntet. Auf der Tanzfläche wart ihr euch so … *nah*.»

Marlena hebt ruckartig den Kopf, ihre Wangen glühen rot. «Das habe ich dir gestern Abend schon erzählt», sagt sie. «Wir wurden in der Menge auseinandergerissen.»

«Ich hatte Jacob gefragt, Liebling. Trotzdem danke.» August hebt mit überschwänglicher Geste seinen Toast, im Gesicht ein breites, verkniffenes Lächeln.

«Es gab ein ziemliches Gedränge», sage ich, während ich meine Gabel nehme und sie unter das Rührei schiebe. «Dabei habe ich sie aus den Augen verloren. Ich habe euch beide gesucht, aber nach einer Weile dachte ich mir, ich sollte lieber verschwinden.»

«Weise Entscheidung, mein Junge.»

«Habt ihr euch denn wiedergefunden?», frage ich möglichst beiläufig, während ich die Gabel zum Mund führe.

«Nein, wir sind mit getrennten Taxen gekommen. War doppelt so teuer, aber ich würde hundertmal mehr zahlen, wenn dafür meine geliebte Frau in Sicherheit ist – nicht wahr, Liebling?»

Marlena starrt auf ihren Teller.

«Ich sagte, nicht wahr, Liebling?»

«Ja, natürlich würdest du das», antwortet sie tonlos.

«Wenn ich denken würde, dass ihr irgendeine Gefahr droht, weiß ich nicht, wozu ich fähig wäre.»

Rasch hebe ich den Blick. August starrt mich unumwunden an.

12 Sobald es unauffällig möglich ist, flüchte ich in die Menagerie.

Ich erneuere den Halswickel der Giraffe, verpasse einem Kamel mit Verdacht auf ein Hufabszess ein kaltes Fußbad und überlebe meine erste Katzenbehandlung – ich versorge Rex' eingewachsene Kralle, während Clive ihm den Kopf streichelt. Dann sammle ich Bobo ein und sehe nach dem Rest. Die einzigen Tiere, die ich nicht ansehe oder abtaste, sind die Arbeitspferde, und das auch nur, weil sie ständig im Einsatz sind und man mich holt, sobald Probleme auftauchen.

Am Vormittag bin ich dann ein ganz normaler Menageriearbeiter, zusammen mit den anderen miste ich Käfige aus, hacke Futter klein und karre den Dung raus. Mein Hemd ist durchgeschwitzt und meine Kehle staubtrocken. Als endlich die Fahne gehisst wird, schleppen Diamond Joe, Otis und ich uns aus dem großen Zelt Richtung Küchenbau.

Clive gesellt sich zu uns.

«Geh August aus dem Weg, wenn du kannst», sagt er. «Der hat eine Laune.»

«Warum? Was ist jetzt wieder?», will Joe wissen.

«Er ist stinksauer, weil Onkel Al heute den Elefanten beim Umzug dabeihaben will, und lässt es an jedem aus, der ihm über den Weg läuft. Wie an dem armen Kerl da drüben», sagt er und deutet auf drei Männer, die das Gelände überqueren.

Bill und Grady schleppen Camel zur Fliegenden Vorhut. Er hängt schlaff zwischen ihnen, seine Beine schleifen über den Boden.

Mit einem Ruck drehe ich mich zu Clive. «Hat August ihn etwa geschlagen?»

«Nee», meint Clive. «Hat ihn aber ordentlich runtergeputzt. Wir haben nicht mal Mittag, und er ist schon besoffen. Aber der Kerl, der Marlena angesehen hat – holla, der macht das so schnell nicht wieder.» Clive schüttelt den Kopf.

«Dieser verdammte Elefant läuft beim Umzug sicher nicht mit», sagt Otis. «Er kriegt Rosie nicht mal dazu, von ihrem Wagen zur Menagerie geradeaus zu laufen.»

«Ich weiß das, und du weißt das, aber offenbar weiß Onkel Al das nicht», sagt Clive.

«Warum ist Al so versessen darauf, sie beim Umzug dabeizuhaben?», frage ich.

«Weil er schon sein Leben lang sagen wollte: ‹Zügeln Sie Ihre Pferde! Die Elefanten kommen!›», erklärt Clive.

«Ach, zum Teufel», sagt Joe. «Heutzutage gibt's keine Pferde mehr, die man zügeln müsste, und wir haben auch keine Elefanten. Wir haben einen Elefant.»

«Warum will er das unbedingt sagen?», frage ich.

Wie auf Kommando drehen sich beide zu mir um.

«Gute Frage», meint Otis schließlich, obwohl er offensichtlich denkt, ich hätte einen Hirnschaden. «Weil Ringling das sagt. Aber der hat natürlich wirklich Elefanten.»

Aus der Ferne beobachte ich, wie August versucht, Rosie zwischen die Paradewagen einzureihen. Die Pferde springen zur Seite und tänzeln nervös in ihren Geschirren. Die Fahrer halten die Zügel straff und rufen Warnungen. Dadurch greift langsam Panik um sich, und wenig später lassen sich die Zebras und Lamas kaum noch unter Kontrolle halten.

Nach einigen Minuten nähert sich Onkel Al. Er gestikuliert wild Richtung Rosie und schimpft in einer Tour. Als er endlich den Mund hält, fängt August an, auch er deutet auf Rosie, fuchtelt mit dem Elefantenhaken und verpasst ihr obendrein Schläge gegen die Schulter. Onkel Al dreht sich zu seinem Gefolge um. Zwei von ihnen machen auf dem Absatz kehrt und sprinten über den Platz.

Wenig später hält der Flusspferdwagen, gezogen von sechs äußerst skeptischen Percherons, neben Rosie. August öffnet die Tür und prügelt auf Rosie ein, bis sie in den Wagen steigt.

Kurz darauf fängt jemand an, auf der Dampforgel zu spielen, und der Umzug beginnt.

Eine Stunde später kehrt er mit einer ansehnlichen Schar zurück. Die Städter, die durch die Mundpropaganda immer zahlreicher werden, tummeln sich an den Rändern des Zirkusplatzes.

Rosie wird direkt zur hinteren Seite des Chapiteaus gefahren, das bereits mit der Menagerie verbunden ist. August führt sie zu ihrem Platz. Erst als sie hinter ihrem Seil mit einem Bein an einen Pflock gekettet ist, wird die Menagerie für das Publikum geöffnet.

Beeindruckt beobachte ich, wie sie von Kindern und Erwachsenen gleichermaßen bestürmt wird. Sie ist mit Abstand das beliebteste Tier. Sie wedelt mit den großen Ohren, während sie von den begeisterten Zirkusbesuchern Süßigkeiten, Popcorn und sogar Kaugummi annimmt. Ein Mann wagt es, sich vorzulehnen und ihr eine Schachtel Cracker Jack in das offene Maul zu schütten. Zum Dank nimmt sie ihm den Hut ab, setzt ihn sich selbst auf und posiert mit hocherhobenem Rüssel. Unter dem Jubel der Menge reicht sie dem entzückten Besucher seinen Hut zurück. August steht neben ihr, den Elefantenhaken in der Hand, und strahlt wie ein stolzer Vater.

Hier stimmt etwas nicht. Dieses Tier ist nicht dumm.

Während der letzte Besucher das Chapiteau betritt und die Darsteller sich zur Parade aufstellen, nimmt Onkel Al August zur Seite. Vom anderen Ende der Menagerie aus sehe ich, wie August erst entsetzt, dann wütend reagiert und sich schließlich lautstark beklagt. Mit düsterer Miene wedelt er mit seinem Zylinder und dem Elefantenhaken. Onkel Al gibt sich völlig unbeeindruckt. Nach einer Weile hebt er eine Hand, schüttelt den Kopf und geht. August starrt ihm sprachlos hinterher.

«Was zum Henker war denn das?», frage ich Pete.

«Weiß der Himmel», antwortet er. «Aber wir finden es schon noch schnell genug raus.»

Wie sich herausstellt, ist Onkel Al von Rosies Beliebtheit in der Menagerie so begeistert, dass er nicht nur auf ihrer

Teilnahme am Umzug besteht, sondern auch auf einer kompletten Elefantennummer im Ring direkt am Anfang der Vorstellung. Als ich endlich davon erfahre, laufen im Hintergrund schon hohe Wetten auf den Ausgang der Sache.

Mein einziger Gedanke gilt Marlena.

Ich renne nach hinten, wo sich die Artisten und Dressurtiere hinter dem Chapiteau für die Parade aufgestellt haben. Rosie ist die Erste in der Reihe. Marlena sitzt in ihrem rosafarbenen Paillettenkostüm auf Rosies Kopf und klammert sich an das hässliche, lederne Kopfgeschirr. August links neben ihnen schließt und öffnet mit grimmiger Miene immer wieder die Hand, in der er den Elefantenhaken hält.

Das Orchester hört auf zu spielen. Die Artisten zupfen noch einmal an ihren Kostümen, und die Kutscher sehen ein letztes Mal nach ihren Schützlingen. Dann setzt die Musik für die Parade ein.

August beugt sich vor und schreit Rosie ins Ohr. Als sie zögert, schlägt August sie mit dem Elefantenhaken. Daraufhin rennt sie durch den Hintereingang ins Chapiteau. Marlena presst sich flach an Rosies Kopf, damit sie nicht von der Stange über dem Eingang heruntergefegt wird.

Aufstöhnend laufe ich zur Rundleinwand und spähe ins Zelt.

Als Rosie nach sechs, sieben Metern auf dem Hippodrom stehen bleibt, vollführt Marlena eine unglaubliche Verwandlung. Von einer Sekunde auf die andere schmiegt sie sich nicht mehr an Rosies Kopf, sondern schnellt nach oben, setzt ein Lächeln auf und reißt einen Arm hoch. Sie drückt den Rücken durch und streckt die Zehen. Die Menge spielt verrückt – die Leute auf dem Gradin stehen auf, klatschen, pfeifen und werfen Erdnüsse auf das Hippodrom.

August holt die beiden ein. Er erstarrt mit erhobenem Elefantenhaken, dreht den Kopf und studiert das Publikum.

Das Haar fällt ihm in die Stirn. Mit einem Grinsen senkt er den Haken und nimmt seinen Zylinder ab. Dann verbeugt er sich drei Mal tief, jeweils vor einem anderen Abschnitt des Publikums. Als er sich wieder Rosie zuwendet, verfinstert sich seine Miene.

Indem er sie mit dem Elefantenhaken in die Beine sticht und sie damit schlägt, bringt er sie dazu, so etwas wie eine Runde um das Hippodrom zu drehen. Sie kommen nur stockend vorwärts und bleiben so häufig stehen, dass der Rest der Parade sie umfließen muss wie Wasser einen Stein.

Das Publikum ist begeistert. Jedes Mal, wenn Rosie vorläuft und dann stehen bleibt, brüllt es vor Lachen. Und wenn August näher kommt und mit hochrotem Kopf mit dem Haken fuchtelt, platzt es vor Freude. Nach etwa drei Viertel des Weges hebt Rosie schließlich den Rüssel hoch und beginnt zu traben, dabei lässt sie auf ihrem Weg zum hinteren Zelteingang eine Reihe donnernder Fürze los. Ich drücke mich direkt neben dem Eingang gegen das Gradin. Marlena hält sich mit beiden Händen am Kopfgeschirr fest, und als sie näher kommen, stockt mir der Atem. Wenn sie nicht abspringt, wird sie heruntergeschlagen.

Kurz vor dem Eingang lässt Marlena das Geschirr los und beugt sich weit nach links. Rosie verschwindet aus dem Zelt, während Marlena sich an die Querstange klammert. Im Publikum wird es still, die Leute sind nicht sicher, ob dieser Teil noch zur Nummer gehört.

Marlena hängt reglos da, keine vier Meter von mir entfernt. Ihr Atem geht schwer, sie hat die Augen geschlossen und lässt den Kopf hängen. Als ich gerade zu ihr gehen und sie herunterheben will, öffnet sie die Augen, löst die linke Hand vom Balken und dreht sich mit einer eleganten Bewegung zum Publikum um.

Sie lächelt und streckt die Zehen. Der Kapellmeister, der

von seinem Posten aus zusieht, gibt hektisch den Einsatz für einen Trommelwirbel. Marlena fängt an, vor und zurück zu schwingen.

Der Trommelwirbel schwillt an, während sie mehr und mehr Schwung nimmt. Bald pendelt sie bis in die Horizontale. Ich frage mich gerade, wie lange sie so weitermachen will und was zum Teufel sie vorhat, da lässt sie den Balken los. Sie fliegt durch die Luft, krümmt sich zu einer Kugel zusammen und dreht sich zwei Mal. Dann streckt sie sich, vollführt eine Drehung um die eigene Achse und landet in einer Wolke aus Sägemehl. Nach einem Blick auf ihre Füße reckt sie sich und reißt die Arme in die Höhe. Das Orchester stimmt einen Triumphmarsch an, und das Publikum spielt verrückt. Gleich darauf regnen Münzen auf das Hippodrom nieder.

Sobald sie sich umdreht, sehe ich, dass sie sich verletzt hat. Sie humpelt aus dem Chapiteau, und ich laufe ihr nach. «Marlena …»

Sie dreht sich um und fällt gegen mich. Ich umschlinge ihre Taille, um sie aufrecht zu halten.

August eilt zu uns. «Liebling – mein Liebling! Du warst großartig. Großartig! Ich habe noch nie etwas so …»

Er bleibt wie angewurzelt stehen, als er sieht, dass ich sie umfasst halte.

Dann hebt sie den Kopf und jammert laut auf.

Nach einem kurzen Blick verschränken August und ich die Arme unter und hinter ihr zu einem Sitz. Wimmernd lehnt Marlena sich an Augusts Schulter. Als sie ihre Füße in den Schläppchen hochzieht, krümmt sie sich vor Schmerzen zusammen.

August presst seine Lippen gegen ihr Haar. «Schon gut, Liebling. Ich bin ja jetzt da. Schon gut, ich bin ja da.»

«Wohin bringen wir sie? In ihr Garderobenzelt?», frage ich. «Da kann sie sich nirgends hinlegen.»

«Zum Zug?»

«Zu weit. Bringen wir sie ins Zelt der Stripperin.»

«Zu Barbara?»

August wirft mir über Marlenas Kopf hinweg einen vielsagenden Blick zu.

Ohne Vorwarnung stürmen wir in Barbaras Zelt. Angetan mit einem dunkelblauen Negligé sitzt sie vor ihrem Schminktisch und raucht eine Zigarette. Der Ausdruck gelangweilter Verächtlichkeit auf ihrem Gesicht ist sofort wie weggewischt.

«O mein Gott. Was ist passiert?», fragt sie, drückt die Zigarette aus und springt auf. «Hier. Legt sie aufs Bett. Hier, kommt her», deutet sie uns hastig.

Nachdem wir Marlena hingelegt haben, dreht sie sich auf die Seite und umklammert ihre Füße. Ihr Gesicht ist verzerrt, sie beißt die Zähne zusammen. «Meine Füße …»

«Schsch, Kleines», sagt Barbara. «Das wird schon. Alles wird gut.» Sie beugt sich über Marlena, um die Bänder ihrer Schläppchen zu lösen.

«O Gott, o Gott, das tut so weh …»

«Gib mir die Schere aus der obersten Schublade», fordert Barbara mich auf.

Barbara schneidet die Spitzen von Marlenas Strumpfhose ab und rollt sie hoch. Dann legt sie sich die bloßen Füße auf den Schoß.

«Geh zum Küchenbau und hol mir Eis», sagt sie.

August und sie drehen sich zu mir um und sehen mich an.

«Ich bin schon unterwegs.»

Während ich zum Küchenbau renne, ruft Onkel Al mir hinterher: «Jacob! Warte!»

Ich bleibe stehen, bis er mich einholt.

«Wo sind sie? Wo sind sie abgeblieben?», fragt er.

«Sie sind in Barbaras Zelt», japse ich.

«Wo?»

«Bei der Stripperin.»

«Warum?»

«Marlena hat sich verletzt. Ich muss Eis holen.»

Er dreht sich um und blafft einen seiner Gefolgsleute an. «Du, hol Eis. Bring es ins Zelt der Stripperin. *Los!*» Dann wendet er sich wieder mir zu. «Und du holst unseren verdammten Elefanten zurück, bevor sie uns aus der Stadt jagen.»

«Wo ist sie denn?»

«Offenbar verputzt sie in irgendeinem Hinterhof Kohlköpfe. Die Hausherrin findet das nicht lustig. Westlich vom Zirkusplatz. Hol sie da weg, bevor die Bullen kommen.»

Rosie tastet seelenruhig inmitten eines zertrampelten Gemüsebeets mit ihrem Rüssel die Reihen ab. Als ich näher komme, sieht sie mir direkt in die Augen und pflückt einen Rotkohl. Dann lässt sie ihn in ihr schaufelförmiges Maul fallen, bevor sie nach einer Gurke greift.

Die Hausherrin öffnet die Tür einen Spaltbreit und kreischt: «Schafft dieses Vieh hier weg! Schafft es weg!»

«Tut mir leid, Ma'am», sage ich. «Ich gebe wirklich mein Bestes.»

Ich stelle mich neben Rosies Schulter. «Komm mit, Rosie. Bitte, ja?»

Ihre Ohren zucken vor, sie zögert, dann greift sie nach einer Tomate.

«Nein!», sage ich. «Böser Elefant!»

Rosie steckt sich die rote Frucht in den Mund und kaut lächelnd. Sie lacht mich aus, keine Frage.

«Ach herrje», seufze ich vollkommen ratlos.

Rosie wickelt ihren Rüssel um ein paar Rübenblätter und reißt sie aus der Erde. Ohne mich aus den Augen zu lassen, steckt sie sich das Gemüse ins Maul und kaut. Ich drehe mich mit einem verzweifelten Lächeln zu der Hausfrau um, die gaffend in der Tür steht.

Vom Zirkusplatz her nähern sich zwei Männer. Der eine trägt einen Anzug, eine Melone und ein Lächeln im Gesicht. Zu meiner großen Erleichterung erkenne ich in ihm einen der Flicker. Der andere Mann trägt einen dreckigen Overall und einen Eimer in der Hand.

«Guten Tag, werte Dame», sagt der Flicker, tippt sich an den Hut und staks vorsichtig durch den zerstörten Garten. Der sieht aus, als hätte ein Panzer ihn überrollt. Er steigt das Zementtreppchen zur Hintertür hoch. «Wie ich sehe, haben Sie schon Bekanntschaft mit Rosie gemacht, dem größten und prächtigsten Elefanten der Welt. Sie haben Glück – normalerweise stattet sie keine Hausbesuche ab.»

Die Frau lugt immer noch durch den Türspalt. «Was?», fragt sie verdutzt.

Mit strahlendem Lächeln antwortet der Flicker: «Aber ja, das ist wirklich eine Ehre. Ich möchte wetten, keiner Ihrer Nachbarn – ach was, wahrscheinlich keiner in der ganzen Stadt – kann von sich behaupten, er hätte einen Elefanten im Hinterhof gehabt. Unsere Leute hier nehmen sie gleich mit, und natürlich bringen wir Ihren Garten wieder in Ordnung und ersetzen Ihnen den Verlust. Wie wäre es mit einem Foto von Ihnen und Rosie? Das könnten Sie der Familie und Freunden zeigen.»

«Ich … ich … Was?», stammelt sie.

«Ohne aufdringlich sein zu wollen, Ma'am», sagt der Flicker mit einer angedeuteten Verbeugung, «vielleicht sollten wir das lieber drinnen besprechen.»

Nach kurzem Zögern öffnet sich die Tür. Er verschwindet im Haus, und ich widme mich wieder Rosie.

Der andere Mann steht mit dem Eimer direkt vor ihr. Sie ist hin und weg. Ihr Rüssel hängt über dem Eimer, sie schnüffelt und versucht, ihn an den Armen des Mannes vorbei in die klare Flüssigkeit zu tauchen.

«*Przestań!*», sagt er und schiebt ihren Rüssel weg. «*Nie!*» Ich reiße die Augen auf.

«Hast du ein Problem?», fragt er.

«Nein», antworte ich rasch. «Nein. Ich bin nur auch Pole.»

«Oh. Tut mir leid.» Er scheucht den tastenden Rüssel beiseite, wischt sich die rechte Hand an der Hose ab und hält sie mir hin. «Grzegorz Grabowski», stellt er sich vor. «Kannst Greg zu mir sagen.»

«Jacob Jankowski.» Ich schüttle ihm die Hand, bevor er sie wieder zurückzieht, um den Inhalt des Eimers abzuschirmen.

«*Nie! Teraz nie!*», sagt er streng und schiebt den neugierigen Rüssel weg. «Jacob Jankowski, was? Klar, Camel hat mir von dir erzählt.»

«Was ist das eigentlich?», frage ich.

«Gin und Ginger Ale.»

«Du machst Witze.»

«Elefanten lieben Alkohol. Siehst du? Kaum riecht sie ihn, ist ihr der Kohl egal. Ah!», sagt er und schlägt den Rüssel zur Seite. «*Powiedziałem przestań! Później!*»

«Woher zum Teufel wusstest du das?»

«Bei meiner letzten Show hatten wir ein Dutzend Elefanten. Einer von ihnen hat jeden Abend so getan, als hätte er Bauchschmerzen, damit er einen Schluck Whiskey bekommt. Hol doch mal den Elefantenhaken, ja? Wahrscheinlich kommt sie so mit uns zurück, um den Gin zu kriegen – stimmt's nicht, *mój malutki pączuszku?* –, aber sicher ist sicher.»

«Klar», sage ich. Ich nehme den Hut ab und kratze mich am Kopf. «Weiß August das?»

«Was denn?»

«Dass du so viel über Elefanten weißt? Er würde dich bestimmt zum …»

Greg hebt sofort die Hand. «Nee, nee. Auf keinen Fall. Jacob, das geht nicht gegen dich, aber um kein Geld der Welt arbeite ich für diesen Mann. Niemals. Außerdem bin ich kein Elefantenkutscher. Ich mag die großen Biester nur. Holst du jetzt bitte den Haken?»

Als ich mit dem Elefantenhaken zurückkomme, sind Greg und Rosie verschwunden. Ich drehe mich um und suche den Platz ab.

In weiter Ferne geht Greg auf die Menagerie zu. Rosie trottet ein paar Schritte hinter ihm her. Immer wieder bleibt er stehen und lässt sie ihren Rüssel in den Eimer tauchen. Dann reißt er ihn wieder weg und geht weiter. Sie folgt ihm wie ein gehorsamer Welpe.

Als Rosie wieder sicher in die Menagerie verfrachtet ist, gehe ich, immer noch mit dem Elefantenhaken bewaffnet, zurück zu Barbaras Zelt.

Vor dem geschlossenen Zelteingang bleibe ich stehen. «Ähm, Barbara? Darf ich reinkommen?»

«Ja», sagt sie.

Sie ist allein und sitzt mit nackten, übereinandergeschlagenen Beinen auf ihrem Stuhl.

«Sie warten im Zug auf den Arzt», erklärt sie und zieht an ihrer Zigarette. «Falls du deshalb hier bist.»

Ich spüre, wie ich erröte. Ich blicke auf die Wände, an die Decke, auf meine Füße.

«Herrje, bist du niedlich», sagt sie und ascht auf den Boden. Dann führt sie die Zigarette an die Lippen und nimmt einen tiefen Zug. «Du wirst ja rot.»

Deutlich amüsiert beobachtet sie mich eine Weile.

«Nun hau schon ab», sagt sie schließlich und bläst Rauch aus dem Mundwinkel. «Na los, geh lieber, bevor ich dich nochmal rannehme.»

Ich stolpere aus Barbaras Zelt und laufe direkt in August hinein. Seine Miene ist finster wie die Nacht.

«Wie geht es ihr?», frage ich.

«Wir warten noch auf den Arzt», antwortet er. «Hast du den Elefanten eingefangen?»

«Sie ist wieder in der Menagerie», sage ich.

«Gut.» Damit reißt er mir den Elefantenhaken aus der Hand.

«August, warte! Wo willst du hin?»

«Ich werde ihr eine Lektion erteilen», antwortet er, ohne stehen zu bleiben.

«Aber August!», rufe ich ihm nach. «Warte! Sie war brav! Sie ist von alleine zurückgekommen. Außerdem kannst du jetzt eh nichts machen. Die Vorstellung läuft noch!»

Er bleibt so abrupt stehen, dass seine Füße einen Moment lang in einer Staubwolke verschwinden. Vollkommen reglos sieht er zu Boden.

Schließlich sagt er: «Gut. Dann übertönt das Orchester den Lärm.»

Entsetzt starre ich ihm mit offenem Mund nach.

Ich lege mich im Pferdewagen auf meine Schlafmatte; der Gedanke daran, was in der Menagerie gerade vor sich geht, widert mich maßlos an, und noch mehr widert es mich an, dass ich nichts dagegen unternehme.

Ein paar Minuten später kommen Walter und Queenie zurück. Er trägt noch sein Kostüm, ein weißes, wallendes Gewand mit bunten Punkten, einen dreieckigen Hut und eine Halskrause. Gerade wischt er sich das Gesicht mit einem Lappen ab.

«Was zum Teufel war das?», fragt er. Aus meinem Blickwinkel sehe ich nur seine übergroßen, roten Schuhe.

«Was denn?»

«Bei der Parade. Gehörte das zur Nummer?»

«Nein», antworte ich.

«Heiliger Strohsack», sagt er. «Wenn das so ist, war das toll gerettet. Marlena ist wirklich was Besonderes. Aber das wusstest du ja schon, oder?» Er schnalzt mit der Zunge, beugt sich herunter und knufft mich in die Schulter.

«Kannst du das mal lassen?»

«Was denn?», fragt er und spreizt in gespielter Unschuld die Hände.

«Das ist nicht witzig. Sie ist verletzt, okay?»

Das alberne Grinsen verschwindet aus seinem Gesicht. «Oh. He, Mann, tut mir leid. Das wusste ich nicht. Wird sie wieder gesund?»

«Weiß ich noch nicht. Sie warten auf den Arzt.»

«Scheiße. Tut mir leid, Jacob, wirklich.» Er dreht sich zur Tür und atmet tief durch. «Aber nicht halb so leid, wie es dem Elefanten tun wird.»

Ich zögere. «Es tut ihr schon leid, Walter. Glaub mir.»

Mit Blick nach draußen sagt er: «Herrje.» Er stemmt die Hände in die Hüfte und blickt zum anderen Ende des Zirkusplatzes. «Herrje. Da wette ich drauf.»

Während des Abendessens bleibe ich im Pferdewagen, und auch während der abendlichen Vorstellung. Ich fürchte, wenn ich August sehe, bringe ich ihn um.

Ich hasse ihn. Ich hasse ihn dafür, dass er so brutal ist. Ich hasse es, in seiner Pflicht zu stehen. Ich hasse es, dass ich in seine Frau verliebt bin und dass es mir mit dem Elefanten verdammt ähnlich geht. Und vor allem hasse ich es, dass ich beide im Stich gelassen habe. Ich weiß nicht, ob Rosie schlau genug ist, um mich mit ihrer Bestrafung in Verbindung zu bringen und sich zu fragen, warum ich sie nicht verhindert habe, aber ich bin schlau genug, und ich stelle mir diese Frage.

«Fersenprellung», verkündet Walter, als er zurück ist. «Komm, Queenie, auf! Auf!»

«Was?», murmle ich. Seit er gegangen ist, habe ich mich nicht gerührt.

«Marlena hat sich beide Fersen geprellt. Sie fällt für ein paar Wochen aus. Dachte, das willst du vielleicht wissen.»

«Oh. Danke», antworte ich.

Er setzt sich auf seine Pritsche und mustert mich lange.

«Also, was ist jetzt mit dir und August?»

«Wie meinst du das?»

«Seid ihr nun dicke Freunde oder nicht?»

Ich setze mich mühsam auf und lehne mich an die Wand. «Ich hasse diesen Scheißkerl», antworte ich schließlich.

«Ha!», schnaubt Walter. «Na gut, dann bist du also doch vernünftig. Und warum steckst du dann ständig mit den beiden zusammen?»

Darauf antworte ich nicht.

«Oh, entschuldige. Hab ich vergessen.»

«Du siehst das völlig falsch», sage ich und rapple mich auf.

«Ach?»

«Er ist mein Boss, und ich habe keine andere Wahl.»

«Das stimmt. Aber es geht auch um die Frau, und das weißt du.»

Ich werfe ihm einen bösen Blick zu.

«Okay, okay.» Er hebt ergeben die Hände. «Bin schon ruhig. Du weißt ja, wie es aussieht. Hier.» Nachdem er seine Kiste durchwühlt hat, wirft er mir einen Achtseiter zu. Das Heft schlittert über den Boden und bleibt neben mir liegen. «Ist zwar nicht Marlena, aber besser als gar nichts.»

Als Kinko sich weggedreht hat, hebe ich es auf und blättere es durch. Doch trotz der deutlichen, überzogenen Zeichnungen fehlt mir jegliches Interesse für den großen Filmstudioboss, der das dürre Möchtegern-Starlett mit dem Pferdegesicht bumst.

13 Blinzelnd versuche ich, einen klaren Kopf zu bekommen – die dürre Schwester mit dem Pferdegesicht hat am Ende des Flurs ein Tablett fallen lassen, und das hat mich geweckt. Ich habe nicht gemerkt, dass ich eingenickt bin, aber so ist das jetzt ständig. Ich scheine manchmal durch Raum und Zeit zu gleiten. Entweder werde ich endgültig senil, oder mein Verstand versucht auf diese Weise, gegen seine völlige Unterforderung anzukämpfen.

Die Schwester geht in die Hocke, um das heruntergefallene Essen wieder einzusammeln. Ich mag sie nicht – sie will mich ständig vom Laufen abhalten. Wahrscheinlich macht es sie einfach nervös, dass ich so wacklig auf den Beinen bin, denn sogar Dr. Rashid gibt zu, dass das Laufen mir guttut, solange ich es nicht übertreibe oder irgendwo strande.

Ich sitze auf dem Flur direkt neben meiner Tür, aber es dauert noch mehrere Stunden, bis meine Familie kommt, und ich würde gerne aus dem Fenster sehen.

Ich könnte einfach die Schwester rufen. Aber wo bliebe da der Spaß?

Ich schiebe meinen Allerwertesten bis zur Rollstuhlkante und greife nach der Gehhilfe.

Eins, zwei, drei ...

Ihr blasses Gesicht schiebt sich plötzlich vor meines. «Kann ich Ihnen helfen, Mr. Jankowski?»

Ha. Das war beinahe zu einfach.

«Ach, ich wollte nur ein bisschen aus dem Fenster sehen», sage ich mit gespielter Überraschung.

«Warum bleiben Sie nicht sitzen, und ich fahre Sie hin?», fragt sie, dabei stützt sie sich energisch mit beiden Händen auf die Armlehnen.

«Oh, na dann. Ja, das wäre sehr freundlich», antworte ich. Ich lehne mich zurück, stelle die Füße auf die Fußrasten und falte die Hände auf dem Schoß.

Die Schwester wirkt verblüfft. Gütiger Himmel, dieser Überbiss ist beeindruckend. Sie richtet sich auf und wartet, wahrscheinlich will sie sehen, ob ich versuche abzuhauen. Ich lächle freundlich und richte den Blick auf das Fenster am Ende des Flurs. Schließlich stellt sie sich hinter mich und packt die Griffe des Rollstuhls.

«Nun, Mr. Jankowski, ich muss sagen, ich bin ein wenig überrascht. Normalerweise sind Sie ... ähm ... recht *entschlossen*, was das Gehen betrifft.»

«Ach, ich hätte das schon geschafft. Ich lasse mich nur von Ihnen fahren, weil am Fenster keine Stühle stehen. Warum eigentlich nicht?»

«Weil es da nichts zu sehen gibt, Mr. Jankowski.»

«Es gibt einen Zirkus zu sehen.»

«Ja, an diesem Wochenende. Sonst ist da nur der Parkplatz.»

«Und wenn ich mir einen Parkplatz ansehen will?»

«Dann sollen Sie das tun, Mr. Jankowski», sagt sie und schiebt mich zum Fenster.

Ich runzle die Stirn. Sie hätte sich mit mir streiten sollen. Warum hat sie sich nicht mit mir gestritten? Ich weiß ja, warum. Sie hält mich für einen verwirrten alten Mann. Die Bewohner darf man nicht aufregen, o nein, vor allem nicht den alten Mr. Jankowski. Der bewirft einen mit pockigem Wackelpudding und sagt dann, es wäre ein Unfall gewesen.

Sie wendet sich zum Gehen.

«He!», rufe ich ihr nach. «Ich brauche noch meine Gehhilfe.»

«Rufen Sie mich einfach, wenn Sie so weit sind», sagt sie. «Ich hole Sie dann ab.»

«Nein, ich will meine Gehhilfe! Die habe ich immer bei mir. Holen Sie mir meine Gehhilfe.»

«Mr. Jankowski …», sagt das Mädchen. Mit einem tiefen Seufzer verschränkt sie die Arme.

Aus einem Seitengang erscheint Rosemary wie ein himmlischer Engel.

«Gibt es ein Problem?», fragt sie und sieht zwischen mir und dem pferdegesichtigen Mädchen hin und her.

«Ich will meine Gehhilfe, und sie holt sie mir nicht», sage ich.

«Das habe ich nicht gesagt. Ich meinte nur …»

Rosemary hebt eine Hand. «Mr. Jankowski hat gerne seine Gehhilfe bei sich. Immer. Wenn er es möchte, holen Sie sie ihm bitte.»

«Aber …»

«Nichts aber. Holen Sie ihm seine Gehhilfe.»

Binnen Sekunden wechselt der Ausdruck von Empörung auf dem Pferdegesicht des Mädchens zu feindseliger Resignation. Sie wirft mir einen mordlustigen Blick zu und holt mir die Gehhilfe. Sie trägt sie theatralisch vor sich her, während sie den Gang entlangstürmt. Vor mir knallt sie das Gerät auf den Boden. Das wäre sicher eindrucksvoller, wenn es dabei nicht wegen der Gummikappen an den Beinen quietschen, sondern krachen würde.

Ich grinse. Ich kann nicht anders.

Sie bleibt stehen, die Hände in die Hüften gestemmt, und sieht mich an. Sicher wartet sie auf ein Dankeschön. Hocherhobenen Hauptes wie ein ägyptischer Pharao wende ich langsam den Kopf und blicke auf das rot-weiß gestreifte Chapiteau.

Ich finde die Streifen irritierend – zu meiner Zeit waren nur die Verkaufsstände gestreift. Das Chapiteau war einfach weiß, zumindest am Anfang. Gegen Saisonende war es vielleicht dreck- und grasverschmiert, aber es war nie gestreift. Und das ist nicht der einzige Unterschied zwischen dieser Show und denen aus meiner Vergangenheit – hier gibt es nicht einmal eine Budengasse, nur das Chapiteau mit einem Kartenschalter neben dem Eingang und einem Süßigkeiten- und Andenkenstand daneben. Wie es aussieht, verkaufen sie noch die gleichen Sachen – Popcorn, Süßigkeiten und Luftballons –, aber die Kinder tragen auch leuchtende Schwerter und Spielsachen, die blinken und sich bewegen, die ich aus dieser Entfernung aber nicht genau erkennen kann. Ich wette, ihre Eltern haben dafür tief in die Tasche greifen müssen. Manche Dinge ändern sich nie. Gadjos sind immer noch Gadjos, und man kann immer noch die Artisten von den Arbeitern unterscheiden.

«Mr. Jankowski?»

Rosemary beugt sich über mich und versucht, mir in die Augen zu sehen.

«Hm?»

«Sind Sie so weit fürs Essen, Mr. Jankowski?»

«Es kann noch nicht Mittag sein. Ich sitze hier doch erst einen Moment.»

Sie sieht auf ihre Uhr – eine richtige Uhr mit Zeigern. Die Mode mit diesen digitalen Dingern ist Gott sei Dank wieder vorbei. Wann lernen die Menschen endlich, dass man nicht alles machen sollte, nur weil man es kann?

«Es ist drei Minuten vor zwölf», sagt sie.

«Oh. Ja dann. Welcher Tag ist heute eigentlich?»

«Na, Sonntag, Mr. Jankowski. Der Tag des Herrn. An dem Ihre Familie kommt.»

«Das weiß ich. Ich meinte, was gibt es zu essen?»

«Sicher nichts, was Ihnen schmeckt», sagt sie.

Ich sehe auf und will schon böse werden.

«Ach, kommen Sie, Mr. Jankowski», lacht sie. «Ich habe doch nur Spaß gemacht.»

«Ich weiß», antworte ich. «Was denn, jetzt habe ich nicht mal mehr Sinn für Humor?»

Aber ich bin mürrisch, weil es vielleicht stimmt. Ich kann es nicht mehr einschätzen. Ich bin so daran gewöhnt, ausgeschimpft und herumkommandiert und gegängelt und abgefertigt zu werden, dass ich nicht mehr weiß, wie ich reagieren soll, wenn mich jemand wie einen Menschen behandelt.

Rosemary will mich zu meinem üblichen Tisch fahren, aber da mache ich nicht mit. Nicht zu diesem alten Furz McGuinty. Er trägt wieder seine Clownsmütze – sicher hat er als Erstes heute früh die Schwestern gebeten, sie ihm aufzusetzen, dieser blöde Trottel, oder er hat damit geschlafen –, und an seine Stuhllehne sind immer noch die Heliumballons gebunden. Allerdings fliegen sie nicht mehr richtig. Ihnen geht langsam die Luft aus, ihre Schnüre sind schon ganz schlaff.

Als Rosemary meinen Stuhl in seine Richtung dreht, rufe ich: «O nein, auf keinen Fall. Da! Da will ich hin!» Ich deute auf einen leeren Tisch in der Ecke. Er steht am weitesten von meinem üblichen Tisch entfernt. Ich hoffe nur, dass ich dort außer Hörweite bin.

«Ach, kommen Sie schon, Mr. Jankowski», sagt Rosemary. Wir halten an, und sie stellt sich vor mich. «Das kann doch nicht ewig so weitergehen.»

«Wieso denn nicht? Ewig kann bei mir nächste Woche heißen.»

Sie stemmt die Hände in die Hüften. «Wissen Sie überhaupt noch, warum Sie so wütend sind?»

«Allerdings. Weil er lügt.»

«Geht es wieder um die Elefanten?»

Als Antwort schürze ich nur die Lippen.

«Für ihn ist das anders, wissen Sie.»

«Schnickschnack. Wenn man lügt, dann lügt man.»

«Er ist ein alter Mann», sagt sie.

«Er ist zehn Jahre jünger als ich», entgegne ich und richte mich entrüstet auf.

«Ach, Mr. Jankowski», seufzt Rosemary und richtet den Blick gen Himmel, als würde sie um Beistand bitten. Dann geht sie vor meinem Stuhl in die Hocke und legt ihre Hand auf meine. «Ich dachte, wir beide verstehen uns.»

Ich runzle die Stirn. Das gehört nicht zum üblichen Schwestern/Jacob-Repertoire.

«Er vertut sich vielleicht bei den Einzelheiten, aber er lügt nicht», erklärt sie. «Er glaubt wirklich, dass er den Elefanten Wasser geholt hat. Das glaubt er.»

Ich antworte nicht.

«Manchmal, wenn man älter wird – und ich meine damit nicht Sie, ich meine das allgemein, schließlich altert jeder Mensch anders –, können Dinge, über die man nachdenkt und die man sich wünscht, anfangen, real zu wirken. Und dann glaubt man sie selbst, und ohne es zu merken, gehören sie zur eigenen Geschichte. Und wenn jemand einen dann herausfordert und sagt, sie seien nicht wahr – na ja, dann ist man beleidigt. Weil man sich an den ersten Teil nicht erinnert. Man weiß nur, man wurde ein Lügner genannt. Selbst wenn Sie bei den fachlichen Details recht haben, können Sie verstehen, warum Mr. McGuinty sich geärgert hat?» Finster blicke ich auf meinen Schoß.

«Mr. Jankowski», fährt sie leise fort. «Lassen Sie sich an den Tisch mit Ihren Freunden bringen. Kommen Sie schon. Tun Sie mir den Gefallen.»

Na toll. Zum ersten Mal seit Jahren bittet mich eine Frau um einen Gefallen, und mir liegt allein der Gedanke schwer im Magen.

«Mr. Jankowski?»

Ich sehe zu ihr auf. Ihr glattes Gesicht ist eine Armeslänge von mir entfernt. Sie blickt mir in die Augen und wartet auf eine Antwort.

«Ach, na gut. Aber glauben Sie nicht, ich rede mit denen», antworte ich mit einer angewiderten Geste.

Und das tue ich auch nicht. Ich sitze da und höre zu, wie der alte Lügner McGuinty über die Wunderwelt des Zirkus und seine Erfahrungen als Junge berichtet und wie die blauhaarigen alten Damen sich zu ihm neigen und mit vor Bewunderung glänzenden Augen lauschen. Es macht mich einfach rasend.

Ich setze schon zu einem Kommentar an, da sehe ich Rosemary. Sie beugt sich am anderen Ende des Raumes über eine alte Frau, der sie eine Serviette in den Halsausschnitt steckt. Ihr Blick aber ist auf mich gerichtet.

Ich schließe den Mund wieder. Ich hoffe nur, sie weiß zu schätzen, wie sehr ich mich bemühe.

Und das tut sie. Nachdem der bräunliche Pudding mit Garnierung auf Speiseölbasis seinen Auftritt hatte, eine Weile geblieben ist und wieder abgeräumt wurde, holt sie mich ab, beugt sich zu mir herunter und flüstert: «Ich wusste, Sie schaffen das, Mr. Jankowski. Ich wusste es einfach.»

«Ja. Na ja. Es war nicht einfach.»

«Aber es ist doch besser, als alleine an einem Tisch zu sitzen, oder?»

«Vielleicht.»

Erneut verdreht sie die Augen gen Himmel.

«Schon gut. Ja», gebe ich widerwillig zu. «Wahrscheinlich ist es besser, als alleine zu sitzen.»

14 Seit Marlenas Unfall sind sechs Tage vergangen, und sie hat sich noch nicht wieder blicken lassen. August nimmt seine Mahlzeiten nicht mehr im Küchenbau ein, weswegen ich auffallend alleine an unserem Tisch sitze. Wenn ich ihm über den Weg laufe, während ich die Tiere versorge, ist er höflich, aber distanziert.

Was Rosie angeht, so wird sie im Flusspferdwagen durch jede Stadt gekarrt und anschließend in der Menagerie gezeigt. Sie hat gelernt, August vom Elefantenwagen zum Menageriezelt zu folgen, und im Gegenzug hat er aufgehört, sie schlimm zu verprügeln. Stattdessen trabt sie neben ihm her, während er den Elefantenhaken fest in das Fleisch hinter ihrem Vorderbein presst. In der Menagerie steht sie dann hinter ihrem Seil, bezaubert vergnügt das Publikum und lässt sich mit Süßigkeiten füttern. Auch wenn Onkel Al es nicht ausgesprochen hat, scheint für die nahe Zukunft keine weitere Elefantennummer geplant zu sein.

Mit jedem Tag mache ich mir mehr Sorgen um Marlena. Jedes Mal, wenn ich zum Küchenbau gehe, hoffe ich, sie dort zu sehen. Und jedes Mal, wenn sie nicht da ist, versetzt es mir einen Stich.

Am Ende eines weiteren langen Tages in irgendeiner Stadt – von den Nebengleisen aus sehen sie alle gleich aus – bereitet die Fliegende Vorhut die Abreise vor. Ich fläze mich mit *Othello* auf meiner Schlafmatte, während Walter auf seiner Pritsche Wordsworth liest. Queenie schmiegt sich eng an ihn.

Plötzlich hebt sie den Kopf und knurrt. Walter und ich fahren sofort hoch.

Earl streckt seinen großen, kahlen Kopf durch die Tür. «Doc!», ruft er mir zu. «He! Doc!»

«Hallo, Earl. Was gibt's?»

«Ich brauch deine Hilfe.»

«Sicher. Worum geht es?», frage ich und lege mein Buch weg. Walter drückt die zappelnde Queenie fest an sich. Sie knurrt wie verrückt.

«Um Camel», sagt Earl mit gedämpfter Stimme. «Er hat Probleme.»

«Was für Probleme?»

«Mit den Füßen. Sie schlackern richtig und klatschen irgendwie auf den Boden. Seinen Händen geht's auch nicht besser.»

«Ist er betrunken?»

«Jetzt gerade nicht. Aber das macht auch keinen Unterschied mehr.»

«Verdammt, Earl», sage ich. «Er braucht einen Arzt.»

Earl runzelt die Stirn. «Klar. Deswegen bin ich ja hier.»

«Earl, ich bin kein Arzt.»

«Du bist Tierarzt.»

«Das ist nicht das Gleiche.»

Ich werfe Walter einen Blick zu. Er gibt vor zu lesen.

Earl blinzelt mich erwartungsvoll an.

«Hör mal», sage ich schließlich, «wenn es ihm schlecht-
geht, dann lass mich mit August oder Onkel Al reden, ob
wir ihm in Dubuque einen Arzt besorgen können.»

«Die holen ihm keinen Arzt.»

«Warum nicht?»

Ehrlich entrüstet baut Earl sich vor mir auf. «Verdammt.
Du hast echt keinen Schimmer, was?»

«Wenn ihm etwas fehlt, werden sie doch sicher …»

«Aus dem Zug schmeißen werden sie ihn», sagt Earl
bestimmt. «Wenn es um eines der Tiere gehen würde, ja
dann …»

Nach kurzem Überlegen wird mir klar, dass er recht hat.
«In Ordnung, ich besorge selbst einen Arzt.»

«Wie denn? Hast du Geld?»

«Ähm, nein», sage ich betreten. «Hat er welches?»

«Meinst du, wenn er Geld hätte, würde er Jake und diesen billigen Fusel trinken? Komm schon, willst du ihn dir
nicht wenigstens mal ansehen? Der Alte hat sich mächtig ins
Zeug gelegt, um dir zu helfen.»

«Ich weiß, Earl, ich weiß», werfe ich ein. «Aber was er-
wartest du jetzt von mir?»

«Du bist der Arzt. Sieh ihn dir einfach an.»

In der Ferne ertönt ein Pfeifen.

«Komm schon», sagt Earl. «Das war der Fünf-Minuten-
Pfiff. Wir müssen los.»

Ich gehe mit ihm zum Waggon, in dem das Chapiteau
transportiert wird. Die Packpferde stehen schon auf ihrem
Platz, und überall klappen die Männer von der Fliegenden

Vorhut Rampen hoch, steigen ein und schließen die Schiebetüren.

«He, Camel», ruft Earl durch die offene Tür. «Ich hab den Doc mitgebracht.»

«Jacob?», krächzt drinnen jemand.

Ich klettere hinein. Nachdem ich mich an die Dunkelheit gewöhnt habe, sehe ich Camel, der in der Ecke auf einem Stapel Futtersäcke kauert. Ich gehe hinüber und knie vor ihm nieder. «Was ist los, Camel?»

«Ich weiß nicht recht, Jacob. Bin vor ein paar Tagen aufgewacht, da waren meine Füße ganz schlaff. Ich kann sie nicht richtig spüren.»

«Kannst du laufen?»

«Ein bisschen. Aber ich muss die Knie richtig hochziehen, weil meine Füße so schlapp sind.» Er senkt die Stimme zu einem Flüstern. «Aber das ist nicht alles», sagt er. «Da ist noch was anderes.»

«Was denn?»

Ängstlich weiten sich seine Augen. «Männerkram. Ich fühle nichts … da unten.»

Der Zug zuckelt langsam los, jede Kupplung, die sich spannt, ergibt einen Ruck.

Earl tippt mir auf die Schulter. «Wir fahren los. Du musst jetzt raus.» Er stellt sich neben die offene Tür und winkt mich zu sich. «Ich fahre diese Etappe bei euch mit», sage ich.

«Das geht nicht.»

«Warum nicht?»

«Weil irgendwer mitkriegt, dass du dich bei den Racklos rumtreibst, und dich – oder wohl eher die Jungs hier – aus dem Zug schmeißt», sagt er.

«Verdammt, Earl, sorgst du nicht für die Sicherheit? Sag ihnen, sie sollen sich verziehen.»

«Ich gehöre zum Hauptabschnitt. Das hier ist Blackies Revier», sagt er und winkt immer hektischer. «Mach schon!»

Ich sehe in Camels flehende, angsterfüllte Augen. «Ich muss gehen», sage ich. «In Dubuque komme ich zurück. Du wirst schon wieder. Wir bringen dich zu einem Arzt.»

«Ich hab kein Geld.»

«Schon in Ordnung. Wir finden eine Lösung.»

«Komm schon!», brüllt Earl.

Ich lege dem alten Mann eine Hand auf die Schulter. «Wir lassen uns etwas einfallen. Okay?»

Camels Blick flackert, er hat Tränen in den Augen.

«Okay?»

Er nickt. Einmal nur.

Ich stehe auf und gehe zur Tür. «Verdammt», sage ich, als ich die rasch vorbeiziehende Landschaft sehe. «Wir sind schon schneller, als ich dachte.»

«Und langsamer werden wir sicher nicht mehr», sagt Earl, legt mir eine Hand mitten auf den Rücken und stößt mich zur Tür hinaus.

«Du spinnst wohl!», rufe ich. Ich rudere mit den Armen wie eine Windmühle, pralle auf dem Schotterbett auf und rolle mich auf die Seite. Dumpf prallt hinter mir ein weiterer Körper auf.

«Und?», sagt Earl, steht auf und klopft sich den Hosenboden ab. «Ich hab doch gesagt, es geht ihm schlecht.»

Verwundert sehe ich ihn an.

«Was ist?», fragt er verwirrt.

«Ach, nichts.» Ich stehe ebenfalls auf und klopfe Staub und Schotter von meiner Kleidung.

«Dann mal los. Geh lieber zurück, bevor dich jemand hier vorne sieht.»

«Sag doch einfach, ich hätte nach den Arbeitspferden gesehen.»

«Oh. Gute Idee. Ja. Schätze, deshalb bist du von uns beiden der Doc, was?»

Ich fahre herum, aber seine Miene ist vollkommen arglos. Ich gebe es auf und gehe zurück zum Hauptabschnitt.

«Was ist los?», ruft Earl mir nach. «Warum schüttelst du den Kopf, Doc?»

«Worum ging's denn?», fragt Walter, als ich hereinkomme.

«Um nichts.»

«Ja klar. Das meiste habe ich mitbekommen. Spuck's aus, ‹Doc›.»

Ich zögere. «Es geht um einen von der Fliegenden Vorhut. Er ist ziemlich übel dran.»

«So viel war klar. Wie hat er auf dich gewirkt?»

«Verängstigt. Und ehrlich gesagt kann ich das verstehen. Ich möchte ihn zu einem Arzt bringen, aber ich bin völlig pleite, und er auch.»

«Nicht mehr lange, morgen ist Zahltag. Was für Symptome hat er denn?»

«Kein Gefühl in Armen und Beinen und … na ja, woanders auch nicht.»

«Wie, woanders?»

Ich blicke an mir hinunter. «Du weißt schon …»

«Scheiße», sagt Walter. Er setzt sich auf. «Das dachte ich mir. Ihr braucht keinen Arzt. Er hat Ingwerlähmung.»

«Was hat er?»

«Ingwerlähmung. Er hat den Jake. Den Wackelfuß. Wie man's auch nennt, es ist immer dasselbe gemeint.»

«Nie davon gehört.»

«Jemand hat eine ordentliche Ladung von schlechtem Jake angesetzt, mit Weichmacher oder so was. Hat das Zeug übers ganze Land verteilt. Eine schlechte Flasche, und man ist erledigt.»

«Was meinst du mit erledigt?»

«Gelähmt. Das kann innerhalb von zwei Wochen, nachdem man den Dreck getrunken hat, jederzeit einsetzen.»

Ich bin entsetzt. «Woher zum Teufel weißt du das?»

Er zuckt mit den Schultern. «Stand in der Zeitung. Sie haben gerade erst rausbekommen, was es ist, aber es hat viele getroffen. Vielleicht Zehntausende, vielleicht mehr, wer weiß. Vor allem im Süden. Da sind wir auf dem Weg nach Kanada durchgekommen. Vielleicht hat er sich den Jake dort geholt.»

Vor der nächsten Frage zögere ich. «Ist es heilbar?»

«Nein.»

«Kann man gar nichts tun?»

«Wie gesagt, er ist erledigt. Aber wenn du dein Geld zum Fenster rauswerfen und das von einem Arzt hören willst, dann bitte.»

Vor meinen Augen explodiert ein schwarz-weißes Feuerwerk, das in einem schillernden Wechselspiel alles andere ausblendet. Ich plumpse auf meine Schlafmatte.

«He, geht es dir gut?», fragt Walter. «Holla, Freundchen. Du siehst ganz schön blass aus. Du willst doch nicht kotzen, oder?»

«Nein», antworte ich. Mein Herz hämmert. Blut rauscht durch meine Ohren. Gerade ist mir die kleine, brackige Flasche wieder eingefallen, die Camel mir an meinem ersten Tag bei der Show angeboten hat. «Mir geht's gut. Gott sei Dank.»

Am nächsten Tag stellen Walter und ich uns wie alle anderen direkt nach dem Frühstück vor dem roten Kassenwagen an. Um Punkt neun winkt der Mann in dem Wagen den Ersten in der Reihe zu sich, einen Racklo. Wenig später spuckt der Mann auf den Boden und geht fluchend weg. Auch der

Nächste, ein weiterer Racklo, zieht mit einem Wutanfall von dannen.

Die Leute in der Schlange flüstern hinter vorgehaltener Hand miteinander.

«Oh-oh», macht Walter.

«Was ist los?»

«Onkel Al ist offenbar wieder ausgesprochen zurückhaltend.»

«Wie meinst du das?»

«Die meisten Shows halten einen Teil des Lohns bis zum Saisonende zurück. Aber wenn Onkel Al das Geld ausgeht, behält er alles ein.»

«Verdammt!», fluche ich, als ein dritter Mann davonstürmt. Zwei weitere Arbeiter verlassen die Schlange mit grimmigen Gesichtern, zwischen ihren Lippen klemmen selbstgedrehte Zigaretten. «Warum stehen wir dann noch hier?»

«Das betrifft nur die Arbeiter», sagt Walter. «Artisten und Chefs werden immer bezahlt.»

«Ich bin aber weder noch.»

Walter betrachtet mich einen Moment lang. «Stimmt. Ich weiß auch nicht genau, was zum Henker du bist, aber keiner, der mit dem Stallmeister an einem Tisch sitzt, gehört zu den Arbeitern. So viel steht fest.»

«Und, passiert das öfter?»

«Ja», sagt Walter. Gelangweilt scharrt er mit dem Fuß über den Boden.

«Gleicht er ihnen das irgendwann aus?»

«Ich glaube nicht, dass jemand das mal ausprobiert hat. Es heißt, wenn er dir mehr als vier Wochen Lohn schuldet, solltest du am nächsten Zahltag lieber nicht mehr auftauchen.»

«Warum?», frage ich. Ein weiterer verdreckter Mann

stapft wild fluchend davon, und drei Arbeiter vor uns verlassen die Schlange. Sie kehren mit hängenden Schultern zum Zug zurück.

«Im Grunde, weil Onkel Al dich nicht als finanzielle Belastung sehen sollte. Denn wenn er das tut, verschwindest du eines Nachts.»

«Was? Man muss bei Rot aussteigen?»

«Ganz genau.»

«Ist das nicht etwas übertrieben? Ich meine, warum lässt er sie nicht einfach zurück?»

«Weil er ihnen Geld schuldet. Wie würde das denn aussehen?»

Ich stehe hinter Lottie als Zweiter in der Schlange. Ihre sorgfältig arrangierten blonden Locken glänzen in der Sonne. Der Mann im Fenster des roten Wagens winkt sie zu sich. Sie unterhalten sich freundlich, während er einige Geldscheine von einem Stapel zieht. Nachdem er sie ihr gegeben hat, leckt sie ihren Zeigefinger an und zählt sie. Dann rollt sie das Geld zusammen und stopft es sich in den Ausschnitt.

«Nächster!»

Ich trete vor.

«Name?», fragt der Mann, ohne aufzusehen. Er ist klein, beinahe kahl mit einem dünnen Haarkranz und trägt eine Brille mit einem Drahtgestell. Sein Blick klebt an dem Rechnungsbuch vor seiner Nase.

«Jacob Jankowski», antworte ich und spähe an ihm vorbei. Das Innere des Wagens ist mit geschnitzter Holztäfelung und einer bemalten Decke ausgestattet. Weiter hinten stehen ein Schreibtisch und ein Safe, an einer Wand ist ein Waschbecken montiert. Ihm gegenüber hängt eine Karte der USA, die mit bunten Nadeln gespickt ist. Das dürfte unsere Route sein.

Der Mann fährt mit dem Finger ein Stück weit die Seite

hinunter und dann nach rechts bis zur letzten Spalte. «Tut mir leid», sagt er.

«Was meinen Sie mit ‹tut mir leid›?»

Wie die Aufrichtigkeit in Person sieht er mich an. «Onkel Al möchte nicht, dass jemand am Saisonende pleite ist. Er behält immer vier Wochen Lohn ein. Sie bekommen das Geld am Ende der Saison. *Nächster!*»

«Aber ich brauche es jetzt.»

Mit ungerührter Miene antwortet er: «Sie bekommen es am Ende der Saison. *Nächster!*»

Als Walter an das offene Fenster tritt, stapfe ich davon, aber zuerst spucke ich noch in den Dreck.

Die Lösung fällt mir ein, während ich Obst für den Orang-Utan klein schneide. Wie einen Geistesblitz sehe ich ein Schild vor mir.

Sie haben kein Geld?

Haben Sie etwas anderes?

Wir nehmen alles!

Ich laufe wenigstens fünfmal vor Wagen 48 auf und ab, bevor ich schließlich einsteige und an die Tür von Privatabteil 3 klopfe.

«Wer ist da?», fragt August.

«Ich bin's. Jacob.»

Nach einer kurzen Pause: «Komm rein.»

Ich öffne die Tür und gehe hinein.

August steht vor einem Fenster. Marlena sitzt auf einem Plüschstuhl mit den nackten Füßen auf einer Ottomane.

«Hallo», sagt sie errötend. Sie zieht sich den Rock über die Knie und streicht ihn an den Schenkeln glatt.

«Hallo, Marlena», entgegne ich. «Wie geht es dir?»

«Besser. Ich kann schon ein paar Schritte laufen. Nicht mehr lange, und ich sitze wieder im Sattel.»

«Was treibt dich zu uns?», unterbricht August. «Nicht, dass wir uns nicht freuen würden, dich zu sehen. Wir haben dich vermisst. Nicht wahr, Liebling?»

«Ähm … ja», sagt Marlena. Als sie mir in die Augen sieht, werde ich rot.

«Wo sind nur meine Manieren? Möchtest du einen Drink?», fragt August. Sein Blick ist auffallend scharf, er kneift die Lippen zusammen.

«Nein. Danke.» Seine Feindseligkeit trifft mich unvorbereitet. «Ich kann nicht bleiben. Ich wollte dich nur etwas fragen.»

«Und was?»

«Ich brauche einen Arzt, der zu uns rauskommt.»

«Warum?»

Ich zögere. «Das möchte ich lieber nicht sagen.»

«Ah.» Er zwinkert mir zu. «Ich verstehe.»

«Was?», frage ich entsetzt. «Nein. Nicht für so was.» Ich werfe Marlena einen Blick zu, die sich rasch zum Fenster dreht. «Es geht um einen Freund.»

«Ja, aber natürlich doch», sagt August lächelnd.

«Nein, wirklich. Und es ist nicht … Hör mal, ich wollte nur wissen, ob du jemanden kennst. Schon gut, ich gehe in die Stadt und suche selbst.» Damit will ich gehen.

«Jacob!», ruft Marlena mir nach.

Ich bleibe in der Tür stehen und blicke durch das Fenster auf den schmalen Gang. Ich atme ein paar Mal tief durch, bevor ich mich zu ihr umdrehe.

«Morgen in Davenport kommt ein Arzt zu mir», sagt sie leise. «Soll ich dich holen lassen, wenn wir fertig sind?»

«Ich wäre dir sehr verbunden», sage ich. Ich tippe an meinen Hut und gehe.

Am nächsten Morgen brodelt es in der Schlange vor dem Küchenbau.

«Das war wegen diesem verdammten Elefanten», sagt der Mann vor mir. «Der kann doch sowieso nichts.»

«Die armen Kerle», meint sein Freund. «Es ist eine Schande, wenn ein Mensch weniger wert ist als ein Tier.»

«Entschuldigung», werfe ich ein. «Wie meint ihr das, das war wegen dem Elefanten?»

Der erste Mann starrt mich an. Er hat breite Schultern und trägt eine schmutzige, braune Jacke. Mit seinen vielen Falten ähnelt sein wettergegerbtes, gebräuntes Gesicht einer Rosine. «Weil er so teuer war. Und dazu haben sie noch den Elefantenwagen gekauft.»

«Aber worum geht es denn?»

«Ein paar Männer sind über Nacht verschwunden. Mindestens sechs, vielleicht auch mehr.»

«Wie, aus dem Zug?»

«Genau.»

Ich stelle meinen halbvollen Teller auf der Warmhalteplatte ab und gehe in Richtung Fliegende Vorhut. Nach ein paar Schritten fange ich an zu laufen.

«He, Kumpel!», ruft der Mann mir nach. «Dein Essen!»

«Lass ihn, Jock», sagt sein Freund. «Wahrscheinlich muss er nach jemandem sehen.»

«Camel! Camel, bist du da drin?» Ich stehe vor dem Wagen und versuche, im muffigen Dunkel etwas zu erkennen. «Camel! Bist du da drin?»

Keine Antwort.

«Camel!»

Nichts.

Ich wirble herum. «Scheiße!» Ich trete einmal gegen den Schotter, und dann noch einmal. «Scheiße!»

Da höre ich ein Quäken aus dem Wagen.

«Camel, bist du das?»

Aus einer dunklen Ecke kommt ein ersticktes Geräusch. Ich springe in den Wagen. Camel lehnt an der Rückwand.

Er ist bewusstlos, in der Hand hält er eine leere Flasche. Ich beuge mich über ihn und reiße sie ihm aus der Hand. Zitronendestillat.

«Wer zum Teufel bist du, und was zum Teufel machst du da?», höre ich hinter mir eine Stimme. Ich drehe mich um. Grady steht rauchend in der offenen Tür. «Oh, hallo. Tut mir leid, Jacob. Hab dich von hinten nicht erkannt.»

«Hallo, Grady», sage ich. «Wie geht es ihm?»

«Schwer zu sagen, seit gestern Abend ist er blau.»

Camel schnaubt und will sich auf die Seite drehen. Sein linker Arm fällt ihm schlaff auf die Brust. Er schmatzt einmal und fängt an zu schnarchen.

«Ich hole heute einen Arzt her», sage ich. «Behalt ihn bis dahin im Auge, ja?»

«Natürlich», sagt Grady beleidigt. «Was zum Teufel glaubst du, wer ich bin? Blackie? Verdammt, wer hat ihn wohl letzte Nacht beschützt?»

«Aber ich halte dich doch nicht für … ach, vergiss es einfach. Hör mal, wenn er nüchtern wird, sieh nach Möglichkeit zu, dass er so bleibt, okay? Ich komme dann später mit dem Arzt wieder.»

Der Arzt hält die Taschenuhr meines Vaters in seiner plumpen Hand und begutachtet sie durch seinen Kneifer. Dann öffnet er sie, um das Zifferblatt zu betrachten.

«Ja. Das reicht. Also, worum geht es?», fragt er, während er sie in die Westentasche steckt.

Wir stehen im Gang direkt vor Augusts und Marlenas Privatabteil. Die Tür ist noch geöffnet.

«Wir müssen woanders hin», sage ich leise.

Der Arzt zuckt mit den Schultern. «Gut. Gehen wir.»

Sobald wir draußen sind, wendet der Arzt sich an mich: «Wo soll die Untersuchung denn stattfinden?»

«Es geht nicht um mich, sondern um einen Freund. Er hat Probleme mit seinen Füßen und Händen. Unter anderem. Er sagt es Ihnen, wenn wir da sind.»

«Ah», sagt der Arzt. «Mr. Rosenbluth hat angedeutet, Sie hätten Schwierigkeiten von eher ... persönlicher Natur.»

Die Miene des Arztes verändert sich, während er mir die Gleise entlang folgt. Als wir die glänzendlackierten Wagen des ersten Abschnitts hinter uns lassen, wirkt er beunruhigt. Bei den ramponierten Wagen der Fliegenden Vorhut verzieht er angewidert das Gesicht.

«Er ist hier drin», sage ich und springe in den Wagen.

«Und wie, bitte schön, soll ich dort hineingelangen?», fragt er. Aus dem Schatten löst sich Earl mit einer Holzkiste. Er springt hinaus, stellt sie vor dem Eingang ab und versetzt ihr einen lauten Klaps. Der Arzt sieht sich die Kiste an, dann steigt er geziert in den Wagen, seine schwarze Tasche fest an sich gedrückt.

«Wo ist der Patient?», fragt er, kneift die Augen zusammen und sieht sich um.

«Hier drüben», sagt Earl. Camel kauert in einer Ecke. Grady und Bill warten bei ihm.

Der Arzt geht zu ihnen. «Etwas Privatsphäre, bitte.»

Die Männer murren verwundert. Sie gehen zum anderen Ende des Wagens und recken den Hals, um etwas sehen zu können.

Der Arzt hockt sich neben Camel. Dabei achtet er darauf, mit den Knien den Holzboden nicht zu berühren.

Nach wenigen Minuten richtet er sich auf und sagt: «Ingwerlähmung. Ganz zweifellos.»

Zischend sauge ich Luft ein.

«Was? Was ist das?», krächzt Camel.

«Das bekommt man durch das Trinken von Ingwerdestillat.» Das letzte Wort betont der Arzt besonders. «Oder auch Jake, wie die meisten es nennen.»

«Aber … Wie? Warum?», fragt Camel, der verzweifelt versucht, dem Arzt ins Gesicht zu sehen. «Das verstehe ich nicht. Ich trinke das Zeug seit Jahren.»

«Ja. Ja. Das habe ich mir schon gedacht», sagt der Arzt.

Mir steigt vor Wut die Galle hoch. Ich stelle mich neben den Arzt. «Ich glaube, Sie haben die Frage nicht beantwortet», sage ich so ruhig, wie es mir möglich ist.

Der Arzt dreht sich um und mustert mich durch seinen Kneifer. Nach kurzem Zögern sagt er: «Es wird von einer Kresolverbindung verursacht, die ein Produzent verwendet hat.»

«Großer Gott», sage ich.

«Ganz recht.»

«Warum wurde das beigemischt?»

«Um an den Vorschriften vorbeizukommen, nach denen Ingwerdestillat ungenießbar gemacht werden muss.» Er wendet sich wieder Camel zu und hebt die Stimme. «Damit es nicht als alkoholisches Getränk verwendet werden kann.»

«Geht das wieder weg?» Camels Stimme ist hoch und so angstvoll, dass sie kippt.

«Nein. Ich fürchte nicht», antwortet der Arzt.

Den anderen hinter mir stockt der Atem. Grady kommt so nah heran, dass unsere Schultern sich berühren. «Moment mal – soll das heißen, Sie können nichts machen?»

Der Arzt richtet sich auf und hakt die Daumen in seine Taschen. «Ich? Nein. Rein gar nichts.» Seine Miene ist so verkniffen wie die von einem Mops, als wollte er allein durch seine Gesichtsmuskulatur seine Nase verschließen. Er hebt seine Tasche auf und geht zur Tür.

«Jetzt warten Sie mal einen Moment», sagt Grady. «Wenn Sie schon nicht, kann ihm denn irgendjemand anders helfen?»

Der Arzt wendet sich dezidiert an mich, vermutlich, weil er von mir bezahlt wurde. «Ach, viele werden Ihr Geld nehmen und ein Heilmittel versprechen – das Waten in Ölschlammbecken oder Elektroschocks –, aber das alles hilft kein bisschen. Mit der Zeit erlangt er vielleicht etwas Kontrolle zurück, aber höchstens in sehr geringem Maße. Er hätte ja sowieso gar nicht trinken dürfen. Das verstößt gegen das Gesetz, wissen Sie.»

Ich bin sprachlos. Ich glaube sogar, mir steht der Mund offen.

«Ist das alles?», fragt er.

«Wie bitte?»

«Brauchen … Sie … sonst … noch … etwas?», fragt er, als sei ich schwachsinnig.

«Nein», antworte ich.

«Dann wünsche ich einen guten Tag.» Er tippt an seinen Hut, tritt vorsichtig auf die Kiste und steigt hinunter. Nach einem Dutzend Schritte stellt er sein Köfferchen ab und holt ein Taschentuch hervor. Er wischt sich sorgsam die Hände ab und fährt mit dem Tuch zwischen die einzelnen Finger. Dann hebt er seine Tasche auf, streckt die Brust raus und geht, Camels letzten Funken Hoffnung und die Uhr meines Vaters im Gepäck.

Als ich mich umdrehe, knien Earl, Grady und Bill neben Camel. Das Gesicht des alten Mannes ist tränenüberströmt.

«Ich muss mit dir sprechen, Walter», sage ich, als ich in den Ziegenverschlag stürme. Queenie hebt den Kopf, sieht, dass ich es bin, und legt ihn wieder auf ihre Pfoten.

Walter legt sein Buch weg. «Warum? Was ist los?»

«Ich muss dich um einen Gefallen bitten.»

«Na dann los, worum geht es?»

«Einem Freund von mir geht es schlecht.»

«Dem Kerl mit der Ingwerlähmung?»

Ich zögere. «Ja.»

Ich gehe zu meiner Schlafmatte, aber ich bin zu besorgt, um mich zu setzen.

«Spuck's schon aus», sagt Walter ungeduldig.

«Ich möchte ihn hierher bringen.»

«Was?»

«Sonst schmeißen sie ihn aus dem Zug. Seine Freunde mussten ihn letzte Nacht hinter einem Ballen Leinwand verstecken.»

Walter sieht mich entsetzt an. «Das kann nicht dein Ernst sein.»

«Hör mal, ich weiß, du warst nicht gerade begeistert, als ich hier aufgetaucht bin, und ich weiß auch, dass er ein Arbeiter ist, aber er ist alt, und es geht ihm schlecht, und er braucht Hilfe.»

«Und was genau sollen wir mit ihm machen?»

«Ihn einfach von Blackie fernhalten.»

«Wie lange? Für alle Zeiten?»

Ich lasse mich auf die Schlafmatte fallen. Er hat recht. Wir können Camel nicht ewig verstecken. «Scheiße», sage ich. Ich schlage mir mit dem Handballen gegen die Stirn, wieder und wieder.

«He, lass das», sagt Walter. Er setzt sich auf. «Die Frage war ernst gemeint. Was würden wir mit ihm machen?»

«Keine Ahnung.»

«Hat er Familie?»

Mein Kopf schnellt hoch. «Er hat mal was von einem Sohn erzählt.»

«Gut, das bringt uns schon mal weiter. Weißt du, wo dieser Sohn lebt?»

«Nein. Ich glaube, sie haben keinen Kontakt.»

Walter betrachtet mich und klopft sich mit den Fingern aufs Bein. Nach längerem Schweigen sagt er: «Na gut. Bring ihn her. Pass auf, dass dich niemand sieht, sonst bekommen wir höllischen Ärger.»

Ich sehe ihn überrascht an.

«Was denn?», fragt er und verscheucht eine Fliege von seiner Stirn.

«Nichts. Nein. Ich meine, danke. Vielen Dank.»

«He, ich hab schließlich ein Herz», sagt er, lehnt sich zurück und nimmt sein Buch auf. «Anders als manche Leute, die wir alle kennen und lieben.»

Walter und ich ruhen uns zwischen der Matinee und der Abendvorstellung aus, als es leise an der Tür klopft.

Beim Aufspringen stößt Walter die Holzkiste um und fängt fluchend die Kerosinlampe auf, bevor sie zu Boden kracht. Auf dem Weg zur Tür schiele ich nervös zu den Truhen hinüber, die nebeneinander vor der hinteren Wand stehen.

Walter stellt die Lampe hin und nickt knapp.

Ich öffne die Tür.

«Marlena!», sage ich, und die Tür geht weiter auf, als ich eigentlich wollte. «Warum bist du auf den Beinen? Ich meine, geht es dir gut? Willst du dich setzen?»

«Nein», antwortet sie. Unsere Gesichter sind nur Zentimeter voneinander entfernt. «Es geht mir gut. Aber ich würde gerne kurz mit dir sprechen. Bist du alleine?»

«Ähm, nein, nicht so richtig.» Ich blicke mich nach Walter um, der den Kopf schüttelt und heftig mit den Händen fuchtelt.

«Kannst du zu unserem Abteil kommen?», fragt Marlena. «Es dauert auch nicht lange.»

«Ja, natürlich.»

Sie dreht sich um und geht behutsam zur Tür. An den Füßen trägt sie Schlappen, keine Schuhe. Sie setzt sich auf die Kante und lässt sich heruntergleiten. Ich beobachte sie einen Moment lang und bin erleichtert, dass sie sich zwar vorsichtig bewegt, aber nicht mehr sichtbar humpelt.

Dann schließe ich die Tür.

«Mannomann», sagt Walter kopfschüttelnd. «Ich hatte beinahe einen Herzinfarkt. Scheiße, Mann. Was machen wir hier bloß?»

«He, Camel», rufe ich. «Ist da hinten alles klar?»

«Ja», antwortet eine dünne Stimme hinter den Truhen. «Glaubst du, sie hat was gesehen?»

«Nein. Du bist sicher. Vorerst. Aber wir müssen sehr vorsichtig sein.»

Marlena sitzt mit übereinandergeschlagenen Beinen auf dem Plüschstuhl. Als ich hereinkomme, beugt sie sich gerade vor und reibt sich über den Spann eines Fußes. Dann sieht sie mich, hält inne und lehnt sich zurück.

«Jacob. Danke, dass du gekommen bist.»

«Gerne.» Ich nehme meinen Hut ab und drücke ihn mir linkisch an die Brust.

«Bitte, setz dich.»

«Danke», antworte ich und setze mich auf die Kante des nächsten Stuhls. Ich sehe mich um. «Wo ist August?»

«Er und Onkel Al treffen sich mit den Eisenbahnbehörden.»

«Oh. Etwas Ernstes?», frage ich.

«Nur Gerüchte. Jemand hat behauptet, wir hätten Leute aus dem Zug geworfen. Das können sie sicher klären.»

«Gerüchte. Genau», sage ich. Ich spiele mit meiner Hutkrempe und warte.

«Also ... ähm ... ich habe mir Sorgen um dich gemacht», sagt sie.

«Wirklich?»

«Geht es dir gut?», fragt sie leise.

«Ja. Natürlich», antworte ich. Dann dämmert mir, was sie da fragt. «O Gott, nein, es ist nicht so, wie du denkst. Der Arzt war nicht für mich. Ich brauchte ihn für einen Freund, und es ging auch nicht um ... um so was.»

«Oh», sagt sie mit einem nervösen Lachen. «Das freut mich sehr. Es tut mir leid, Jacob. Ich wollte dich nicht in Verlegenheit bringen. Ich habe mir nur Sorgen gemacht.»

«Mir geht es gut, wirklich.»

«Und deinem Freund?»

Ich halte einen Moment lang den Atem an. «Nicht so gut.»

«Kommt sie wieder in Ordnung?»

«Sie?», frage ich überrascht.

Marlena senkt den Blick und ringt die Hände. «Ich hatte angenommen, es geht um Barbara.»

Erst huste ich, dann ringe ich nach Luft.

«O Jacob, du meine Güte. Was für ein Schlamassel. Es geht mich gar nichts an. Wirklich. Bitte entschuldige.»

«Aber ich kenne Barbara doch kaum.» Ich werde so rot, dass meine Kopfhaut kribbelt.

«Schon gut. Ich weiß, sie ist eine ...» Marlena verkrampft ihre Finger ineinander und stockt mitten im Satz. «Na ja, sie ist trotzdem in Ordnung. Ziemlich anständig sogar. Aber du solltest ...»

«Marlena», sage ich nachdrücklich genug, um sie zum Schweigen zu bringen. Ich räuspere mich und fahre fort: «Ich habe nichts mit Barbara. Ich kenne sie kaum. Wir haben vielleicht ein Dutzend Worte miteinander gesprochen.»

«Oh», sagt sie. «Aber Auggie meinte ...»

Eine ganze Weile sitzen wir in quälendem Schweigen beieinander.

«Deinen Füßen geht es also besser?», frage ich.

«Ja, danke.» Sie hält die Hände so verkrampft, dass die Knöchel weiß hervortreten. Sie schluckt und heftet den Blick auf ihren Schoß. «Ich wollte mit dir noch über etwas anderes reden. Darüber, was in der Gasse passiert ist. In Chicago.»

«Das war allein meine Schuld», werfe ich ein. «Ich weiß nicht, was über mich gekommen ist. Vorübergehende Unzurechnungsfähigkeit oder so was. Es tut mir so leid. Ich verspreche, es wird nie wieder passieren.»

«Oh», sagt sie leise.

Verblüfft sehe ich auf. Wenn ich mich nicht sehr irre, habe ich es gerade geschafft, sie zu beleidigen. «Das soll nicht heißen ... Nicht, dass du nicht ... Ich meine nur ...»

«Soll das heißen, du wolltest mich nicht küssen?»

Ich lasse den Hut fallen und hebe die Hände. «Marlena, bitte hilf mir. Ich weiß nicht, was du hören willst.»

«Es wäre nur leichter, wenn es nicht so wäre.»

«Wenn was nicht so wäre?»

«Wenn du mich nicht hättest küssen wollen», sagt sie leise.

Mein Kiefer bewegt sich, aber es dauert einen Moment, bevor ich sprechen kann. «Marlena, was willst du damit sagen?»

«Ich ... Ich weiß es nicht genau. Ich weiß kaum noch, was ich denken soll. Ich konnte nicht aufhören, an dich zu denken. Ich weiß, meine Gefühle sind nicht richtig, aber ich … Na ja, ich habe mich wohl gefragt …»

Sie ist knallrot geworden. Sie ringt wieder die Hände und starrt angestrengt auf ihren Schoß.

«Marlena», sage ich, stehe auf und mache einen Schritt auf sie zu.

«Es wäre besser, wenn du jetzt gehst», sagt sie.

Ich blicke sie nur an.

«Bitte», sagt sie, ohne aufzusehen.

Also gehe ich, obwohl jede Faser meines Körpers dagegen energisch protestiert.

15 Tagsüber liegt Camel in seinem Versteck hinter den Truhen auf ein paar Decken, die Walter und ich als Polster für seine klapprige Gestalt zurechtlegen. Seine Lähmung ist so stark, dass ich nicht weiß, ob er dort hervorkriechen könnte, wenn er wollte, aber er hat zu große Angst davor, geschnappt zu werden, um es zu versuchen. Nachts holen wir ihn hervor, sobald der Zug fährt, und lehnen ihn in eine Ecke oder legen ihn auf die Pritsche, je nachdem, ob er lieber sitzen oder weiterhin liegen möchte. Walter besteht darauf, dass er die Pritsche nimmt, und ich bestehe meinerseits darauf, dass Walter die Schlafmatte nimmt. Und so schlafe ich wieder auf der Pferdedecke in der Ecke.

Nachdem wir kaum zwei Tage zusammengewohnt haben, wird Camels Tremor derartig stark, dass er nicht einmal mehr sprechen kann. Walter bemerkt es, als er Camel mittags Essen in den Zug bringt. Es geht dem alten Mann so schlecht, dass Walter zu mir in die Menagerie kommt, um mir davon zu erzählen, aber vor Augusts Augen kann ich nicht zum Zug zurückgehen.

Kurz vor Mitternacht sitze ich neben Walter auf der Pritsche, während wir auf die Abfahrt des Zuges warten. Sobald er sich in Bewegung setzt, stehen wir auf und ziehen die Truhen von der Wand.

Walter kniet nieder, packt Camel unter den Armen und hebt ihn in eine sitzende Haltung. Dann holt er eine Flasche aus seiner Tasche.

Als Camel sie sieht, zuckt sein Blick hoch zu Walter. Und dann steigen ihm Tränen in die Augen.

«Was ist das?», frage ich sofort.

«Was zum Teufel glaubst du wohl?», sagt Walter. «Schnaps. Richtiger Schnaps. Gutes Zeug.»

Camel streckt die zitternden Hände nach der Flasche aus. Walter, der ihn immer noch aufrecht hält, öffnet sie und hält sie dem alten Mann an die Lippen.

Marlena verbringt eine weitere Woche zurückgezogen in ihrem Privatabteil. Mittlerweile wünsche ich mir so verzweifelt, sie zu sehen, dass ich überlege, wie ich durch ihr Fenster spähen könnte, ohne entdeckt zu werden. Zum Glück siegt mein Verstand.

Jede Nacht liege ich in der Ecke auf meiner muffigen Pferdedecke und wiederhole in Gedanken unsere letzte Unterhaltung, jedes einzelne, kostbare Wort. Wieder und wieder gehe ich den schmerzlichen Ablauf durch, von meiner kurzen, ungläubigen Freude bis zu meinem katastrophalen Untergang. Ich weiß, dass ihr nichts anderes übrig blieb, als mich zum Gehen aufzufordern, trotzdem kann ich es kaum ertragen. Schon der Gedanke daran wühlt mich so auf, dass ich mich hin und her wälze, bis Walter mir sagt, ich solle damit aufhören, er könne so nicht schlafen.

Und so vergeht die Zeit. In den meisten Städten bleiben wir einen Tag, sonntags allerdings verlängern wir oft um einen zweiten Tag. Während der Fahrt von Burlington nach Keokuk entlockt Walter Camel – mit Hilfe erklecklicher Mengen Whiskeys – den Namen und die letzte bekannte Adresse seines Sohnes. An unseren nächsten Stationen macht Walter sich direkt nach dem Frühstück auf in die Stadt und kehrt erst kurz vor der Vorstellung zurück. Bis Springfield hat er einen Kontakt hergestellt.

Zuerst streitet Camels Sohn jede Verbindung ab. Aber Walter ist hartnäckig. Tag für Tag marschiert er in die Stadt, um per Telegramm zu verhandeln, und am Freitag darauf willigt Camels Sohn ein, uns in Providence zu treffen und den alten Mann in seine Obhut zu nehmen. Das bedeutet, wir müssen die momentane Wohnsituation noch mehrere Wochen lang beibehalten, aber es ist immerhin eine Lösung. Und damit sind wir schon wesentlich weiter als vorher.

In Terre Haute stirbt überraschend die Liebliche Lucinda. Nachdem Onkel Al sich von seiner heftigen, aber kurzlebigen Trauer erholt hat, organisiert er einen Abschied, der «unserer geliebten Lucinda» würdig ist.

Eine Stunde nach dem Unterzeichnen der Sterbeurkunde wird Lucinda im Wasserbehälter des Flusspferdwagens aufgebahrt, der hinter vierundzwanzig schwarze Percherons mit Federn im Stirnband gespannt wird.

Onkel Al, der vor Gram zusammenzubrechen droht, steigt zum Kutscher auf den Bock. Gleich darauf verkündet er mit einem Fingerzeig den Beginn von Lucindas Trauerzug. Auf ihrem langsamen Weg durch die Stadt folgen ihr zu Fuß alle halbwegs vorzeigbaren Mitglieder von *Benzinis Spektakulärster Show der Welt*. Onkel Al ist untröstlich, er weint und schnaubt in sein rotes Taschentuch und gestattet sich nur hin und wieder einen kurzen Blick, um abzuschätzen, ob der Trauerzug die richtige Geschwindigkeit vorlegt, um die größtmögliche Menge anzuziehen.

Direkt hinter dem Flusspferdwagen laufen die Frauen mit, sie tragen allesamt Schwarz und tupfen sich mit eleganten Spitzentaschentüchern die Augenwinkel. Ich bin weiter hinten, umgeben von wehklagenden Männern mit tränenüberströmten Gesichtern. Onkel Al hat drei Dollar und eine Flasche kanadischen Whiskey für denjenigen ausgelobt, der am überzeugendsten ist. Eine solche Trauer hat man noch nicht gesehen – selbst die Hunde heulen.

Beinahe eintausend Städter folgen uns zum Zirkusplatz. Als Onkel Al auf der Kutsche aufsteht, wird es ganz still.

Er nimmt den Hut ab, drückt ihn sich an die Brust und wischt sich mit einem Taschentuch über die Augen. Dann hält er eine herzzerreißende Rede, während der er so bestürzt ist, dass er sich kaum beherrschen kann. Abschließend sagt er, wenn es nach ihm ginge, würde er aus Respekt vor Lucinda die Vorstellung heute Abend absagen. Aber das kann er nicht. Es liegt nicht in seiner Macht. Er ist ein Ehrenmann, und an ihrem Totenbett hat sie seine Hand ergriffen und ihm das Versprechen – nein, den *Schwur* – abgenommen, dass ihr offenbar baldiges Ende die geplante Vorstellung nicht stören dürfe, um nicht Tausende von Menschen zu enttäuschen, die sich auf einen Tag im Zirkus gefreut haben.

«Denn schließlich …» Onkel Al stockt, schlägt sich mit einer Hand auf die Brust und schnieft kläglich. Er hebt den Blick gen Himmel, während ihm Tränen über das Gesicht rinnen.

Die Frauen und Kinder in der Menge weinen ungeniert. Weiter vorne hebt eine Frau einen Arm an die Stirn und bricht zusammen, während sich die Männer neben ihr darum reißen, sie aufzufangen.

Mit aller Kraft nimmt Onkel Al sich zusammen, ein Zittern der Unterlippe jedoch kann er nicht unterdrücken. Er nickt bedächtig und fährt fort. «Denn schließlich wusste unsere liebste Lucinda nur zu gut … *the show must go on!*»

An diesem Abend herrscht riesiger Andrang – es reicht für einen «Strohboden», so genannt wegen des Strohs, das die Racklos, wenn alle regulären Plätze besetzt sind, auf die Pferdebahn streuen, damit sich die überzähligen Besucher daraufsetzen können.

Onkel Al beginnt die Vorstellung mit einem Schweigemoment. Er senkt den Kopf, quetscht echte Tränen hervor und widmet die folgenden Darbietungen Lucinda, deren große, umfassende Selbstlosigkeit der einzige Grund ist, warum wir angesichts unseres Verlusts weitermachen können. Ihr zu Ehren geben wir unser Bestes – o ja, unsere Liebe zu Lucinda war so einzigartig, dass wir trotz der verzehrenden Trauer, die uns die Herzen zerreißt, die Kraft aufbringen, ihr den letzten Wunsch zu erfüllen, und ihr zu Ehren unser Bestes geben werden. Solche Wunder haben Sie noch nie gesehen, meine Damen und Herren, Nummern und Artisten aus allen Teilen der Welt, die Sie erfreuen und unterhalten, Seiltänzer, Akrobaten und Trapezkünstler von höchstem Können …

Etwa ein Viertel der Vorstellung ist vorbei, als sie die Menagerie betritt. Ich spüre ihre Gegenwart, noch bevor ich das erstaunte Gemurmel um mich herum höre.

Ich setze Bobo auf den Käfigboden. Dann drehe ich mich um, und richtig, da steht sie, wunderschön in ihren rosafarbenen Pailletten und dem Federkopfschmuck. Sie nimmt den Pferden die Halfter ab. Nur Boaz, ein schwarzer Araberhengst und vermutlich Silver Stars Pendant, bleibt angebunden, und ganz offensichtlich gefällt ihm das nicht.

Gebannt lehne ich mich an Bobos Käfig.

Die Pferde, mit denen ich Nacht für Nacht von einer Stadt zur anderen gefahren bin und die sonst wie ganz normale Pferde aussehen, sind wie verwandelt. Pustend und schnaubend strecken sie Kopf und Schweif empor. Tänzelnd teilen sie sich in zwei Gruppen auf, in eine schwarze und eine weiße. Marlena stellt sich vor sie, in jeder Hand eine lange Peitsche. Eine davon schwingt sie hoch über ihrem Kopf. Dann geht sie rückwärts und führt sie aus der Menagerie. Die Pferde sind vollkommen frei. Sie tragen weder Halfter noch Zügel oder Sattelgurte, nichts. Sie folgen ihr anstandslos, schütteln die Köpfe und greifen so kraftvoll aus wie American Saddlebreds.

Ich habe ihre Nummer noch nie gesehen – wer hinter den Kulissen arbeitet, hat keine Zeit für einen solchen Luxus –, aber dieses Mal kann mich nichts davon abhalten. Ich sichere Bobos Tür und schlüpfe in den Verbindungsgang, einen oben offenen Weg zwischen zwei Zeltbahnen, der die Menagerie mit dem Chapiteau verbindet. Der Mann, der die Karten für die reservierten Plätze verkauft, sieht kurz auf, stellt fest, dass ich kein Polizist bin, und wendet sich wieder seiner Arbeit zu. In seinen prallgefüllten Taschen klimpert das Geld. Ich stelle mich neben ihn und habe einen Blick quer durch die drei Manegen bis ans andere Ende des Chapiteaus.

Nachdem Onkel Al sie angekündigt hat, tritt sie auf. Sie wirbelt herum, beide Peitschen hoch in die Luft gereckt. Sie lässt eine knallen und geht einige Schritte rückwärts. Beide Pferdegruppen stürmen ihr hinterher.

Marlena stolziert in den mittleren Ring, und die Pferde, eine schwarze und eine weiße stobende Wolke, folgen ihr kraftvoll tänzelnd.

In der Mitte der Manege angekommen, lässt sie eine Peitsche leise knallen. Die Pferde beginnen, im Kreis durch die Manege zu traben, erst die fünf Schimmel, dann die Rappen. Nach zwei Runden winkt Marlena mit der Peitsche. Die Rappen beschleunigen, bis jeder neben einem Schimmel herläuft. Auf ein weiteres Winken hin bilden sie eine Reihe, sodass immer ein schwarzes Pferd einem weißen folgt.

Sie bewegt sich nur minimal, ihre rosafarbenen Pailletten schimmern im hellen Licht. Sie läuft in der Mitte der Manege in einem kleinen Kreis und gibt mit den Peitschen verschiedene Signale.

Die Pferde ziehen weiter ihre Runden, dabei überholen einmal die Schimmel die Rappen und dann wieder die Rappen die Schimmel; am Ende wechseln sich die Farben immer ab.

Sie ruft etwas, und die Tiere bleiben stehen. Auf einen weiteren Befehl hin drehen sie sich um und stellen ihre Vorderhufe auf die Piste. Dann laufen sie seitwärts, die Schweife Marlena zugewandt und die Hufe auf der Umrandung. Erst nach einer kompletten Runde lässt Marlena sie anhalten. Sie steigen von der Piste und drehen sich zur Mitte. Dann ruft Marlena Midnight zu sich.

Er ist ein prachtvoller feuriger schwarzer Araber mit einer perfekt diamantförmigen Blesse auf der Stirn. Sie spricht mit ihm, nimmt beide Peitschen in eine Hand und hält ihm die andere hin. Er presst sein Maul in ihre Handfläche, sein Hals ein eleganter Bogen, die Nüstern geweitet.

Marlena tritt zurück und hebt eine Peitsche. Die anderen Pferde tänzeln auf der Stelle und beobachten sie. Sie hebt die andere Peitsche, deren Spitze sie vor- und zurückschnellen lässt. Midnight stellt sich auf die Hinterbeine, die Vorderläufe winkelt er vor der Brust an. Jetzt ruft sie etwas – das erste Mal, dass sie ihre Stimme erhebt – und geht mit großen Schritten rückwärts. Das Pferd folgt ihr, es läuft auf seinen Hinterbeinen und schlägt mit den Vorderhufen aus. Sie hält ihn während einer kompletten Runde um den Ring aufrecht. Dann bedeutet sie ihm runterzugehen. Nach einem weiteren mysteriösen Wink mit der Peitsche verbeugt sich Midnight, er senkt sich auf ein Knie herab, das andere Bein streckt er von sich. Marlena sinkt in einen tiefen Knicks, und die Menge jubelt. Während Midnight seine Verbeugung hält, hebt Marlena beide Peitschen und lässt sie schnalzen. Die anderen Pferde vollführen auf der Stelle eine Pirouette.

Mehr Jubel und Applaus. Mit hochgereckten Armen dreht Marlena sich, damit jeder im Publikum sie bewundern kann. Dann setzt sie sich elegant auf Midnights geneigten Rücken. Er steht auf, reckt den Hals und trägt Marlena aus dem Chapiteau. Die anderen Pferde, jetzt wieder nach Farben gruppiert, drängen ihr nach, um ihrer Herrin nah zu bleiben.

Mein Herz hämmert so heftig, dass ich trotz der brüllenden Menge das Blut in meinen Ohren rauschen höre. Mich erfüllt eine unermessliche Liebe.

Als Camel in dieser Nacht von seinem Whiskey völlig weggetreten ist und Walter auf der Schlafmatte schnarcht, verlasse ich den kleinen Raum und betrachte die Reihe der Dressurpferde.

Jeden Tag sorge ich für diese Tiere. Ich miste ihre Boxen aus, fülle Wasser und Futter in ihre Tröge und mache sie für die Vorstellung zurecht. Ich überprüfe ihre Zähne, kämme ihre Mähnen und taste ihre Beine ab, um zu sehen, ob sie sich heiß anfühlen. Ich gebe ihnen Leckereien und tätschle ihnen den Hals. Sie waren mir ein ebenso vertrauter Anblick geworden wie Queenie, aber nachdem ich Marlenas Nummer gesehen habe, betrachte ich sie mit anderen Augen. Die Pferde gehören zu Marlena, sie sind ein Teil von ihr, der jetzt hier ist, bei mir.

Ich greife über die Boxenabsperrung und berühre eine geschmeidige Flanke. Midnight hat geschlafen, er grummelt überrascht und blickt sich um.

Als er sieht, dass ich es nur bin, dreht er sich weg. Er lässt die Ohren sinken, die Augen zufallen und verlagert das Gewicht, um einen Hinterlauf zu entlasten.

Ich kehre in den Ziegenverschlag zurück und schaue nach, ob Camel noch atmet. Dann lege ich mich auf die Pferdedecke und entgleite in einen Traum über Marlena, der mich wahrscheinlich meine Seele kosten wird.

Am nächsten Morgen vor dem Buffet:

«Sieh dir das an», sagt Walter, hebt den Arm und versetzt mir einen Stoß in die Rippen.

«Was?»

Er zeigt mit dem Finger.

August und Marlena sitzen an unserem Tisch. Zum ersten Mal seit ihrem Unfall erscheinen die beiden wieder zum Essen. Walter mustert mich von oben bis unten. «Packst du das?»

«Ja, sicher», antworte ich gereizt.

«Schon gut. Wollte nur mal fragen.» Wir gehen am allzeit wachsamen Ezra vorbei zu unseren jeweiligen Tischen.

«Guten Morgen, Jacob», begrüßt mich August, als ich meinen Teller auf den Tisch stelle und mich setze.

«August, Marlena», nicke ich beiden zu.

Marlena hebt den Blick nur kurz vom Teller.

«Wie geht es dir an diesem schönen Tag?», fragt August. Er häuft seine Gabel voll Rührei.

«Gut. Und dir?»

«Wunderbar», sagt er.

«Und wie geht es dir, Marlena?», frage ich.

«Sehr viel besser, danke», antwortet sie.

«Gestern habe ich deine Nummer gesehen», sage ich.

«Wirklich?»

«Ja.» Ich schüttle meine Serviette aus, bevor ich sie mir auf den Schoß lege. «Es war ... Ich weiß gar nicht, wie ich es sagen soll. Es war unglaublich. So etwas habe ich noch nie gesehen.»

«Oh?», macht August und zieht eine Augenbraue hoch. «Noch nie?»

«Nein. Noch nie.»

«Ach, wirklich.» Er starrt mich unumwunden an. «Ich dachte, Marlenas Nummer hat dich erst auf die Idee gebracht, bei der Show anzuheuern, Jacob. Liege ich da falsch?»

Mein Herz setzt kurz aus. Ich nehme das Besteck in die Hand, die Gabel links, das Messer rechts – auf die europäische Art, so wie meine Mutter.

«Ich habe gelogen», sage ich.

Ich steche in das Ende eines Würstchens und säble daran herum, während ich auf eine Reaktion warte.

«Wie bitte?», fragt er.

«Ich habe gelogen. Gelogen!» Ich knalle das Besteck hin, auf der Gabel steckt ein Stückchen Wurst. «Verstanden? Natürlich hatte ich nie von Benzini gehört, bevor ich auf euren Zug gesprungen bin. Wer zum Teufel hat schon von Benzini gehört? Der einzige Zirkus, den ich je gesehen habe, war Ringling, und der war großartig. Großartig! Hast du gehört?»

Eine unheimliche Stille macht sich breit. Entsetzt schaue ich mich um. Jeder im Zelt starrt mich an. Walter steht der Mund offen. Queenie hat die Ohren angelegt. In einiger Entfernung bellt ein Kamel.

Schließlich wende ich mich August zu. Auch der starrt mich an. Das eine Ende seines Schnurrbarts zuckt. Ich stopfe meine Serviette unter den Tellerrand und frage mich, ob er mich gleich über den Tisch hinweg anspringt.

August reißt die Augen weit auf, und ich balle unter dem Tisch die Fäuste. Dann explodiert August. Er muss so sehr lachen, dass er rot anläuft, sich den Bauch hält und nach Luft ringt. Er lacht und heult, bis ihm Tränen über das Gesicht laufen und seine Lippen vor Anstrengung zittern.

«O Jacob», sagt er, als er sich über die Wangen wischt. «O Jacob. Ich glaube, ich habe dich falsch eingeschätzt. Ja, wirklich. Ich habe dich wohl falsch eingeschätzt.» Er kichert, schnieft und tupft sein Gesicht mit der Serviette ab. «Meine Güte», seufzt er. «Meine Güte.» Er räuspert sich und nimmt sein Besteck in die Hand. Dann spießt er etwas Rührei auf die Gabel, die er gleich darauf in einem neuen Anflug von Heiterkeit wieder ablegt.

Die anderen wenden sich wieder ihrem Essen zu, aber so zögerlich wie die Zuschauermenge an meinem ersten Tag, als ich den Mann aus dem Zelt geworfen habe. Und ihr besorgter Gesichtsausdruck dabei ist nicht zu übersehen.

Lucindas Tod hat eine klaffende Lücke in die Reihe der Freaks gerissen. Und diese Lücke muss gefüllt werden – alle großen Shows haben dicke Damen, deshalb brauchen auch wir eine.

Onkel Al und August durchforsten *Billboard* und versuchen bei jedem Halt, über Telefonanrufe und Telegramme eine neue anzuheuern, aber alle bekannten dicken Damen sind offenbar mit ihrer jetzigen Anstellung zufrieden oder misstrauisch wegen Onkel Als Ruf. Nach zwei Wochen und zehn Etappen spricht Onkel Al in seiner Verzweiflung eine äußerst üppige Frau aus dem Publikum an. Unglücklicherweise stellt sie sich als die Frau des Polizeipräsidenten heraus, und Onkel Al hat am Ende keine dicke Dame, sondern ein leuchtend blaues Veilchen und die Auflage, sofort die Stadt zu verlassen.

Uns bleiben zwei Stunden. Die Artisten ziehen sich umgehend in ihre Abteile zurück. Die Racklos werden geweckt und laufen umher wie kopflose Hühner. Onkel Al schwenkt atemlos und mit hochrotem Kopf seinen Stock und versetzt damit jedem einen Schlag, der für seinen Geschmack zu langsam arbeitet. Die Zelte werden so rasch abgebaut, dass manche Männer sich darin verfangen, und dann müssen Arbeiter, die gerade andere Zelte abbauen, sie dort herausholen, bevor sie unter den riesigen Zeltwänden ersticken oder – was Onkel Al schlimmer fände – mit ihrem Taschenmesser ein Atemloch hineinschneiden.

Nachdem alle Tiere verladen sind, ziehe ich mich in den Pferdewagen zurück. Der Anblick der Städter an den Ausläufern des Zirkusplatzes gefällt mir nicht. Viele sind bewaffnet, und in meiner Magengrube breitet sich ein ungutes Gefühl aus.

Walter ist noch nicht aufgetaucht, und ich laufe vor der offenen Tür auf und ab und suche mit meinem Blick den Platz ab. Die Schwarzen haben sich längst in den Waggons der Fliegenden Vorhut versteckt, aber ich bin mir nicht sicher, ob sich der Mob nicht mit einem rothaarigen Zwerg begnügen würde.

Eine Stunde und fünfundfünfzig Minuten nachdem wir unseren Marschbefehl erhalten haben, steht er in der Tür.

«Wo zum Teufel hast du gesteckt?», schreie ich.

«Ist er das?», krächzt Camel hinter den Truhen.

«Ja, ist er. Komm endlich rauf.» Ich winke Walter herein. «Der Mob sieht fies aus.»

Er rührt sich nicht. Sein Gesicht ist rot, und er ist außer Atem. «Wo ist Queenie? Hast du Queenie gesehen?»

«Nein. Warum?»

Er verschwindet.

«Walter!» Ich springe auf und laufe ihm zur Tür nach. «Walter! Wo willst du hin, verdammt? Der Fünf-Minuten-Pfiff war schon.»

Er rennt geduckt die Gleise entlang, um zwischen die Zugräder zu sehen. «Komm, Queenie! Komm her!» Er richtet sich auf und bleibt neben jedem Waggon stehen, er ruft durch die Schlitze im Holz und wartet auf eine Reaktion. «Queenie! Hierher, Mädchen!» Mit jedem Rufen klingt er verzweifelter.

Ein Pfiff ertönt, ein langgezogenes Warnsignal, gefolgt vom Zischen und Dampfen der Lok.

Walters Stimme überschlägt sich, er ist heiser vom Schreien. «Queenie! Wo zum Teufel bist du? Queenie! Hierher!»

Weiter vorne springen die letzten Nachzügler auf die Flachwagen.

«Walter, komm jetzt!», brülle ich. «Mach keinen Mist. Du musst jetzt einsteigen.»

Er ignoriert mich. Mittlerweile hat er die Flachwagen erreicht und späht zwischen den Rädern hindurch. «Queenie, hierher!», ruft er. Dann bleibt er stehen und richtet sich plötzlich auf. Er wirkt verloren. «Queenie?», fragt er unsicher.

«Verdammt», sage ich.

«Kommt er jetzt, oder was?», fragt Camel.

«Sieht nicht so aus.»

«Dann hol ihn», schnauzt er.

Der Zug fährt abrupt an, die Waggons durchfährt ein Ruck, wenn sich die jeweilige Kupplung spannt.

Ich springe auf das Schotterbett und laufe vor zu den Flachwagen. Walter steht da und sieht Richtung Lok.

Ich berühre ihn an der Schulter. «Walter, wir müssen los.»

Er dreht sich mit flehendem Blick zu mir um. «Wo ist sie? Hast du sie gesehen?»

«Nein. Komm schon, Walter. Wir müssen jetzt in den Zug steigen.»

«Ich kann nicht», sagt er. Sein Gesichtsausdruck ist leer. «Ich kann sie nicht hierlassen. Ich kann einfach nicht.»

Der Zug tuckert los und nimmt Fahrt auf.

Hinter uns drängen die Städter vorwärts, sie sind mit Gewehren, Baseballschlägern und Stöcken bewaffnet. Ich beobachte den Zug hinter uns so lange, bis ich die Geschwindigkeit abschätzen kann, zähle mit und bete, dass ich richtig liege: *eins, zwei, drei, vier.*

Dann hebe ich Walter wie einen Mehlsack hoch und werfe ihn in den Wagen. Er landet krachend und mit einem kurzen Aufschrei auf dem Boden. Ich renne neben dem Zug her und packe die Eisenstange neben der Tür. Dann lasse ich mich drei lange Schritte weit mitziehen, nutze den Schwung und hechte hinein.

Ich rutsche mit dem Gesicht über den holpernden Boden. Als ich merke, dass ich in Sicherheit bin, sehe ich mich nach Walter um und stelle mich auf einen Kampf ein.

Doch Walter hockt weinend in einer Ecke.

Walter ist untröstlich. Er bleibt in seiner Ecke, während ich die Truhen von der Wand ziehe und Camel hervorhole. Es gelingt mir, den alten Mann alleine zu rasieren – normalerweise nimmt diese Aufgabe uns alle drei in Anspruch – und ihn dann in den Bereich vor den Pferdeboxen zu ziehen.

«Ach, komm schon, Walter», sagt Camel. Ich halte ihn

unter den Achseln gepackt, sein nacktes Hinterteil hängt über dem – wie Walter ihn nennt – Honigeimer. «Du hast getan, was du konntest.» Er wirft mir einen Blick über die Schulter zu. «He, lass mich ein bisschen runter, ja? Ich schaukel hier sonst im Durchzug.»

Ich stelle die Füße weiter auseinander, um Camel etwas niedriger und gleichzeitig meinen Rücken gerade zu halten. Normalerweise übernimmt Walter diesen Teil, weil er die richtige Größe hat.

«Walter, ich könnte gut etwas Hilfe gebrauchen», sage ich, während ein Krampf meinen Rücken durchzuckt.

«Schnauze», sagt er.

Wieder sieht Camel zu mir hoch, diesmal mit hochgezogener Augenbraue.

«Schon okay», sage ich.

«Nein, es ist nicht okay», ruft Walter aus der Ecke. «Nichts ist okay! Queenie war alles, was ich hatte. Geht das in deinen Kopf?» Seine Stimme erstirbt zu einem Wimmern. «Sie war alles, was ich hatte.»

Camel bedeutet mir mit einer Handbewegung, dass er fertig ist. Ich schlurfe ein Stückchen weg und lege ihn auf die Seite. «Das kann doch nicht wahr sein», sagt Camel, während ich ihn sauber mache. «Ein junger Bursche wie du hat doch irgendwo wen.»

«Du hast doch keine Ahnung.»

«Hast du nicht irgendwo eine Mutter?», hakt Camel nach.

«Keine, mit der ich was anfangen könnte.»

«So redet man aber nicht», meint Camel.

«Warum zum Teufel nicht? Sie hat mich an diesen Laden verkauft, da war ich vierzehn.» Er schielt zu uns herüber. «Und guckt mich nicht so mitleidig an», blafft er. «Sie war sowieso eine blöde Kuh. Wer braucht die schon.»

«Was meinst du mit ‹verkauft›?», fragt Camel.

«Na, für Farmarbeit bin ich nicht gerade wie geschaffen, oder? Lasst mich doch einfach in Ruhe.» Er schiebt sich herum, sodass er uns den Rücken zudreht.

Ich mache Camels Hose zu, packe ihn unter den Armen und wuchte ihn zurück ins Kabuff. Die Beine hängen schlaff herab, seine Absätze schaben über den Boden.

«Herrje», sagt er, als ich ihn auf die Pritsche bette. «Was für eine Geschichte, hm?»

«Hast du schon Hunger?», frage ich, um das Thema zu wechseln.

«Nee, noch nicht. Aber ein Tröpfchen Whiskey wär hoch-willkommen.» Er schüttelt traurig den Kopf. «Ich hab noch nie von einer so kaltherzigen Frau gehört.»

«Ich kann euch gut hören, wisst ihr», schnauzt Walter. «Und außerdem hast du dazu gar nichts zu sagen, Alter. Wann hast du denn das letzte Mal deinen Sohn gesehen?»

Camel wird blass.

«Hm? Darauf hast du keine Antwort, was?», fährt Walter draußen fort. «So groß ist der Unterschied nicht zwischen dem, was du gemacht hast, und dem, was meine Mutter gemacht hat, oder?»

«Doch, wohl», brüllt Camel. «Ein Riesenunterschied. Und woher willst du verdammt nochmal überhaupt wissen, was ich gemacht hab?»

«Du hast einmal nachts von deinem Sohn erzählt, als du blau warst», sage ich leise.

Camel starrt mich einen Moment lang an. Dann verzieht er das Gesicht. Er hebt eine kraftlose Hand an die Stirn und wendet sich von mir ab. «Scheiße», sagt er. «Oh, Scheiße. Ich wusste nicht, dass ihr es wisst. Das hättet ihr mir sagen sollen.»

«Ich dachte, du erinnerst dich daran», antworte ich.

«Außerdem hat er nicht viel gesagt. Er hat nur gesagt, du bist weggegangen.»

«Nur gesagt?» Camels Kopf fährt herum. «‹Nur gesagt›? Was zum Teufel heißt das? Habt ihr mit ihm gesprochen?»

Ich rutsche an der Wand zu Boden und lege den Kopf auf die Knie. Das sieht nach einer langen Nacht aus.

«Was meinst du mit ‹nur gesagt›?», kreischt Camel. «Ich hab dich was gefragt!»

Ich seufze. «Ja, wir haben mit ihm gesprochen.»

«Wann?»

«Vor einer Weile.»

Er starrt mich verblüfft an. «Warum denn?»

«Wir treffen uns in Providence. Er nimmt dich mit nach Hause.»

«O nein.» Camel schüttelt vehement den Kopf. «Nein, ganz bestimmt nicht.»

«Camel …»

«Warum habt ihr das nur gemacht? Dazu hattet ihr kein Recht!»

«Wir hatten doch keine Wahl!», schreie ich. Ich bremse mich, schließe die Augen und beruhige mich.

«Wir hatten keine Wahl», wiederhole ich. «Wir mussten etwas tun.»

«Ich kann da nicht hin zurück! Du weißt ja nicht, was passiert ist. Die wollen mich nicht mehr.»

Seine Lippen zittern, und er macht den Mund zu. Er dreht den Kopf weg, und dann fangen seine Schultern an zu beben.

«Verdammt.» Durch die offene Tür rufe ich laut: «He, danke, Walter! Du warst echt eine große Hilfe! Wirklich prima gemacht!»

«Verpiss dich!», lautet seine Antwort.

Ich lösche die Kerosinlampe und krabble hinüber zu meiner Pferdedecke. Nachdem ich mich kurz auf das kratzige Material gelegt habe, setze ich mich auf.

«Walter!», rufe ich. «He, Walter! Wenn du nicht zurückkommst, nehme ich die Schlafmatte.»

Keine Antwort.

«Hast du gehört? Ich habe gesagt, ich nehme die Schlafmatte.»

Ich warte ein, zwei Minuten, dann krieche ich durchs Zimmer.

Von Walter und Camel kommen die ganze Nacht über Laute, wie Männer sie machen, die nicht weinen wollen, und ich drücke mir die ganze Nacht über das Kissen auf die Ohren, weil ich die beiden nicht hören will.

Marlenas Stimme weckt mich.

«Klopf, klopf. Darf ich reinkommen?»

Ich öffne schlagartig die Augen. Der Zug hat angehalten, und ich habe es geschafft, das zu verschlafen. Außerdem bin ich erschrocken, weil ich von Marlena geträumt habe und einen Augenblick lang nicht sicher bin, ob ich richtig wach bin.

«Hallo? Jemand zu Hause?»

Ich stütze mich auf einen Ellbogen und sehe zu Camel. Er liegt auf der Pritsche, die Augen angstgeweitet. Die Innentür hat die ganze Nacht offen gestanden. Ich springe auf.

«Einen Moment!» Als ich ihr entgegeneile, schließe ich die Tür hinter mir.

Sie steigt schon in den Wagen. «Ach, hallo», begrüßt sie Walter. Er kauert immer noch in seiner Ecke. «Eigentlich habe ich Sie gesucht. Gehört der Hund nicht Ihnen?»

Walter fährt herum. «Queenie!»

Marlena bückt sich, um sie abzusetzen, aber Queenie strampelt sich schon vorher frei und plumpst zu Boden. Sie krabbelt zu Walter, springt ihm auf den Schoß, leckt ihm das Gesicht ab und wedelt so heftig mit dem Schwanz, dass sie hintenüberfällt.

«O Queenie! Wo warst du nur, du böses, böses Mädchen? Ich habe mir solche Sorgen gemacht, du böses Mädchen!» Walter lässt sich Gesicht und Kopf von ihr ablecken, und Queenie strampelt und wackelt vor Freude.

«Wo war sie?», frage ich Marlena.

«Sie ist neben dem Zug hergelaufen, als wir gestern losgefahren sind», sagt sie, den Blick auf Walter und Queenie gerichtet. «Ich habe sie durchs Fenster gesehen und Auggie rausgeschickt. Er hat sich auf die Plattform gelegt und sie eingesammelt.»

«Das hat August gemacht?», frage ich. «Wirklich?»

«Ja. Und zum Dank hat sie ihn gebissen.»

Walter umschlingt seine Hündin mit beiden Armen und vergräbt das Gesicht in ihrem Fell. Marlena beobachtet die beiden noch einen Moment lang, bevor sie sich zur Tür dreht. «Na, dann gehe ich mal wieder.»

«Marlena.» Ich strecke die Hand nach ihrem Arm aus.

Sie bleibt stehen.

«Danke», sage ich und lasse die Hand sinken. «Du weißt nicht, was ihm das bedeutet. Uns beiden, ehrlich gesagt.»

Sie wirft mir einen kurzen Blick zu, mit einem leicht angedeuteten Lächeln, und sieht dann auf ihre Pferde. «Doch. Doch, ich glaube schon.»

Mir stehen Tränen in den Augen, als sie aus dem Wagen klettert.

«Was sagt man dazu», meint Camel. «Vielleicht hat er ja doch was Menschliches an sich.»

«Wer? August?», fragt Walter. Er beugt sich vor, packt den Griff einer Truhe und zieht sie über den Boden. Wir bringen das Zimmer in Tagesform, wobei Walter allerdings alles in halber Geschwindigkeit tut, weil er Queenie unbedingt im Arm halten muss. «Niemals.»

«Du kannst sie loslassen», sage ich. «Die Tür ist zu.»

«Er hat deinen Hund gerettet», wirft Camel ein.

«Das hätte er nicht gemacht, wenn er gewusst hätte, dass sie mir gehört. Queenie weiß das. Deshalb hat sie ihn gebissen. Ja, das wusstest du, nicht, meine Kleine?» Er zieht ihre Schnauze an sein Gesicht und verfällt in Babysprache. «Ja, Queenie ist ein schlaues Mädchen.»

«Warum glaubst du, er wusste das nicht?», frage ich. «Marlena wusste es.»

«Ich weiß es einfach. Dem alten Shylock ist Menschlichkeit völlig fremd.»

«Pass bloß auf, was du sagst», schreie ich ihn an.

Walter hält inne. «Was? Du bist doch kein Jude, oder? Hör zu, tut mir leid. So war das nicht gemeint. Das war nur ein dummer Spruch», sagt er.

«Ja, allerdings», schreie ich weiter. «Lauter dumme Sprüche, und mir reicht's. Die Artisten klopfen dumme Sprüche über die Arbeiter. Die Arbeiter klopfen dumme Sprüche über die Polen. Die Polen klopfen dumme Sprüche über die Juden. Und Zwerge … sag du's mir, Walter. Hasst du nur Juden und Arbeiter, oder hasst du auch Polen?»

Walter wird rot und sieht zu Boden. «Ich hasse sie nicht. Ich hasse niemanden.» Nach einer Pause fügt er hinzu: «Na gut, August hasse ich wirklich. Aber nur, weil er irre ist und ein Scheißkerl.»

«Dagegen kannst du nichts sagen», krächzt Camel.

Ich blicke zwischen Camel und Walter hin und her. «Nein», seufze ich. «Nein, kann ich wohl nicht.»

In Hamilton steigt die Temperatur auf über dreißig Grad, die Sonne knallt erbarmungslos auf den Zirkusplatz, und die Limonade verschwindet.

Der Mann vom Limonadenstand, der den großen Mischbottich nur ein paar Minuten allein gelassen hat, stürmt zu Onkel Al, in der Überzeugung, dass die Racklos dafür verantwortlich sind.

Onkel Al lässt sie zusammentrommeln. Sie kommen hinter dem Stallzelt und der Menagerie hervor, verschlafen und mit Stroh im Haar. Ich sehe aus einiger Entfernung zu, aber es ist kaum zu übersehen, dass sie recht unschuldig wirken.

Offenbar sieht Onkel Al das anders. Er marschiert auf und ab und brüllt wie Dschingis Khan bei einer Truppeninspektion. Er stellt sich direkt vor sie, blafft sie an, rechnet ihnen die Kosten – die des Einkaufs und die der entgangenen Umsätze – der gestohlenen Limonade vor und kündigt an, dass er ihnen allen den Verlust vom Lohn abziehen wird, wenn das noch einmal vorkommt. Einigen verpasst er noch Schläge auf den Kopf, dann entlässt er sie. Sie schleichen zurück zu ihren Lagern, reiben sich die Köpfe und beäugen einander misstrauisch.

Da in zehn Minuten bereits die Tore geöffnet werden, rühren die Männer vom Limonadenstand schnell eine neue Portion mit Wasser aus den Trögen der Tiere an. Mit einer Strumpfhose, die ein Clown gespendet hat, filtern sie Getreide, Heu und Schnurrhaare heraus, und als sie die Schwimmer hineinwerfen – Zitronenscheiben aus Wachs, die den Eindruck vermitteln sollen, das Gebräu sei tatsächlich irgendwann mit Früchten in Berührung gekommen –, nähert sich schon eine Meute Gadjos der Budengasse. Ich weiß nicht, ob die Strumpfhose sauber war, aber mir fällt auf, dass an diesem Tag keiner, der zur Show gehört, Limonade trinkt.

In Dayton verschwindet die Limonade erneut. Wieder wird eine Mischung mit dem Wasser aus den Trögen angerührt und eingefüllt, direkt bevor die Gadjos hereinströmen.

Als Onkel Al dieses Mal die üblichen Verdächtigen zusammentrommelt, zieht er ihnen nichts vom Lohn ab – ohnehin eine leere Drohung, da seit über acht Wochen keiner von ihnen bezahlt wurde –, sondern nötigt sie, ihm aus den ledernen Beutelchen, die sie um den Hals tragen, jeweils zwei Vierteldollar zu geben. Die murrenden Arbeiter halten das ganz offensichtlich für Halsabschneiderei.

Der Limonadendieb hat die Racklos an einer empfindlichen Stelle getroffen, und jetzt wollen sie etwas unternehmen. In Columbus angekommen, verstecken sich einige neben dem Mischbottich und warten.

Kurz vor der Vorstellung bestellt August mich in Marlenas Garderobenzelt, um mir die Anzeige für einen Schimmel für die Freiheitsdressur zu zeigen. Einer fehlt Marlena, denn zwölf Pferde sind spektakulärer als zehn, und spektakulär zu sein ist alles.

Außerdem glaubt Marlena, dass Boaz Depressionen bekommt, weil er alleine in der Menagerie zurückbleiben muss, während die anderen auftreten. Zumindest behauptet August das, aber ich habe das Gefühl, ich soll hiermit nach meinem Ausbruch im Küchenbau wieder in Gnaden aufgenommen werden. Entweder das, oder August hat beschlossen, seine Freunde nah bei sich zu halten, seine Feinde aber noch näher.

Ich sitze auf einem Klappstuhl, *Billboard* auf dem Schoß und eine Flasche Root Beer in der Hand. Marlena richtet vor dem Spiegel ihr Kostüm, und ich versuche, sie nicht anzustarren. Einmal treffen sich unsere Blicke im Spiegel, ich halte den Atem an, sie errötet, und wir sehen beide woanders hin.

August bekommt davon nichts mit, er knöpft seine Weste zu und plaudert freundlich, als plötzlich Onkel Al hereinstürmt.

Marlena fährt wütend herum. «He – hat dir niemand beigebracht, nicht ohne zu fragen in die Garderobe einer Dame zu platzen?»

Onkel Al beachtet sie gar nicht. Er marschiert direkt auf August zu und stößt ihm einen Finger gegen die Brust.

«Es ist dein gottverdammter Elefant!», schreit er.

August blickt einen Atemzug lang auf den Finger an seiner Brust, bevor er ihn sorgsam zwischen Daumen und Zeigefinger nimmt. Er schiebt Onkel Als Hand zur Seite, zieht ein Taschentuch hervor, schüttelt es aus und wischt sich den Speichel vom Gesicht. «Wie bitte?», fragt er anschließend.

«Es ist dein gottverdammter diebischer Elefant!», schreit Onkel Al, wobei er August wieder mit Spucke vollsprüht. «Sie zieht ihren Pflock raus, geht mit ihm die verdammte Limonade saufen, dann schleicht sie sich wieder zurück und rammt den Pflock in den Boden!»

Marlena schlägt sich eine Hand vor den Mund, aber sie ist nicht schnell genug.

Onkel Al herrscht sie wütend an: «Findest du das lustig? Findest du das etwa lustig?»

Die Farbe weicht aus ihrem Gesicht.

Ich stehe auf und trete vor. «Sie müssen schon zugeben, dass es in gewisser Weise …»

Onkel Al schubst mich mit beiden Händen so kräftig, dass ich nach hinten auf eine Truhe falle.

Dann wendet er sich wieder August zu. «Diese dämliche Elefantenkuh hat mich ein Vermögen gekostet! Ihretwegen konnte ich die Arbeiter nicht bezahlen, musste was unternehmen und habe Ärger mit der verdammten Eisenbahnbehörde bekommen! Und wofür? Das blöde Vieh will nicht auftreten und säuft die Scheiß-Limonade!»

«Al!», wirft August scharf ein. «Pass auf, was du sagst. Ich muss dich wohl daran erinnern, dass eine Dame anwesend ist.»

Onkel Al wirft Marlena einen unbeeindruckten Blick zu.

«Woody rechnet den Verlust zusammen», sagt er zu August. «Den Betrag ziehe ich dir vom Lohn ab.»

«Den hast du schon den Racklos abgenommen», sagt Marlena leise. «Hast du vor, ihnen das Geld zurückzugeben?»

Onkel Al sieht sie mit einem Ausdruck an, der mir so gründlich missfällt, dass ich mich zwischen die beiden stelle. Als er mich ansieht, knirscht er vor Wut mit den Zähnen. Dann dreht er sich um und marschiert hinaus.

«So ein Mistkerl», sagt Marlena. «Ich hätte mich auch gerade umziehen können.»

August steht regungslos da. Dann nimmt er seinen Zylinder und den Elefantenhaken.

Marlena sieht das im Spiegel. «Wohin gehst du?», fragt sie rasch. «August, was hast du vor?»

Er geht auf die Tür zu.

Sie ergreift seinen Arm. «Auggie! Wohin willst du?»

«Ich werde nicht als Einziger für die Limonade bezahlen.» Damit schüttelt er sie ab.

«August, nicht!» Sie umfasst wieder seinen Ellbogen. Dieses Mal versucht sie mit ganzem Körpereinsatz, ihn zurückzuhalten. «August, warte! Um Himmels willen. Sie versteht das doch nicht. Nächstes Mal machen wir sie besser fest ...»

August reißt sich los, und Marlena knallt auf den Boden. Angewidert sieht er sie an. Dann setzt er den Hut auf und wendet sich ab.

«August!», schreit sie. «Nicht!»

Er schiebt die Zelttür auf und verschwindet. Marlena bleibt fassungslos sitzen, wo sie zu Boden gefallen ist. Ich blicke zwischen dem Zelteingang und ihr hin und her.

«Ich gehe ihm nach», sage ich und will zur Tür.

«Nein! Warte!»

Ich bleibe stehen.

«Das würde nichts bringen», sagt sie, ihre Stimme klingt tonlos und dünn. «Du kannst ihn nicht aufhalten.»

«Aber ich kann es verdammt nochmal versuchen. Letztes Mal habe ich nichts unternommen, und das werde ich mir nie verzeihen.»

«Du verstehst das nicht! Du machst es nur noch schlimmer! Jacob, bitte! Du verstehst das nicht.»

Ich wirble zu ihr herum. «Nein! Allerdings nicht! Ich verstehe gar nichts mehr. Kein bisschen. Warum klärst du mich nicht auf?»

Sie reißt die Augen auf, ihre Lippen formen ein O. Dann verbirgt sie das Gesicht in den Händen und bricht in Tränen aus.

Entsetzt falle ich auf die Knie und schließe sie in die Arme. «O Marlena, Marlena …»

«Jacob», flüstert sie in mein Hemd. Sie klammert sich so fest an mich, als würde ich sie davor retten, in einen Abgrund gesogen zu werden.

16
«Ich heiße nicht Rosie, sondern Rosemary. Das wissen Sie doch, Mr. Jankowski.»

Schlagartig komme ich zu mir. Ich blinzle in das unverkennbare, blendende Licht von Neonröhren.

«Hm? Was?» Meine Stimme klingt dünn und quäkig. Eine schwarze Frau beugt sich über mich und mummelt meine Beine ein. Sie hat duftendes, glattes Haar.

«Sie haben mich gerade Rosie genannt. Ich heiße Rosemary», sagt sie und richtet sich auf. «So ist es besser, oder?»

Ich starre sie an. O Gott. Richtig. Ich bin alt. Und ich bin im Bett. Moment mal – ich habe sie Rosie genannt?

«Ich habe geredet? Laut?»

Sie lacht. «Liebe Güte, ja, Mr. Jankowski. Sie haben in einem fort geredet, seit wir aus dem Speisesaal gekommen sind. Wie ein Wasserfall.»

Ich werde rot und schaue auf die verkrümmten Hände, die auf meinem Schoß liegen. Gott weiß, was ich alles erzählt habe, ich weiß nur, woran ich gedacht habe, und selbst das nur im Rückblick – bis ich mich plötzlich hier und jetzt wiedergefunden habe, dachte ich, ich sei dort.

«Was ist denn los?», fragt Rosemary.

«Habe ich … Habe ich etwas … Sie wissen schon, Peinliches gesagt?»

«Himmel, nein! Ich verstehe nicht, warum Sie es den anderen nicht erzählt haben, wo doch alle zum Zirkus gehen. Aber ich wette, Sie haben es gar nicht erwähnt, oder?»

Rosemary betrachtet mich erwartungsvoll. Dann runzelt sie die Stirn. Sie zieht einen Stuhl heran und setzt sich neben mich. «Sie erinnern sich nicht daran, mit mir geredet zu haben, oder?», fragt sie sanft.

Ich schüttle den Kopf.

Sie umfasst meine Hände. Ihre Hände sind warm und straff. «Sie haben nichts gesagt, wofür Sie sich schämen müssten, Mr. Jankowski. Sie sind ein echter Gentleman, und es ist mir eine Ehre, Sie zu kennen.»

Mir steigen Tränen in die Augen, und ich senke den Kopf, damit sie sie nicht sieht.

«Mr. Jankowski …»

«Ich möchte nicht darüber reden.»

«Über den Zirkus?»

«Nein. Über … Verdammt, verstehen Sie denn nicht? Ich wusste gar nicht, dass ich etwas sage. Das ist der Anfang vom Ende. Von jetzt an geht es nur noch bergab, und mein Weg ist sowieso nicht mehr lang. Aber ich hatte so sehr gehofft, bei Verstand zu bleiben!»

«Sie sind doch noch bei Verstand, Mr. Jankowski. Sie sind völlig auf Zack.»

Einen Moment lang sitzen wir schweigend da. «Ich habe Angst, Rosemary.»

«Soll ich mit Dr. Rashid sprechen?», fragt sie.

Ich nicke. Eine Träne fällt mir auf den Schoß. Ich reiße die Augen weit auf, in der Hoffnung, die anderen so aufzuhalten.

«Sie müssen sich erst in einer Stunde fertig machen. Möchten Sie sich etwas ausruhen?»

Erneut nicke ich. Sie tätschelt zum Abschied meine Hand, senkt das Kopfteil meines Bettes und geht. Ich höre im Liegen dem Summen der Lampen zu und betrachte die quadratischen Platten der Zwischendecke, eine breite Fläche zusammengedrückten Popcorns oder fader Reisplätzchen.

Wenn ich ganz ehrlich zu mir bin, gab es bereits Anzeichen dafür, dass ich nachlasse.

Als mich letzte Woche meine Familie besucht hat, habe ich sie nicht erkannt. Allerdings habe ich so getan, als ob – als sie auf mich zukamen und mir klar wurde, dass sie meinetwegen hier waren, lächelte ich und machte die üblichen beschwichtigenden Einwürfe, sagte «o ja» und «du meine Güte», was heutzutage meinen Anteil an den meisten Unterhaltungen ausmacht. Ich dachte, ich schlage mich recht wacker, bis ein merkwürdiger Ausdruck über das Gesicht der Mutter huschte. Sie wirkte entsetzt, ihre Stirn war gerunzelt, und ihr Mund stand leicht offen. In Gedanken spulte ich die letzten Minuten der Unterhaltung zurück und merkte, dass ich das Falsche gesagt hatte, das genaue Gegenteil von dem, was ich hätte sagen sollen. Das war mir schrecklich peinlich, weil ich nichts gegen Isabelle habe, ich kenne sie nur nicht; deshalb fiel es mir so schwer, der Erzählung über ihre katastrophale Tanzvorführung in allen Einzelheiten zu folgen.

Aber dann drehte diese Isabelle sich lachend herum, und in diesem Moment sah ich meine Frau. Das brachte mich fast zum Weinen, und diese Menschen, die ich nicht erkannte, warfen sich scheue Blicke zu und verkündeten bald darauf, sie müssten jetzt gehen, weil Opa seine Ruhe bräuchte. Sie tätschelten mir die Hand und strichen die Decke über meinen Knien glatt, und dann gingen sie. Sie gingen hinaus in die Welt und ließen mich hier zurück. Und ich habe bis heute keinen Schimmer, wer sie waren.

Meine Kinder erkenne ich, verstehen Sie mich nicht falsch – aber das waren nicht meine Kinder. Das sind die Kinder meiner Kinder, und die Kindeskinder, und vielleicht sogar deren Kinder. Habe ich ihnen als Babys zugegurrt? Habe ich sie auf meinem Knie wippen lassen? Ich habe drei Söhne und zwei Töchter, ein richtiges Full House, und sie haben sich alle nicht gerade zurückgehalten. Multiplizieren Sie fünf mit vier und nochmal mit fünf, dann ist es kein Wunder mehr, wenn ich vergesse, wo manche von ihnen hingehören. Auch ist es nicht gerade hilfreich, dass sie sich abwechseln mit den Besuchen. Selbst wenn ich mir eine

Gruppe einprägen kann, kommt sie wahrscheinlich erst acht oder neun Monate später wieder, und bis dahin habe ich alles vergessen, was ich vielleicht einmal wusste.

Was heute passiert ist, war allerdings etwas ganz anderes, und es war viel, viel erschreckender.

Was in Gottes Namen habe ich gesagt?

Ich schließe die Augen und tauche in die abgelegenen Winkel meines Verstandes ein. Sie sind undeutlich geworden. Mein Gehirn ist wie ein Universum, dessen Gase an den Rändern immer flüchtiger werden. Aber es löst sich nicht im Nichts auf. Da draußen ist etwas, das spüre ich, und es lauert gerade außerhalb meiner Reichweite – Gott steh mir bei, ich gleite wieder auf diesen weit offenen Schlund zu.

17 Während August Rosie Gott weiß was antut, kauern Marlena und ich in ihrem Garderobenzelt im Gras, wie zwei Äffchen klammern wir uns aneinander. Ich sage kaum etwas, sondern drücke nur ihren Kopf gegen meine Brust, während sie mir hastig flüsternd ihre Geschichte erzählt.

Sie erzählt davon, wie sie August kennengelernt hat – sie war siebzehn, und ihr war gerade aufgegangen, dass die Junggesellen, die in letzter Zeit reihenweise bei ihnen zu Abend gegessen hatten, ihr als potenzielle Ehemänner vorgestellt wurden. Als ein Bankangestellter in mittleren Jahren mit fliehendem Kinn, schütterem Haar und dürren Fingern ein Mal zu häufig zum Essen erschien, hatte sie das Gefühl, dass rings um sie die Türen zu ihrer Zukunft zuschlugen.

Doch gerade als der Bankangestellte etwas näselte, das

Marlena erblassen und entsetzt in ihre Muschelsuppe starren ließ, wurde die ganze Stadt mit Zirkusplakaten zugepflastert. Das Schicksal nahm seinen Lauf. BENZINIS SPEKTAKULÄRSTE SHOW DER WELT zuckelte in genau diesem Moment auf sie zu, im Gepäck eine sehr reale Phantasie und für Marlena einen Ausweg, der sich als ebenso romantisch wie schrecklich herausstellen sollte.

Zwei Tage danach unternahm die Familie L'Arche bei schönstem Sonnenschein einen Ausflug zum Zirkus. Marlena stand im Menageriezelt vor einer Reihe atemberaubender schwarzer und weißer Araber, als August sie ansprach. Ihre Eltern waren schon zu den Raubkatzen weitergegangen, sie ahnten nichts von der Macht, die gerade in ihr Leben trat.

August war eine echte Naturgewalt, charmant, umgänglich und höllisch gut aussehend. In seinem makellosen Aufzug aus strahlend weißen Reithosen, Zylinder und Frack verströmte er sowohl Autorität als auch unwiderstehliches Charisma. Innerhalb weniger Minuten hatte er die Zusage für ein weiteres Treffen erhalten und verschwand, bevor sich das Ehepaar L'Arche wieder zu seiner Tochter gesellte.

Als sie ihn später in einer Kunstgalerie wiedertraf, machte er ihr ernsthaft den Hof. Er war zwölf Jahre älter als sie und auf eine Weise bezaubernd, wie es nur ein Stallmeister sein kann. Noch bevor dieses Treffen zu Ende ging, hielt er um ihre Hand an.

Er war charmant und hartnäckig. Er weigerte sich weiterzureisen, bevor sie ihn geheiratet hatte. Er unterhielt sie mit Geschichten darüber, wie verzweifelt Onkel Al war, und Onkel Al selbst legte ein gutes Wort für August ein. Sie hatten bereits zwei Stationen ausgelassen. Ein Zirkus konnte nicht überleben, wenn er seine Route über den Haufen warf. Natürlich war das ein wichtiger Schritt, aber sie verstand doch sicher, welchen Einfluss es auf den Zirkus hatte und dass unzählige Schicksale davon abhingen, dass sie die richtige Entscheidung traf.

Die siebzehnjährige Marlena stellte sich drei weitere Abende lang ihre Zukunft in Boston vor, am vierten packte sie einen Koffer.

Als sie an diesen Punkt ihrer Geschichte gelangt, zerfließt sie in Tränen. Ich halte sie noch immer in den Armen und wiege sie vor und zurück. Irgendwann löst sie sich von mir und wischt sich über die Augen.

«Geh lieber», sagt sie.

«Ich will nicht gehen.»

Wimmernd streckt sie den Arm aus, um mir mit dem Handrücken über die Wange zu streichen.

«Ich möchte dich wiedersehen», sage ich.

«Du siehst mich doch jeden Tag.»

«Du weißt, was ich meine.»

Sie schweigt lange. Mit gesenktem Blick öffnet sie mehrmals den Mund, bevor sie schließlich sagt: «Ich kann nicht.»

«Marlena, um Himmels willen …»

«Ich kann einfach nicht. Ich bin verheiratet. Wie man sich bettet, so liegt man. Jetzt muss ich damit leben.»

Ich knie vor ihr und suche in ihrem Gesicht nach einem Zeichen, dass ich bleiben soll. Nach qualvollem Warten wird mir klar, dass ich keines finden werde.

Ich drücke ihr einen Kuss auf die Stirn und gehe.

Nach nicht einmal vierzig Schritten weiß ich mehr als genug darüber, wie Rosie für die Limonade bezahlen musste.

Offenbar ist August in die Menagerie gestürmt und hat alle hinausgeworfen. Die verblüfften Menageriearbeiter und ein paar andere Männer pressten von draußen die Ohren an die Nähte des großen Zelts und hörten, wie drinnen das

Wutgeschrei losbrach. Das versetzte die anderen Tiere in Panik – die Schimpansen kreischten, die Katzen brüllten, und die Zebras bellten. Trotzdem hörten die bestürzten Zuhörer noch das dumpfe Geräusch, mit dem der Elefantenhaken wieder und wieder und wieder auf Fleisch schlug.

Zuerst brüllte und wimmerte Rosie. Als sie anfing, schrill zu quietschen, wandten sich viele der Männer ab, weil sie es nicht länger ertragen konnten. Einer von ihnen rannte los, um Earl zu holen, der dann in die Menagerie ging und August regelrecht herauszerrte. August wehrte sich und trat um sich, während Earl ihn über den Zirkusplatz und in sein Privatabteil schleppte.

Die anderen fanden Rosie zitternd auf der Seite liegen, den Fuß noch immer an einen Pflock gekettet.

«Ich hasse diesen Kerl», sagt Walter, als ich in den Pferdewagen steige. Er sitzt auf der Pritsche und streichelt Queenie die Ohren. «Ich hasse ihn abgrundtief.»

«Erzählt mir mal jemand, was los ist?», ruft Camel aus seinem Truhenversteck. «Ich merk doch, dass was war. Jacob? Tu mir den Gefallen. Walter sagt nichts.»

Ich antworte nicht.

«Es gab keinen Grund, dermaßen brutal zu sein. Überhaupt keinen», fährt Walter fort. «Außerdem hätte er fast eine Stampede ausgelöst. Dabei hätten wir alle draufgehen können. Warst du da? Hast du es gehört?»

Unsere Blicke treffen sich. «Nein.»

«Also ich wüsste wirklich gerne, worüber zum Geier ihr da redet», sagt Camel. «Aber ich zähle hier ja wohl nicht. He, ist nicht Zeit fürs Abendessen?»

«Ich habe keinen Hunger», sage ich.

«Ich auch nicht», meint Walter.

«Na, ich aber», grummelt Camel. «Aber daran habt ihr

bestimmt nicht gedacht. Und bestimmt habt ihr einem alten Mann nicht mal ein Stück Brot mitgebracht.»

Walter und ich sehen uns an. «Ich war da», sagt er mit vorwurfsvollem Blick. «Willst du wissen, was ich gehört habe?»

«Nein.» Ich sehe Queenie an, die meinen Blick erwidert und mit ihrem Stummelschwanz auf die Decke trommelt.

«Sicher?»

«Sicher.»

«Dachte, das interessiert dich vielleicht, wo du doch hier der Tierarzt bist.»

«Es interessiert mich auch», sage ich laut. «Aber ich habe Angst vor dem, was ich dann vielleicht tue.»

Walter betrachtet mich lange. «Wer holt dem alten Knacker was zu futtern, du oder ich?»

«He! Bloß nicht frech werden!», ruft der alte Knacker.

«Ich gehe», antworte ich.

Auf halbem Weg zum Küchenbau merke ich, dass ich mit den Zähnen knirsche.

Als ich mit Camels Essen zurückkomme, ist Walter verschwunden. Wenig später taucht er wieder auf, in jeder Hand eine große Flasche Whiskey.

«Ach, Gott segne dich», kichert Camel, der aufrecht in einer Ecke sitzt. Er deutet mit einer schlaffen Hand auf Walter. «Wo zum Henker hast du die denn aufgetrieben?»

«Ein Freund aus dem Speisewagen war mir noch was schuldig. Ich dachte, ein bisschen Vergessen tut uns heute allen gut.»

«Na dann los», sagt Camel. «Red nicht lange rum – her damit.»

Wie auf Kommando sehen wir ihn beide streng an.

Camel legt das Gesicht in noch tiefere Falten. «Ach herrje, was habt ihr denn für miese Laune. Was ist los? Hat euch einer in die Suppe gespuckt?»

«Hier. Ignorier ihn einfach», sagt Walter und drückt mir eine Flasche Whiskey gegen die Brust.

«Was soll das heißen, ignorier ihn einfach? Zu meiner Zeit hat man den Kindern noch beigebracht, ältere Leute zu respektieren.»

Anstelle einer Antwort geht Walter mit der anderen Flasche hinüber und kniet sich neben Camel. Als der nach der Flasche greift, schubst Walter seine Hand weg.

«Vergiss es, Alter. Wenn du ihn verschüttest, haben wir alle drei miese Laune.»

Er hält Camel die Flasche an den Mund, während der alte Mann fünf-, sechsmal schluckt. Er sieht aus wie ein Baby, das die Flasche bekommt. Walter dreht sich auf dem Absatz um und lehnt sich gegen die Wand. Dann nimmt er selbst einen langen Zug.

«Was ist los, ist der Whiskey nichts für dich?», fragt er, wischt sich über den Mund und deutet auf die geschlossene Flasche in meiner Hand.

«Doch, schon. Hör mal, ich habe kein Geld, deshalb weiß ich nicht, wann ich das wiedergutmachen kann, oder ob überhaupt, aber kann ich die hier haben?»

«Ich hab sie dir doch schon gegeben.»

«Nein, ich meine … kann ich sie jemandem geben?»

Walter mustert mich und kneift die Augen zusammen. «Einer Frau, oder?»

«Nein.»

«Du lügst.»

«Nein, tue ich nicht.»

«Ich wette fünf Mücken, dass es um eine Frau geht», sagt er und nimmt noch einen Schluck. Sein Adamsapfel hüpft auf und ab, und der Pegel des bräunlichen Getränks sinkt um gut zwei Zentimeter. Es ist erstaunlich, wie schnell er und Camel sich Hochprozentiges hinter die Binde kippen können.

«Weiblich ist sie schon», sage ich.

«Ha!», schnaubt Walter. «Das lass sie lieber nicht hören. Aber egal, wer oder was sie ist, es ist auf jeden Fall besser als das Mädchen, um das deine Gedanken sonst so kreisen.»

«Ich habe einiges wiedergutzumachen», sage ich und übergehe seine Anspielung. «Ich habe sie heute im Stich gelassen.»

Plötzlich versteht Walter.

«Wie wär's mit noch 'nem bisschen?», wirft Camel verstimmt ein. «Vielleicht will er ja nichts, aber ich schon. Kann schon verstehen, dass der Bursche was erleben will. Man ist ja nur einmal jung. Man muss es sich holen, solange es geht, sag ich immer. Genau, hol's dir, solange es geht. Auch wenn es dich 'ne Flasche Schnaps kostet.»

Walter lächelt. Er hält Camel die Flasche noch einmal an den Mund und lässt ihn mehrere tiefe Schlucke trinken. Dann dreht er sie zu, beugt sich vor, ohne aufzustehen, und hält sie mir hin.

«Nimm ihr die auch mit. Sag ihr, dass es auch mir leidtut. Sehr leid sogar.»

«He!», ruft Camel. «Keine Frau ist zwei Flaschen Whiskey wert! Kommt schon!»

Ich stehe auf und stecke die Flaschen in meine Jackentaschen.

«Och, kommt schon!», fleht Camel. «Das ist nicht fair.»

Seine Bitten und Beschwerden verfolgen mich, bis ich außer Hörweite bin.

Es dämmert, und in mehreren Artistenabteilen laufen bereits Partys, unter anderem auch in Marlenas und Augusts Wagen. Ich wäre nicht hingegangen, aber es ist bezeichnend, dass ich nicht eingeladen wurde. August und ich sind wohl wieder auf Abstand gegangen. Genauer gesagt: Da ich ihn bereits mehr hasse, als ich jemals irgendwen anders gehasst habe, müsste es wohl heißen, dass er wieder auf Abstand zu mir gegangen ist.

Rosie ist hinten in der Menagerie, und als meine Augen sich an das Dämmerlicht gewöhnt haben, erkenne ich, dass jemand neben ihr steht. Es ist Greg, der Mann aus dem Kohlkopfbeet.

«He», begrüße ich ihn.

Er wendet mir den Kopf zu. In der Hand hält er eine Tube mit Zinksalbe, die er auf Rosies durchlöcherte Haut tupft. Allein auf dieser Seite sind mehrere Dutzend weißer Flecken.

«Großer Gott», sage ich. Blutstropfen und Histamin quellen unter dem Zink hervor.

Sie blickt mich aus ihren bernsteinfarbenen Augen an. Dann blinzelt sie mit ihren unglaublich langen Wimpern und stößt durch ihren enormen Rüssel einen langgezogenen, rasselnden Seufzer aus.

Ich fühle mich so schuldig.

«Was willst du?», knurrt Greg.

«Ich wollte sehen, wie es ihr geht.»

«Das siehst du doch wohl, oder? Wenn sonst nichts ist …» Damit will er mich fortschicken und wendet sich wieder Rosie zu. «*Nogę*», sagt er. «*No, daj nogę!*»

Einen Moment später hebt sie einen Fuß hoch und hält ihn vor sich. Greg kniet sich hin, um etwas Salbe unter ihre Achsel zu tupfen, direkt vor ihre sonderbare, graue Brust, die wie beim Menschen oben am Brustkorb sitzt.

«*Jesteś dobrą dziewczynką*», sagt er, steht auf und schraubt die Tube zu. «*Połóż nogę.*»

Rosie stellt den Fuß auf den Boden. «*Masz, moja piękna*», sagt er und greift in seine Tasche. Sie schwingt neugierig ihren Rüssel herum. Er holt ein Pfefferminz hervor, wischt die Flusen ab und hält ihn ihr hin. Sie nimmt es ihm geschickt aus den Fingern und steckt ihn sich ins Maul.

Ich bin wie vom Donner gerührt, ich glaube, mir steht sogar der Mund offen. Innerhalb von zwei Sekunden überschlagen sich meine Gedanken, von ihrem Widerwillen zu arbeiten über ihren früheren Besitzer, mit dem sie durch die Gegend getingelt ist, und den Diebstahl der Limonade bis hin zum Kohlkopfbeet.

«Herr im Himmel», sage ich.

«Was ist?», fragt Greg, der ihr den Rüssel streichelt.

«Sie versteht dich.»

«Ja, und?»

«Was meinst du mit ‹ja, und›? Mein Gott, hast du eine Ahnung, was das heißt?»

«Jetzt mal schön langsam», sagt Greg, als ich auf Rosie zugehe. Er drängt sich mit grimmiger Miene zwischen uns.

«Lass mich mal», sage ich. «Bitte. Ich will ihr nun wirklich ganz bestimmt nicht wehtun.»

Er lässt mich nicht aus den Augen. Ich bin nicht ganz sicher, ob er mir nicht hinterrücks eins überbrät, aber ich wende mich trotzdem Rosie zu. Sie blinzelt mich an.

«Rosie, *nogę!*», sage ich.

Sie blinzelt erneut und öffnet das Maul zu einem Lächeln.

«*Nogę*, Rosie!»

Sie wedelt mit den Ohren und seufzt.

«*Proszę?*»

Wieder seufzt sie. Dann verlagert sie das Gewicht und hebt den Fuß an.

«Heilige Mutter Gottes.» Ich höre meine Stimme, als stünde ich außerhalb meines Körpers. Mein Herz hämmert, alles dreht sich. «Rosie», sage ich und lege ihr eine Hand auf die Schulter. «Nur eines noch.» Ich blicke ihr direkt in die Augen, ich flehe sie an. Sicher weiß sie, wie wichtig das ist. Bitte, Gott, bitte, bitte …

«*Do tyłu, Rosie! Do tyłu!*»

Wieder seufzt sie, wieder verlagert sie das Gewicht, dann geht sie ein paar Schritte zurück.

Mit einem Freudenschrei drehe ich mich zum völlig überraschten Greg um. Ich springe vor, packe ihn bei den Schultern und drücke ihm einen Kuss auf den Mund.

«Zum Teufel auch!»

Ich laufe Richtung Ausgang. Nach fünf Metern bleibe ich stehen und drehe mich um. Greg spuckt aus und wischt sich angewidert den Mund ab.

Als ich allerdings die Flaschen hervorhole, wirkt er plötzlich interessiert, auch wenn er sich den Handrücken noch immer auf den Mund presst.

«Hier, fang auf!», rufe ich und werfe ihm eine Flasche zu. Er schnappt sie, sieht sich das Etikett an und beäugt hoffnungsvoll die andere. Ich werfe ihm auch die zweite zu.

«Gib die unserem neuen Star, in Ordnung?»

Greg legt nachdenklich den Kopf schief und dreht sich zu Rosie um, die bereits lächelnd nach den Flaschen greift.

Während der nächsten zehn Tage spiele ich Augusts höchstpersönlichen Polnischlehrer. In jeder Stadt lässt er auf dem hinteren Teil des Platzes eine Probemanege aufbauen, und jeden Tag arbeiten wir – August, Marlena, Rosie und ich – in der Zeit zwischen unserer Ankunft in der Stadt und dem Beginn der Matinee an Rosies Nummer. Obwohl sie bereits am täglichen Umzug und der Parade teilnimmt, hat sie ihren Auftritt während der Vorstellung noch vor sich. Das Warten bringt Onkel Al zwar fast um, aber August möchte nichts über die Nummer verraten, bevor sie perfekt ist.

An diesen Tagen sitze ich auf einem Stuhl direkt neben der Piste, in einer Hand ein Messer und einen Eimer zwischen den Knien, schneide Obst und Gemüse für die Primaten klein und rufe August bei Bedarf polnische Befehle zu. Sein Akzent ist schauderhaft, aber Rosie gehorcht tadellos – vielleicht, weil August meist etwas wiederholt, das ich gerade gerufen habe. Er hat sie nicht mehr mit dem Elefantenhaken angerührt, seit wir das Sprachproblem entdeckt haben. Er geht nur neben ihr her und schwenkt ihn unter ihrem Bauch und zwischen ihren Beinen, aber niemals, kein einziges Mal, berührt er sie damit.

Es fällt schwer, diesen August mit dem anderen in Einklang zu bringen, und ehrlich gesagt gebe ich mir keine große Mühe. Diesen August – heiter, umgänglich, großzügig – habe ich schon kennengelernt, aber ich weiß, wozu er fähig ist, und das vergesse ich nicht. Die anderen können denken, was sie wollen, aber ich glaube keinen Moment lang, dass dies der wahre August ist und der andere die Ausnahme. Aber ich kann nachvollziehen, warum sie sich täuschen lassen …

Er ist reizend. Er ist überaus charmant. Er strahlt wie der helle Sonnenschein. Er überschüttet das riesige, wolkengraue Tier und seine zierliche Reiterin mit Aufmerksamkeit – von unserem Treffen morgens bis zum Umzug am Nachmittag. Marlena gegenüber ist er aufmerksam und zärtlich, freundlich und väterlich zu Rosie.

Trotz meiner Zurückhaltung scheint ihm nicht bewusst zu sein, dass es jemals böses Blut zwischen uns gab. Er strahlt mich an; er klopft mir auf die Schulter. Ihm fällt auf, dass

meine Kleidung schäbig aussieht, und am gleichen Nachmittag bringt der Montagsmann mir neue. Er verkündet,
der Tierarzt der Show solle sich nicht mit kaltem Wasser
aus Eimern waschen müssen, und lädt mich ein, im Privatabteil zu duschen. Und als er herausfindet, dass Rosie Gin
und Ginger Ale lieber mag als alles andere, bis vielleicht auf
Wassermelonen, sorgt er dafür, dass sie beides bekommt,
und zwar täglich. Er schmiegt sich an sie. Er flüstert ihr
ins Ohr, und sie sonnt sich in seiner Aufmerksamkeit und
trompetet fröhlich, wenn sie ihn sieht.

Hat sie denn alles vergessen?

Ich beobachte ihn genau, ich suche nach Schwachstel-
len, aber der neue August hält sich. Es dauert nicht lange,
bis sein Optimismus alle ansteckt. Er überträgt sich sogar
auf Onkel Al, der jeden Tag vorbeikommt, um zu sehen,
welche Fortschritte wir gemacht haben. Nach einigen Tagen
bestellt Al neue Plakate, auf denen Marlena auf Rosies Kopf
sitzt. Er hört auf, Leute zu prügeln, und wenig später hören
die Leute auf, sich vor ihm zu ducken. Er wirkt regelrecht
vergnügt. Gerüchte sind im Umlauf, dass es am Zahltag
tatsächlich Geld geben wird, und sogar die Arbeiter lächeln
gelegentlich.

Erst als ich mitbekomme, wie Rosie unter Augusts liebe-
voller Behandlung regelrecht schnurrt, fängt meine Überzeugung an zu bröckeln. Und was mir dann stattdessen vor
Augen steht, ist abscheulich.

Vielleicht lag es an mir. Vielleicht wollte ich ihn hassen,
weil ich in seine Frau verliebt bin, und wenn das stimmt,
was für ein Mensch bin ich dann?

In Pittsburgh gehe ich endlich zur Beichte. Ich breche im
Beichtstuhl zusammen und schluchze wie ein Baby, während ich dem Pfarrer von meinen Eltern erzähle, meiner

Nacht der Ausschweifungen und meinen Gedanken an Ehebruch. Der einigermaßen schockierte Geistliche murmelt «Na, na, schon gut», trägt mir auf, den Rosenkranz zu beten und Marlena zu vergessen. Ich schäme mich zu sehr, um zuzugeben, dass ich keinen Rosenkranz besitze, und frage später Walter und Camel, ob sie einen haben. Walter bedenkt mich mit einem merkwürdigen Blick, und Camel bietet mir eine Kette aus grünen Elchzähnen an.

Ich bin mir völlig im Klaren über Walters Ansichten. Er hasst August noch immer maßlos, und obwohl er nichts sagt, weiß ich genau, was er von meinem Meinungswandel hält. Wir sorgen weiterhin gemeinsam für Camel, aber wir drei tauschen während der langen Nächte unterwegs keine Geschichten mehr aus. Stattdessen liest Walter Shakespeare, während Camel sich betrinkt, schlechte Laune bekommt und immer anspruchsvoller wird.

In Meadville beschließt August, der richtige Moment sei gekommen.

Als er die gute Nachricht verkündet, ist Onkel Al sprachlos. Er schlägt sich mit der Hand an die Brust und lenkt den tränenverschleierten Blick himmelwärts. Sein Gefolge duckt sich, als Al ausholt, um August an der Schulter zu packen. Mit einer männlichen Geste schüttelt er ihn einmal durch, und da er offenbar zu überwältigt ist, um etwas zu sagen, schüttelt er ihn noch einmal.

Ich untersuche gerade einen gespaltenen Huf im Schmiedezelt, als August mich rufen lässt.

«August?» Ich halte den Kopf direkt vor den Eingang von Marlenas Garderobenzelt. Er bauscht sich leicht auf und flattert im Wind. «Du wolltest mich sehen?»

«Jacob!», ruft er mit dröhnender Stimme. «Wie schön,

dass du kommen konntest! Komm doch rein! Nur herein, mein Junge!»

Marlena sitzt in ihrem Kostüm am Schminktisch. Sie stützt einen Fuß auf die Tischkante, während sie sich das lange, pinkfarbene Band eines Schläppchens um den Knöchel bindet. August sitzt mit Zylinder und Frack neben ihr. Er wirbelt einen Stock mit silberner Spitze herum. Der Griff ist gebogen, wie bei einem Elefantenhaken.

«Bitte, setz dich», sagt er, steht auf und klopft auf die Sitzfläche seines Stuhls.

Den Bruchteil einer Sekunde lang zögere ich, dann durchquere ich das Zelt. Sobald ich mich gesetzt habe, stellt August sich vor uns. Ich werfe Marlena einen Blick zu.

«Marlena, Jacob – mein teuerster Liebling, und mein teuerster Freund», sagt August und setzt mit feuchten Augen den Zylinder ab. «Die vergangene Woche war in so vielfältiger Hinsicht erstaunlich. Ich glaube, man kann sie ohne Übertreibung eine Pilgerfahrt der Seele nennen. Vor gerade einmal zwei Wochen stand diese Show am Rande des Ruins. Ihr Überleben – und, wie ich bei unserem finanziellen Klima wohl behaupten kann, das Leben selbst, das nackte Leben! – von jedem hier bei der Show waren in Gefahr. Und wollt ihr wissen, warum?» Mit leuchtenden Augen blickt er von mir zu Marlena und wieder zurück.

«Warum?», fragt Marlena gehorsam, hebt das andere Bein und wickelt sich das breite Satinband um den Knöchel.

«Weil wir uns verschuldet haben, indem wir ein Tier kauften, das unsere Show retten sollte. Und weil wir auch einen Waggon kaufen mussten, um es unterzubringen. Und weil wir dann herausfanden, dass dieses Tier offenbar nichts kann, aber alles frisst. Und weil wir, um sie zu versorgen, unsere Angestellten nicht mehr versorgen konnten und uns von einigen trennen mussten.»

Bei dieser dunklen Anspielung auf das Aussteigen bei Rot blicke ich scharf auf, aber August starrt die Wand neben mir an. Er schweigt so lange, dass es unangenehm wird, beinahe, als hätte er uns vergessen. Mit einem Mal kommt er wieder zu sich.

«Doch wir wurden gerettet», fährt er mit liebevollem Blick auf mich fort, «und der Grund für unsere Rettung ist ein doppelter Segen. Das Schicksal war uns an jenem Julitag gnädig, an dem es Jacob in unseren Zug geführt hat. Es hat uns nicht nur einen Tierarzt mit einer Eliteausbildung geschenkt – einen Tierarzt, wie er einer großen Show wie der unseren zusteht –, sondern auch einen Mann, der seinen Schützlingen so treu ergeben ist, dass er eine erstaunliche Entdeckung gemacht hat. Eine Entdeckung, die unsere Show schließlich gerettet hat.»

«Nein, wirklich, ich habe nur …»

«Keinen Ton, Jacob. Du darfst das nicht abstreiten. Ich hatte bei dir so ein Gefühl, gleich als ich dich zum ersten Mal sah. Nicht wahr, Liebling?» August wendet sich an Marlena und wackelt mit einem Finger.

Sie nickt. Nachdem sie das zweite Schläppchen zugebunden hat, nimmt sie den Fuß vom Schminktisch und schlägt die Beine übereinander. Sofort fängt ihr Fuß an zu wippen.

August lässt den Blick auf ihr ruhen. «Aber Jacob hat nicht alleine gearbeitet», fährt er fort. «Du, mein wunderschöner, talentierter Liebling, warst großartig. Und Rosie auch – denn gerade sie darf bei dieser Gleichung nicht vergessen werden. Sie ist so geduldig, so bereitwillig, so …» Er stockt, dann holt er so tief Luft, dass sich seine Nasenflügel aufblähen. Als er weiterspricht, überschlägt sich seine Stimme. «Denn sie ist ein schönes, prachtvolles Geschöpf voller Vergebung, das ein Missverständnis als solches erkennen kann. Dank euch dreien wird *Benzinis Spektakulärste Show der Welt* zu neuer Größe gelangen. Wir steigen wahrhaftig in die Liga der großen Shows auf, und das wäre ohne euch nicht möglich gewesen.»

Er strahlt uns an, seine Wangen sind so gerötet, dass ich fürchte, er könnte gleich in Tränen ausbrechen.

«Ach, das hätte ich beinahe vergessen», ruft er und klatscht in die Hände. Er läuft zu einer Truhe, die er durchwühlt, um anschließend zwei kleine Schachteln herauszuholen. Eine ist würfelförmig, die andere rechteckig und flach. Beide sind in Geschenkpapier eingeschlagen.

«Für dich, mein Liebling», sagt er und reicht Marlena das flache Päckchen.

«O Auggie! Das wäre doch nicht nötig gewesen!»

«Freu dich nicht zu früh!», sagt er lächelnd. «Vielleicht ist darin ein Schreibset.»

Marlena reißt das Geschenkpapier ab, unter dem eine blaue Samtschachtel zum Vorschein kommt. Sie sieht unsicher zu ihm auf, dann öffnet sie den Deckel. Auf dem roten Satinfutter glitzert ein Diamantcollier.

«O Auggie», sagt sie. Mit gerunzelter Stirn blickt sie zu ihm auf. «Auggie, es ist wunderschön. Aber das können wir uns doch nicht leisten …»

«Psst», macht er und beugt sich vor, um ihre Hand zu ergreifen. Er drückt ihr einen Kuss auf die Handfläche. «Heute Abend bricht eine neue Ära an. Für heute Abend ist nur das Beste gut genug.»

Überwältigt nimmt sie das Collier in die Hand und lässt es von ihren Fingern baumeln.

Dann reicht August mir die würfelförmige Schachtel.

Ich entferne das Geschenkband und schlage vorsichtig das Papier zurück. Das Kästchen darin ist ebenfalls mit blauem Samt bezogen. Mir sitzt ein Kloß in der Kehle.

«Na los», fordert August ungeduldig. «Mach's auf! Nur nicht schüchtern!»

Der Deckel schnappt mit einem Klack auf. Vor mir liegt eine goldene Taschenuhr.

«August ...», sage ich.

«Gefällt sie dir?»

«Sie ist wunderschön. Aber ich kann sie nicht annehmen.»

«Doch, natürlich kannst du. Und du wirst!», sagt er, ergreift Marlenas Hand und zieht sie hoch. Er nimmt ihr das Collier ab.

«Nein, ich kann nicht», wiederhole ich. «Das ist eine wunderbare Geste. Aber es ist zu viel.»

«Du kannst, und du wirst», entgegnet er mit Nachdruck. «Ich bin nun mal dein Boss, und dies ist ein direkter Befehl. Aus welchem Grund solltest du sie auch nicht annehmen? Ich glaube mich erinnern zu können, dass du vor nicht allzu langer Zeit eine für einen Freund weggegeben hast.»

Ich schließe fest die Augen. Als ich sie wieder öffne, steht Marlena mit dem Rücken zu August und hält ihr Haar hoch, während er ihr das Collier umlegt.

«So», sagt er.

Sie wirbelt herum und beugt sich vor ihren Schminkspiegel. Dann greift sie zögerlich nach den Diamanten an ihrem Hals.

«Es gefällt dir also?», fragt er.

«Ich weiß gar nicht, was ich sagen soll. Das ist das schönste ... Oh!», ruft sie. «Das hätte ich beinahe vergessen! Ich habe auch eine Überraschung.»

Sie zieht die dritte Schublade an ihrem Schminktisch auf und durchwühlt sie. Dabei wirft sie hauchzarte Kostümteile beiseite, bevor sie ein enormes, rosaglitzerndes Etwas hervorholt. Sie hält es an den Rändern fest und schüttelt es ein wenig, sodass es tausendfach funkelt.

«Und, was sagst du? Wie findest du es?», fragt sie strahlend.

«Es ist … Es ist … Was ist das?», fragt August.

«Ein Kopfschmuck für Rosie», antwortet sie, klemmt das rosa Teil unter dem Kinn fest und breitet den Rest vor sich aus. «Siehst du? Hier macht man ihn hinten am Halfter fest, diese Teile sind für die Seite, und dieser Teil liegt auf ihrer Stirn. Ich habe ihn selbst gemacht. Zwei Wochen habe ich dafür gebraucht. Und er passt zu meinem.» Als sie aufblickt, glühen ihre Wangen.

August starrt sie an. Er bewegt die Lippen, bringt aber keinen Ton heraus. Dann streckt er die Arme aus und drückt sie an sich.

Ich muss den Blick abwenden.

Dank Onkel Als überragender Werbetechniken ist das Chapiteau gerammelt voll. Bei den vielen verkauften Eintrittskarten muss Onkel Al die Besucher viermal ersuchen, näher zusammenzurücken, und trotzdem zeichnet sich ab, dass der Platz nicht reichen wird.

Die Racklos sollen Stroh auf der Pferdebahn verstreuen. Um die Besucher währenddessen zu unterhalten, gibt das Orchester ein Konzert, und die Clowns, Walter eingeschlossen, laufen durch die Reihen, verteilen Süßigkeiten und tätscheln die Köpfe der Kleinen.

Die Artisten und Tiere stehen hinten für die Parade bereit. Nach zwanzig Minuten Warten sind sie unruhig.

Onkel Al stürmt durch den Hintereingang des Chapiteaus. «Okay, Leute, hört zu», ruft er. «Wir haben heute Abend einen Strohboden, also bleibt auf der inneren Spur und sorgt dafür, dass eure Tiere mindestens anderthalb Meter von den Gadjos wegbleiben. Wenn auch nur ein Kind niedergetrampelt wird, dann peitsche ich höchstpersönlich denjenigen aus, zu dem das Tier gehört. Alles klar?»

Nicken, Murmeln, weiteres Zurechtzupfen der Kostüme.

Onkel Al steckt den Kopf wieder in das Chapiteau, um dem Kapellmeister ein Zeichen zu geben. «In Ordnung. Los jetzt! Haut sie um! Oder besser nicht. Ihr wisst schon, was ich meine.»

Kein einziges Kind wird niedergetrampelt. Genauer gesagt ist jeder Einzelne brillant, allen voran Rosie. Angetan mit dem rosafarbenen Paillettenschmuck, trägt sie Marlena während der Parade mit erhobenem Rüssel auf ihrem Kopf. Der Clown vor ihr, ein schlaksiger Kerl, schlägt abwechselnd Rückwärtssalti und Räder. Einmal schnappt Rosie sich seine Hose. Sie zieht so kräftig, dass er vom Boden abhebt. Wütend dreht er sich um und sieht sich einem lächelnden Elefanten gegenüber. Die Menge pfeift und applaudiert, aber von da an hält der Clown Abstand.

Kurz vor Rosies Nummer schleiche ich mich ins Chapiteau und drücke mich seitlich gegen das Gradin. Während die Akrobaten ihren Beifall entgegennehmen, rollen Racklos im Laufschritt zwei Kugeln in die mittlere Manege, eine größere und eine kleinere, die beide mit roten Sternen und blauen Streifen verziert sind. Onkel Al hebt die Arme und blickt zum Hintereingang. Er sieht direkt an mir vorbei zu August. Mit einem knappen Nicken gibt er dem Kapellmeister ein Zeichen, der einen Walzer von Gounod anstimmt.

Rosie betritt mit August an ihrer Seite das Chapiteau. Sie trägt Marlena auf dem Kopf, hat den Rüssel zum Gruß erhoben und das Maul zu einem Lächeln geöffnet. Als sie die mittlere Manege erreichen, hebt Rosie Marlena von ihrem Kopf und setzt sie auf dem Boden ab.

Marlena wirbelt theatralisch in schimmerndem Rosa durch die Manege. Sie lächelt, dreht sich, reißt die Arme hoch und wirft der Menge Kusshände zu. Rosie folgt ihr zügig mit erhobenem Rüssel. August läuft neben ihr her, in der Hand statt des Elefantenhakens den Stock mit dem silbernen Knauf. Ich lese ihm von den Lippen die polnischen Befehle ab, die er auswendig gelernt hat.

Marlena tanzt noch einmal einen Kreis durch die Manege, bevor sie neben der kleineren Kugel stehen bleibt. August führt Rosie in die Mitte der Manege. Marlena sieht zu und wendet sich dann ans Publikum. Mit übertriebener Erschöpfung bläst sie die Wangen auf und wischt sich mit der Hand über die Stirn. Dann setzt sie sich auf den Ball, schlägt die Beine übereinander, stützt die Ellbogen auf und legt das Kinn in die Hände. Sie wippt mit dem Fuß und verdreht die Augen. Rosie beobachtet sie lächelnd, den Rüssel hoch erhoben. Im nächsten Moment dreht sie sich langsam und lässt ihr enormes, graues Hinterteil auf den größeren Ball sinken. Ein Lachen fährt durch die Menge.

Marlena stutzt, steht auf und reißt in gespielter Wut den Mund auf. Dann dreht sie Rosie den Rücken zu. Die Elefantendame steht ebenfalls auf und kehrt Marlena schlurfend den Schwanz zu. Die Menge brüllt begeistert.

Marlena blickt mürrisch über die Schulter. Mit einer dramatischen Geste stellt sie einen Fuß auf ihre Kugel. Dann verschränkt sie die Arme und nickt einmal kräftig, als wolle sie sagen: Da hast du's, Elefant!

Rosie krümmt den Rüssel, hebt den rechten Vorderfuß und stellt ihn sachte auf ihre Kugel. Marlena wirft ihr wütende Blicke zu. Dann streckt sie beide Arme seitlich aus und nimmt den anderen Fuß vom Boden. Langsam drückt sie das eine Knie durch, während sie das andere Bein wie eine Ballerina mit gestreckten Zehen zur Seite hält. Als ihr

Bein gerade ist, senkt sie den zweiten Fuß ab, sodass sie auf der Kugel steht. Ihr breites Lächeln zeigt, dass sie sicher ist, den Elefanten jetzt endlich übertrumpft zu haben. Das Publikum ist ebenfalls davon überzeugt und klatscht und pfeift. Marlena wendet Rosie langsam den Rücken zu und hebt siegessicher die Arme.

Rosie wartet einen Augenblick, bevor sie ihren anderen Vorderfuß auf den Ball stellt. Die Menge explodiert. Nach kurzem Zögern blickt Marlena über die Schulter. Dann dreht sie sich wieder zu Rosie um und stemmt die Hände in die Hüften. Mit überdeutlichem Stirnrunzeln schüttelt sie frustriert den Kopf. Sie droht Rosie mit dem Finger, erstarrt jedoch gleich darauf. Dann erhellt sich ihre Miene. Sie hat eine Idee! Sie reckt den Finger hoch in die Luft und dreht sich herum, damit das gesamte Publikum merkt, dass sie den Elefanten ein für alle Mal ausstechen wird.

Sie sieht auf ihre Satinschläppchen und konzentriert sich kurz. Zu einem anschwellenden Trommelwirbel fängt sie an, den Ball vorwärts zu rollen. Immer schneller und schneller rollt sie den Ball durch die Manege, ihre Füße sind nur noch unscharf zu erkennen, und das Publikum klatscht und pfeift. Dann bricht es in wilde Entzückensschreie aus …

Marlena bleibt stehen und sieht sich um. Sie war so auf ihre Kugel konzentriert, dass sie das absurde Schauspiel hinter sich nicht bemerkt hat. Der Dickhäuter thront auf der größeren Kugel, alle vier Füße eng nebeneinander und mit gewölbtem Rücken. Wieder setzt der Trommelwirbel ein. Zuerst geschieht nichts. Dann beginnt die Kugel, sich langsam unter Rosies Füßen zu drehen.

Der Kapellmeister gibt ein schnelleres Tempo vor, und Rosie rollt die Kugel vier Meter weit. Marlena strahlt vor Freude, sie streckt Rosie die Arme entgegen und fordert für sie den Jubel der Menge ein. Dann springt sie von ihrer

Kugel hinunter und läuft hinüber zu Rosie, die deutlich vorsichtiger von ihrer Kugel heruntersteigt. Rosie senkt ihren gekrümmten Rüssel, Marlena setzt sich darauf, schlingt einen Arm darum und streckt die zierlichen Füße. Rosie hebt Marlena auf ihrem Rüssel hoch, setzt sie sich auf den Kopf und verlässt das Chapiteau unter den Beifallsrufen der bewundernden Menge.

Und dann setzt der Geldregen ein – der ach so süße Geldregen. Onkel Al ist ganz von Sinnen, er steht in der Mitte des Hippodroms, streckt Arme und Gesicht empor und badet in den Münzen, die auf ihn niederregnen. Er hält sein Gesicht auch noch empor, als Münzen von seinen Wangen, seiner Nase und seiner Stirn abprallen. Ich glaube fast, er weint sogar.

18 Ich erreiche Marlena, als sie von Rosies Kopf heruntergleitet.

«Du warst wunderbar! Wunderbar!», sagt August und küsst sie auf die Wange. «Hast du das gesehen, Jacob? Hast du gesehen, wie wunderbar sie waren?»

«Aber sicher doch.»

«Tu mir einen Gefallen und bring Rosie zurück, ja? Ich muss wieder rein.» Er reicht mir den Stock mit der Silberspitze. Dann sieht er Marlena an, seufzt tief und legt sich eine Hand auf die Brust. «Wunderbar. Einfach wunderbar. Vergiss nicht», sagt er, dreht sich um und läuft ein paar Schritte rückwärts, «du bist direkt nach Lottie mit den Pferden dran.»

«Ich hole sie sofort», entgegnet sie.

August geht zurück ins Chapiteau.

«Du warst phantastisch», sage ich.

«Ja, sie war toll, nicht wahr?» Marlena lehnt sich vor und drückt Rosie einen lauten Schmatzer auf die Schulter, der einen perfekten Lippenabdruck auf der grauen Haut hinterlässt. Sie wischt ihn mit dem Daumen weg.

«Ich meinte dich», sage ich.

Sie errötet, ihr Daumen ruht noch an Rosies Schulter.

Sofort bereue ich, das gesagt zu haben. Nicht, dass sie nicht phantastisch gewesen wäre – das war sie, aber ich meinte noch mehr, das hat sie gespürt, und nun fühlt sie sich deshalb unwohl. Hastig trete ich den Rückzug an.

«*Chodź*, Rosie», winke ich sie vorwärts. «*Chodź, mój malutki pączuszku.*»

«Jacob, warte.» Marlena legt mir die Finger auf die Armbeuge.

Ein gutes Stück entfernt, direkt neben dem Eingang zum Chapiteau, bleibt August stocksteif stehen. Es ist, als hätte er den Körperkontakt gespürt. Mit finsterer Miene dreht er sich langsam herum. Unsere Blicke treffen sich.

«Kannst du mir einen Gefallen tun?», fragt Marlena.

«Sicher. Natürlich.» Ich sehe nervös zu August hinüber. Marlena hat nicht gemerkt, dass er uns beobachtet. Ich lege die Hand an die Hüfte, sodass ihre Finger von meinem Arm rutschen.

«Kannst du Rosie zu meinem Garderobenzelt bringen? Ich habe eine Überraschung vorbereitet.»

«Ähm, sicher. Warum nicht», antworte ich. «Wann soll sie da sein?»

«Bring sie jetzt hin. Ich komme gleich nach. Ach, und zieh dir etwas Nettes an. Es soll eine richtige Party werden.»

«Mit mir?»

«Natürlich mit dir. Ich bin mit meiner Nummer dran,

aber ich brauche nicht lange. Und wenn du August vorher siehst, verrat ihm nichts, ja?»

Ich nicke. Als ich wieder zum Chapiteau sehe, ist August drinnen verschwunden.

Rosie zeigt sich mit dem ungewöhnlichen Arrangement völlig einverstanden. Sie trottet neben mir her bis zu Marlenas Garderobenzelt und wartet dort geduldig, während Grady und Bill die untere Kante der Seitenwand von den Pflöcken losbinden.

«Wie geht's eigentlich Camel?», fragt Grady, kniet sich hin und macht sich an einem Seil zu schaffen. Rosie streckt neugierig den Rüssel aus.

«In etwa wie gehabt», antworte ich. «Er meint, es ginge ihm besser, aber ich sehe das anders. Ich glaube, ihm ist sein Zustand nicht bewusst, weil er nichts tun muss. Außerdem ist er meistens blau.»

«Das klingt wirklich nach Camel», sagt Bill. «Woher bekommt er den Schnaps? Es ist doch Schnaps, oder? Er trinkt doch wohl nicht mehr diesen lausigen Jake.»

«Nein, es ist Schnaps. Camel ist meinem Mitbewohner irgendwie ans Herz gewachsen.»

«Wem? Kinko?», fragt Grady.

«Genau.»

«Ich dachte, der hasst alle Arbeiter.»

Rosie streckt den Rüssel aus und schnappt sich Gradys Hut. Er dreht sich um und langt danach, aber sie hält ihn hoch. «He, pass mal besser auf deinen Elefanten auf.»

Ich sehe sie streng an. Sie zwinkert mir zu. «*Połóż!*», befehle ich, auch wenn es mir schwerfällt, nicht zu lachen. Ihre großen Ohren wedeln nach vorne, sie lässt den Hut fallen. Ich hebe ihn auf.

«Walter – Kinko – ist manchmal etwas ruppig», sage ich,

als ich Grady den Hut wiedergebe, «aber er war wirklich anständig zu Camel. Er hat für ihn das Bett geräumt. Und sogar seinen Sohn aufgetrieben. Er hat ihn überredet, uns in Providence zu treffen, um uns Camel abzunehmen.»

«Im Ernst!» Grady hält inne und sieht mich überrascht an. «Weiß Camel das?»

«Ähm … Ja.»

«Und wie hat er reagiert?»

Ich schneide eine Grimasse und sauge mit geschlossenen Zähnen Luft ein.

«Doch so gut?»

«Wir hatten schließlich keine große Wahl.»

«Nein, das stimmt.» Grady zögert. «Er war eigentlich nicht schuld an dem, was passiert ist. Wahrscheinlich weiß seine Familie das mittlerweile auch. Durch den Krieg sind viele Männer komisch geworden. Du weißt, dass er Kanonier war, oder?»

«Nein. Über so etwas spricht er nicht.»

«Sag mal, glaubst du, Camel könnte Schlange stehen?»

«Ich bezweifle es», sage ich. «Warum?»

«Ich hab Gerüchte gehört, dass es endlich Geld geben soll, vielleicht sogar für die Arbeiter. Bisher hab ich die Geschichte nicht so recht geglaubt, aber nach dem, was gerade im Chapiteau los war, glaube ich fast, da könnte was dran sein.»

Das untere Ende der Seitenwand flattert jetzt lose im Wind. Bill und Grady heben sie hoch und geben damit den Blick frei auf Marlenas völlig umgeräumtes Garderobenzelt. Auf einer Seite steht ein Tisch mit einer schweren Leinentischdecke und drei Gedecken. Die andere Zeltseite ist komplett leer geräumt.

«Wo soll der Pflock hin? Da drüben?», fragt Grady und deutet auf den freien Platz.

«Ich glaube, ja.»

«Bin gleich wieder da», sagt er und verschwindet. Ein paar Minuten später kommt er zurück, in jeder Hand einen gut sieben Kilo schweren Hammer. Einen schleudert er Bill zu, der nicht im Geringsten erschrocken wirkt. Bill fängt den Hammer beim Stiel und folgt Grady ins Zelt. Sie rammen den Eisenpflock mit einer Folge perfekt abgestimmter Schläge in den Boden.

Ich führe Rosie hinein und gehe in die Hocke, um ihre Fußkette zu sichern. Sie lässt den entsprechenden Fuß fest auf dem Boden, stemmt sich aber mit den anderen Beinen ab. Als ich aufstehe, sehe ich, dass sie sich nach einer Ecke streckt, in der zahlreiche Wassermelonen aufgestapelt sind.

«Sollen wir wieder zumachen?», fragt Grady, während er auf die flatternde Seitenwand zeigt.

«Ja, wenn es euch nichts ausmacht. Marlena möchte sicher, dass August Rosie erst sieht, wenn er hereinkommt.»

Grady zuckt mit den Schultern. «Soll mir recht sein.»

«Sag mal, Grady, könntest du einen Moment auf Rosie aufpassen? Ich muss mich umziehen.»

«Ich weiß nicht recht», sagt er und sieht Rosie scheel an. «Und sie zieht auch nicht ihren Pflock raus oder so was?»

«Wohl kaum. Warte mal …» Als ich zu dem Stapel Wassermelonen gehe, rollt Rosie ihren Rüssel ein und öffnet begeistert das Maul. Ich trage eine Melone zu ihr hinüber und schleudere sie auf den Boden. Sie explodiert, und sofort taucht Rosie ihren Rüssel in das rote Fruchtfleisch. Dann schaufelt sie sich Brocken in den Mund, mit Schale und allem. «Als kleine Absicherung», sage ich.

Ich ducke mich unter der Seitenwand hindurch und gehe mich umziehen.

Als ich zurückkehre, ist Marlena ebenfalls da. Sie trägt das perlenbestickte Seidenkleid, das August ihr an dem Abend geschenkt hat, als wir in ihrem Privatabteil gegessen haben. An ihrem Hals funkelt das Diamantcollier.

Rosie mampft eine weitere Wassermelone – das ist mindestens ihre zweite, aber in der Ecke liegt noch ein halbes Dutzend. Marlena hat Rosie den Kopfschmuck abgenommen, er hängt über dem Stuhl vor ihrem Schminktisch. Auf einem Servierwagen stehen Platten mit silbernen Hauben und Weinflaschen. Als mir der Duft von Rinderbraten in die Nase steigt, dreht sich mir vor Hunger der Magen um.

Marlena durchwühlt hektisch eine Schublade ihres Schminktischs. «O Jacob!», ruft sie mir über die Schulter zu. «Gut. Ich habe mir langsam Sorgen gemacht. Er muss jeden Moment kommen. Herrje, jetzt finde ich es nicht.» Plötzlich richtet sie sich auf. Die Schublade, aus der Seidentücher hervorquellen, lässt sie offen stehen. «Würdest du mir einen Gefallen tun?»

«Natürlich», sage ich.

Sie zieht eine Flasche Champagner aus einem dreibeinigen, silbernen Flaschenkühler. Das Eis darin rutscht klirrend zusammen. Als sie mir die Flasche reicht, tropft Wasser an ihr herunter. «Kannst du den Korken knallen lassen, wenn er hereinkommt? Und ruf ‹Überraschung!›»

«Klar.» Ich nehme die Flasche, entferne den Drahtverschluss und lege den Daumen auf den Korken. Rosie versucht, ihren Rüssel zwischen meine Finger und die Flasche zu schieben, während Marlena weiter die Schublade durchwühlt.

«Was ist hier los?»

Ich blicke auf. August steht vor uns.

«Oh!», ruft Marlena und wirbelt herum. «Überraschung!»

«Überraschung!», rufe auch ich, beuge mich von Rosie weg und lasse den Korken knallen. Er prallt von der Zeltwand ab und landet im Gras. Mir läuft Champagner über die Hände, und ich muss lachen. Marlena ist sofort mit zwei Champagnerflöten zur Stelle, um die übersprudelnde Flüssigkeit aufzufangen. Bis wir uns sortiert haben, ist ein Drittel der Flasche, die Rosie mir immer noch zu entreißen versucht, verschüttet. Ich sehe hinunter. Marlenas roséfarbene Seidenschuhe sind vom Champagner dunkel gefärbt. «Oh, das tut mir wirklich leid!», lache ich.

«Nein, nein. Sei nicht albern», sagt sie. «Wir haben noch eine Flasche.»

«Ich sagte, was ist hier los?»

Marlena und ich erstarren, unsere Hände sind ineinander verschlungen. Sie schaut auf, mit einem Mal beunruhigt. In den Händen hält sie zwei größtenteils leere Champagnerflöten. «Das ist eine Überraschung. Eine Feier.»

August starrt uns an. Er hat seine Krawatte gelockert und die Jacke geöffnet. Sein Gesicht ist vollkommen ausdruckslos.

«Eine Überraschung, ja», sagt er. Er nimmt den Hut ab, dreht ihn in den Händen und begutachtet ihn. Sein Haar bildet vorne an der Stirn eine Welle. Mit einem Ruck sieht er auf, er hat eine Augenbraue hochgezogen. «Das glaubt ihr zumindest.»

«Wie bitte?», fragt Marlena tonlos.

Aus dem Handgelenk wirft er seinen Hut in die Ecke. Dann zieht er langsam und methodisch seine Jacke aus. Er geht hinüber zum Schminktisch und hält seine Jacke so, als würde er sie über die Stuhllehne hängen wollen. Als er Rosies Kopfschmuck sieht, hält er inne. Sein Blick wandert hinunter zu der offenen Schublade und den hervorquellenden Seidentüchern.

«Habe ich euch zu einem ungünstigen Zeitpunkt erwischt?», fragt er uns. Er klingt, als würde er jemanden bitten, ihm das Salz zu reichen.

«Liebling, ich weiß nicht, wovon du redest», flüstert Marlena.

August zieht einen langen, fast durchsichtigen, orangefarbenen Schal aus der Schublade und wickelt ihn sich um die einzelnen Finger. «Ihr habt euch ein bisschen mit den Schals amüsiert, was?» Dann zieht er am einen Ende des Schals, der ihm durch die Finger gleitet. «Wie unartig du bist. Aber ich schätze, das wusste ich schon.»

Marlena ist sprachlos.

«So», sagt er. «Ist das eine kleine Feier nach vollbrachter Tat? Habe ich euch genug Zeit gelassen? Oder soll ich später nochmal wiederkommen? Ich muss sagen, der Elefant ist mal was Neues. Ich mag es mir kaum vorstellen.»

«Wovon in Gottes Namen sprichst du?», fragt Marlena.

«Zwei Gläser.» Er deutet mit einem Nicken auf ihre Hände.

«Was?» Sie hebt die Gläser so abrupt hoch, dass ihr Inhalt auf das Gras schwappt. «Meinst du die hier? Das dritte ist gleich ...»

«Hältst du mich für einen Idioten?»

«August ...», werfe ich ein.

«Halt's Maul! Halt einfach dein Maul!» Er ist dunkelrot angelaufen, seine Augen quellen hervor, und er zittert vor Wut.

Marlena und ich stehen wortlos da, starr vor Schreck. Dann wandelt sich sein Gesichtsausdruck erneut, er wirkt beinahe selbstzufrieden. Er spielt weiter mit dem Schal, lächelt sogar auf ihn hinunter. Dann faltet er ihn sorgsam, bevor er ihn zurück in die Schublade legt. Als er sich aufrichtet, schüttelt er bedächtig den Kopf.

«Du … Du … Du …» Seine erhobene Hand ist gespreizt und zittert. Dann aber bricht er ab, als ihm der Stock mit dem Silberknauf auffällt. Er lehnt in der Nähe des Tisches an der Seitenwand, wo ich ihn abgestellt habe. Er schlendert hinüber und nimmt ihn in die Hand.

Hinter mir rauscht etwas, und ich blicke mich rasch um. Rosie lässt Wasser, sie hat die Ohren eng angelegt und den Rüssel eingerollt.

August lässt den silbernen Knauf mehrmals auf seine Handfläche niedersausen. «Was hast du gedacht, wie lange du das vor mir verheimlichen kannst?» Nach einem Moment blickt er mir direkt in die Augen. «Hm?»

«August», antworte ich. «Ich weiß gar nicht, wovon …»

«Ich habe gesagt, halt's Maul!» Er wirbelt herum und fegt mit dem Stock über den Servierwagen; Besteck, Platten und Flaschen krachen herunter. Dann hebt er den Fuß und tritt gegen den Wagen. Als er umfällt, fliegen Porzellan, Glas und Essen umher.

August betrachtet das Durcheinander einen Moment lang. «Dachtest du, ich weiß nicht, was hier vor sich geht?» Er durchbohrt Marlena mit Blicken. Seine Schläfen pochen. «Oh, du bist gut, meine Liebe.» Er droht ihr lächelnd mit dem Finger. «Das muss ich dir lassen. Du bist wirklich gut.»

Dann geht er hinüber zum Schminktisch, lehnt den Stock dagegen und beäugt sich im Spiegel. Er streicht sich die Locke aus der Stirn und fährt sich glättend mit der Hand über das Haar. Mitten in der Bewegung hält er inne. «Kuckuck», ruft er unseren Spiegelbildern zu. «Ich kann euch sehen.»

Marlena starrt mich entsetzt aus dem Spiegel an.

Dann nimmt August Rosies Kopfschmuck hoch. «Da liegt das Problem, nicht wahr? Ich kann euch sehen. Du glaubst es nicht, aber es ist so. Ich muss zugeben, das war ein hübscher Einfall.» Er dreht und wendet den glitzernden Kopfputz. «Die treu ergebene Ehefrau, die versteckt in ihrem Kämmerlein fleißig näht. Oder war es gar kein Kämmerlein? Vielleicht war es ja auch hier. Oder vielleicht bist du zum Zelt dieser Hure gegangen. Huren kümmern sich umeinander, oder?» Er sieht mich an. «Also, Jacob, wo hast du es getan? Wo genau hast du meine Frau gevögelt?»

Ich packe Marlena am Ellbogen. «Komm, wir gehen.»

«Aha! Du streitest es also nicht einmal ab!», brüllt er. Er verkrallt sich so in den Kopfschmuck, dass seine Knöchel weiß hervortreten, schreit dabei mit zusammengebissenen Zähnen und zerrt an ihm, bis er reißt.

Marlena schreit auf. Sie lässt die Gläser fallen und schlägt sich eine Hand vor den Mund.

«Du Hure!», brüllt August. «Du Schlampe. Du billiges Flittchen!» Bei jedem Schimpfwort reißt er den Kopfschmuck weiter entzwei.

«August!», ruft Marlena und geht auf ihn zu. «Hör auf! Hör auf!»

Die Lautstärke scheint ihn wachzurütteln, denn er hört tatsächlich auf. Er blinzelt sie an. Nach einem Blick auf den Kopfschmuck sieht er verwirrt zu ihr auf.

Marlena zögert kurz, dann macht sie einen Schritt auf ihn zu. «Auggie?», fragt sie zaghaft. Sie sieht ihn mit flehendem Blick an. «Geht es dir wieder besser?»

August wirkt ratlos, als wäre er gerade aufgewacht und hätte sich hier wiedergefunden. Marlena geht langsam näher. «Liebling?», fragt sie.

Er bewegt den Unterkiefer. Seine Stirn legt sich in Falten, und der Kopfschmuck fällt zu Boden.

Ich glaube, ich halte den Atem an.

Marlena tritt direkt vor ihn. «Auggie?»

Er sieht auf sie hinab. Seine Nase zuckt. Dann schubst er sie mit solcher Kraft, dass sie rückwärts in die Teller und das Essen am Boden fällt. Er macht einen weiten Schritt, beugt sich hinunter und will ihr das Collier vom Hals reißen. Da die Schließe hält, zieht er sie am Hals hoch, während sie laut schreit.

Ich stürze mich auf ihn und zerre ihn zu Boden. Rosie brüllt hinter mir auf, als August und ich in die Tellerscherben und die verschüttete Soße fallen. Erst bin ich oben und schlage ihm ins Gesicht. Dann sitzt er auf mir, er trifft mein Auge. Ich werfe ihn ab und zerre ihn hoch.

«Auggie! Jacob!», kreischt Marlena. «Hört auf!»

Ich schubse ihn, aber er packt mich am Revers, und so krachen wir beide gegen den Schminktisch. Ich bekomme am Rande mit, wie der Spiegel klirrend zerbirst. August reißt mich weg, und wir prügeln uns mitten im Zelt.

Wir rollen keuchend über den Boden, dabei kann ich seinen Atem auf meinem Gesicht spüren. Einmal sitze ich auf ihm und verpasse ihm Schläge, einmal sitzt er auf mir und knallt meinen Kopf auf den Boden. Marlena tanzt um uns herum, sie schreit uns an, wir sollen aufhören, aber das können wir nicht. Zumindest ich kann es nicht – die ganze Wut und der Schmerz und der Frust der vergangenen Monate strömt in meine Fäuste.

Erst sehe ich vor mir den umgestürzten Tisch, dann Rosie, die an ihrer Fußkette zerrt und trompetet, dann wieder stehen wir, packen uns beim Kragen oder den Aufschlägen, wehren Schläge ab und teilen welche aus. Schließlich fallen wir durch den Eingang nach draußen mitten in die Menge, die sich dort versammelt hat.

Blitzschnell werde ich von Bill und Grady weggezerrt. Einen Augenblick lang scheint es, als wolle August sich wieder auf mich stürzen, aber dann zeichnet sich auf seinem ramponierten Gesicht ein anderer Ausdruck ab. Er rappelt sich auf und klopft sich gelassen den Staub ab.

«Du bist verrückt. Verrückt!», brülle ich.

Er mustert mich kühl, zieht seine Ärmel zurecht und geht zurück ins Zelt.

«Lasst mich los», flehe ich und verrenke mir den Hals erst nach Grady und dann nach Bill. «Um Himmels willen, lasst mich los! Er ist irre! Er bringt sie noch um!» Ich wehre mich so heftig, dass ich die beiden sogar ein Stück weit mitziehe. Aus dem Zelt dringt das Geräusch splitternden Porzellans, und dann schreit Marlena auf.

Grady und Bill stemmen keuchend die Beine in den Boden, damit ich mich nicht losreißen kann. «Nein, das tut er nicht», sagt Grady. «Mach dir mal keine Sorgen.»

Earl löst sich aus der Menge und läuft geduckt ins Zelt. Das Getöse hört auf. Dann folgen zwei leise, dumpfe Schläge, ein lauterer und schließlich auffallende Stille.

Wie erstarrt blicke ich auf die Zeltwand.

«Da. Siehst du?», fragt Grady, der noch immer meinen Arm umklammert hält. «Alles in Ordnung? Können wir dich jetzt loslassen?»

Ich nicke, ohne den Blick abzuwenden.

Grady und Bill lassen mich nach und nach frei. Erst lockern sie nur den Griff. Dann lassen sie mich los, bleiben aber dicht neben mir und behalten mich im Auge.

Jemand legt mir eine Hand auf die Hüfte. Walter steht neben mir.

«Komm, Jacob», sagt er. «Weg hier.»

«Ich kann nicht», entgegne ich.

«Doch, du kannst. Komm schon weg hier.»

Ich starre auf das stille Zelt. Einen Augenblick später reiße ich den Blick von der flatternden Zelttür los und gehe.

Walter und ich steigen in den Pferdewagen. Queenie kommt hinter den Truhen hervor, wo Camel schnarcht. Sie wedelt mit dem Stummelschwanz und schnuppert.

«Setz dich», befiehlt Walter. Er deutet auf die Pritsche. Queenie nimmt auf dem Fußboden Platz, während ich mich auf die Kante der Pritsche setze. Jetzt, da mein Adrenalinspiegel sinkt, spüre ich allmählich, wie verletzt ich bin. An meinen Händen sind Platzwunden, ich klinge, als würde ich durch eine Gasmaske atmen, und mein rechtes Auge ist bis auf einen Schlitz zugeschwollen. Als ich mein Gesicht berühre, bleibt Blut auf der Hand zurück.

Walter beugt sich über eine offene Truhe. Als er sich wieder umdreht, hat er einen Krug Selbstgebrannten und ein Taschentuch in den Händen. Er stellt sich vor mich und zieht den Korken heraus.

«Hm? Bist du das? Walter?», ruft Camel. Typisch, dass er wach wird, wenn jemand eine Flasche entkorkt.

«Du siehst echt schlimm aus.» Walter ignoriert Camel einfach. Er drückt das Taschentuch an den Flaschenhals und kippt. Dann hält er das feuchte Tuch vor mein Gesicht. «Nicht bewegen. Gleich brennt es.»

Das war die Untertreibung des Jahrhunderts – als der Alkohol mein Gesicht berührt, zucke ich mit einem Aufschrei zurück. Walter wartet, das Taschentuch im Anschlag. «Willst du irgendwas, worauf du beißen kannst?» Er bückt sich, um den Korken aufzuheben. «Hier.»

«Nein», presse ich hervor. «Lass mir nur einen Augenblick Zeit.» Ich schlinge die Arme um den Oberkörper und wiege mich vor und zurück.

«Ich habe eine bessere Idee», sagt Walter. Er gibt mir den Krug. «Mach schon. Es brennt zwar höllisch in der Kehle, aber nach ein paar Schluck spürst du nicht mehr so viel. Was zum Teufel war eigentlich los?»

Ich umfasse den Krug mit beiden geschundenen Händen, um ihn an den Mund zu heben. Ich bin dabei so unbeholfen, als würde ich Boxhandschuhe tragen. Walter stützt den Krug ab. Der Alkohol brennt auf meinen zerschrammten Lippen, läuft mir wie Feuer die Kehle hinunter und explodiert in meinem Magen. Ich keuche und setze den Krug so schwungvoll ab, dass der Schnaps überschwappt.

«Ja, der hat nicht gerade einen weichen Abgang», meint Walter.

«Holt ihr Jungs mich jetzt endlich raus und teilt, oder was ist los?», ruft Camel.

«Klappe, Camel», sagt Walter.

«He, Vorsicht! So spricht man nicht mit alten, kranken …»

«Ich hab gesagt Klappe, Camel! Ich muss mich hier um was kümmern. Na los», er hält mir den Krug wieder hin, «trink noch was.»

«Worum denn?», fragt Camel.

«Jacob ist übel zugerichtet.»

«Wie? Was ist passiert? Gab's Privatkeile?»

«Nein», antwortet Walter grimmig. «Schlimmer.»

«Was ist Privatkeile?», nuschle ich mit dicken Lippen.

«Trink», sagt er und drückt mir den Krug in die Hand. «Eine Prügelei zwischen uns und den Gadjos. Zwischen Zirkusleuten und Privaten. Fertig?»

Ich nehme noch einen Schluck von dem Selbstgebrannten, der entgegen Walters Versprechungen noch immer runtergeht wie Senfgas. Nachdem ich den Krug auf den Boden gestellt habe, schließe ich die Augen. «Ja. Ich glaube schon.»

Walter nimmt mein Kinn in die Hand und dreht meinen Kopf nach links und rechts, um den Schaden zu begutach-

ten. «Verdammter Mist, Jacob. Was zum Teufel ist passiert?»
Er kramt im Haar an meinem Hinterkopf herum. Offenbar
hat er etwas neues Scheußliches gefunden.

«Er hat Marlena geschubst.»

«Du meinst, richtig geschubst?»

«Ja.»

«Warum?»

«Er ist einfach durchgedreht. Ich kann es nicht anders
beschreiben.»

«Du hast überall Glas im Haar. Halt still.» Er tastet meine
Kopfhaut ab, hebt das Haar an und teilt es. «Und warum ist
er durchgedreht?», fragt er, während er Glasscherben auf das
Buch neben sich legt.

«Ich habe keinen Schimmer.»

«Das kaufe ich dir nicht ab. Hattest du was mit ihr?»

«Nein. Ganz bestimmt nicht», sage ich. Allerdings würde
ich ziemlich sicher rot anlaufen, wenn mein Gesicht nicht
schon Hackfleisch wäre.

«Ich hoffe nicht», sagt Walter. «Um deinetwillen hoffe ich
das nicht.»

Rechts neben mir höre ich Scharren und Klopfen. Ich
will hinsehen, aber Walter hält mein Kinn fest. «Camel, was
zum Teufel hast du vor?», schimpft er. Sein Atem schlägt
mir heiß ins Gesicht.

«Ich will sehen, ob es Jacob gutgeht.»

«Um Himmels willen», sagt Walter. «Bleib einfach, wo
du bist, okay? Es kann gut sein, dass wir gleich Besuch bekommen. Auch wenn die hinter Jacob her sind, glaub ja
nicht, dass sie dich nicht auch mitnehmen.»

Nachdem Walter meine Schnitte gesäubert und mir das
Glas aus den Haaren geklaubt hat, krieche ich zu meiner
Schlafmatte und versuche, eine angenehme Lage für meinen
Kopf zu finden, der vorne wie hinten zerschlagen ist. Mein

rechtes Auge ist vollständig zugeschwollen. Queenie sieht nach mir. Sie schnuppert zögerlich, dann legt sie sich ein Stückchen entfernt hin und beäugt mich.

Walter stellt den Krug zurück und kramt etwas vom Boden der Truhe hervor. Als er sich wieder aufrichtet, hält er ein großes Messer in der Hand.

Er schließt die Innentür und verrammelt sie mit einem Holzklotz. Dann lehnt er sich mit dem Rücken an die Wand, das Messer direkt neben sich.

Einige Zeit später hören wir das Klappern von Pferdehufen auf der Rampe. Pete, Otis und Diamond Joe unterhalten sich im anderen Teil des Wagens im Flüsterton, aber niemand klopft, und niemand versucht, die Tür zu öffnen. Nach einer Weile hören wir, wie sie die Rampe abbauen und die Wagentür schließen.

Als der Zug endlich losfährt, atmet Walter hörbar auf. Ich blicke zu ihm hinüber. Er lässt den Kopf zwischen die Knie hängen und verharrt kurz so. Dann steht er auf und steckt das große Messer wieder hinter die Truhe.

«Du bist echt ein Glückspilz», sagt er, als er den Holzklotz herauszerrt. Er stellt die Tür auf und geht zu den Truhen, hinten denen Camel liegt.

«Ich?» Der Selbstgebrannte hat mich benommen gemacht.

«Ja, du. Noch jedenfalls.»

Walter zieht die Truhen von der Wand ab und holt Camel hervor. Dann schleppt er den alten Mann in den anderen Teil des Wagens, um die abendliche Waschung vorzunehmen.

Vollkommen entkräftet durch die Mischung aus Verletzungen und Selbstgebranntem, döse ich vor mich hin.

Ich bekomme vage mit, wie Walter Camel beim Abendessen hilft. Ich weiß auch, dass ich mich irgendwann aufrichte, um einen Schluck Wasser zu trinken, und dann kraftlos auf die Schlafmatte zurücksinke. Als ich das nächste Mal zu mir komme, liegt Camel schnarchend auf der Pritsche, und Walter sitzt auf der Pferdedecke in der Ecke, neben sich die Lampe und auf dem Schoß ein Buch.

Ich höre Tritte auf dem Dach, gefolgt von einem dumpfen Geräusch vor unserer Tür. Mit einem Ruck bin ich hellwach. Walter krabbelt seitwärts über den Boden und schnappt sich das Messer hinter der Truhe. Dann stellt er sich, das Messer fest umklammert, neben die Tür. Er winkt mich zur Lampe hinüber. Ich hechte quer durch das Zimmer, allerdings nicht weit genug, weil ich mit dem zugeschwollenen Auge nicht räumlich sehen kann.

Die Tür schwingt knarrend nach innen auf. Walters Messerhand öffnet und schließt sich.

«Jacob?»

«Marlena!», rufe ich.

«Gottverdammt!», schreit Walter. Er lässt das Messer fallen. «Ich hätte Sie fast umgebracht.» Er klammert sich an die Türkante. Sein Kopf zuckt hin und her, als er versucht, an ihr vorbeizusehen. «Sind Sie allein?»

«Ja», antwortet sie. «Es tut mir leid. Ich muss mit Jacob reden.»

Walter zieht die Tür etwas weiter auf. Dann macht er ein langes Gesicht. «Ach herrje. Kommen Sie lieber rein.»

Als sie eintritt, halte ich die Kerosinlampe hoch. Ihr linkes Auge ist zu einem dicken Veilchen angeschwollen.

«Großer Gott!», entfährt es mir. «Hat er dir das angetan?»

«Um Himmels willen, wie siehst du bloß aus», sagt sie und streckt die Hand aus. Mit den Fingerspitzen berührt sie beinahe mein Gesicht. «Du musst zu einem Arzt.»

«Mir geht es gut», sage ich.

«Wer zum Henker ist das?», fragt Camel. «Haben wir Damenbesuch? Ich kann gar nichts sehen. Dreh mich doch mal einer um.»

«Entschuldigung», sagt Marlena, die sich beim Anblick des ausgemergelten Körpers auf der Pritsche erschreckt. «Ich dachte, hier wärt nur ihr zwei … Es tut mir so leid. Ich gehe wieder zurück.»

«Nein, tu das nicht», sage ich.

«Ich meinte nicht, zurück zu … ihm.»

«Ich will nicht, dass du auf dem fahrenden Zug herumkletterst, und schon gar nicht, dass du von einem Wagen zum anderen springst.»

«Da hat Jacob recht», sagt Walter. «Wir gehen rüber zu den Pferden und gönnen euch etwas Privatsphäre.»

«Nein, das kann ich nicht zulassen», sagt Marlena.

«Dann lege ich dir die Schlafmatte da hin», sage ich.

«Nein. Ich wollte nicht …» Sie schüttelt den Kopf. «O Gott. Ich hätte nicht kommen dürfen.» Sie schlägt die Hände vors Gesicht. Und dann fängt sie an zu weinen.

Ich gebe Walter die Lampe und ziehe sie an mich. Sie lehnt sich gegen mich und presst schluchzend das Gesicht in mein Hemd.

«Herrje», wiederholt Walter. «Jetzt bin ich wohl ein Komplize.»

«Reden wir draußen weiter», sage ich zu Marlena. Sie zieht die Nase hoch und löst sich von mir. Nachdem ich ihr hinaus zu den Pferden gefolgt bin, ziehe ich die Tür hinter mir zu.

Wir werden mit einem leisen Wiehern begrüßt. Marlena geht zu Midnight und streicht ihm über die Flanke. Ich lasse mich an der Wand zu Boden gleiten und warte auf sie. Nach einer Weile setzt sie sich neben mich. Als wir durch

313

eine Kurve fahren, rüttelt der Holzboden uns so durch, dass sich unsere Schultern berühren.

Ich bin der Erste, der spricht. «Hat er dich schon einmal geschlagen?»

«Nein.»

«Wenn er das nochmal tut, dann schwöre ich bei Gott, ich bringe ihn um.»

«Wenn er das nochmal tut, wird das nicht nötig sein», flüstert sie.

Ich sehe zu ihr hinüber. Das Mondlicht fällt durch die Schlitze hinter ihr, ich sehe nur ihr schwarzes Profil.

«Ich verlasse ihn», sagt sie und lässt den Kopf hängen.

Unwillkürlich ergreife ich ihre Hand. Ihr Ring ist verschwunden.

«Hast du ihm das gesagt?», frage ich.

«Klar und deutlich.»

«Wie hat er reagiert?»

«Die Antwort siehst du ja.»

Wir sitzen da und hören dem Rattern der Bahnschwellen zu. Ich betrachte die Rücken der schlafenden Pferde und die Streifen der Nacht, die durch die Schlitze zu sehen sind.

«Was wirst du tun?», frage ich.

«Ich werde wohl mit Onkel Al sprechen, wenn wir in Erie sind, und ihn fragen, ob er mir eine Koje im Schlafwagen der Mädchen besorgen kann.»

«Und in der Zwischenzeit?»

«In der Zwischenzeit wohne ich im Hotel.»

«Und du willst nicht zurück zu deiner Familie?»

Sie zögert. «Nein. Ich glaube auch nicht, dass sie mich wieder aufnehmen würden.»

Schweigend und Hand in Hand lehnen wir an der Wand. Nach etwa einer Stunde schläft sie ein, sie rutscht herunter, bis ihr Kopf auf meiner Schulter liegt. Ich bleibe wach, mit jeder Faser meines Körpers spüre ich ihre Nähe.

19 «Mr. Jankowski? Sie müssen sich jetzt fertig machen.»

Ich reiße die Augen auf, so nah ist die Stimme. Rosemary beugt sich über mich, ihr Gesicht wird von den Deckenplatten eingerahmt.

«Hm? Ja, richtig», sage ich und stütze mich mühsam auf die Ellbogen. Freude durchzuckt mich, als ich merke, dass ich mich nicht nur daran erinnere, wer ich bin und wer sie ist, sondern auch daran, dass wir heute Zirkustag haben. Vielleicht hatte mein Gehirn vorhin nur einen Aussetzer?

«Bleiben Sie liegen. Ich fahre das Kopfende hoch», sagt sie. «Wollen Sie ins Bad?»

«Nein, aber ich hätte gern mein gutes Hemd. Und meine Fliege.»

«Ihre Fliege!» Sie wirft lachend den Kopf in den Nacken. «Ja, meine Fliege.»

«Liebe Güte, Sie machen mir wirklich Spaß», sagt sie und geht zu meinem Wandschrank.

Bis sie zurückkommt, habe ich drei Knöpfe von meinem anderen Hemd aufmachen können. Nicht schlecht mit diesen Gichtfingern. Ich bin recht zufrieden mit mir. Verstand und Körper arbeiten beide einwandfrei.

Als Rosemary mir aus dem Hemd hilft, betrachte ich meine dürre Gestalt. Meine Rippen zeichnen sich deutlich ab, und die paar restlichen Haare auf meiner Brust sind weiß. Bei dem Anblick muss ich an einen Windhund denken, nur

Sehnen, Haut und Knochen. Rosemary führt meine Arme in das gute Hemd, ein paar Minuten später beugt sie sich über mich und zupft an meiner Fliege. Sie tritt zurück, legt den Kopf schief und korrigiert eine Winzigkeit.

«Na, ich muss sagen, die Fliege war eine gute Wahl», sagt sie mit einem anerkennenden Nicken. Ihre tiefe, samtweiche Stimme klingt wie Musik. Ich könnte ihr den ganzen Tag lang zuhören. «Wollen Sie mal sehen?»

«Haben Sie sie gerade bekommen?», frage ich.

«Natürlich!»

«Dann nicht. Ich mag Spiegel in letzter Zeit nicht besonders», grummle ich.

«Also ich finde, Sie sehen sehr stattlich aus», sagt sie, stemmt die Hände in die Hüften und mustert mich.

«Ach, schschscht.» Ich winke mit meiner knochigen Hand ab.

Wieder lacht sie, der Klang ist wie Wein, er fließt wärmend durch meine Adern. «Möchten Sie hier auf Ihre Familie warten, oder soll ich Sie in die Eingangshalle bringen?»

«Wann fängt die Vorstellung an?»

«Um drei Uhr», sagt sie. «Jetzt ist es zwei.»

«Ich warte in der Eingangshalle. Ich will sofort los, wenn sie kommen.»

Rosemary sieht mir geduldig zu, wie ich meinen ächzenden Körper in den Rollstuhl hieve. Als sie mich in die Eingangshalle fährt, ringe ich nervös die Hände.

In der Eingangshalle stehen lauter alte Leute in ihren Rollstühlen vor den Besucherbänken aufgereiht. Rosemary stellt mich am Ende ab, neben Ipphy Bailey.

Sie sitzt vornübergebeugt, wegen ihres alterskrummen Buckels kann sie nur auf ihren Schoß sehen. Jemand – eindeutig nicht Ipphy – hat sorgsam ihr dünnes, weißes Haar über die kahlen Stellen gekämmt. Plötzlich dreht sie sich mir zu. Ihr Gesicht erstrahlt.

«Morty!», ruft sie, streckt eine knochige Hand aus und umklammert mein Handgelenk. «O Morty, du bist wieder da!»

Ich reiße meinen Arm weg, aber sie lässt nicht los. Sie zieht mich zu sich heran, als ich zurückzucke.

«Schwester!», brülle ich, während ich versuche, mich loszuwinden. «Schwester!»

Im nächsten Augenblick eist mich jemand von Ipphy los, die glaubt, ich sei ihr toter Mann. Darüber hinaus ist sie davon überzeugt, ich würde sie nicht mehr lieben. Sie beugt sich weinend über die Stuhllehne und wedelt verzweifelt mit den Armen, weil sie mich erreichen will. Die Schwester mit dem Pferdegesicht fährt mich ein Stückchen zur Seite und stellt meine Gehhilfe zwischen uns.

«O Morty, Morty! Sei doch nicht so!», jammert Ipphy. «Du weißt doch, das hat mir nichts bedeutet. Es war gar nichts – ein schrecklicher Fehler. O Morty! Liebst du mich denn nicht mehr?»

Zornig reibe ich mir das Handgelenk. Warum gibt es für solche Leute nicht eine eigene Abteilung? Die alte Schachtel ist offenbar nicht mehr ganz bei Trost. Sie hätte mich verletzen können. Andererseits würde ich, wenn es hier eine Sonderabteilung gäbe, nach heute Morgen wahrscheinlich genau da landen. Ich richte mich auf, als mir etwas einfällt. Vielleicht hat das neue Medikament diesen Aussetzer verursacht – ich muss Rosemary danach fragen. Oder lieber doch nicht. Der Gedanke hat mich aufgemuntert, und ich möchte an ihm festhalten. Ich muss mir meine kleinen Inseln der Freude bewahren.

Mit der Zeit verschwinden immer mehr Leute, bis die Rollstuhlreihe so lückenhaft ist wie das Grinsen eines Halloweenkürbisses. Eine Familie nach der anderen stürzt sich mit lautem Hallo auf ihren altersschwachen Vorfahr. Starke Körper beugen sich über schwache, Küsse werden auf Wangen gedrückt und Bremsen losgetreten. Nach und nach verschwinden die alten Leute, umringt von ihren Verwandten, durch die Schiebetüren.

Ipphys Familie macht bei ihrer Ankunft großes Aufhebens darum, wie sehr sie sich freuen, sie zu sehen. Ipphy sperrt Augen und Mund weit auf, während sie verwirrt, aber erfreut die Gesichter betrachtet.

Jetzt sind nur noch sechs von uns übrig, und wir beäugen einander argwöhnisch. Jedes Mal, wenn sich die Glastüren öffnen, drehen wir wie ein Mann den Kopf, und einer fängt an zu strahlen. Und so geht es weiter, bis ich als Letzter übrig bin.

Die Wanduhr zeigt zwei Uhr fünfundvierzig. Verdammt! Wenn sie nicht bald auftauchen, verpasse ich die Parade. Ich rutsche hin und her, dabei fühle ich mich alt und verdrossen. Zum Teufel, ich *bin* alt und verdrossen, aber ich muss mir Mühe geben, nicht die Beherrschung zu verlieren, wenn sie kommen. Ich werde sie einfach durch die Tür scheuchen und klarstellen, dass keine Zeit für Höflichkeiten bleibt. Sie können mir nach der Vorstellung erzählen, wer befördert wurde und wer wo im Urlaub war.

Rosemary streckt den Kopf durch die Tür. Sie sieht in beide Richtungen und bemerkt, dass ich alleine in der Eingangshalle sitze. Sie geht in die Schwesternstation und legt ihr Klemmbrett auf den Tresen. Dann kommt sie herüber und setzt sich neben mich.

«Hat Ihre Familie sich immer noch nicht blicken lassen, Mr. Jankowski?»

«Nein!», schimpfe ich. «Und wenn sie nicht bald kommen, hat es eh keinen Sinn mehr. Die guten Plätze sind sicher schon weg, und die Parade verpasse ich auch.» Ich sehe wieder auf die Uhr, mir ist elend und weinerlich zumute. «Warum sind sie so spät dran? Sonst sind sie um diese Zeit längst hier.»

Rosemary sieht auf ihre Uhr. Sie ist goldfarben und hat ein Zugarmband, das offenbar ihre Haut einklemmt. Ich habe meine Uhr immer locker getragen, als ich noch eine hatte.

«Wissen Sie, wer heute kommt?», fragt sie.

«Nein. Das weiß ich nie. Es ist mir auch ziemlich egal, solange sie nur rechtzeitig hier sind.»

«Ich werde mal sehen, was ich herausfinden kann.» Damit geht sie hinter den Tresen der Schwesternstation.

Ich mustere jeden, der auf dem Bürgersteig hinter den Schiebetüren vorbeigeht, auf der Suche nach einem bekannten Gesicht. Aber sie verschwimmen alle miteinander. Rosemary steht hinter dem Tresen und telefoniert. Dann sieht sie mich an, hängt auf und wählt erneut.

Die Uhr zeigt mittlerweile zwei Uhr dreiundfünfzig an – nur noch sieben Minuten bis zur Vorstellung. Mein Blutdruck ist so angestiegen, dass mein ganzer Körper summt wie die Neonlampen über mir.

Mein Vorhaben, nicht die Beherrschung zu verlieren, habe ich längst aufgegeben. Wer hier auch auftaucht, bekommt ordentlich was zu hören, so viel ist sicher. Jede alte Schachtel und jeder alte Knacker außer mir kriegt die ganze Vorstellung, auch die Parade zu sehen, und das soll fair sein? Wenn einer aus diesem Laden ein Recht hat, dort zu sein, dann ich. Oh, wartet nur, bis mir einer unter die Augen tritt. Wenn es eines meiner Kinder ist, lege ich sofort los. Ist es einer von den anderen, nun, dann warte ich, bis …

«Es tut mir so leid, Mr. Jankowski.»

«Hm?» Ich hebe rasch den Blick. Rosemary ist wieder da,

sie sitzt auf dem Stuhl neben mir. In meiner Panik habe ich sie nicht bemerkt.

«Sie haben völlig verschlunzt, wer an der Reihe ist.»

«Und auf wen haben sie sich geeinigt? Wie lange brauchen sie, bis sie hier sind?»

Rosemary zögert. Sie presst die Lippen aufeinander und nimmt meine Hand. Sie sieht aus wie jemand, der gleich schlechte Nachrichten überbringt, und schon vorab schnellt mein Adrenalinspiegel in die Höhe. «Sie schaffen es nicht», sagt sie. «Eigentlich wäre Ihr Sohn Simon dran gewesen. Als ich angerufen habe, fiel es ihm wieder ein, aber er hatte schon was anderes vor. Bei den anderen Nummern hat niemand abgenommen.»

«Was anderes vor?», krächze ich.

«Ja.»

«Haben Sie ihm vom Zirkus erzählt?»

«Ja, habe ich. Es tat ihm auch sehr leid. Aber er konnte das andere einfach nicht mehr absagen.»

Ich verziehe das Gesicht, und ohne es zu wollen, heule ich los wie ein Kind.

«Es tut mir so leid, Mr. Jankowski. Ich weiß, wie wichtig Ihnen das war. Ich würde Sie ja selbst hinbringen, aber ich habe heute eine Zwölf-Stunden-Schicht.»

Ich halte die Hände vors Gesicht, um meine Altmännertränen zu verbergen. Wenige Sekunden später baumelt ein Taschentuch vor meinem Gesicht.

«Sie sind ein gutes Mädchen, Rosemary», sage ich, nehme das Taschentuch und halte es unter meine Schniefnase. «Das wissen Sie, oder? Ich weiß nicht, was ich ohne Sie machen würde.»

Sie betrachtet mich lange. Zu lange. Schließlich sagt sie: «Mr. Jankowski, Sie wissen doch, dass ich morgen gehe, oder?»

Mein Kopf ruckt hoch. «Was? Für wie lange?» Oh, verdammt. Das fehlt mir noch. Wenn sie Urlaub macht, habe ich ihren Namen wahrscheinlich vergessen, bis sie zurück ist.

«Wir ziehen nach Richmond, um näher bei meiner Schwiegermutter zu sein. Ihr geht es in letzter Zeit nicht gut.»

Ich bin vollkommen perplex. Mein Kiefer zuckt einen Moment lang hilflos, bevor ich sprechen kann. «Sie sind verheiratet?»

«Seit sechsundzwanzig glücklichen Jahren, Mr. Jankowski.»

«Seit sechsundzwanzig Jahren? Nein. Das glaube ich nicht. Sie sind doch noch ein halbes Kind.»

Sie lacht. «Ich bin schon Großmutter, Mr. Jankowski. Ich bin siebenundvierzig.»

Wir sitzen einen Augenblick lang schweigend nebeneinander. Sie greift in ihre blassrosafarbene Tasche und ersetzt mein durchnässtes Taschentuch durch ein frisches. Ich tupfe mir damit die tiefliegenden Augen trocken.

«Ihr Mann kann sich glücklich schätzen», schniefe ich.

«Das können wir beide. Wir sind wirklich gesegnet.»

«Ihre Schwiegermutter auch. Wussten Sie, dass nicht ein einziges meiner Kinder mich aufnehmen konnte?»

«Nun … Das ist nicht so einfach, wissen Sie.»

«Das habe ich auch nicht behauptet.»

Sie ergreift meine Hand. «Ich weiß, Mr. Jankowski. Ich weiß.»

Die ganze Ungerechtigkeit bricht über mich herein. Ich schließe die Augen und stelle mir die alte, sabbernde Ipphy Bailey im Chapiteau vor. Sie wird nicht einmal mitbekommen, dass sie dort ist, und sich schon gar nicht daran erinnern.

Nach ein paar Minuten fragt Rosemary: «Kann ich irgendetwas für Sie tun?»

«Nein», antworte ich, und es stimmt – es sei denn, sie könnte mich zum Zirkus oder den Zirkus zu mir bringen. Oder mich nach Richmond mitnehmen. «Ich glaube, ich wäre jetzt gern alleine», füge ich hinzu.

«Das verstehe ich», entgegnet sie sanft. «Soll ich Sie wieder in Ihr Zimmer bringen?»

«Nein. Ich bleibe einfach hier sitzen.»

Sie steht auf, beugt sich vor, um mir einen Kuss auf die Stirn zu drücken, und geht den Flur hinunter. Ihre Gummisohlen quietschen auf dem Kachelboden.

20 Als ich aufwache, ist Marlena verschwunden. Ich mache mich sofort auf die Suche nach ihr und entdecke sie, als sie mit Earl Onkel Als Wagen verlässt. Er begleitet sie zu Wagen 48 und zwingt August, draußen zu warten, während Marlena hineingeht.

Erfreut stelle ich fest, dass August genauso aussieht wie ich, nämlich wie eine arg mitgenommene, matschige Tomate. Als Marlena in den Wagen steigt, ruft er ihren Namen und will ihr folgen, aber Earl verstellt ihm den Weg. August läuft aufgewühlt und verzweifelt von einem Fenster zum anderen, zieht sich an den Fingerspitzen hoch und spielt weinend die Reue in Person.

Es wird nie wieder passieren. Er liebt sie mehr als sein Leben – das muss sie doch wissen. Er weiß nicht, was über ihn gekommen ist. Er tut alles, einfach alles, um es wiedergutzumachen. Sie ist eine Göttin, eine Königin und er nur ein jämmerliches Häuflein Elend voller Schuldgefühle. Merkt sie denn nicht, wie leid es ihm tut? Will sie ihn quälen? Hat sie denn kein Herz?

Als Marlena mit einem Koffer in der Hand herauskommt, geht sie ohne einen Blick an ihm vorbei. Sie trägt einen Strohhut, dessen weiche Krempe sie über ihr blaues Auge gezogen hat.

«Marlena», ruft er und greift nach ihrem Arm.

«Lass sie los», sagt Earl.

«Bitte, ich flehe dich an.» August geht im Dreck auf die Knie. Seine Hände gleiten ihren linken Arm hinunter. Er drückt ihre Hand an sein Gesicht und überschüttet sie mit Tränen und Küssen, während sie wie versteinert geradeaus starrt.

«Marlena. Liebling. Sieh mich an. Ich liege auf Knien vor dir. Ich flehe dich an. Was kann ich sonst noch tun? Mein Liebling, mein Schatz, bitte komm mit mir rein. Wir sprechen darüber. Wir kriegen das schon hin.» Er holt einen Ring aus seiner Tasche, den er ihr an den Mittelfinger stecken will. Sie entreißt ihm ihre Hand und geht weiter.

«Marlena!» Er brüllt jetzt, und sogar die unverletzten Teile seines Gesichts haben eine unnatürliche Färbung angenommen. Das Haar fällt ihm in die Stirn. «Das kannst du nicht machen! Es ist noch nicht zu Ende! Hast du gehört? Du bist meine Frau, Marlena! Bis dass der Tod uns scheidet, weißt du noch?» Er steht auf und ballt die Fäuste. «Bis dass der Tod uns scheidet!», kreischt er.

Ohne stehen zu bleiben, wirft Marlena mir ihren Koffer zu. Ich starre auf ihre schmale Taille, während ich ihr über den braunen Grasboden folge. Erst am Rand des Zirkusplatzes verlangsamt sie ihren Schritt so weit, dass ich neben ihr hergehen kann.

«Kann ich Ihnen helfen?», fragt der Hotelangestellte und sieht auf, als die Klingel über der Tür unser Eintreffen ankündigt. Sein Gesichtsausdruck wechselt von freundlicher Beflissenheit über Erschrecken bis zu Verachtung. Den gleichen Ablauf haben die Gesichter aller widergespiegelt, denen wir auf dem Weg hierher begegnet sind. Ein Paar mittleren Alters, das neben der Eingangstür auf einer Bank sitzt, starrt uns unverhohlen an.

Wir bieten aber auch einen ungewöhnlichen Anblick. Die Haut um Marlenas Auge hat eine eindrucksvolle blaue Färbung angenommen, aber ihr Gesicht hat wenigstens seine alte Form beibehalten – meines ist zu Brei zerschlagen, die Blutergüsse sind mit nässenden Wunden überzogen.

«Ich brauche ein Zimmer», sagt Marlena.

Der Hotelangestellte mustert uns angewidert. «Wir sind belegt», entgegnet er und schiebt seine Brille mit einem Finger hoch, bevor er sich wieder über sein Register beugt.

Ich stelle den Koffer ab und trete neben sie. «Auf Ihrem Schild steht, dass noch Zimmer frei sind.»

Er presst herrisch die Lippen aufeinander. «Das ist dann wohl falsch.»

Marlena berührt mich am Ellbogen. «Gehen wir, Jacob.»

«Nein, ich gehe nicht», sage ich und wende mich wieder an den Hotelangestellten. «Die Dame braucht ein Zimmer, und Sie haben freie Zimmer.»

Er blickt auffällig auf ihre linke Hand und zieht eine Augenbraue hoch. «Wir vermieten nicht an unverheiratete Paare.»

«Es ist nicht für uns. Nur für sie.»

«Aha», sagt er.

«Vorsicht, Freundchen», sage ich. «Mir gefällt nicht, was Sie da andeuten.»

«Gehen wir, Jacob», wiederholt Marlena mit gesenktem Blick. Sie ist noch blasser als zuvor.

«Andeuten wollte ich nichts», sagt der Hotelangestellte.

«Jacob, bitte», sagt Marlena. «Lass uns einfach woanders hingehen.»

Ich werfe ihm einen mörderischen Blick zu, der keinen Zweifel daran lässt, was ich mit ihm machen würde, wenn Marlena nicht dabei wäre, dann nehme ich ihren Koffer. Marlena geht zur Tür.

«Ach, Sie kenne ich doch!», sagt die Frau auf der Bank. «Sie sind das Mädchen von dem Plakat! Ja, ganz sicher.» Sie dreht sich zu dem Mann neben ihr. «Norbert, das ist das Mädchen von dem Plakat! Nicht wahr? Miss, Sie sind doch der Zirkusstar, oder?»

Marlena stößt die Tür auf, biegt ihre Hutkrempe zurecht und geht hinaus. Ich folge ihr.

«Warten Sie», ruft der Hotelangestellte. «Ich glaube, wir haben doch …»

Ich knalle die Tür hinter mir zu.

Im Hotel drei Häuser weiter zeigt man keine Bedenken, obwohl mir dieser Rezeptionist beinahe so wenig gefällt wie der vorige. Er würde nur zu gerne wissen, was passiert ist. Mit glänzenden Augen und neugierigem, lüsternem Blick mustert er uns von oben bis unten. Mir ist klar, wovon er ausgehen würde, wenn Marlenas Veilchen die einzige Verletzung wäre, aber da es mich viel übler erwischt hat, liegt die Geschichte nicht so einfach auf der Hand.

«Zimmer 2B», sagt er, lässt die Schlüssel vom Finger baumeln und saugt noch immer unseren Anblick in sich auf. «Die Treppe hoch und dann rechts. Am Ende des Flurs.»

Als ich Marlena die Treppe hinauf folge, hängt mein Blick an ihren wohlgeformten Waden. Sie hantiert lange mit dem

Schlüssel herum, dann lässt sie ihn einfach im Schloss und tritt zur Seite. «Ich bekomme die Tür nicht auf. Versuchst du es mal?»

Ich rüttle am Schlüssel, und gleich darauf schnappt der Riegel zurück. Nachdem ich die Tür geöffnet habe, trete ich zur Seite, um Marlena ins Zimmer zu lassen. Sie wirft ihren Hut aufs Bett und geht zum offenen Fenster. Ein Windstoß fährt in den Vorhang, weht ihn ins Zimmer und saugt ihn wieder zurück.

Das Zimmer ist einfach, aber ausreichend. Die Tapeten und Vorhänge sind mit Blumen bedruckt, auf dem Bett liegt eine Decke aus Chenille. Die Tür zum Badezimmer steht offen, es ist groß und mit einer Badewanne auf Klauenfüßen ausgestattet.

Ich stelle den Koffer ab und warte unbeholfen. Marlena wendet mir den Rücken zu. Sie hat eine Schnittwunde im Nacken, wo sich der Verschluss des Colliers in die Haut gegraben hat.

«Brauchst du noch etwas?», frage ich, während ich meinen Hut in den Händen drehe.

«Nein, danke.»

Ich beobachte sie noch einen Augenblick lang. Ich möchte durch das Zimmer gehen und sie in die Arme schließen, doch stattdessen verlasse ich den Raum und schließe leise die Tür hinter mir.

Weil ich nicht weiß, was ich sonst tun sollte, erledige ich meine üblichen Aufgaben in der Menagerie. Ich schneide, verrühre und verteile Futter. Ich sehe nach dem entzündeten Zahn des Yaks und führe Bobo an der Hand mit mir herum, während ich nach den restlichen Tieren schaue.

Ich bin bereits beim Ausmisten, als Diamond Joe hinter mir auftaucht. «Onkel Al will dich sehen.»

Ich starre ihn kurz an, dann lege ich meine Schaufel ins Stroh.

Onkel Al sitzt im Speisewagen hinter einem Teller mit Steak und Pommes frites. In der Hand hält er eine Zigarre, er stößt Rauchringe aus. Sein Gefolge steht mit ernster Miene hinter ihm.

Ich nehme den Hut ab. «Sie wollten mich sprechen?»

«Ah, Jacob», sagt er und beugt sich vor. «Wie schön, dich zu sehen. Hast du mit Marlena alles in Ordnung gebracht?»

«Sie hat ein Zimmer gefunden, falls Sie das meinen.»

«Das auch, ja.»

«Ich bin mir nicht sicher, was Sie sonst meinen könnten.»

Einen Augenblick lang schweigt er. Dann legt er die Zigarre ab, hält die Hände vor sich und drückt die Fingerspitzen gegeneinander. «Es ist ganz einfach. Ich kann es mir nicht leisten, einen von beiden zu verlieren.»

«Soweit ich weiß, hat sie nicht vor, die Show zu verlassen.»

«Er ebenso wenig. Aber stell dir mal vor, wie es wird, wenn beide bleiben, aber nicht wieder zusammenkommen. August ist wirklich außer sich vor Kummer.»

«Sie wollen doch wohl nicht vorschlagen, dass sie zu ihm zurückgeht.»

Er lächelt und legt den Kopf schief.

«Er hat sie geschlagen, Al. Geschlagen!»

Onkel Al reibt sich nachdenklich das Kinn. «Tja nun. Ich muss sagen, das hat mir nicht sonderlich gefallen.» Er deutet auf den Platz ihm gegenüber. «Setz dich.»

Ich hocke mich auf die Stuhlkante.

Onkel Al mustert mich mit schiefgelegtem Kopf. «War etwas an der Geschichte dran?»

327

«An welcher Geschichte?»

Er trommelt mit den Fingern auf den Tisch und schürzt die Lippen. «Seid du und Marlena … hmmm, wie soll ich sagen …»

«Nein.»

«Hmmmm», wiederholt er nachdenklich. «Gut. Hätte ich auch nicht gedacht. Aber gut. Dann kannst du mir ja helfen.»

«Wie bitte?», frage ich.

«Ich bearbeite ihn, du bearbeitest sie.»

«Auf keinen Fall.»

«Das ist eine dumme Situation für dich, stimmt. Du bist mit beiden befreundet.»

«Mit ihm bin ich nicht befreundet.»

Seufzend setzt er eine Miene größter Geduld auf. «Du musst August verstehen. So ist er halt manchmal. Er kann nichts dafür.» Er beugt sich vor und betrachtet mein Gesicht. «Großer Gott. Ich rufe mal lieber einen Arzt, der nach dir sieht.»

«Ich brauche keinen Arzt. Und natürlich kann er was dafür.»

Er starrt mich an, dann lehnt er sich zurück. «Er ist krank, Jacob.»

Ich schweige.

«Er leidet unter paradischer Schnitzophonie.»

«Worunter leidet er?»

«Paradische Schnitzophonie», wiederholt Onkel Al.

«Meinen Sie paranoide Schizophrenie?»

«Genau. Wie auch immer. Kurz gesagt, er ist vollkommen irre. Aber natürlich ist er auch brillant, deshalb versuchen wir, damit zurechtzukommen. Für Marlena ist es natürlich schwerer als für uns andere. Und deshalb braucht sie unsere Unterstützung.»

Ich schüttle ungläubig den Kopf. «Wissen Sie eigentlich, was Sie da sagen?»

«Ich darf keinen von beiden verlieren. Und wenn sie nicht wieder zusammenkommen, werden wir August nicht unter Kontrolle halten können.»

«Er hat sie geschlagen», wiederhole ich mich.

«Ja, ich weiß, das war sehr ärgerlich. Aber er ist doch ihr Ehemann.»

Ich setze meinen Hut auf und mache Anstalten aufzustehen.

«Wohin willst du?»

«Wieder an die Arbeit», sage ich. «Ich werde nicht hier sitzen und mir anhören, dass August sie schlagen darf, weil sie seine Frau ist. Oder dass er nichts dafür kann, weil er wahnsinnig ist. Wenn er wahnsinnig ist, dann sollte sie sich erst recht von ihm fernhalten.»

«Wenn du gleich noch Arbeit haben willst, dann setzt du dich jetzt.»

«Wissen Sie was? Die Arbeit ist mir scheißegal», sage ich und gehe zur Tür. «Wiedersehen. Ich würde gerne sagen, es war eine schöne Zeit.»

«Was ist mit deinem kleinen Freund?»

Ich erstarre. Meine Hand liegt auf dem Türknauf.

«Der kleine Drecksack mit dem Hund», sagt er grüblerisch. «Und dieser andere Kerl – wie hieß er doch gleich?» Er schnipst mit den Fingern, während er überlegt.

Ich drehe mich langsam um. Ich kann mir denken, was jetzt kommt.

«Du weißt schon, wen ich meine. Diesen nutzlosen Krüppel, der auf meine Kosten futtert und in meinem Zug seit Wochen Platz wegnimmt, ohne einen Handschlag zu tun. Was ist mit dem?» Mein Gesicht glüht, in mir lodert der Hass.

«Dachtest du wirklich, du kannst einen blinden Passagier vor mir verstecken? Oder vor ihm?» Sein Blick ist grimmig, seine Augen blitzen.

Dann entspannen sich seine Züge plötzlich, und er lächelt freundlich. Er streckt bittend die Hände aus. «Du verstehst mich völlig falsch. Die Menschen in dieser Show sind meine Familie. Jeder Einzelne von ihnen liegt mir am Herzen. Was mir aber klar ist und dir offensichtlich noch nicht, ist die Tatsache, dass manchmal ein Einzelner etwas opfern muss zum Wohle aller. Und für diese Familie ist es nötig, dass August und Marlena sich wieder vertragen. Haben wir uns verstanden?»

Ich starre ihm in die funkelnden Augen und würde nur zu gerne ein Beil dazwischenschlagen.

«Ja, Sir», antworte ich schließlich. «Ich glaube schon.»

Rosie hat einen Fuß auf eine Tonne gestellt, damit ich ihr die Zehennägel feilen kann. Sie hat fünf an jedem Fuß, genau wie ein Mensch. Ich bearbeite gerade einen ihrer Vorderfüße, als mir auffällt, dass sich in der Menagerie kein Mensch mehr rührt. Die Arbeiter starren reglos mit großen Augen auf den Eingang.

Ich blicke auf. August kommt auf mich zu und bleibt vor mir stehen. Das Haar fällt ihm in die Stirn, und er streicht es mit einer geschwollenen Hand zurück. Seine Oberlippe, die aufgeplatzt ist wie ein Grillwürstchen, hat sich blauviolett verfärbt. Seine blutverkrustete Nase ist plattgedrückt und schief. In der Hand hält er eine brennende Zigarette.

«Gütiger Himmel», sagt er. Er versucht zu lächeln, aber wegen seiner aufgeplatzten Lippe gelingt es ihm nicht. Er zieht an seiner Zigarette. «Schwer zu sagen, wer mehr abbekommen hat, was, mein Junge?»

«Was willst du?», frage ich, beuge mich vor und feile die Kante eines riesigen Zehennagels ab.

«Du bist doch nicht mehr sauer, oder?»

Ich gebe keine Antwort.

Er sieht mir einen Moment lang bei der Arbeit zu. «Hör mal, ich weiß, dass ich zu weit gegangen bin. Manchmal geht die Phantasie mit mir durch.»

«Ach, so war das also?»

Er bläst den Rauch aus. «Ich hatte gehofft, wir könnten das alles vergessen. Also, was sagst du, mein Junge – sind wir wieder Freunde?» Er streckt mir die Hand entgegen.

Ich richte mich auf, dabei halte ich beide Hände neben dem Körper. «Du hast sie geschlagen, August.»

Die anderen Männer sehen sprachlos zu. August wirkt verblüfft. Er bewegt die Lippen. Dann zieht er die Hand zurück und nimmt die Zigarette wieder zwischen die Finger. Seine Hände sind voller Blutergüsse, die Fingernägel sind eingerissen. «Ja. Ich weiß.»

Ich trete zurück und begutachte Rosies Zehennägel. «*Położ nogę. Położ nogę,* Rosie!»

Sie hebt ihren gigantischen Fuß an, um ihn wieder auf den Boden zu stellen. Mit einem Tritt befördere ich die umgedrehte Tonne vor Rosies anderen Vorderfuß. «*Nogę! Nogę!*» Rosie verlagert das Gewicht, dann stellt sie den anderen Fuß in die Mitte der Tonne. «*Teraz do przodu*», befehle ich und stupse mit den Fingern gegen die Rückseite ihres Beines, bis ihre Zehennägel über den Tonnenrand ragen. «Braves Mädchen», lobe ich, dabei tätschle ich ihr die Schulter. Sie hebt den Rüssel und öffnet ihr Maul zu einem Lächeln. Ich greife hinein und streichle ihre Zunge.

«Weißt du, wo sie ist?», fragt August.

Ich beuge mich über Rosies Zehennägel und fahre prüfend mit der Hand über ihre Fußsohle.

«Ich muss sie sehen», fügt er hinzu.

Ich fange an zu feilen. Ein feiner Nebel aus Hornpulver sprüht auf.

«Na gut. Wie du willst», sagt er mit schriller Stimme. «Aber sie ist meine Frau, und ich werde sie finden. Und wenn ich alle Hotels abklappern muss – ich werde sie finden!»

Gerade als ich aufsehe, schnipst er seine Zigarette los. Sie segelt in hohem Bogen durch die Luft und landet in Rosies offenem Mund. Als die Glut Rosies Zunge berührt, zischt es. Rosie brüllt panisch, wirft den Kopf zurück und wühlt sich mit dem Rüssel im Maul herum.

August marschiert davon. Ich drehe mich wieder zu Rosie um. Sie schaut mich mit einem unaussprechlich traurigen Blick an. In ihren bernsteinfarbenen Augen stehen Tränen.

Ich hätte ahnen müssen, dass er die Hotels abklappert. Aber weil ich nicht nachgedacht habe, wohnt sie im zweiten Hotel, an dem wir vorbeigekommen sind. Sie könnte nicht einfacher zu finden sein.

Da ich weiß, dass ich beobachtet werde, warte ich auf den richtigen Moment. Bei der ersten Gelegenheit stehle ich mich fort und eile zum Hotel. Ich warte eine Weile an der nächsten Ecke und halte die Augen offen, um sicherzugehen, dass mir niemand gefolgt ist. Nachdem ich wieder zu Atem gekommen bin, nehme ich den Hut ab, wische mir über die Stirn und betrete das Gebäude.

Der Hotelangestellte blickt auf. Es ist jemand anders, und er betrachtet mich mit eisigem Blick.

«Was wollen Sie denn hier?», fragt er, als hätte er mich schon einmal gesehen, als würden jeden Tag arg mitgenommene, matschige Tomaten durch seine Tür spazieren.

«Ich möchte Miss L'Arche besuchen», sage ich, da Marlena sich unter ihrem Mädchennamen eingetragen hat. «Marlena L'Arche.»

«Hier wohnt keine Frau, die so heißt», entgegnet er.

«Doch, natürlich», sage ich. «Ich war bei ihr, als sie heute Morgen hier eingezogen ist.»

«Es tut mir leid, aber Sie irren sich.»

Ich starre ihn an, dann renne ich auf die Treppe zu.

«He, Freundchen! Kommen Sie zurück!»

Ich nehme jeweils zwei Stufen auf einmal.

«Wenn Sie jetzt diese Treppe hochgehen, rufe ich die Polizei!», brüllt er.

«Nur zu!»

«Ich mach das! Ich rufe sofort an!»

«Gut!»

Ich hämmere mit den Knöcheln, die am wenigsten verletzt sind, an die Tür. «Marlena?»

Im nächsten Augenblick erwischt mich der Rezeptionist, wirbelt mich herum und drückt mich gegen die Wand. Er packt mich am Kragen, sein Gesicht ist direkt vor meinem. «Ich habe es doch schon gesagt, sie ist nicht hier.»

«Schon gut, Albert. Er ist ein Freund von mir.» Hinter uns ist Marlena auf den Flur getreten.

Er erstarrt, sein heißer Atem schlägt mir ins Gesicht. Dann reißt er verwirrt die Augen auf. «Was?», fragt er.

«Albert?» Ich bin ebenfalls verwirrt. «Albert?»

«Aber was ist mit vorhin?», stammelt Albert.

«Das ist nicht derselbe Mann. Das ist jemand anders.»

«August war hier?», frage ich, als ich schließlich begreife. «Geht es dir gut?»

Alberts Blick huscht zwischen Marlena und mir hin und her.

«Das ist ein Freund von mir. Er hat sich mit dem anderen geprügelt», erklärt Marlena.

Albert lässt mich los. Ungeschickt versucht er, meine Jacke zu richten, dann streckt er die Hand aus. «Tut mir leid, Kumpel. Sie sehen dem anderen Kerl verdammt ähnlich.»

«Ach, schon gut», sage ich und ergreife seine Hand. Als er zudrückt, zucke ich zusammen.

«Er sucht nach dir», sage ich Marlena. «Du musst woandershin.»

«Sei nicht albern», entgegnet sie.

«Er war schon hier», wirft Albert ein. «Ich habe ihm gesagt, dass sie nicht hier ist, und er schien mir das abzukaufen. Deshalb war ich überrascht, als Sie – er – ähm, wieder aufgetaucht sind.»

Unten klingelt die Türglocke. Albert und ich sehen uns an. Ich dränge Marlena in ihr Zimmer, während er hinunterläuft.

«Kann ich Ihnen helfen?», fragt er, als ich die Tür schließe. An seiner Stimme höre ich, dass es nicht August ist.

Ich lehne mich mit einem erleichterten Stoßseufzer gegen die Tür. «Mir wäre wirklich wohler, wenn ich dir ein Zimmer suchen dürfte, das weiter vom Zirkus entfernt liegt.»

«Nein. Ich will hier bleiben.»

«Wieso denn?»

«Er war doch schon hier und sucht mich jetzt woanders. Außerdem kann ich ihm nicht ewig aus dem Weg gehen. Ich muss morgen zum Zug zurück.»

Daran habe ich noch gar nicht gedacht.

Sie durchquert das Zimmer, dabei fährt sie mit einer Hand über den kleinen Tisch. Dann lässt sie sich auf einen Stuhl fallen und lehnt den Kopf an.

«Er wollte sich bei mir entschuldigen», erzähle ich.

«Hast du die Entschuldigung angenommen?»

«Natürlich nicht», sage ich entrüstet.

Sie zuckt mit den Schultern. «Dann hättest du es leichter. Wenn du es nicht tust, fliegst du wahrscheinlich raus.»

«Er hat dich geschlagen, Marlena!»

Sie schließt die Augen.

«Mein Gott – war er schon immer so?»

«Ja. Na ja, er hat mich noch nie geschlagen. Aber diese Stimmungsschwankungen? Ja. Ich weiß nie, neben wem ich morgens aufwache.»

«Onkel Al meinte, er hätte paranoide Schizophrenie.»

Sie senkt den Kopf.

«Wie hast du das ausgehalten?»

«Ich hatte keine große Wahl, oder? Ich hatte ihn schon geheiratet, als ich es gemerkt habe. Du hast es ja gesehen. Wenn er glücklich ist, ist er der charmanteste Mann der Welt. Aber wenn ihn etwas aus der Bahn wirft …» Sie seufzt, und dann schweigt sie so lange, dass ich mich frage, ob sie überhaupt weitersprechen wird. Als sie es tut, zittert ihre Stimme. «Beim ersten Mal waren wir gerade drei Wochen lang verheiratet, und es hat mich zu Tode erschreckt. Er hat einen der Menageriearbeiter so furchtbar verprügelt, dass der Mann ein Auge verloren hat. Ich war dabei. Ich rief meine Eltern an, um zu fragen, ob ich nach Hause kommen kann, aber sie wollten eigentlich gar nicht mit mir sprechen. Schlimm genug, dass ich einen Juden geheiratet hatte, aber jetzt wollte ich mich auch noch scheiden lassen? Mein Vater ließ mir durch Mutter ausrichten, ich wäre in seinen Augen an dem Tag gestorben, an dem ich durchgebrannt bin.»

Ich gehe zu ihr und knie vor ihr nieder. Ich hebe eine Hand, um ihr übers Haar zu streichen, lege sie dann aber auf die Armlehne.

«Drei Wochen später verlor ein anderer Menageriearbeiter einen Arm, als er mit August die Raubkatzen fütterte. Er ist verblutet, bevor jemand Näheres herausfinden konn-

335

te. Später, in derselben Saison, erfuhr ich, dass August mir nur deshalb die Pferde für die Freiheitsdressur überlassen konnte, weil meine Vorgängerin aus dem fahrenden Zug gesprungen ist, nachdem sie den Abend mit August in seinem Privatabteil verbracht hat. Und das waren nicht die einzigen Zwischenfälle. Allerdings hat er sich jetzt zum ersten Mal gegen mich gewendet.» Sie sinkt in sich zusammen, und dann fangen ihre Schultern an zu beben.

«Oh, nicht», stammle ich hilflos. «Nicht. Nicht doch. Marlena – sieh mich an. Bitte.»

Sie setzt sich auf und fährt sich mit der Hand über das Gesicht. Dann blickt sie mir in die Augen. «Bleibst du bei mir, Jacob?», fragt sie.

«Marlena …»

«Schsch.» Sie rutscht vor bis auf die Stuhlkante und legt mir einen Finger auf die Lippen. Dann lässt sie sich auf den Boden gleiten. Sie kniet nur Zentimeter entfernt vor mir, ihr Finger auf meinen Lippen zittert.

«Bitte», sagt sie. «Ich brauche dich.» Nach einer winzigen Pause streicht sie mir zögerlich und sanft über das Gesicht, sie berührt kaum meine Haut. Ich halte den Atem an und schließe die Augen.

«Marlena …»

«Sag jetzt nichts», murmelt sie. Bebend gleiten ihre Finger mein Ohr entlang und auf meinen Nacken. Ich erschaudere. Jedes Härchen an meinem Körper hat sich aufgerichtet.

Als ihre Hände zu meinem Hemd wandern, schlage ich die Augen auf. Sie öffnet die Knöpfe langsam und bewusst. Ich beobachte sie dabei, ich weiß, dass ich sie aufhalten sollte. Aber ich kann es nicht. Ich bin ihr ausgeliefert.

Nachdem sie mir das Hemd aufgeknöpft hat, zieht sie es aus der Hose und blickt mir in die Augen. Sie lehnt sich vor und streift meine Lippen mit ihren Lippen, so sanft, dass es nicht einmal ein Kuss ist, nur eine Berührung. Sie zögert, ihre Lippen sind so nah, dass ich ihren Atem auf meinem Gesicht spüre. Dann küsst sie mich, es ist ein zarter Kuss, zögernd, aber lang. Der nächste Kuss ist inniger, der folgende noch inniger, und bevor ich weiß, wie mir geschieht, küsse auch ich sie, ich nehme ihr Gesicht zwischen meine Hände, während sie ihre Finger über meine Brust und weiter hinunterwandern lässt. Als sie an meiner Hose ankommen, schnappe ich nach Luft. Sie zeichnet mit dem Finger die Kontur meiner Erektion nach.

Dann hält sie inne. Im Knien schwanke ich. Ohne den Blick von meinen Augen zu lösen, führt sie meine Hände an ihre Lippen. Sie drückt auf jede Handfläche einen Kuss, dann legt sie sie auf ihre Brüste.

«Berühr mich, Jacob.»

Ich bin hoffnungslos verloren.

Ihre Brüste sind klein und rund, wie Zitronen. Ich umfasse sie, streiche mit den Daumen über sie und spüre durch das Kleid hindurch, wie sich ihre Brustwarzen aufrichten. Ich drücke meine geschundenen Lippen auf ihren Mund und lasse die Hände über ihre Rippen gleiten, über ihre Taille, die Hüften, die Schenkel …

Als sie meine Hose öffnet und mich in ihre Hand nimmt, zucke ich zurück.

«Bitte», keuche ich, mir versagt fast die Stimme. «Bitte. Ich möchte in dir sein.»

Irgendwie schaffen wir es zum Bett. Als ich endlich in sie gleite, schreie ich auf.

Nachher schmiege ich mich an sie. Wir liegen still da, bis es dunkel wird, und dann beginnt sie zögernd zu sprechen. Sie schiebt mir ihre Füße zwischen die Knöchel, spielt mit meinen Fingerspitzen, und bald sprudeln die Worte aus ihr heraus. Sie redet, ohne eine Antwort zu erwarten oder ihr auch nur Platz einzuräumen, also halte ich sie einfach fest und streichle ihr Haar. Sie erzählt von dem Schmerz, der Trauer und dem Schrecken der vergangenen vier Jahre; davon, wie sie damit zu leben lernte, mit einem Mann verheiratet zu sein, der so gewalttätig und unberechenbar ist, dass seine Berührung sie erschaudern lässt, und dass sie bis vor kurzem dachte, es wäre ihr gelungen. Und schließlich davon, wie mein Auftauchen sie zu der Einsicht zwang, dass sie keineswegs damit leben konnte.

Als sie schließlich aufhört zu reden, streichle ich sie weiter, ich lasse die Hände sanft über ihr Haar gleiten, über ihre Schultern, Arme und Hüften. Und dann fange ich an zu erzählen. Ich erzähle ihr von meiner Kindheit und den Aprikosenrugelach, die meine Mutter immer gemacht hat. Davon, wie ich als Teenager anfing, meinen Vater auf seiner Runde zu begleiten, und davon, wie stolz er war, als ich in Cornell angenommen wurde. Ich erzähle ihr von Cornell, von Catherine und dass ich das damals für Liebe hielt. Ich erzähle ihr vom alten Mr. McPherson, der meine Eltern von der Brücke gedrängt, und von der Bank, die sich unser Haus geschnappt hat, und auch von meinem Zusammenbruch, bei dem ich aus dem Prüfungsraum lief, weil alle ihre Gesichter verloren hatten.

Am nächsten Morgen lieben wir uns erneut. Dieses Mal nimmt sie meine Hand und führt meine Finger. Zuerst begreife ich nicht, aber als sie zittert und sich meiner Berührung entgegenstreckt, verstehe ich, was sie mir zeigt, und weine beinahe vor Freude.

Nachher kuschelt sie sich an mich, und ihr Haar kitzelt mein Gesicht. Ich streichle sie sanft und versuche, mir ihren Körper einzuprägen. Ich will, dass sie mit mir verschmilzt, dass wir eins werden. Ich will sie in mich aufnehmen und den Rest meines Lebens mit ihr verbringen.

Ich will.

Reglos genieße ich die Berührung ihres Körpers. Ich wage kaum zu atmen, weil ich fürchte, es könnte den Zauber brechen.

21 Plötzlich bewegt Marlena sich. Sie schreckt hoch und schnappt sich meine Uhr vom Nachttisch.

«So ein Mist», sagt sie, lässt sie fallen und schwingt die Beine aus dem Bett.

«Was? Was ist denn?», frage ich.

«Es ist schon Mittag. Ich muss zurück.»

Sie läuft ins Badezimmer und schließt die Tür. Gleich darauf höre ich die Toilettenspülung und Wasser laufen. Dann stürmt sie ins Zimmer und liest hektisch ihre Kleidung vom Boden auf. «Marlena, warte.» Ich stehe ebenfalls auf.

«Ich kann nicht. Ich muss arbeiten», sagt sie, während sie mit ihren Strümpfen kämpft.

Ich stelle mich hinter sie und lege ihr die Hände auf die Schultern. «Marlena, bitte.»

Sie hält inne und dreht sich langsam zu mir um. Sie blickt erst auf meine Brust, dann zu Boden.

Als ich sie ansehe, fallen mir die Worte plötzlich schwer. «Letzte Nacht hast du gesagt ‹ich brauche dich›. Das Wort ‹Liebe› hast du nicht ausgesprochen, deshalb weiß ich nur, was ich fühle.» Ich schlucke schwer und betrachte blinzelnd ihren Scheitel. «Ich liebe dich, Marlena. Ich liebe dich von ganzem Herzen, und ich will mit dir zusammen sein.»

Sie blickt weiter zu Boden.

«Marlena?»

Dann hebt sie den Kopf. Ihr stehen Tränen in den Augen. «Ich liebe dich auch», flüstert sie. «Ich glaube, ich habe dich schon geliebt, als ich dich zum ersten Mal sah. Aber verstehst du denn nicht? Ich bin mit August verheiratet.»

«Das können wir ändern.»

«Aber …»

«Kein Aber. Ich will mit dir zusammen sein. Wenn du das auch willst, finden wir eine Lösung.»

Nach langem Schweigen sagt sie schließlich: «Ich habe noch nie etwas so sehr gewollt.»

Ich nehme ihr Gesicht zwischen die Hände und küsse sie. «Wir müssen die Show verlassen», sage ich, dabei wische ich mit den Daumen ihre Tränen fort.

Sie nickt schniefend.

«Aber erst in Providence.»

«Warum dort?»

«Weil wir uns da mit Camels Sohn treffen. Er nimmt ihn zu sich.»

«Kann Walter sich bis dahin nicht um ihn kümmern?»

Ich schließe die Augen und lehne meine Stirn gegen ihre. «Ganz so einfach ist das nicht.»

«Warum nicht?»

«Onkel Al hat mich gestern zu sich bestellt. Ich soll dich überreden, zu August zurückzukehren. Er hat mir gedroht.»

«Natürlich hat er das. Er ist Onkel Al.»

«Nein, ich meine, er hat gedroht, Walter und Camel aus dem fahrenden Zug zu werfen.»

«Ach, das ist nur Gerede», sagt sie. «Hör nicht darauf. Er würde nie jemanden aus dem Zug schmeißen.»

«Sagt wer? August? Onkel Al?»

Bestürzt sieht sie auf.

«Weißt du noch, wie in Davenport die Leute von der

Eisenbahnbehörde zu uns gekommen sind? In der Nacht davor sind sechs Männer von der Fliegenden Vorhut verschwunden.»

Sie runzelt die Stirn. «Ich dachte, diese Behördenleute wären da gewesen, weil jemand Onkel Al Ärger machen wollte.»

«Nein, sie waren da, weil ein halbes Dutzend Männer aus dem Zug geworfen wurde. Camel hätte einer von ihnen sein sollen.»

Einen Moment lang starrt sie mich nur an, dann schlägt sie die Hände vors Gesicht. «Großer Gott. Großer Gott, ich war so dumm.»

«Du warst nicht dumm. Überhaupt nicht. Es ist schwer, sich etwas so Böses vorzustellen», sage ich und schließe sie fest in die Arme.

Sie drückt das Gesicht gegen meine Brust. «Jacob, was sollen wir nur tun?»

«Ich weiß es nicht», antworte ich und streichle ihr übers Haar. «Wir lassen uns etwas einfallen, aber wir müssen sehr, sehr vorsichtig sein.»

Nacheinander stehlen wir uns wieder auf den Zirkusplatz. Ich trage ihren Koffer bis zur letzten Kreuzung und beobachte dann, wie sie den Platz überquert und in ihrem Garderobenzelt verschwindet. Ich bleibe eine Weile in der Nähe, falls August im Zelt sein sollte. Da es keine Probleme zu geben scheint, gehe ich zum Pferdewagen.

«Aha, der Kater kehrt heim», bemerkt Walter. Er schiebt die Truhen vor die Wand, um Camel zu verstecken. Der alte Mann liegt mit geschlossenen Augen und offenem Mund da und schnarcht. Walter hat ihm wohl gerade erst Schnaps gegeben.

«Das ist nicht mehr nötig», sage ich.

Walter richtet sich auf. «Was?»

«Du musst Camel nicht mehr verstecken.»

Er starrt mich an. «Was zum Teufel redest du da?»

Ich setze mich auf die Schlafmatte. Queenie kommt schwanzwedelnd angelaufen. Ich kraule ihr den Kopf, während sie mich überall beschnuppert.

«Jacob, was ist los?»

Als ich es ihm erzähle, wirkt er erst geschockt, dann entsetzt und schließlich ungläubig.

«Du Dreckskerl», sagt er, als ich fertig bin.

«Walter, bitte …»

«In Providence willst du also abhauen. Sehr großzügig von dir, so lange zu warten.»

«Es ist wegen Cam…»

«Ich weiß, dass es wegen Camel ist», brüllt er. Dann schlägt er sich mit der Faust gegen die Brust. «Und was ist mit mir?»

Ich öffne den Mund, bringe aber keinen Ton heraus.

«Genau. Das dachte ich mir», sagt er mit vor Sarkasmus triefender Stimme.

«Komm mit uns», platzt es aus mir heraus.

«Ja, prima, das wird gemütlich. Nur wir drei. Und wohin, zum Teufel, sollen wir gehen?»

«Wir suchen im *Billboard* nach freien Stellen.»

«Es gibt keine freien Stellen. Überall in diesem verdammten Land machen Shows Pleite. Menschen verhungern. Sie verhungern! In den Vereinigten Staaten von Amerika!»

«Irgendwas werden wir schon finden.»

«Einen Dreck werden wir», sagt er kopfschüttelnd. «Verdammt, Jacob. Ich hoffe, sie ist es wert, mehr kann ich dazu nicht sagen.»

Auf dem Weg zur Menagerie halte ich unentwegt nach August Ausschau. Er ist nirgends zu sehen, aber die Anspannung der Menageriearbeiter ist fast greifbar.

Nachmittags werde ich zu den Privatabteilen bestellt.

«Setz dich», sagt Onkel Al, als ich hereinkomme. Er deutet auf den Stuhl ihm gegenüber.

Ich setze mich. Er lehnt sich zurück und zwirbelt seinen Schnurrbart. Die Augen hat er zusammengekniffen. «Hast du schon Fortschritte gemacht?», fragt er.

«Noch nicht», antworte ich. «Aber ich glaube, sie fängt sich wieder.»

Er öffnet die Augen und hört auf zu zwirbeln. «Wirklich?»

«Natürlich nicht von heute auf morgen. Sie ist immer noch wütend.»

«Ja, ja, natürlich.» Er beugt sich erwartungsvoll vor. «Aber du glaubst wirklich …?» Er bricht mitten in der Frage ab. In seinen Augen blitzt Hoffnung auf.

Mit einem tiefen Seufzer lehne ich mich zurück und schlage die Beine übereinander. «Wenn zwei Menschen füreinander bestimmt sind, werden sie auch zusammen sein. Das ist Schicksal.»

Während er mich anstarrt, breitet sich ein Lächeln auf seinem Gesicht aus. Er hebt die Hand und schnipst mit den Fingern. «Einen Brandy für Jacob», befiehlt er. «Und für mich auch einen.»

Wenig später halten wir beide große Kognakschwenker in der Hand.

«Also raus damit, was glaubst du, wie lange …?», fragt er, während er das Glas auf Kopfhöhe schwenkt.

«Sie will wohl erst mal ihren Standpunkt klarmachen.»

«Ja, ja, sicher», stimmt er zu. Er beugt sich mit glänzenden Augen vor. «Ja. Das verstehe ich vollkommen.»

«Außerdem sollte sie unbedingt das Gefühl haben, dass wir sie unterstützen und nicht ihn. Sie wissen ja, wie Frauen sind. Wenn sie auch nur den Verdacht hegt, wir hätten kein Mitgefühl, wirft uns das meilenweit zurück.»

«Natürlich.» Er nickt und schüttelt gleichzeitig den Kopf, sodass er ihn im Kreis bewegt. «Vollkommen einverstanden. Und was sollen wir deiner Meinung nach unternehmen?»

«Na ja, August sollte selbstredend Abstand wahren. Dadurch bekäme sie die Gelegenheit, ihn zu vermissen. Es könnte sogar hilfreich sein, wenn er so tut, als wäre er nicht mehr interessiert. Frauen sind in solchen Dingen komisch. Außerdem darf sie auf keinen Fall denken, dass wir sie wieder verkuppeln wollen. Sie muss es für ihre Idee halten.»

«Hmm, ja», meint er mit nachdenklichem Nicken. «Da könntest du recht haben. Und was glaubst du, wie lange …?»

«Ich schätze, höchstens ein paar Wochen.»

Er hört auf zu nicken und reißt die Augen auf. «So lange?»

«Ich kann versuchen, die Sache zu beschleunigen, aber dann laufen wir Gefahr, dass es nach hinten losgeht. Sie kennen doch die Frauen.» Ich zucke mit den Schultern. «Vielleicht dauert es zwei Wochen, vielleicht nur bis morgen. Aber wenn sie sich unter Druck gesetzt fühlt, wird sie es allein aus Trotz hinauszögern.»

«Ja, richtig.» Onkel Al legt einen Finger an die Lippen. Er mustert mich eine halbe Ewigkeit lang. «Verrat mir doch mal, wie es kommt, dass du seit gestern deine Meinung geändert hast.»

Ich hebe mein Glas und schwenke den Brandy darin, dabei fixiere ich den Punkt, an dem der Stiel in den Kelch übergeht. «Sagen wir einfach, dass mir plötzlich sehr klar geworden ist, wie die Dinge tatsächlich stehen.»

Er kneift die Augen zusammen.

«Auf August und Marlena», sage ich und halte das Glas hoch. Der Brandy schwappt gegen die Seitenwand.

Al hebt ebenfalls langsam das Glas.

Ich kippe den Rest Brandy hinunter und lächle. Er setzt das Glas ab, ohne zu trinken. Ich lege den Kopf schief, das Lächeln immer noch auf den Lippen. Soll er mich doch mustern. Nur zu. Heute bin ich unbesiegbar.

Dann nickt er zufrieden und trinkt einen Schluck. «Ja. Gut. Ich muss zugeben, nach gestern war ich mir, was dich betrifft, nicht sicher. Ich bin froh, dass du es dir überlegt hast. Du wirst es nicht bereuen, Jacob. Es wäre für alle das Beste. Und besonders für dich», sagt er und deutet mit dem Kognakschwenker auf mich. Dann leert er ihn in einem Zug. «Ich kümmere mich um jeden, der sich um mich kümmert.» Nach einem leisen Schmatzer fügt er hinzu: «Und um die anderen kümmere ich mich auch.»

Am Abend deckt Marlena ihr Veilchen mit Puder ab und zeigt ihre Freiheitsdressur. Augusts Gesicht dagegen lässt sich nicht so leicht herrichten, deshalb fällt die Elefantennummer aus, bis er wieder wie ein Mensch aussieht. Nachdem sie zwei Wochen lang unzählige Poster von Rosie bewundert haben, auf denen sie auf einem Ball balanciert, sind die Städter äußerst missmutig, als sie am Ende der Vorführung merken, dass der Dickhäuter, der sich im Menageriezelt fröhlich mit Süßigkeiten, Popcorn und Erdnüssen füttern ließ, gar nicht im Chapiteau aufgetreten ist. Die Flicker ziehen ein paar Männer, die ihr Geld wiederhaben wollen, rasch zur Seite, um sie zu besänftigen, bevor die Idee um sich greift.

Ein paar Tage später kommt der Kopfschmuck mit den Pailletten – er wurde sorgfältig mit rosafarbenem Garn geflickt – wieder zum Einsatz, sodass Rosie in alter Pracht die Menge in der Menagerie bezaubert. Doch sie tritt immer noch nicht auf, und nach jeder Vorstellung gibt es Beschwerden.

Das Leben findet zu einer brüchigen Normalität zurück. Ich erledige morgens meine üblichen Pflichten und ziehe mich zurück, wenn die Besucher kommen. Onkel Al findet, arg mitgenommene, matschige Tomaten geben keine guten Aushängeschilder für die Show ab, und das kann ich ihm nicht verdenken. Meine Wunden werden um einiges scheußlicher, bevor sie heilen, und als die Schwellung abklingt, ist klar, dass meine Nase schief bleiben wird.

Außer bei den Mahlzeiten bekomme ich August nicht zu Gesicht. Onkel Al hat ihn an Earls Tisch versetzt, aber als sich zeigt, dass er dort nur herumhockt und schmollend Marlena anstarrt, muss er mit Onkel Al im Speisewagen essen. Und so kommt es, dass Marlena und ich uns dreimal täglich alleine gegenübersitzen an diesem so öffentlichen Ort.

Onkel Al versucht seinen Teil der Abmachung einzuhalten, das muss ich ihm lassen. Aber August ist zu weit abgedriftet, als dass man ihn unter Kontrolle halten könnte. Am Tag nach seiner Verbannung aus dem Küchenbau sieht Marlena, als sie sich umdreht, wie er sich in einem Zelteingang versteckt. Eine Stunde später verstellt er ihr in der Budengasse den Weg, fällt auf die Knie und schlingt ihr die Arme um die Beine. Als sie sich losreißen will, wirft er sie ins Gras, hält sie fest und versucht, ihr den Ring wieder anzustecken, dabei fleht er sie abwechselnd stammelnd an und droht ihr.

Walter rennt zur Menagerie, um mich zu holen, aber als ich dort ankomme, hat Earl August bereits weggeschleppt. Schäumend vor Wut, laufe ich zu den Privatabteilen.

Als ich Onkel Al erzähle, dass Augusts Ausbruch uns wieder an den Anfang zurückgeworfen hat, macht er seinem Ärger Luft, indem er eine Karaffe an der Wand zerschmettert.

August verschwindet für drei Tage komplett von der Bildfläche, und Onkel Al fängt wieder an, den Leuten auf den Kopf zu schlagen.

August ist nicht der Einzige, den der Gedanke an Marlena auffrisst. Nachts auf meiner Pferdedecke sehne ich mich so sehr nach ihr, dass es schmerzt. Ein Teil von mir wünscht sich, sie würde zu mir kommen, aber im Grunde will ich es nicht, weil es zu gefährlich wäre. Ich kann auch nicht zu ihr gehen, weil sie sich im Jungfernwagen eine Koje mit einer der Seiltänzerinnen teilt.

Innerhalb von sechs Tagen schaffen wir es zweimal, uns zu lieben – wir ducken uns hinter irgendwelchen Zeltwänden in einer Art Ringkampf, zu dem wir unsere Kleidung nur lockern, weil keine Zeit bleibt, sich auszuziehen. Nach diesen Treffen bin ich gleichermaßen erschöpft wie voll neuer Kraft, ebenso verzweifelt wie erfüllt. Ansonsten gehen wir im Küchenbau betont förmlich miteinander um. Wir sind so darauf bedacht, den Schein zu wahren, dass wir unsere Gespräche so halten, als säße jemand mit uns am Tisch, obwohl uns unmöglich jemand hören kann. Trotzdem frage ich mich, ob unsere Affäre nicht offensichtlich ist. Mir kommt es so vor, als könne man das Band, das uns verbindet, deutlich sehen.

In der Nacht nach unserer dritten spontanen, fieberhaften Zusammenkunft, als ich sie noch auf meinen Lippen schmecke, habe ich einen sehr lebensechten Traum. Der Zug hat im Wald angehalten, aber ich weiß nicht, warum, denn es ist mitten in der Nacht, und niemand rührt sich.

Draußen höre ich anhaltendes, verzweifeltes Bellen. Ich steige aus dem Pferdewagen und folge dem Lärm bis zu einer steilen Böschung. Queenie kämpft auf dem Grund einer Schlucht mit einem Dachs, der sich in eins ihrer Beine verbissen hat. Ich rufe ihren Namen, während ich die Böschung verzweifelt nach einem Weg hinunter absuche. Ich will an einem lianenartigen Ast hinuntersteigen, rutsche aber nur im Matsch aus und ziehe mich schließlich wieder nach oben.

Währenddessen befreit Queenie sich und krabbelt die Böschung hinauf. Ich hebe sie hoch, um nachzusehen, ob sie verletzt ist. Unglaublicherweise geht es ihr gut. Ich klemme sie mir unter den Arm und drehe mich zum Pferdewagen um, doch ein zweieinhalb Meter langer Alligator versperrt den Eingang. Ich laufe zum nächsten Wagen, aber der Alligator dreht sich ebenfalls um und läuft neben dem Zug her, das lange Maul aufgerissen zu einem scharfzahnigen Grinsen. Panisch wirble ich herum. Aus der anderen Richtung kommt ein weiterer riesiger Alligator auf uns zu.

Hinter uns höre ich Geräusche, Blätterrascheln und knackende Zweige. Der Dachs ist die Böschung heraufgeklettert und hat sich vervielfacht.

Hinter uns ist eine Wand aus Dachsen, vor uns ein Dutzend Alligatoren.

Ich wache schweißgebadet auf.

Unsere Lage ist unhaltbar, und ich weiß es.

In Poughkeepsie geraten wir in eine Razzia, und dieses eine Mal verwischen die sozialen Grenzen: Arbeiter, Artisten und Chefs packt das Heulen und Zähneklappern, als der ganze Scotch, der ganze Wein, der gute kanadische Whiskey, das ganze Bier, der Gin und sogar der Selbstgebrannte von Männern mir verdrießlicher Miene am ausgestreckten Arm in den Schotter gekippt wird. Er sickert blubbernd durch die Steine ins schnöde Erdreich.

Und dann werden wir aus der Stadt gejagt.

In Hartford nehmen einige Besucher ernsthaften Anstoß daran, dass Rosie nicht auftritt und vor der Kuriositätenschau noch immer ein Plakat für die Liebliche Lucinda wirbt, obwohl die Liebliche Lucinda leider nicht mehr unter uns weilt. Die Flicker sind nicht schnell genug, und bevor wir recht wissen, was los ist, umlagern aufgebrachte Männer den Kassenwagen und verlangen ihr Geld zurück. Von der einen Seite bedrängt uns die Polizei, von der anderen die Städter, und so ist Onkel Al gezwungen, die kompletten Tageseinnahmen zu erstatten.

Und dann werden wir aus der Stadt gejagt.

Am nächsten Morgen ist Zahltag, und die Angestellten von BENZINIS SPEKTAKULÄRSTER SHOW DER WELT stellen sich vor dem roten Kassenwagen an. Die Arbeiter haben schlechte Laune – sie wissen, woher der Wind weht. Ganz vorne steht ein Racklo, und als er mit leeren Händen abzieht, bricht die ganze Schlange in wütendes Schimpfen aus. Die restlichen Arbeiter verschwinden spuckend und fluchend, nur die Artisten und Chefs bleiben zurück. Wenig später brandet erneut wütendes Gemurmel durch die Schlange, dieses Mal mit einem überraschten Unterton. Zum ersten Mal in der Geschichte der Show bekommen die Artisten kein Geld. Nur die Chefs werden bezahlt.

Walter ist außer sich vor Wut.

«Was soll die Scheiße?», brüllt er, als er in den Pferdewagen steigt. Er wirft seinen Hut in die Ecke und lässt sich auf die Schlafmatte fallen.

Von Camel auf der Pritsche kommt ein Wimmern. Seit der Razzia starrt er nur noch die Wand an oder weint. Er spricht nur, wenn wir versuchen, ihn zu füttern oder zu säubern, und selbst dann bettelt er nur darum, dass wir ihn nicht seinem Sohn übergeben. Walter und ich beruhigen ihn abwechselnd, indem wir was von Familie und Vergebung daherreden, aber wir haben beide Bedenken. In welchem Zustand auch immer er seine Familie verlassen hat, jetzt geht es ihm unendlich viel schlechter, seine Gebrechen lassen keine Heilung und vielleicht auch kein Wiedererkennen zu. Und wenn seine Familie nicht versöhnlich gestimmt ist, wie wird es ihm dann ergehen, wenn er ihr so hilflos ausgeliefert ist?

«Beruhige dich, Walter.» Ich sitze auf meiner Pferdedecke in der Ecke und verscheuche die Fliegen, die schon den ganzen Morgen meine verschorften Wunden umschwirren und mich quälen.

«Nein, verdammter Dreck, ich beruhige mich nicht. Ich bin ein Artist! Ein Artist! Artisten werden bezahlt!», brüllt Walter und schlägt sich gegen die Brust. Er zieht einen Schuh aus und schleudert ihn gegen die Wand. Er betrachtet ihn einen Moment lang, dann zieht er den zweiten aus und pfeffert ihn in die Ecke, wo er auf seinem Hut landet. Als Walter mit der Faust auf die Decke schlägt, verkriecht Queenie sich hinter den Truhen, hinten denen sonst Camel gelegen hat.

«Es dauert nicht mehr lange», sage ich. «Du musst nur noch ein paar Tage durchhalten.»

«Ja? Wieso das?»

«Weil Camel dann abgeholt wird» – von der Pritsche ertönt Wehklagen – «und wir hier verschwinden.»

«Ach ja?», fragt Walter. «Und was zum Teufel sollen wir dann machen? Hast du dir das schon überlegt?»

Ich kann seinem Blick nur kurz standhalten, dann wende ich den Kopf ab.

«Genau. Dachte ich mir. Deshalb brauchte ich das Geld. Wir werden als verdammte Penner enden», sagt er.

«Nein, werden wir nicht», antworte ich wenig überzeugend.

«Dann lass dir was einfallen, Jacob. Du hast uns das eingebrockt, nicht ich. Du und deine Freundin, ihr schafft es vielleicht auf der Straße, aber ich nicht. Für euch mag es das große Abenteuer sein …»

«Das ist kein großes Abenteuer!»

«… aber für mich steht das Leben auf dem Spiel. Ihr habt immerhin die Möglichkeit, auf einen Zug zu springen und so weiterzukommen. Ich nicht.»

Dann schweigt er. Ich betrachte seine kleingewachsene, kompakte Gestalt.

Er antwortet mit einem knappen, bitteren Nicken. «Ja, genau. Und wie gesagt bin ich auch nicht gerade dafür geschaffen, auf einer Farm zu arbeiten.»

Während ich im Küchenbau Schlange stehe, überschlagen sich meine Gedanken. Walter hat vollkommen recht – ich habe uns das eingebrockt, und ich muss es wieder richten. Ich habe nur keine Ahnung, wie. Keiner von uns hat ein Zuhause, in das er zurückkehren könnte. Mal ganz zu schweigen davon, dass Walter nicht auf Züge springen kann – eher friert die Hölle zu, als dass ich Marlena auch nur eine Nacht in einem Landstreicherlager verbringen lasse. Ich bin so in Gedanken, dass ich erst kurz vor dem Tisch aufsehe. Marlena ist bereits da.

«Hallo», sage ich und setze mich.

«Hallo», entgegnet sie nach kurzem Zögern, und ich weiß sofort, dass etwas nicht stimmt.

«Was ist los? Was ist passiert?»

«Nichts.»

351

«Alles in Ordnung? Hat er dir was getan?»

«Nein. Es geht mir gut», flüstert sie und starrt auf ihren Teller.

«Das stimmt doch nicht. Was ist los? Was hat er gemacht?», frage ich. Die ersten Leute sehen zu uns herüber.

«Nichts», zischt sie. «Sei nicht so laut.»

Ich setze mich gerade hin und breite mit überdeutlicher Selbstbeherrschung die Serviette über meinen Schoß. Dann nehme ich mein Besteck und schneide vorsichtig in mein Schweinekotelett. «Marlena, bitte sprich mit mir», sage ich leise. Ich bemühe mich, so zu wirken, als würden wir über das Wetter reden. Allmählich wenden sich die Leute um uns herum wieder ihrem Essen zu.

«Ich bin überfällig», sagt sie.

«Wie bitte?»

«Ich bin überfällig.»

«Wobei?»

Sie hebt den Kopf und läuft scharlachrot an. «Ich glaube, ich bekomme ein Kind.»

Als Earl mich holen kommt, bin ich nicht einmal überrascht. Das passt wunderbar zu diesem Tag.

Onkel Al sitzt mit verkniffener, missmutiger Miene auf seinem Stuhl. Heute gibt es keinen Brandy. Er kaut auf einer Zigarre herum und rammt seinen Stock mehrmals in den Teppich.

«Das dauert jetzt schon fast drei Wochen, Jacob.»

«Ich weiß», sage ich. Meine Stimme zittert. Ich habe Marlenas Neuigkeiten noch nicht verkraftet.

«Du enttäuschst mich. Ich dachte, wir hatten eine Vereinbarung.»

«Die hatten wir. Haben wir noch.» Ich rutsche unruhig hin und her. «Hören Sie, ich tue mein Bestes, aber August macht es uns nicht gerade leicht. Sie wäre schon längst zu ihm zurückgekehrt, wenn er sie einfach mal eine Weile in Ruhe gelassen hätte.»

«Ich habe getan, was ich konnte», sagt Onkel Al. Er nimmt die Zigarre aus dem Mund und betrachtet sie, dann pflückt er sich einen Krümel Tabak von der Zunge. Er schnipst ihn gegen die Wand, wo er kleben bleibt.

«Na ja, das reicht nicht», sage ich. «Er verfolgt sie. Er brüllt sie an. Er schreit draußen vor ihrem Fenster herum. Sie hat Angst vor ihm. Es reicht nicht, dass Earl ihm nachläuft und ihn wegzerrt, wenn er die Kontrolle verliert. Würden Sie an ihrer Stelle zu ihm zurückkehren?»

Onkel Al starrt mich an. Ich merke plötzlich, dass ich laut geworden bin.

«Es tut mir leid», fahre ich fort. «Ich rede mit ihr. Ich schwöre, wenn Sie ihn nur dazu bekommen, sie noch ein paar Tage in Ruhe zu lassen …»

«Nein», sagt er ruhig. «Jetzt machen wir es auf meine Art.»

«Was?»

«Ich sagte, wir machen es auf meine Art. Du kannst gehen.» Er wedelt mit der Hand Richtung Tür. «Geh.»

Ich starre ihn dümmlich blinzelnd an. «Was soll das heißen, auf Ihre Art?» Bevor ich michs versehe, schließen sich Earls Arme um mich wie ein Stahlseil. Er hebt mich vom Stuhl hoch und trägt mich zur Tür. «Was soll das heißen, Al?», schreie ich über Earls Schulter. «Ich will wissen, was Sie damit meinen! Was haben Sie vor?»

Earl behandelt mich deutlich sanfter, nachdem er die Tür geschlossen hat. Als er mich schließlich auf dem Schotter absetzt, streicht er meine Jacke glatt.

«Tut mir leid, Kumpel», sagt er. «Ich hab's wirklich versucht.»

«Earl!»

Er bleibt stehen und dreht sich mit grimmigem Gesicht zu mir um.

«Was will er machen?»

Er sieht mich an, sagt aber nichts.

«Earl, bitte. Ich flehe dich an. Was hat er vor?»

«Tut mir leid, Jacob», sagt er. Dann steigt er wieder in den Zug.

Es ist Viertel vor sieben, fünfzehn Minuten bis zur Show. Die Besucher schlendern durch die Menagerie, wo sie sich auf dem Weg ins Chapiteau die Tiere ansehen. Ich stehe neben Rosie und gebe acht, während sie Süßigkeiten und Limonade annimmt. Aus dem Augenwinkel sehe ich einen großen Mann näher kommen. Es ist Diamond Joe.

«Du musst hier raus», sagt er und steigt über das Seil.

«Wieso? Was ist los?»

«August ist auf dem Weg hierher. Der Elefant tritt heute Abend auf.»

«Was? Etwa mit Marlena?»

«Ja. Und er will dich nich sehen. Er hat mal wieder 'ne Stinklaune. Also geh lieber.»

Ich blicke mich nach Marlena um. Sie unterhält sich vor ihren Pferden mit einer fünfköpfigen Familie. Sie schaut zu mir herüber, und als sie meinen Gesichtsausdruck sieht, wirft sie mir immer wieder kurze Blicke zu.

Ich gebe Diamond Joe den Stock mit der silbernen Spitze, der neuerdings als Elefantenhaken dient, und steige über das Seil. Links von mir sehe ich Augusts Zylinder näher kommen, deshalb gehe ich nach rechts, an den Zebras vorbei. Neben Marlena bleibe ich stehen.

«Weißt du, dass du heute mit Rosie auftreten sollst?», frage ich.

«Entschuldigen Sie mich», sagt sie lächelnd zu der Familie, die vor ihr steht. Sie beugt sich nah zu mir. «Ja. Onkel Al hat mich zu sich gerufen. Er hat gesagt, die Show stünde kurz vor dem Ruin.»

«Kannst du das denn? Ich meine, in deinem … ähm …»

«Es geht mir gut. Ich muss ja nichts Anstrengendes machen.»

«Und wenn du runterfällst?»

«Das werde ich nicht. Außerdem habe ich keine Wahl. Onkel Al hat gesagt – ach verdammt, da kommt August. Geh jetzt lieber.»

«Ich will nicht gehen.»

«Ich schaffe das schon. Er wird nichts unternehmen, solange Gadjos in der Nähe sind. Du musst verschwinden. Bitte.»

Ich blicke mich um. August kommt auf uns zu, er starrt uns mit gesenktem Kopf an wie ein rasender Stier.

«Bitte», fleht Marlena.

Ich marschiere entlang der Pferdebahn durch das Chapiteau bis zum Hintereingang. Dort bleibe ich stehen und schlüpfe unter das Gradin.

Ich schaue mir zwischen den Arbeitsstiefeln eines Mannes hindurch die Parade an. Nach etwa der Hälfte merke ich, dass ich nicht alleine bin. Ein uralter Racklo blickt auch durch das Gradin, aber in eine andere Richtung. Er sieht einer Frau unter den Rock.

«He!», rufe ich. «He, lass das!»

Die Menge brüllt begeistert, als etwas Riesiges, Graues den Rand des Gradins passiert. Es ist Rosie. Ich drehe mich wieder nach dem Racklo um. Er hält sich auf Zehenspitzen an einer Brettkante fest und schielt nach oben. Dabei leckt er sich die Lippen.

Das ist zu viel. Ich habe mir wirklich Schlimmes zuschulden kommen lassen, und dafür wird meine Seele in der Hölle schmoren, aber den Gedanken, dass eine wahllos ausgesuchte Frau auf diese Art missbraucht wird, kann ich nicht ertragen, und so packe ich, obwohl Marlena gerade mit Rosie die mittlere Manege betritt, den Racklo beim Kragen und schleife ihn unter dem Gradin hervor.

«Lass mich los!», kreischt er. «Haste sie noch alle?»

Ich halte ihn fest gepackt, aber meine Aufmerksamkeit gilt der Manege.

Marlena balanciert furchtlos auf ihrem Ball, aber Rosie rührt sich nicht, sie steht mit allen vieren fest auf dem Boden. August reißt wiederholt die Arme hoch. Er schwingt seinen Stock. Er schüttelt die Fäuste. Sein Mund geht auf und zu. Rosie legt die Ohren an, und ich beuge mich vor, um sie mir genauer anzusehen. Sie wirkt eindeutig streitlustig.

O Gott, Rosie. Nicht jetzt. Tu das nicht jetzt.

«Och, komm schon!», schreit der verdreckte Wicht in meinen Armen. «Das ist doch hier nicht die Sonntagsschule. War nur 'n harmloser, kleiner Spaß. Komm schon! Lass mich los!»

Er keucht, sein Atem stinkt, und aus seinem Unterkiefer ragen vereinzelt lange, braune Zähne. Angewidert schubse ich ihn von mir weg.

Als er sich kurz umsieht und merkt, dass niemand etwas mitbekommen hat, zieht er mit rechtschaffener Empörung seine Aufschläge glatt und schwankt zum Hintereingang. Bevor er hinausgeht, wirft er mir noch mit zusammengekniffenen Augen einen giftigen Blick zu. Von mir springt sein Blick aber auf etwas anderes über, auf etwas hinter mir. Mit schreckensstarrem Gesicht hechtet er zur Seite.

Ich wirble herum und sehe Rosie, die mit erhobenem Rüssel und offenem Maul auf mich zurast. Ich presse mich gegen das Gradin, als sie trompetend vorbeirennt, sie läuft mit einer solchen Wucht, dass sie eine metergroße Sägemehlwolke hinter sich herzieht. August, der wild mit seinem Stock fuchtelt, folgt ihr.

Die Menge bricht in wildes Gelächter und Beifallsrufe aus – die Leute glauben, das gehöre zur Nummer. Onkel Al steht verblüfft mitten auf dem Hippodrom. Mit offenem Mund starrt er auf den Hintereingang, bevor er reagiert und Lottie ankündigt.

Ich rapple mich auf und halte nach Marlena Ausschau. Wie ein rosafarbener Blitz rast sie vorbei.

«Marlena!»

Weiter hinten prügelt August bereits auf Rosie ein. Sie brüllt und schreit, wirft den Kopf zurück und weicht nach hinten aus, aber er ist wie eine Maschine. Er hebt diesen verdammten Stock und hämmert mit der Spitze auf sie ein, immer und immer wieder. Als Marlena die beiden erreicht, dreht er sich zu ihr um. Der Stock fällt zu Boden. Er starrt sie mit wilder Intensität an, Rosie ist völlig vergessen.

Diesen Blick kenne ich.

Ich renne los. Nach nicht einmal zwölf Schritten werden mir die Füße weggerissen, und ich lande mit dem Gesicht voran auf dem Boden; jemand drückt ein Knie auf meine Wange und verdreht mir den Arm hinter dem Rücken.

«Geh von mir runter, verdammt!», brülle ich und will mich befreien. «Was zum Teufel soll das? Lass mich los!»

«Halt einfach die Klappe», höre ich Blackie über mir. «Du gehst nirgendwo hin.»

August bückt sich und wirft sich Marlena über die Schulter. Sie trommelt mit den Fäusten auf seinen Rücken, strampelt mit den Beinen und schreit. Fast gelingt es ihr, von seiner Schulter zu rutschen, aber er schiebt sie nur mit einem Ruck wieder nach oben und marschiert davon.

«Marlena! Marlena!» Ich schreie und fange wieder an, mich zu wehren.

Es gelingt mir, mich unter Blackies Knie hervorzuwinden. Ich bin fast wieder auf den Füßen, da kracht etwas auf meinen Hinterkopf. Mein Gehirn und meine Augen werden durchgerüttelt. Ich sehe schwarze und weiße Sterne und denke, jetzt bin ich auch noch taub. Im nächsten Moment kehrt meine Sehkraft zurück, erst am Rand, dann auch weiter zur Mitte hin. Langsam erkenne ich Gesichter und Lippen, die sich bewegen, aber ich höre nichts als ein ohrenbetäubendes Summen. Kniend schwanke ich, ich versuche zu verstehen, wer und was und wo ich bin, doch dann rast der Boden auf mich zu. Mir fehlt die Kraft, ihn aufzuhalten, also wappne ich mich innerlich, doch es ist vergebens, denn die Dunkelheit verschlingt mich, bevor der Boden mich trifft.

22 «Schscht, nicht bewegen.»
Das tue ich auch nicht, aber mein Kopf wird von der Bewegung des Zuges durchgerüttelt. Von der Lokomotive ertönt ein klagendes Pfeifen, ein ferner Klang, der irgendwie durch das hartnäckige Summen in meinen Ohren dringt. Ich spüre im ganzen Körper eine bleierne Schwere.

Etwas Nasskaltes berührt meine Stirn. Ich öffne die Augen und sehe tanzende Farben und Formen vor mir. An meinem Gesicht wischen vier verschwommene Arme vorbei, die dann zu einem einzigen, verkürzten Arm werden. Ich würge, meine Lippen formen sich unwillkürlich zu einem Tunnel. Dann drehe ich den Kopf zur Seite, aber es kommt nichts.

«Lass die Augen zu», sagt Walter. «Bleib ruhig liegen.»

«Hrmmpf», grummle ich. Ich drehe den Kopf weiter zur Seite, und das Tuch rutscht mir von der Stirn. Sofort wird es mir wieder aufgelegt.

«Du hast einen ordentlichen Schlag abbekommen. Schön, dass du wieder zu dir kommst.»

«Wird er wach?», fragt Camel. «He, Jacob, biste noch unter uns?»

Es kommt mir vor, als müsste ich aus einem tiefen Schacht aufsteigen, ich finde mich nur schwer zurecht. Offenbar liege ich auf der Schlafmatte. Der Zug fährt bereits. Aber wie bin ich hierhergekommen, und warum habe ich geschlafen?

Marlena!

Ich reiße die Augen auf und will mich hochkämpfen.

«Hab ich nicht gesagt, du sollst liegen bleiben?», schimpft Walter.

«Marlena! Wo ist Marlena?», keuche ich, als ich zurück aufs Kissen falle. Das Hirn schaukelt in meinem Schädel; ich glaube, es hat sich losgerissen. Wenn ich die Augen offen halte, ist es schlimmer, also schließe ich sie wieder. Ohne visuelle Reize wirkt die Dunkelheit größer als mein Schädel, so als hätte er sich nach außen gestülpt.

Walter kniet neben mir. Er nimmt mir das Tuch von der Stirn, tunkt es in eine Schale mit Wasser und drückt es aus. Das Wasser rinnt mit einem vertrauten Plätschern, einem reinen, sauberen Geräusch, zurück in die Schale. Das Summen nimmt langsam ab, stattdessen breitet sich über meinen gesamten Hinterkopf ein pochender Schmerz aus.

Walter tupft mir erneut mit dem Tuch das Gesicht ab. Er feuchtet mir Stirn, Wangen und Kinn an. Das kühle Prickeln hilft mir, klarer zu werden und mich auf die Welt außerhalb meines Schädels zu konzentrieren.

«Wo ist sie? Hat er ihr wehgetan?»

«Ich weiß es nicht.»

Wieder öffne ich die Augen, und alles kippt zur Seite. Ich stütze mich mühsam auf einen Ellbogen, und dieses Mal drückt Walter mich nicht zurück aufs Kissen. Stattdessen beugt er sich vor und betrachtet meine Augen. «Scheiße. Deine Pupillen sind unterschiedlich groß. Glaubst du, du kannst was trinken?», fragt er.

«Ahh … ja», keuche ich. Es fällt mir schwer, Worte zu finden. Ich weiß, was ich ausdrücken möchte, aber der Weg zwischen meinem Mund und meinem Gehirn kommt mir wie mit Watte ausgestopft vor.

Walter geht ans andere Ende des Raumes, und ein Flaschenverschluss fällt klirrend zu Boden. Dann kommt er zurück und hält mir eine Flasche an den Mund. Es ist Root Beer. «Ich fürchte, was Besseres hab ich nicht zu bieten», bedauert er.

«Verdammte Bullen», grummelt Camel. «Alles klar, Jacob?»

Ich würde gerne antworten, aber mich aufrecht zu halten erfordert meine ganze Konzentration.

«Walter, geht's ihm gut?» Jetzt klingt Camel deutlich besorgter.

«Ich glaube schon», antwortet Walter. Er stellt die Flasche ab. «Willst du dich mal hinsetzen? Oder lieber ein paar Minuten warten?»

«Ich muss Marlena holen.»

«Vergiss es, Jacob. Du kannst jetzt nichts machen.»

«Ich muss. Was, wenn er …?» Mir versagt die Stimme, ich kann nicht einmal den Satz beenden. Walter hilft mir, mich aufzusetzen.

«Du kannst jetzt nichts machen.»

«Das nehme ich so nicht hin.»

Walter fährt wütend herum. «Verdammt nochmal, hör mir endlich einmal zu.»

Seine Wut bringt mich zum Schweigen. Ich stelle die Knie auf und beuge mich vor, sodass mein Kopf auf den Armen ruht. Er fühlt sich schwer und riesig an, als wäre er mindestens so groß wie mein Körper.

«Vergessen wir mal, dass wir in einem fahrenden Zug hocken und du eine Gehirnerschütterung hast. Wir sitzen in der Scheiße, und zwar verdammt tief. Und alles, was du jetzt unternehmen könntest, würde es nur schlimmer machen. Wenn sie dir nicht eins übergebraten hätten und Camel nicht noch hier wäre, hätte ich heute nie im Leben mehr einen Fuß in diesen Zug gesetzt.»

Zwischen meinen Knien hindurch starre ich auf die Schlafmatte, dabei versuche ich, mich auf die größte Falte im Stoff zu konzentrieren. Mittlerweile halten die Dinge besser ihre Form, sie verwischen nicht mehr ständig. Mit jeder weiteren Minute kommen neue Teile meines Gehirns in Schwung.

«Hör mal», fährt Walter ruhiger fort, «es sind nur noch drei Tage, bis wir Camel abladen. Und bis dahin müssen wir uns so gut schlagen, wie's geht. Das heißt, wir müssen uns vorsehen und dürfen nichts Dummes tun.»

«Camel abladen?», fragt Camel. «Denkt ihr so über mich?»

«Im Moment schon, ja!», schnauzt Walter. «Und dafür solltest du dankbar sein. Was zum Teufel würde wohl mit dir passieren, wenn wir jetzt abhauen? Hmmm?»

Keine Antwort.

Walter seufzt. «Was mit Marlena passiert, ist schrecklich, aber um Himmels willen! Wenn wir vor Providence gehen, ist Camel erledigt. Sie muss in den nächsten drei Tagen selbst auf sich aufpassen. Verdammt, das hat sie vier

Jahre lang gemacht. Ich glaube, sie schafft auch noch drei Tage.»

«Sie ist schwanger, Walter.»

«Was?»

Nach langem Schweigen blicke ich auf. Walter runzelt die Stirn. «Bist du sicher?»

«Sie hat es mir gesagt.» Er mustert mich ausgiebig. Ich versuche, seinem Blick standzuhalten, aber meine Augen zucken rhythmisch zur Seite.

«Ein Grund mehr, jetzt vorsichtig zu sein. Jacob, sieh mich an!»

«Das versuche ich doch!», sage ich.

«Wir verschwinden hier. Aber wenn wir es alle schaffen wollen, müssen wir es richtig angehen. Wir können nichts, gar nichts unternehmen, solange Camel hier ist. Je eher du dich an den Gedanken gewöhnst, desto besser.»

Von der Pritsche erklingt ein Schluchzen. Walter sieht sich um. «Sei ruhig, Camel! Sie würden dich nicht aufnehmen, wenn sie dir nicht verziehen hätten. Oder willst du lieber aus dem Zug geworfen werden?»

«Ich weiß es wirklich nicht», jammert Camel.

Walter wendet sich wieder an mich. «Sieh mich an, Jacob. Sieh mich an.» Als ich es tue, fährt er fort: «Sie wird mit ihm fertig. Ich sag dir, sie wird mit ihm fertig. Sie ist die Einzige, die das kann. Sie weiß, was auf dem Spiel steht. Es sind nur noch drei Tage.»

«Und dann? Du hast es selbst gesagt, wir können nirgendwo hin.»

Wütend wendet er sich kurz ab. «Hast du die Situation eigentlich richtig begriffen, Jacob? Manchmal bezweifle ich das.»

«Natürlich begreife ich sie! Mir gefallen nur die Möglichkeiten nicht, die uns bleiben.»

«Mir auch nicht. Aber darum müssen wir uns wie gesagt später kümmern. Jetzt sollten wir uns erst mal darauf konzentrieren, hier lebend rauszukommen.»

Camel schluchzt und schnieft sich in den Schlaf, obwohl Walter ihm immer wieder versichert, seine Familie würde ihn mit offenen Armen aufnehmen.

Schließlich döst er ein. Walter sieht nochmal nach ihm, bevor er die Lampe löscht. Er und Queenie ziehen sich auf die Pferdedecke in der Ecke zurück. Ein paar Minuten später fängt er an zu schnarchen.

Vorsichtig stehe ich auf, dabei teste ich bei jeder Etappe meine Balance aus. Nachdem ich mich erfolgreich hochgekämpft habe, setze ich zögerlich einen Fuß vor. Mir ist schwindlig, aber ich glaube, ich komme zurecht. Als ich auch mehrere Schritte hintereinander machen kann, gehe ich hinüber zur Truhe.

Sechs Minuten später krieche ich auf Händen und Knien über das Dach des Pferdewagens. Walters Messer klemmt zwischen meinen Zähnen.

Was sich im Zug wie ein sanftes Klappern anhört, schwillt hier oben zu einem gewaltigen Dröhnen an. In der nächsten Kurve werden die Waggons heftig durchgeschüttelt, und ich klammere mich an die Handläufe auf dem Dach, bis die Schienen wieder gerade verlaufen.

Am Ende des Wagens lege ich eine Pause ein, um meine Möglichkeiten abzuwägen. Theoretisch könnte ich die Leiter hinuntersteigen, auf die Plattform hinüberspringen und bis zu meinem Ziel durch die Wagen laufen. Aber ich kann nicht riskieren, gesehen zu werden.

So oder so.

Mit dem Messer zwischen den Zähnen stehe ich auf. Meine Beine sind gespreizt, die Knie gebeugt, und wie ein

Seiltänzer versuche ich mich mit ausgestreckten Armen schwankend auszubalancieren.

Der Abstand zum nächsten Wagen erscheint mir gewaltig, ein großer Sprung über die Ewigkeit. Ich konzentriere mich und drücke die Zunge gegen das bittere Metall der Klinge. Dann springe ich, ich mobilisiere meine ganze Kraft, um durch die Luft zu schnellen. Dabei rudere ich wild mit Armen und Beinen und stelle mich darauf ein, mich an irgendetwas, egal was, festzuhalten, falls ich danebenspringen sollte.

Ich krache auf das Wagendach. Mit dem Messer im Mund und japsend wie ein Hund, klammere ich mich an den Handläufen fest. Etwas Warmes rinnt von meinem Mundwinkel herab. Im Knien nehme ich das Messer in die Hand und lecke mir das Blut von den Lippen. Als ich mir das Messer wieder zwischen die Zähne klemme, achte ich darauf, die Lippen zurückzuziehen.

So überquere ich fünf Schlafwagen. Bei jedem neuen Sprung wird die Landung sauberer und etwas unbedachter. Beim sechsten muss ich mich ermahnen, vorsichtig zu sein.

Auf dem Direktionswagen setze ich mich, um Bilanz zu ziehen. Meine Muskeln schmerzen, mir ist schwindlig, und ich ringe nach Luft.

Als der Zug durch eine weitere Kurve schaukelt, packe ich die Handläufe und blicke Richtung Lok. Wir fahren einen Waldhang entlang auf eine Bockbrücke zu. Soweit ich es im Dunkeln erkennen kann, führt die Brücke in fast zwanzig Metern Höhe über ein felsiges Flussbett. Ein erneuter Ruck, der durch den Zug fährt, macht mir die Entscheidung leicht. Den restlichen Weg bis Wagen 48 lege ich im Inneren des Zuges zurück.

Mit dem Messer zwischen den Zähnen lasse ich mich vorsichtig über die Dachkante hinunter. Die Wagen der

Artisten und Chefs sind durch Metallplattformen miteinander verbunden, also muss ich nur achtgeben, darauf zu landen. Ich hänge gerade an den Fingerspitzen, da neigt sich der Zug in eine Kurve, und meine Beine werden zur Seite gerissen. Ich kralle mich verzweifelt fest, meine schweißnassen Finger rutschen über das Riffelblech.

Sobald der Zug sich wieder aufgerichtet hat, lasse ich mich auf die Plattform fallen. Ich lehne mich kurz gegen das Geländer um die Plattform herum und sammle mich. Mit schmerzenden, zitternden Fingern ziehe ich die Taschenuhr hervor und sehe, dass es auf drei Uhr zugeht. Es ist unwahrscheinlich, dass mir jemand begegnet. Aber nicht unmöglich.

Das Messer ist ein Problem. Es ist zu lang, um es in eine Tasche zu stecken, und zu scharf für den Hosenbund. Schließlich wickle ich meine Jacke darum und klemme es mir unter den Arm. Dann streiche ich mir das Haar zurück, wische mir das Blut von den Lippen und öffne die Schiebetür. Der Gang ist leer, er wird nur vom Mondlicht beschienen, das durch die Fenster fällt. Ich bleibe kurz stehen, um hinauszublicken. Wir sind jetzt auf der Brücke. Ich habe ihre Höhe unterschätzt – wir befinden uns mindestens fünfunddreißig Meter über dem felsigen Flussbett inmitten einer weiten Ödnis. Als der Zug schlingert, bin ich froh, nicht mehr auf dem Dach zu hocken.

Wenig später blicke ich auf den Türknauf von Privatabteil 3. Ich wickle das Messer aus und lege es auf den Boden, während ich meine Jacke anziehe. Dann hebe ich es auf und betrachte wieder den Türknauf.

Als ich ihn drehe, ertönt ein lautes Klicken. Ich erstarre, halte den Knauf fest und warte ab, ob sich etwas rührt. Nach ein paar Sekunden drehe ich ihn weiter und schiebe die Tür auf.

Ich lasse sie offen stehen, weil ich befürchte, er könne aufwachen, wenn ich sie schließe.

Wenn er auf dem Rücken liegt, sollte ein einziger, schneller Schnitt durch die Luftröhre genügen. Liegt er auf dem Bauch oder der Seite, muss ich das Messer so hineinrammen, dass die Klinge seine Luftröhre erwischt. Auf jeden Fall ist der Hals mein Ziel. Aber ich darf nicht zögern, der Stich muss so tief gehen, dass er schnell verblutet, ohne schreien zu können.

Während ich zum Schlafzimmer schleiche, halte ich das Messer fest umklammert. Der Samtvorhang ist geschlossen. Ich ziehe ein Ende zur Seite und spähe in den Raum. Als ich sehe, dass August allein ist, atme ich erleichtert auf. Sie ist in Sicherheit, wahrscheinlich im Jungfernwagen. Ich muss auf meinem Weg hierher über sie hinweggeklettert sein.

Ich schlüpfe ins Schlafzimmer und stelle mich neben das Bett. Er schläft auf der Seite, an der ich stehe, Marlenas Seite ist leer. Die Vorhänge sind gerafft, und im Mondlicht, das durch die Bäume flackert, scheint sein Gesicht immer wieder kurz auf.

Ich starre auf ihn hinunter. Er trägt einen gestreiften Pyjama und sieht friedlich aus, beinahe jungenhaft. Sein dunkles Haar ist zerzaust, und seine Lippen umspielt ein Lächeln. Er träumt. Plötzlich bewegt er sich, schmatzt einmal und dreht sich vom Rücken auf die Seite. Er langt hinüber auf Marlenas Seite und klopft ein paar Mal auf die leere Matratze. Dann tastet er sich zu ihrem Kissen hoch. Er zieht es sich an die Brust, drückt es an sich und vergräbt sein Gesicht darin.

Ich hebe das Messer mit beiden Händen, die Spitze schwebt einen halben Meter über seiner Kehle. Ich darf keinen Fehler machen. Ich versuche die Klinge so zu halten, dass sie eine möglichst breite Wunde reißt. Als der Zug aus dem Waldstück hinausfährt, fällt ein schmaler Streifen Mondlicht auf die Klinge. Während ich den richtigen Winkel suche, bricht sich glitzernd das Licht auf ihr. Wieder bewegt August sich, er schnaubt und rollt sich schwungvoll auf den Rücken. Sein linker Arm plumpst vom Bett und pendelt wenige Zentimeter vor meinem Bein. Noch immer funkelt die Klinge. Aber nicht mehr, weil ich den richtigen Winkel suche. Meine Hände zittern. Augusts Kinnlade fällt herunter, er atmet mit einem scheußlichen Brummen und Schmatzer ein. Die Hand vor meinem Bein hängt nun schlaff herab, die Finger der anderen zucken. Ich beuge mich über ihn und lege das Messer auf Marlenas Kopfkissen. Einen Moment lang betrachte ich ihn noch, dann gehe ich.

Ohne den Adrenalinrausch fühlt sich mein Kopf wieder an, als wäre er größer als mein Körper, und ich stolpere durch die Flure, bis ich ans Ende der Privatabteile gelange.

Ich muss mich entscheiden. Entweder steige ich wieder aufs Dach oder gehe weiter durch den Direktionswagen – in dem durchaus noch ein paar Spieler wach sein können – und die ganzen Schlafwagen, muss danach aber sowieso auf das Dach des Pferdewagens klettern. Deshalb beschließe ich, den Aufstieg lieber früher als später zu wagen.

Er übersteigt beinahe meine Kräfte. Mein Kopf hämmert, und ich kann kaum die Balance halten. Ich klettere auf das Geländer der nächsten Plattform und ziehe mich irgendwie aufs Dach. Oben angekommen, liege ich kraftlos da, und mir ist übel. Ich gönne mir eine zehnminütige Erholungspause, bevor ich weiterkrieche. Am Wagenende klammere ich mich an die Handläufe zu beiden Seiten und ruhe wieder aus. Ich bin zu Tode erschöpft. Ich weiß nicht, wie ich weitermachen soll, aber ich muss es schaffen, denn wenn ich hier einschlafe, falle ich in der nächsten Kurve runter.

Das Summen ist wieder da, und meine Augen zucken. Viermal wage ich den großen Sprung, und jedes Mal bin ich sicher, dass ich es nicht schaffe. Beim fünften behalte ich beinahe recht. Zwar treffe ich mit den Händen die dünnen Eisengriffe, aber mir rammt sich die Dachkante in den Magen. Benommen hänge ich vom Dach, so müde, dass mir der Gedanke durch den Kopf schießt, es wäre doch viel leichter, einfach loszulassen. So müssen sich Ertrinkende in ihren letzten Sekunden fühlen, bevor sie den Kampf schließlich aufgeben und sich in die Umarmung des Wassers gleiten lassen. Allerdings erwartet mich keine nasskalte Umarmung, sondern grauenhafte Verstümmelung.

Ich reiße mich zusammen und strample mit den Beinen, bis ich auf dem Wagenrand Halt finde. Danach ist es nicht mehr schwer, mich hochzuhieven, und im nächsten Moment liege ich wieder keuchend auf dem Dach.

Die Lokomotive pfeift, und ich hebe meinen riesigen Schädel. Ich habe es bis zum Pferdewagen geschafft. Jetzt muss ich nur noch bis zur Dachklappe kriechen und mich fallen lassen. Stückchen für Stückchen krabble ich auf die Klappe zu. Es wundert mich, dass sie offen steht, denn ich dachte, ich hätte sie geschlossen. Ich lasse mich in den Wagen hinunter und falle zu Boden. Eines der Pferde wiehert, schnaubt dann mehrfach und stampft unruhig mit den Hufen.

Ein Blick zeigt mir, dass die äußere Wagentür offen steht.

Ich fahre hoch und drehe mich nach der Innentür um. Auch sie ist geöffnet.

«Walter! Camel!», rufe ich.

Der einzige Laut kommt von der Tür, die leise im Takt der Bahnschwellen gegen die Wand schlägt.

Ich rapple mich auf und stürze zur Tür. Zusammengekrümmt stütze ich mich mit einer Hand im Türrahmen ab und lasse den Blick durch den Raum schweifen, ohne etwas wahrzunehmen. Mein Kopf ist blutleer, vor meinen Augen explodieren wieder schwarze und weiße Sterne.

«Walter! Camel!»

Von außen zur Mitte hin kehrt mein Sehvermögen langsam zurück, deshalb drehe ich den Kopf hin und her, um vielleicht aus den Augenwinkeln etwas zu sehen. In dem Licht, das durch die Ritzen zwischen den Brettern fällt, mache ich die leere Pritsche aus. Auch die Schlafmatte ist leer, ebenso die Pferdedecke in der Ecke.

Ich stolpere zu den Truhen, die an der hinteren Wand aufgereiht stehen, und beuge mich über sie.

«Walter?»

Ich finde nur Queenie, die sich zitternd zusammengerollt hat. Ihr panischer Blick lässt keinen Zweifel zu.

Überwältigt von Trauer und Schuldgefühlen, sinke ich zu Boden. Ich werfe ein Buch an die Wand. Ich hämmere auf dem Boden. Ich schüttle die Fäuste gegen Himmel und gegen Gott, und als ich schließlich in unkontrollierbares Schluchzen ausbreche, krabbelt Queenie hinter den Truhen hervor und schiebt sich auf meinen Schoß. Ich drücke ihren warmen Körper an mich, und irgendwann wiegen wir uns stumm vor und zurück.

Ich würde gerne glauben, dass es nichts geändert hätte, hätte ich Walters Messer nicht gehabt. Aber ich habe es ihm genommen, und damit auch jede Chance.

Ich würde gerne glauben, dass sie überlebt haben. Ich versuche, mir vorzustellen, wie die beiden sich wüst fluchend auf dem moosigen Waldboden abrollen. Walter ist wahrscheinlich längst auf der Suche nach Hilfe. Er hat es Camel in einem geschützten Eckchen bequem gemacht und holt Hilfe.

In Ordnung. In Ordnung. Es ist nicht so schlimm, wie

ich dachte. Ich gehe sie holen. Morgen früh schnappe ich mir Marlena, fahre mit ihr in die nächste Stadt zurück und frage mich zum Krankenhaus durch. Vielleicht sogar zum Gefängnis, falls man sie für Landstreicher gehalten hat. Es sollte ein Leichtes sein, die nächste Stadt zu finden. Sie muss ganz in der Nähe der …

Das haben sie nicht getan. Das können sie nicht getan haben. Niemand wirft einen verkrüppelten Alten und einen Zwerg aus dem Zug, wenn man über eine Brücke fährt. Nicht einmal August. Nicht einmal Onkel Al.

Während der restlichen Nacht male ich mir die unterschiedlichsten Arten aus, auf die ich die beiden umbringen könnte, ich wälze die Gedanken genussvoll in meinem Kopf umher, so als würde ich glatte Steine zwischen den Fingern reiben.

Das Kreischen der Bremsen reißt mich aus meiner Trance. Noch bevor der Zug steht, springe ich auf den Schotter und marschiere vor zu den Schlafwagen. Beim ersten, der schäbig genug aussieht, dass in ihm Arbeiter schlafen könnten, erklimme ich die Eisenstufen und reiße die Tür so heftig zur Seite, dass sie wieder zuspringt. Ich öffne sie erneut und stiefle hinein.

«Earl! Earl! Wo bist du?» Vor Hass und Wut klingt meine Stimme kehlig. «Earl!»

Ich stampfe den Gang hinunter und spähe in die Kojen. Keines der überraschten Gesichter gehört Earl. Auf in den nächsten Wagen.

«Earl! Bist du hier?» Ich bleibe stehen und frage einen perplexen Mann, der in seiner Koje liegt: «Wo zum Teufel steckt er? Ist er hier?»

«Meinst du Earl vom Wachdienst?»

«Ja. Genau den meine ich.»

Er deutet mit dem Daumen über die Schulter. «Zwei Wagen in die Richtung.»

Auf meinem Weg durch den nächsten Wagen versuche ich, den Armen und Beinen, die aus den Kojen oder unter ihnen hervor in den Gang ragen, auszuweichen.

Ich reiße krachend die Tür auf. «Earl! Wo zum Teufel steckst du? Ich weiß, dass du hier bist!»

In überraschtem Schweigen drehen sich auf beiden Seiten des Gangs Männer in ihren Kojen herum, um einen Blick auf diesen lauten Eindringling zu werfen. Weiter hinten entdecke ich Earl. Ich stürze mich auf ihn.

«Du Scheißkerl!», sage ich und will ihn an der Kehle packen. «Wie konntest du das machen? Wie konntest du nur?»

Earl springt aus seiner Koje, er hält meine Arme zur Seite. «He, schön langsam, Jacob. Beruhig dich mal. Was ist los?»

«Du weißt genau, wovon ich rede, verdammte Scheiße!», kreische ich, drehe meine Unterarme nach außen und reiße mich los. Ich werfe mich auf ihn, aber bevor ich ihn berühre, hält er mich wieder auf Armeslänge.

«Wie konntest du das tun?» Tränen strömen mir übers Gesicht. «Wie konntest du nur? Ich dachte, du wärst Camels Freund! Und was zum Teufel hat Walter dir getan?»

Earl wird blass. Er hält meine Handgelenke umklammert und erstarrt. Er sieht so schockiert aus, dass ich aufhöre zu kämpfen. Wir blinzeln einander entsetzt an. Sekunden verstreichen. Erschrockenes Gemurmel geht durch den Wagen. Earl lässt mich los und sagt: «Komm mit.»

Wir steigen aus dem Zug, und sobald wir ein Dutzend Schritte entfernt sind, dreht er sich zu mir um. «Sind sie verschwunden?»

Ich suche in seinem Gesicht nach Antworten. Da sind keine. «Ja.»

Earl holt tief Luft. Er schließt die Augen. Einen Moment lang glaube ich, er fängt an zu weinen.

«Soll das heißen, du wusstest nichts davon?», frage ich.

«Nein, verdammt. Wofür hältst du mich? So was würde ich nie machen. Scheiße. Verdammt. Armer, alter Kerl. Moment mal …», unterbricht er sich und heftet plötzlich den Blick auf mich. «Wo warst du denn?»

«Woanders.»

Earl starrt mich an, dann senkt er den Blick. Er stemmt die Hände in die Hüften, seufzt und nickt nachdenklich. «In Ordnung», sagt er. «Ich finde erst mal raus, wie viel arme Teufel sie noch rausgeworfen haben, aber eins will ich dir sagen – Gaukler werden nicht rausgeworfen, nicht mal einfache. Wenn es Walter erwischt hat, dann waren sie hinter dir her. Und wenn ich du wäre, würde ich jetzt ein für alle Mal verschwinden.»

«Und wenn ich das nicht kann?»

Er wirft mir einen scharfen Blick zu, mahlt mit den Kiefern und mustert mich ausgiebig. «Auf dem Zirkusplatz bist du tagsüber sicher», sagt er schließlich. «Wenn du heute Abend wieder in den Zug steigst, dann auf keinen Fall in den Pferdewagen. Lauf auf den Flachwagen rum und versteck dich unter den Paradewagen. Lass dich nicht schnappen und sei wachsam. Und hau von hier ab, sobald du kannst.»

«Das werde ich. Glaub mir. Aber ich muss erst noch was erledigen.»

Mit einem letzten, langen Blick sagt Earl: «Wir sehen uns später.» Dann marschiert er auf den Küchenbau zu, wo die Männer von der Zeltkolonne in kleinen Gruppen zusammenstehen und sich mit ängstlichen Gesichtern ständig umschauen.

Außer Walter und Camel fehlen acht weitere Männer, drei aus dem Hauptzug und der Rest aus der Fliegenden Vorhut, was bedeutet, dass Blackie und seine Jungs sich auf die Zugabschnitte verteilt haben. Da die Show kurz vor dem Ruin steht, wären die Arbeiter wahrscheinlich sowieso aus dem Zug geworfen worden, aber nicht an einer Brücke. Das galt mir.

Mir wird klar, dass mich mein Gewissen genau in dem Moment davon abgehalten hat, August umzubringen, als mich jemand auf seinen Befehl hin töten wollte.

Ich frage mich, wie es für ihn war, mit dem Messer neben sich aufzuwachen. Hoffentlich ist ihm bewusst, dass es zwar als Drohung gedacht war, aber mittlerweile zum Versprechen geworden ist. Das schulde ich jedem Einzelnen der Männer, die aus dem Zug geworfen wurden.

Ich suche den ganzen Morgen verzweifelt nach Marlena, doch ich kann sie nirgends finden.

Onkel Al stolziert in seiner schwarz-weiß karierten Hose und dem roten Frack umher und verpasst jedem eine Kopfnuss, der nicht schnell genug aus dem Weg springt. Irgendwann sieht er mich und bleibt wie angewurzelt stehen. Wir stehen uns mit siebzig Meter Abstand gegenüber. Ich starre ihn unverwandt an und lege all meinen Hass in diesen Blick. Einen Moment später verzieht er die Lippen zu einem eisigen Lächeln. Dann dreht er sich abrupt nach rechts und geht weiter, sein Gefolge im Schlepptau.

Von weitem sehe ich, wie mittags die Fahne über dem Küchenbau gehisst wird. Marlena steht dort in Straßenkleidung in der Essensschlange. Sie lässt den Blick über die Menge schweifen; sie sucht nach mir, und hoffentlich weiß sie, dass es mir gutgeht. Als sie sich gesetzt hat, taucht August beinahe augenblicklich wie aus dem Nichts auf und nimmt ihr gegenüber Platz. Er hat nichts zu essen dabei. Er sagt etwas, dann greift er über den Tisch und packt sie am Handgelenk. Als sie die Hand zurückzieht, verschüttet sie ihren Kaffee. Die Leute in ihrer Nähe drehen sich nach ihnen um. Er lässt los und springt so jäh auf, dass die Bank umkippt. Dann stürmt er hinaus. Sobald er verschwunden ist, renne ich zum Küchenbau.

Marlena blickt auf, sieht mich und wird blass.

«Jacob!», entfährt es ihr.

Ich stelle die Bank wieder hin und setze mich auf die Kante.

«Hat er dir wehgetan? Geht es dir gut?», frage ich.

«Mir ja. Aber was ist mit dir? Ich habe gehört …» Ihre Stimme versagt, sie hält sich eine Hand vor den Mund.

«Wir verschwinden heute. Ich lasse dich nicht aus den Augen. Geh einfach vom Platz, sobald du kannst, und ich folge dir.»

Mit blassem Gesicht starrt sie mich an. «Was ist mit Walter und Camel?»

«Wir gehen zurück und versuchen etwas herauszufinden.»

«Ich brauche noch ein paar Stunden.»

«Wofür?»

Onkel Al steht an einer Seite des Küchenbaus und schnipst mit den Fingern. Earl kommt vom anderen Ende des Zeltes herüber.

«In unserem Abteil liegt etwas Geld. Ich hole es, wenn er weg ist», sagt sie.

«Nein. Das ist das Risiko nicht wert.»

«Ich werde vorsichtig sein.»

«Nein!»

«Komm mit, Jacob», sagt Earl und packt mich am Oberarm. «Der Chef will, dass du verschwindest.»

374

«Gib mir noch einen Moment, Earl.»

Er seufzt tief. «Na gut. Wehr dich ein bisschen. Aber nur ein paar Sekunden, dann muss ich dich rausschaffen.»

«Marlena», flehe ich, «versprich mir, dass du nicht da hineingehst.»

«Ich muss. Das Geld gehört zur Hälfte mir, und wenn ich es nicht hole, haben wir keinen lausigen Cent.»

Ich reiße mich los und drehe mich um, sodass ich Earl vor Augen habe. Oder zumindest seine Brust.

«Sag mir, wo es ist, dann hole ich es», knurre ich und bohre Earl einen Finger in die Brust.

«Unter dem Fenstersitz», flüstert Marlena hastig. Sie steht auf, umrundet den Tisch und stellt sich neben mich. «Den Sitz kann man hochklappen. Das Geld ist in einer Kaffeedose. Aber für mich ist es wahrscheinlich einfacher …»

«So, jetzt muss ich dich rausbringen», sagt Earl. Er wirbelt mich herum und verdreht mir den Arm hinter dem Rücken. Dann zwingt er mich vornüber.

Ich drehe den Kopf, um Marlena anzusehen. «Ich hole es. Du gehst nicht wieder in dieses Abteil. Versprich es!»

Ich zapple ein bisschen, und Earl lässt mich.

«Ich sagte, versprich es!», zische ich.

«Ich verspreche es», sagt Marlena. «Sei vorsichtig!»

«Lass mich los, du Dreckskerl!», brülle ich Earl an. Natürlich nur zur Schau.

Wir verlassen das Zelt mit einem ordentlichen Spektakel. Ich frage mich, ob es jemandem auffällt, dass er meinen Arm nicht so weit hochzieht, dass es wehtun würde. Aber dieses Detail macht er wett, indem er mich gute drei Meter über die Wiese schleudert.

Den gesamten Nachmittag über spähe ich um Ecken, schlüpfe hinter Zelttüren oder ducke mich unter Wagen.

Aber nicht ein Mal schaffe ich es unbeobachtet bis zu Wagen 48 – außerdem habe ich August seit dem Essen nicht mehr gesehen, deshalb ist es gut möglich, dass er in dem Wagen ist. Also warte ich weiter auf den richtigen Moment.

Es gibt keine Matinee. Gegen drei Uhr nachmittags stellt sich Onkel Al mitten auf dem Platz auf eine Kiste und verkündet allen, die Abendvorstellung solle lieber die beste ihres Lebens sein. Er sagt nicht, was ansonsten geschieht, und niemand fragt.

Und so wird aus dem Stegreif ein Umzug auf die Beine gestellt, nach dem die Tiere in die Menagerie gebracht werden, während die Verkäufer an ihren Ständen Süßigkeiten und andere Waren feilbieten. Die Menge, die dem Umzug von der Stadt aus gefolgt ist, versammelt sich in der Budengasse, und wenig später redet Cecil auf die Tölpel vor der Kuriositätenschau ein.

Ich lehne von außen am Menageriezelt und ziehe die zusammengeschnürten Kanten auseinander, um einen Blick hineinzuwerfen.

August bringt Rosie gerade hinein. Er wedelt mit dem Stock mit der Silberspitze unter ihrem Bauch und hinter ihren Vorderbeinen herum, was nichts anderes ist als eine Drohung. Sie folgt ihm gehorsam, aber in ihrem Blick liegt Feindseligkeit. Er führt sie an ihren üblichen Platz, wo er einen ihrer Füße an einen Pflock kettet. Mit angelegten Ohren betrachtet sie seinen gekrümmten Rücken, dann scheint sie ihre Haltung zu ändern. Neugierig tastet sie mit dem Rüssel den Boden vor sich ab und findet einen Leckerbissen. Sie hebt ihn auf, rollt den Rüssel ein und reibt das Fundstück gegen seine Innenseite, um es zu untersuchen. Dann steckt sie es sich ins Maul.

Marlenas Pferde stehen bereit, aber sie selbst ist noch

nicht da. Die meisten Gadjos sind schon ins Chapiteau durchgegangen. Sie müsste längst hier sein. Komm schon, Marlena, komm schon, wo bleibst du …

Mir fällt ein, dass sie wahrscheinlich trotz ihres Versprechens in ihr Abteil gegangen ist. Verdammt, verdammt, verdammt. August fummelt immer noch an Rosies Kette herum, aber er wird ihr Fehlen bald bemerken und nach ihr sehen.

Jemand zupft mich am Ärmel. Mit geballten Fäusten wirble ich herum. Grady hebt abwehrend die Hände. «He, langsam, Kumpel. Immer mit der Ruhe.»

Ich senke die Fäuste. «Ich bin nur etwas nervös, das ist alles.»

«Na ja, hast ja auch allen Grund», sagt er und schaut sich um. «Sag mal, hast du schon was gegessen? Ich hab gesehen, wie du aus dem Küchenbau geflogen bist.»

«Nein», antworte ich.

«Komm mit. Wir gehen hintenrum zur Burgerbude.»

«Nein. Geht nicht, ich bin völlig pleite.» Ich will ihn unbedingt loswerden. Ich drehe mich zur Zeltnaht und ziehe die Kanten auseinander. Marlena ist immer noch nicht da.

«Ich geb dir einen aus.»

«Ich brauche nichts, ehrlich.» Ich kehre ihm weiter den Rücken zu, in der Hoffnung, dass er den Wink versteht und verschwindet.

«Hör mal, wir müssen reden», sagt er leise. «In der Budengasse ist es sicherer.»

Ich wende den Kopf, unsere Blicke treffen sich.

Dann folge ich ihm in die Budengasse. Im Chapiteau stürzt sich das Orchester in die Musik für die Parade.

Wir stellen uns vor der Burgerbude an. Der Mann hinter der Theke wendet das Fleisch schnell wie der Blitz und macht Burger für die wenigen, aber begierigen Nachzügler.

Grady und ich arbeiten uns in der Schlange vor. Er hält zwei Finger hoch. «Zwei Burger, Sammy. Und keine Eile.»

Sekunden später streckt uns der Mann hinter der Theke zwei Blechtabletts entgegen. Ich nehme eins, Grady das andere. Dann hält er einen zusammengerollten Geldschein hoch.

«Lass gut sein», winkt der Koch ab. «Dein Geld ist hier nichts wert.»

«Danke, Sammy», sagt Grady, als er das Geld einsteckt. «Das weiß ich zu schätzen.»

Er geht zu einem ramponierten Tisch und schwingt ein Bein über die Bank. Ich setze mich gegenüber hin.

«Also, was gibt's?», frage ich, während ich mit dem Finger über einen Knubbel im Holz streiche.

Grady blickt sich verstohlen um. «Ein paar von den Jungs, die es letzte Nacht erwischt hat, haben uns eingeholt», sagt er. Dann nimmt er seinen Burger in die Hand und schweigt, während drei Tropfen Fett auf seinen Teller fallen.

«Sind sie jetzt etwa hier?», frage ich, recke den Hals und suche die Budengasse ab. Bis auf ein paar Männer vor der Kuriositätenschau – wahrscheinlich warten sie darauf, zu Barbara gelassen zu werden – sind alle Gadjos im Chapiteau.

«Sei leise», sagt Grady. «Ja, fünf sind hier.»

«Ist Walter …?» Mein Herz hämmert. Im gleichen Moment, in dem ich seinen Namen ausspreche, zuckt Grady mit den Augen, und ich habe meine Antwort.

«O Gott», sage ich und wende den Kopf ab. Ich blinzle Tränen weg und schlucke. Es dauert einen Augenblick, bis ich mich gefasst habe. «Was ist passiert?»

Grady legt seinen Burger auf den Teller. Er schweigt volle fünf Sekunden lang, bevor er antwortet, und dann spricht er leise und tonlos. «Sie haben sie über der Brücke rausgeworfen, allesamt. Camel ist mit dem Kopf auf die Steine geknallt. Er war sofort tot. Walters Beine waren völlig zertrümmert. Sie mussten ihn zurücklassen.» Er schluckt und fügt hinzu: «Sie glauben nicht, dass er die Nacht überlebt hat.»

Mit starrem Blick sehe ich in die Ferne. Eine Fliege landet auf meiner Hand. Ich verscheuche sie. «Was ist mit den anderen?»

«Sie haben überlebt. Ein paar haben sich verkrümelt, der Rest hat uns eingeholt.» Er blickt sich nach allen Seiten um. «Bill ist auch dabei.»

«Was haben sie vor?», frage ich.

«Das hat er nicht gesagt», antwortet Grady. «So oder so, sie machen Onkel Al fertig. Wenn's irgend geht, werde ich ihnen helfen.»

«Warum erzählst du mir das?»

«Damit du dich fernhalten kannst. Camel war dein Freund, und das vergessen wir nicht.» Er lehnt sich mit der Brust gegen den Tisch. «Außerdem», flüstert er, «glaube ich, du hast im Moment 'ne Menge zu verlieren.»

Ich blicke ihn scharf an. Er erwidert meinen Blick mit hochgezogener Augenbraue.

O Gott. Er weiß es. Und wenn er es weiß, wissen es alle. Wir müssen verschwinden, und zwar jetzt gleich.

Tosender Applaus brandet aus dem Chapiteau, und das Orchester gleitet nahtlos in den Gounod-Walzer. Ich drehe mich zur Menagerie. Das ist ein Reflex, denn Marlena steigt entweder gerade auf Rosies Kopf oder sitzt schon oben.

«Ich muss los», sage ich.

«Setz dich», meint Grady. «Iss. Wenn du dich aus dem Staub machst, bekommst du vielleicht eine ganze Weile lang nichts mehr zu beißen.»

Er stemmt die Ellbogen auf den groben, gräulichen Holztisch und nimmt seinen Burger in die Hand.

Ich betrachte meinen und überlege, ob ich ihn hinunter-gewürgt bekomme.

Noch bevor ich ihn in die Hand nehmen kann, bricht die Musik mit einem Kreischen ab. Die Bläser rasseln scheuß-lich zusammen, am Schluss hört man das hohle Klirren ei-nes Beckens. Es wabert aus dem Chapiteau über den Zir-kusplatz und hinterlässt nur Stille.

Grady erstarrt über seinen Burger gebeugt.

Ich sehe mich um. Niemand rührt sich – alle Blicke hän-gen am Chapiteau. Ein paar Büschel Stroh taumeln träge über die harte Erde.

«Was ist los? Was ist passiert?», frage ich.

«Psst», zischt Grady.

Das Orchester setzt wieder ein, es spielt «Stars and Stripes Forever».

«O Gott. Verdammter Mist!» Grady springt auf, dabei wirft er die Bank um.

«Was? Was ist los?»

«Der Katastrophenmarsch!», ruft er und rennt los.

Jeder, der zur Show gehört, stürzt auf das Chapiteau zu. Ich stehe auf und bleibe verwirrt hinter der Bank stehen, denn ich verstehe nicht, was passiert. Ich wirble zum Koch herum, der sich mit seiner Schürze abmüht. «Wovon zum Teufel redet er?», rufe ich.

«Vom Katastrophenmarsch», sagt er und zerrt sich um-ständlich die Schürze über den Kopf. «Das heißt, es ist was Schlimmes passiert – was echt Schlimmes.»

Jemand rempelt mich im Vorüberlaufen an. Es ist Dia-mond Joe. «Jacob – die Menagerie», ruft er mir über die Schulter zu. «Die Tiere sind los. Schnell, beeil dich!»

Das muss er mir nicht zweimal sagen. Als ich in die Nähe der Menagerie komme, dröhnt die Erde unter meinen Fü-ßen, und das jagt mir eine Heidenangst ein, denn das ist kein Geräusch. Es ist Bewegung, es sind Hufe und Tatzen, die den Boden zum Beben bringen.

Ich stürze durch den Zelteingang und werfe mich sofort gegen die Rundleinwand, als ein Yak vorbeidonnert. Sein gekrümmtes Horn verfehlt meine Brust nur um wenige Zentimeter. Auf seinem Rücken krallt sich mit panikgeweiteten Augen eine Hyäne fest.

Ich stehe vor einer ausgewachsenen Stampede. Alle Tierkäfige stehen offen, in der Zeltmitte herrscht das reinste Chaos aus Schimpansen, Orang-Utans, Lamas, Zebras, Löwen, Giraffen, Kamelen, Hyänen und Pferden. Ich sehe Dutzende Pferde, darunter Marlenas, und alle sind wahnsinnig vor Angst. All diese Tiere rennen, schlagen Haken, brüllen, galoppieren, grunzen oder wiehern; sie sind überall, hangeln sich an Seilen entlang oder kriechen Pfosten hinauf, sie verstecken sich unter Wagen, drücken sich gegen die Rundleinwand oder schlittern durch die Zeltmitte.

Ich suche das Zelt nach Marlena ab, sehe aber nur einen Panther Richtung Chapiteau gleiten. Als ich seinen geschmeidigen schwarzen Körper aus dem Blick verliere, wappne ich mich innerlich. Es dauert ein paar Sekunden, doch dann kommt er – der erste langgezogene Schrei, dann noch einer und noch einer, und dann explodiert alles unter dem Donnern der Menschen, die versuchen, sich an den anderen vorbei- und das Gradin hinunterzudrängen.

Gott, lass sie bitte hinten rausgehen. Bitte, Gott, sie dürfen es nicht hier vorne versuchen.

Inmitten der wogenden Tierleiber entdecke ich zwei Männer. Sie schwingen Seile und treiben die Tiere in immer stärkere Raserei. Einer von ihnen ist Bill. Unsere Blicke treffen sich. Dann schlüpft er mit dem anderen Mann ins Chapiteau. Wieder bricht das Orchester kreischend ab, dieses Mal bleibt es still.

Ich suche verzweifelt, fast schon panisch das Zelt ab. Wo bist du, Marlena? Wo bist du? Wo zum Teufel bist du?

Dann entdecke ich rosafarbene Pailletten, und ich wirble herum. Als ich sie neben Rosie stehen sehe, schreie ich erleichtert auf.

August steht vor ihnen – natürlich, wo sollte er sonst sein? Marlena hat die Hände vor den Mund geschlagen. Sie hat mich noch nicht gesehen, aber Rosie schon. Sie wirft mir einen langen, festen Blick zu, und etwas an ihrem Ausdruck lässt mich wie angewurzelt stehen bleiben. August bemerkt davon nichts – er brüllt mit hochrotem Kopf, wedelt mit den Armen und schwingt seinen Stock. Sein Zylinder, der neben ihm im Stroh liegt, hat ein Loch, als wäre er hineingetreten.

Rosie streckt den Rüssel nach etwas aus. Eine Giraffe rennt zwischen uns hindurch – selbst in der Panik bewegt sie ihren Hals anmutig –, und als sie vorübergelaufen ist, sehe ich, dass Rosie ihren Pflock aus dem Boden gezogen hat. Sie hält ihn locker umfasst, sein Ende liegt auf dem Boden auf. Die Kette ist noch um ihr Bein geschlungen. Sie blickt mich wie in Gedanken versunken an. Dann richtet sie den Blick auf Augusts bloßen Hinterkopf.

«Großer Gott.» Plötzlich verstehe ich. Ich stolpere vorwärts und pralle gegen die Flanke eines vorbeilaufenden Pferdes. «Nein, nicht! Tu das nicht!»

Sie hebt den Pflock, als sei er federleicht, und dann zertrümmert sie mit einer glatten Bewegung Augusts Kopf, so als würde sie ein hartgekochtes Ei aufschlagen. Sie hält den Pflock fest, während er nach vorne kippt, dann steckt sie ihn beinahe gemächlich zurück in den Boden. Als sie einen Schritt zurückgeht, gibt sie den Blick auf Marlena frei, die vielleicht, vielleicht aber auch nicht, gesehen hat, was gerade geschehen ist.

Fast augenblicklich läuft eine Herde Zebras dicht an ihnen vorbei. Zwischen ihren stampfenden Hufen und schwarz-weißen Beinen blitzen menschliche Gliedmaßen auf, eine Hand, ein Fuß; sie werden auf und ab geschleudert, zur Seite gerissen und schlackern mit zerschmetterten Knochen. Danach besteht das, was einmal August war, nur noch aus rohem Fleisch, Eingeweiden und Stroh.

Marlena starrt es mit weitaufgerissenen Augen an. Dann klappt sie zusammen. Rosie wedelt mit den Ohren, öffnet das Maul und stellt sich mit einem Schritt zur Seite direkt über Marlena.

Auch wenn die Stampede mit unverminderter Macht anhält, weiß ich zumindest, dass Marlena nicht niedergetrampelt werden wird, bevor ich mich am Zeltrand zu ihr vorgearbeitet habe.

Unweigerlich versuchen die Leute, das Chapiteau auf dem Weg zu verlassen, auf dem sie es betreten haben – durch die Menagerie. Ich knie neben Marlena und halte ihren Kopf in beiden Händen, als sie durch den Verbindungsgang strömen. Erst nach mehreren Schritten ins Zelt hinein merken sie, was los ist.

Die Vordersten bleiben schlagartig stehen und werden von den Nachdrängenden zu Boden geworfen. Sie würden niedergetrampelt werden, hätten die Menschen hinter ihnen jetzt nicht auch die Stampede gesehen.

Die Tiere wechseln abrupt die Richtung, sie bilden einen artenübergreifenden Schwarm – Löwen, Lamas und Zebras laufen Seite an Seite mit Orang-Utans und Schimpansen, eine Hyäne direkt neben einem Tiger. Inmitten von einem Dutzend Pferde trabt eine Giraffe, an deren Hals ein Klammeraffe hängt. Der Eisbär tapst auf allen vieren voran. Und sie alle halten auf die Menschenmenge zu.

Die Leute drehen sich um und versuchen schreiend, zurück ins Chapiteau zu gelangen. Die Hintersten, die gerade erst zu Boden gestoßen wurden, tänzeln verzweifelt hin und her, dabei hämmern sie auf die Rücken und Schultern der Menschen vor sich ein. Dann platzt der Knoten, und Menschen wie Tiere fliehen als ein großer, kreischender Haufen. Es lässt sich kaum sagen, wer mehr Angst hat – die Tiere jedenfalls haben nichts anderes im Sinn, als ihr Fell zu retten. Ein bengalischer Tiger zwängt sich zwischen den Beinen einer Frau hindurch, dabei hebt er sie vom Boden. Sie blickt hinunter und wird ohnmächtig. Ihr Mann packt sie unter den Armen, hebt sie vom Tiger und zieht sie ins Chapiteau.

Sekunden später sind außer mir nur noch drei atmende Wesen in der Menagerie: Rosie, Marlena und Rex. Der abgerissene, alte Löwe ist in seinen Käfig gekrochen und kauert zitternd in einer Ecke.

Marlena stöhnt. Sie hebt kurz eine Hand. Nach einem Blick auf das, was einmal August war, beschließe ich, dass sie das nicht noch einmal sehen darf. Ich hebe sie hoch und trage sie durch den Kasseneingang hinaus.

Der Zirkusplatz ist beinahe leer, seine Grenzen bildet der Ring aus Menschen und Tieren, die so weit und so schnell rennen, wie sie nur können; der Ring strebt nach außen und zerfließt wie ein Kreis auf einem Weiher.

23 Tag eins nach der Stampede.
Noch immer finden und fangen wir Tiere. Die meisten haben wir zwar erwischt, aber über diejenigen, die sich leicht einfangen lassen, machen sich die Städter auch

keine großen Sorgen. Die meisten der Raubkatzen werden noch vermisst, genau wie der Bär.

Gleich nach dem Mittagessen werden wir zu einem Restaurant in der Stadt gerufen. Dort finden wir Leo, der sich zitternd vor Angst unter dem Spülbecken versteckt. Neben ihm ist ein genauso verängstigter Tellerwäscher eingeklemmt. Mensch und Löwe sitzen Wange an Mähne.

Auch Onkel Al ist verschwunden, aber das überrascht niemanden. Der gesamte Zirkusplatz ist von Polizisten überlaufen. Man hat Augusts Leiche gestern Abend gefunden und abtransportiert, sein Tod wird untersucht. Die Ermittlungen werden oberflächlich bleiben, weil es offensichtlich ist, dass er zertrampelt wurde. Es heißt, Onkel Al würde sich fernhalten, bis er sicher ist, nicht angeklagt zu werden.

Tag zwei nach der Stampede.

Tier um Tier füllt sich die Menagerie. Der Sheriff kehrt mit einigen Eisenbahnbeamten zurück und macht viel Wind um Vorschriften wegen Landstreicherei. Wir sollen endlich von den Nebengleisen verschwinden. Und er will wissen, wer hier das Sagen hat.

Abends gehen im Küchenbau die Lebensmittel aus.

Tag drei nach der Stampede.

Früh am Morgen fährt der Zirkuszug der Nesci Brothers auf dem Gleis neben unserem ein. Der Sheriff und die Eisenbahnbeamten tauchen erneut auf, um den Geschäftsführer zu empfangen, als wäre er königlicher Besuch. Gemeinsam schlendern sie über das Gelände, bevor sie sich mit herzlichem Händeschütteln und schallendem Lachen verabschieden.

Als die Leute von Nesci Brothers anfangen, Tiere und Ausrüstung von Benzini in ihre Zelte und auf ihren Zug zu laden, können auch die größten Optimisten unter uns das Offensichtliche nicht mehr leugnen.

Onkel Al ist getürmt. Jeder Einzelne von uns steht ohne Arbeit da.

Denk nach, Jacob, denk nach.

Wir haben genug Geld, um von hier wegzukommen, aber was nützt das, wenn wir kein Ziel haben? Wir bekommen ein Kind. Wir brauchen einen Plan. Ich brauche einen Job.

Vom städtischen Postamt aus rufe ich Dean Wilkins an. Ich hatte befürchtet, er wüsste nicht mehr, wer ich bin, aber er klingt erleichtert, von mir zu hören. Er sagt, er habe sich oft gefragt, wo ich abgeblieben sei und ob es mir gutgehe, und wo wir gerade dabei seien, was ich denn nun eigentlich in den letzten dreieinhalb Monaten getrieben hätte.

Ich hole tief Luft, und während ich noch überlege, wie schwer es mir fallen wird, alles zu erklären, strömen die Worte nur so aus mir heraus. Sie überschlagen sich, wetteifern um den Vortritt und verheddern sich manchmal so, dass ich zurückgehen und nochmal anders anfangen muss. Als ich ausgeredet habe, schweigt Dean Wilkins so lange, dass ich mich schon frage, ob die Leitung tot ist.

«Dean Wilkins? Sind Sie noch da?», frage ich. Ich halte die Hörermuschel vom Ohr ab, um sie mir anzusehen. Ich überlege, sie gegen die Wand zu schlagen, lasse es aber, weil die Postmeisterin hersieht. Genauer gesagt starrt sie mich gebannt an, denn sie hat aufmerksam gelauscht. Ich drehe mich zur Wand und halte die Muschel wieder ans Ohr.

Dean Wilkins räuspert sich, stammelt etwas und sagt dann ja, natürlich, ich könne gerne wiederkommen und mein Examen ablegen.

Als ich beim Zirkusplatz ankomme, steht Rosie in einiger Entfernung von der Menagerie neben dem Geschäftsführer von Nesci Brothers, dem Sheriff und den Eisenbahnbeamten. Ich laufe zu ihnen. «Was machen Sie da, verdammt nochmal?», frage ich, als ich neben Rosie stehen bleibe.

Der Sheriff fragt mich: «Sind Sie der Verantwortliche dieser Show?»

«Nein», antworte ich.

«Dann geht Sie das nichts an», meint er.

«Die Elefantenkuh gehört mir. Damit geht es mich wohl etwas an.»

«Dieses Tier ist Eigentum des Zirkus Benzini, und als Sheriff bin ich befugt, aufgrund von …»

«Einen Teufel ist sie. Sie gehört mir.»

Eine Menschenmenge versammelt sich, die vor allem aus arbeitslos gewordenen Racklos von Benzini besteht. Der Sheriff und der Bahnbeamte werfen sich nervöse Blicke zu.

Greg tritt vor, und wir schauen uns an. Dann sagt er zum Sheriff: «Das stimmt. Sie gehört ihm. Er reist mit dem Elefanten durch die Gegend. Er war mit uns unterwegs, aber der Elefant gehört ihm.»

«Ich nehme an, Sie können das beweisen.»

Meine Wangen brennen vor Wut. Greg starrt den Sheriff mit offener Feindseligkeit an. Nach einem Augenblick knirscht er mit den Zähnen.

«Wenn das so ist», sagt der Sheriff mit einem verkniffenen Lächeln, «lassen Sie uns bitte in Ruhe unseren Geschäften nachgehen.»

Ich drehe mich blitzschnell zum Geschäftsführer von Nesci Brothers um, der überrascht die Augen aufreißt.

«Sie wollen sie gar nicht», sage ich. «Sie ist dumm wie ein Sack Seife. Ich kann sie zu ein paar Tricks bringen, aber Sie werden bei ihr nichts erreichen.»

Er hebt die Augenbrauen. «Was?»

«Na los, befehlen Sie ihr was», fordere ich ihn auf. Er starrt mich an, als seien mir Hörner gewachsen.

«Ehrlich», sage ich. «Haben Sie einen Elefantenkutscher hier? Versuchen Sie mal, sie was machen zu lassen. Sie ist nutzlos und dämlich.»

Er mustert mich noch einen Moment lang. Dann dreht er den Kopf und brüllt: «Dick! Lass sie mal was machen.»

Ein Mann mit einem Elefantenhaken stellt sich neben uns.

Ich blicke Rosie ins Auge. Bitte, Rosie. Du musst begreifen, was hier vor sich geht. Bitte!

«Wie heißt sie?», fragt Dick mich über die Schulter.

«Gertrude.»

Er dreht sich zu Rosie um. «Gertrude, komm her. Komm sofort her.» Er spricht laut und schneidend.

Rosie schnaubt, dann lässt sie ihren Rüssel hin und her schwingen.

«Gertrude, komm sofort her!», wiederholt er.

Rosie blinzelt. Sie streift mit dem Rüssel über den Boden, dann zögert sie. Sie rollt die Spitze ein und schiebt mit dem Fuß Staub darauf. Als sie ihn hochschleudert, bestreut sie ihren Rücken und alle Umstehenden mit dem Dreck. Einige in der Menge lachen.

«Gertrude, heb den Fuß», befiehlt Dick und stellt sich direkt neben ihre Schulter. Mit dem Elefantenhaken klopft er von hinten gegen ihr Bein. «Heb hoch!»

Rosie fächert mit den Ohren und beschnüffelt ihn.

«Heb hoch!», sagt er wieder und klopft fester gegen ihr Bein.

Rosie durchsucht lächelnd seine Taschen. Ihre Füße bleiben fest auf dem Boden.

Der Elefantenkutscher schiebt ihren Rüssel beiseite, dann

wendet er sich an seinen Boss. «Er hat recht. Sie kann gar nichts. Wie habt ihr sie überhaupt hier rausbekommen?»

«Der Kerl da hat sie gebracht», sagt der Geschäftsführer und zeigt auf Greg. Dann wendet er sich wieder an mich. «Was kann sie denn überhaupt?»

«Sie steht in der Menagerie und lässt sich mit Süßigkeiten füttern.»

«Mehr nicht?», fragt er ungläubig.

«Genau», antworte ich.

«Kein Wunder, dass die verdammte Show den Bach runter ist», meint er kopfschüttelnd. Dann wendet er sich wieder an den Sheriff: «Was haben Sie sonst noch?»

Danach höre ich nur noch ein Rauschen in den Ohren. Was zum Teufel habe ich getan?

Mutlos blicke ich auf die Fenster von Wagen 48 und frage mich, wie ich Marlena beibringen soll, dass uns jetzt ein Elefant gehört, als sie plötzlich durch die Tür stürzt und wie eine Gazelle von der Plattform springt. Ohne Zögern rennt sie aus Leibeskräften weiter.

Als ich in die Richtung sehe, in die sie läuft, weiß ich auch sofort, warum. Vor dem Menageriezelt schütteln sich der Sheriff und der Geschäftsführer von Nesci Brothers lächelnd die Hand. Marlenas Pferde stehen in einer Reihe hinter den Männern, sie werden von den Leuten von Nesci Brothers gehalten.

Die beiden Männer drehen sich ruckartig um, als Marlena sie erreicht.

Ich bin zu weit entfernt, um viel zu verstehen, aber Fetzen ihres Gezeters – die Abschnitte in den höchsten Tonlagen – dringen bis zu mir vor, Worte wie «wie können Sie es wagen», «himmelschreiende Dreistigkeit» und «unglaubliche Frechheit». Sie gestikuliert wild mit den Armen. «Schwerer

Diebstahl» und «Strafverfolgung» schallen über den Platz. Oder hieß das «Verhaftung»?

Die Männer sind perplex.

Schließlich hört sie auf zu schreien. Sie verschränkt die Arme, macht ein finsteres Gesicht und klopft mit dem Fuß auf den Boden. Die Männer sehen sich mit großen Augen an. Der Sheriff dreht sich um und öffnet den Mund, aber bevor er auch nur ein Wort herausbringt, geht Marlena erneut in die Luft, sie kreischt wie eine Furie und droht ihm mit dem Finger. Er weicht zurück, aber sie folgt ihm. Er bleibt stehen, baut sich vor ihr auf und streckt mit geschlossenen Augen die Brust raus. Als sie genug mit dem Finger herumgewedelt hat, verschränkt sie wieder die Arme, klopft mit dem Fuß und bewegt ruckartig den Kopf.

Der Sheriff öffnet die Augen, um den Geschäftsführer anzusehen. Nach einer bedeutungsschwangeren Pause zuckt er mit den Schultern. Der Zirkusmann runzelt die Stirn und blickt Marlena an.

Er hält etwa fünf Sekunden lang durch, dann tritt er zurück und hebt ergeben die Hände. Ihm ist die Niederlage ins Gesicht geschrieben. Marlena stemmt wartend die Hände in die Hüften und funkelt ihn zornig an. Schließlich dreht er sich mit hochrotem Kopf um und ruft den Männern, die Marlenas Pferde halten, etwas zu.

Marlena beobachtet das Geschehen, bis alle elf Pferde wieder in die Menagerie gebracht werden. Dann marschiert sie zurück zu Wagen 48.

Großer Gott. Ich bin nicht nur arbeits- und obdachlos, sondern muss mich um eine schwangere Frau, einen trauernden Hund, einen Elefanten und elf Pferde kümmern.

Ich gehe nochmal zum Postamt und rufe Dean Wilkins an. Dieses Mal schweigt er noch länger, bevor er schließlich eine

Entschuldigung stammelt: Es tut ihm sehr leid – er wünschte, er könnte mir helfen –, ich kann natürlich immer noch gerne meine Prüfung ablegen, aber er hat nicht die leiseste Ahnung, was ich so lange mit dem Elefanten anfangen soll.

Starr vor Entsetzen, kehre ich auf den Platz zurück. Ich kann Marlena und die Tiere nicht hierlassen, während ich nach Ithaca fahre, um das Examen zu schreiben. Was, wenn der Sheriff in der Zwischenzeit die Menagerie verkauft? Die Pferde können wir einstellen, und wir können es uns leisten, dass Marlena mit Queenie eine Zeit lang im Hotel wohnt, aber was ist mit Rosie?

Auf dem Weg über den Platz muss ich diverse Segeltuchhaufen umrunden. Arbeiter von Nesci Brothers rollen unter dem wachsamen Blick des Zeltmeisters Teile des Chapiteaus auseinander. Offenbar prüfen sie es auf Risse, bevor sie ein Angebot machen.

Mit hämmerndem Herzen und außer Atem erklimme ich die Stufen zu Wagen 48. Ich muss mich beruhigen – meine Gedanken drehen sich in immer kleineren Kreisen. Das ist nicht gut, gar nicht gut.

Ich öffne die Tür. Queenie stellt sich neben mich und blickt mit einer rührenden Mischung aus Verwunderung und Dankbarkeit zu mir auf. Sie wedelt unsicher mit dem Stummelschwanz. Ich beuge mich hinunter, um ihr den Kopf zu kraulen.

«Marlena?», frage ich und richte mich wieder auf.

Sie tritt durch den grünen Vorhang. Sie wirkt besorgt und weicht meinem Blick aus. «Jacob … ach, Jacob, ich habe etwas Dummes angestellt.»

«Was denn?», frage ich. «Meinst du die Pferde? Schon in Ordnung. Das weiß ich bereits.»

Sie blickt plötzlich auf. «Wirklich?»

«Ich habe zugesehen. Es war ziemlich offensichtlich, was da vor sich ging.»

Sie errötet. «Es tut mir leid. Ich habe einfach … reagiert. Ich habe nicht darüber nachgedacht, was wir jetzt mit ihnen anfangen sollen. Sie sind mir einfach so wichtig, und ich hätte es nicht ertragen, wenn er sie mitgenommen hätte. Er ist kein Stück besser als Onkel Al.»

«Schon gut. Ich verstehe das.» Ich zögere. «Marlena, ich muss dir auch etwas sagen.»

«Ach ja?»

Ich öffne den Mund und schließe ihn wieder ohne einen Ton.

Sie wirkt beunruhigt. «Worum geht es? Was ist los? Ist es etwas Schlimmes?»

«Ich habe den Dekan in Cornell angerufen, und er ist bereit, mich mein Examen nachholen zu lassen.»

Ihr Gesicht erstrahlt. «Das ist ja wunderbar!»

«Und wir haben Rosie.»

«Wir haben was?»

«Es war genauso wie bei dir und den Pferden», erkläre ich hastig. «Mir hat deren Elefantenkutscher nicht gefallen, und ich konnte nicht zulassen, dass er sie mitnimmt – Gott weiß, wo sie landen würde. Ich liebe diesen Elefanten. Ich konnte sie nicht gehen lassen. Also habe ich behauptet, sie würde mir gehören. Tja, und jetzt tut sie es wohl.»

Marlena sieht mich lange an. Zu meiner enormen Erleichterung nickt sie dann und sagt: «Das war richtig. Ich liebe sie auch. Sie hat etwas Besseres verdient, als sie bisher hatte. Aber damit sitzen wir in der Patsche.» Sie blickt aus dem Fenster, die Augen nachdenklich zusammengekniffen. «Wir müssen bei einer anderen Show anheuern», verkündet sie schließlich. «Das ist alles.»

«Wie denn? Keiner stellt zurzeit ein.»

«Ringling immer, wenn man gut genug ist.»

«Glaubst du, wir hätten da eine Chance?»

«Bestimmt. Wir haben eine großartige Elefantennummer zu bieten, und du bist ein Tierarzt mit einer Ausbildung in Cornell. Wir haben gute Chancen. Allerdings müssen wir verheiratet sein. Da geht's zu wie in der Sonntagsschule.»

«Meine Liebste, ich wollte dich heiraten, sobald die Tinte auf der Sterbeurkunde trocken ist.»

Jeder Blutstropfen weicht aus ihrem Gesicht.

«Marlena, es tut mir so leid», sage ich. «So habe ich es nicht gemeint. Ich wollte nur sagen, dass es keinen Zweifel daran gibt, dass ich dich heiraten werde.»

Nach einem kurzen Moment legt sie mir eine Hand auf die Wange. Dann schnappt sie sich Hut und Handtasche.

«Wohin willst du?», frage ich.

Sie stellt sich auf die Zehenspitzen und gibt mir einen Kuss. «Den Anruf erledigen. Wünsch mir Glück.»

«Viel Glück.»

Ich folge ihr nach draußen, setze mich auf die metallene Plattform und sehe ihr nach, wie sie in der Ferne verschwindet. Sie geht mit großer Bestimmtheit, strafft die Schultern und setzt jeden Schritt genau vor den anderen. Als sie vorüberschreitet, drehen sich alle Männer auf dem Platz nach ihr um. Ich folge ihr mit den Augen, bis sie hinter einer Hausecke verschwindet.

Als ich wieder aufstehe, um ins Abteil zu gehen, stoßen die Männer an den Zeltbahnen einen überraschten Schrei aus. Einer von ihnen macht einen großen Schritt zurück, dabei hält er sich die Hände auf den Bauch. Dann krümmt er sich zusammen und übergibt sich. Die anderen starren wie gebannt auf ihren Fund. Der Zeltmeister nimmt seinen Hut ab und drückt ihn an die Brust. Einer nach dem anderen machen die Männer es ihm nach.

Ich gehe hinüber, um mir das düstere Bündel anzusehen. Es ist groß, und beim Näherkommen erkenne ich scharlachroten Stoff, Goldbrokat und schwarz-weiße Karos.

Es ist Onkel Al. Eine behelfsmäßige Garrotte ist um seinen schwärzlichen Hals geschlungen.

In der gleichen Nacht schleichen Marlena und ich uns in die Menagerie und holen Bobo zu uns ins Abteil.

Wenn schon, denn schon.

24

Darauf läuft es also hinaus? Alleine in der Eingangshalle auf eine Familie zu warten, die nicht erscheint?

Ich kann nicht fassen, dass Simon es vergessen hat. Ausgerechnet heute. Ausgerechnet Simon – der Junge hat seine ersten sieben Lebensjahre bei Ringling verbracht.

Ehrlich gesagt dürfte der Junge mittlerweile einundsiebzig sein. Oder neunundsechzig? Verdammt, ich bin es leid, so etwas nicht zu wissen. Wenn Rosemary zurückkommt, frage ich sie, welches Jahr wir haben, damit die Sache ein für alle Mal geklärt ist. Sie ist sehr nett zu mir, diese Rosemary. Bei ihr komme ich mir nicht wie ein Dummkopf vor, selbst wenn ich mich wie einer benehme. Ein Mann sollte wissen, wie alt er ist.

An so vieles erinnere ich mich glasklar. Etwa an den Tag von Simons Geburt. Gott, was für eine Freude. Was für eine Erleichterung! Als ich an ihr Bett trat, fühlte ich mich schwindlig, richtig zittrig. Und da war mein Engel, meine Marlena, mit einem erschöpften, strahlenden Lächeln und einem eingepackten Bündel in der Armbeuge. Sein Gesicht war so dunkel und zerknautscht, dass er kaum wie ein Mensch aussah. Aber als Marlena ihm die Decke vom Kopf zog und ich sah, dass er rote Haare hatte, dachte ich, ich würde vor Freude ohnmächtig. Ich hatte eigentlich nie daran gezweifelt – nicht ernsthaft, und ich hätte ihn so oder so geliebt und großgezogen –, aber trotzdem. Ich wäre fast umgekippt, als ich sein rotes Haar sah.

Voll nervöser Verzweiflung sehe ich auf die Uhr. Die Parade ist mit Sicherheit vorbei. Ach, das ist nicht fair! Diese ganzen Tattergreise haben doch keine Ahnung, was sie da sehen, und ich sitze hier fest!

Stimmt das denn?

Blinzelnd runzle ich die Stirn. Warum glaube ich eigentlich, ich würde festsitzen?

Ich schaue nach rechts und links. Niemand da. Ich drehe mich um und sehe den Flur entlang. Eine Schwester rauscht mit einer Akte in der Hand vorbei, den Blick auf ihre Schuhe geheftet.

Ich rutsche vor bis an die Stuhlkante und greife nach meiner Gehhilfe. Meiner Berechnung zufolge trennen mich nur sechs Meter von der Freiheit. Na ja, danach muss ich einen ganzen Häuserblock schaffen, aber ich wette, wenn ich jetzt losmarschiere, kann ich noch die letzten Nummern sehen. Und das Finale – das macht zwar nicht wett, dass ich die Parade verpasst habe, ist aber immerhin etwas. Mir wird ganz warm, und ich unterdrücke ein Kichern. Ich mag ja über neunzig sein, aber wer sagt denn, ich sei hilflos?

Die gläserne Schiebetür öffnet sich automatisch, als ich näher komme. Gott sei Dank – ich glaube, mit der Gehhilfe und einer normalen Tür wäre ich nicht fertig geworden. Ich bin tatsächlich etwas wackelig auf den Beinen. Aber das ist in Ordnung. Mit wackelig komme ich zurecht.

Von der Sonne geblendet, bleibe ich auf dem Gehweg stehen. Ich war so lange nicht mehr in der echten Welt, dass mir bei dem Konzert aus Motorgeräuschen, bellenden Hunden und lautem Gehupe ein Kloß in der Kehle sitzt. Der Strom aus Menschen auf dem Gehweg teilt sich und umspült mich, als wäre ich ein Stein in einem Fluss. Niemand scheint es merkwürdig zu finden, dass ein alter Mann in Hausschuhen vor einem Altenheim steht. Aber mir fällt auf, dass ich noch wie auf dem Präsentierteller stehe, falls eine der Schwestern in die Eingangshalle kommt.

Ich hebe die Gehhilfe an, drehe sie ein paar Zentimeter nach links und setze sie vorsichtig wieder ab. Durch das Scharren der Plastikkappen auf dem Beton bin ich richtig aufgekratzt. Es ist ein echtes, kerniges Geräusch, nicht dieses Quietschen oder Getrappel auf Linoleum. Ich tapse hinterher, das Schlurfen meiner Hausschuhe ist Musik in meinen Ohren. Nachdem ich dieses Manöver zweimal wiederholt habe, blicke ich in die richtige Richtung. Eine perfekte Wende in drei Zügen. Ich halte mich gut fest und schiebe mich langsam vor, dabei konzentriere ich mich auf meine Füße.

Ich darf nicht zu schnell gehen. Ein Sturz hätte jede Menge ärgerlicher Folgen. Hier gibt es keine Fliesen, deshalb messe ich meinen Fortschritt in Fußlängen – meinen Fußlängen. Bei jedem Schritt stelle ich die Hacke des einen Fußes neben die Zehen des anderen. Und so geht es Viertelmeter um Viertelmeter voran. Gelegentlich bleibe ich stehen, um meinen Fortschritt abzuschätzen. Es geht langsam, aber stetig weiter. Das rot-weiße Zelt ist jedes Mal ein wenig größer, wenn ich aufblicke.

Ich brauche eine halbe Stunde und muss zwei Pausen einlegen, aber ich habe es fast geschafft und verspüre schon die Siegesfreude. Zwar schnaufe ich etwas, aber meine Beine tragen mich noch zuverlässig. Bei einer Frau dachte ich, es gibt Ärger, aber ich konnte sie abwimmeln. Ich bin nicht stolz darauf – normalerweise rede ich nicht so mit anderen Menschen, schon gar nicht mit Frauen –, aber ich will verdammt sein, wenn ich mir von übereifrigen Wohltätern diesen Ausflug verderben lasse. Ich setze keinen Fuß mehr in dieses Heim, bevor ich nicht den Rest der Vorstellung gesehen habe, und wehe dem, der mich dazu zwingen will. Und wenn die Schwestern mich jetzt einholen, mache ich eine Szene. Ich werde laut und blamiere sie in aller Öffentlichkeit, und dann müssen sie mir Rosemary holen. Wenn die merkt, wie ernst es mir ist, bringt sie mich schon in die Vorstellung. Sie wird mich dort hinbringen, sogar, wenn sie dadurch ihre restliche Schicht verpasst – es ist ohnehin ihre letzte Schicht.

Ach Gott, wie soll ich da nur überleben, wenn sie weg ist? Beim Gedanken an ihren bevorstehenden Abschied wird mein alter Körper von Trauer geschüttelt, die aber bald wieder der Freude weichen muss – ich bin jetzt nah genug, um die Musik zu hören, die aus dem Chapiteau dringt. Oh, der süße Klang von Zirkusmusik. Ich klemme die Zungenspitze in einen Mundwinkel und beeile mich. Ich bin fast da. Nur noch ein paar Meter …

«He, Opa. Wo wollen Sie denn hin?»

Erschrocken bleibe ich stehen. Hinter dem Kartenschalter sitzt ein Junge, eingerahmt von Tüten mit rosafarbener und blauer Zuckerwatte. Unter der Glasplatte, auf die er sich stützt, blinkt Spielzeug. Er trägt einen Ring durch die Augenbraue, einen Stab durch die Unterlippe und eine große Tätowierung auf jeder Schulter. Seine Fingernägel sind schwarz lackiert.

«Wonach sieht's denn aus?», gebe ich gereizt zurück. Für so etwas habe ich keine Zeit. Ich habe sowieso schon genug von der Vorstellung verpasst.

«Eine Karte kostet zwölf Mäuse.»

«Ich habe kein Geld.»

«Dann können Sie auch nicht rein.»

Entgeistert ringe ich nach Worten, als ein Mann auf mich zukommt. Er ist älter, glatt rasiert und gut gekleidet. Der Geschäftsführer, jede Wette.

«Was ist hier los, Russ?»

Der Junge zeigt mit dem Daumen auf mich. «Ich hab den alten Knaben erwischt, als er sich reinschleichen wollte.»

«Reinschleichen!», rufe ich ehrlich entrüstet.

Der Mann mustert mich kurz, bevor er sich wieder dem Jungen zuwendet. «Was zum Teufel ist los mit dir?»

Russ starrt mit finsterer Miene zu Boden.

Der Geschäftsführer stellt sich mit freundlichem Lächeln vor mich. «Sir, es wäre mir eine Freude, Sie hineinzubringen. Wäre es für Sie mit einem Rollstuhl leichter? Dann bräuchten wir nicht erst einen guten Platz für Sie zu suchen.»

«Das wäre nett. Vielen Dank», sage ich und weine fast vor Erleichterung. Ich zittere noch wegen des Geplänkels mit Russ – der Gedanke, ich hätte es so weit geschafft, nur um dann von einem Teenager mit Lippenpiercing abgewiesen zu werden, war schrecklich. Aber jetzt ist alles gut. Ich habe es nicht nur geschafft, ich glaube sogar, ich bekomme einen Logenplatz.

Der Geschäftsführer verschwindet neben dem Chapiteau und kommt mit einem typischen Krankenhausrollstuhl zurück. Ich lasse mir von ihm hineinhelfen und entspanne meine schmerzenden Muskeln, während er mich zum Eingang schiebt.

«Nehmen Sie es Russ nicht übel», sagt er. «Unter diesen ganzen Löchern ist er ein guter Kerl, obwohl ich mich manchmal wundere, dass er beim Trinken nicht leckt.»

«Zu meiner Zeit hat man die Alten in den Kassenwagen gesetzt. Das war so was wie die letzte Station.»

«Sie waren bei einer Show?», fragt der Mann. «Bei welcher?»

«Ich war bei zweien. Die erste war BENZINIS SPEKTAKULÄRSTE SHOW DER WELT», verkünde ich stolz, ich lasse mir jede Silbe auf der Zunge zergehen. «Die zweite war Ringling.» Wir halten an. Das Gesicht des Mannes taucht plötzlich direkt vor mir auf. «Sie waren bei Benzini? Wann?»

«Im Sommer 1931.»

«Sie haben die Stampede miterlebt?»

«Allerdings!», rufe ich. «Zum Teufel, ich war mittendrin. Genau in der Menagerie. Ich war der Tierarzt der Show.»

Er starrt mich fassungslos an. «Ich kann's kaum glauben! Nach dem Feuer in Hartford und dem Ruin von Hagenbeck-Wallace ist das wahrscheinlich die berühmteste Zirkuskatastrophe aller Zeiten.»

«Das war schon was, das stimmt. Ich erinnere mich daran, als wäre es gestern gewesen. Ach was, ich erinnere mich daran viel besser als an gestern.»

Der Mann blinzelt und streckt die Hand aus. «Charlie O'Brien der Dritte.»

«Jacob Jankowski», sage ich und ergreife seine Hand. «Der Erste.» Charlie O'Brien betrachtet mich lange, eine Hand auf die Brust gedrückt, als würde er einen Eid ablegen. «Mr. Jankowski, ich bringe Sie jetzt in die Vorstellung, bevor sie ganz vorbei ist, aber es wäre mir eine große Ehre, wenn ich Sie nach der Vorstellung auf einen Drink in meinen Wohnwagen bitten dürfte. Sie sind ein Stück lebende Geschichte, und ich würde nur zu gerne aus erster Hand von diesem Untergang hören. Danach bringe ich Sie persönlich wieder nach Hause.»

«Es wäre mir eine Freude», sage ich.

Daraufhin stellt er sich wieder hinter meinen Stuhl. «Nun denn. Ich hoffe, Ihnen gefällt unsere Show.»

Eine große Ehre.

Mit einem glücklichen Lächeln lasse ich mich von ihm bis direkt an die Piste fahren.

25 Die Vorstellung ist vorbei, und es war eine verdammt gute Vorstellung, wenn auch nicht in der Größenordnung von Benzini oder Ringling. Aber wie könnte sie? Dazu braucht man einen Zug.

Ich sitze an einem Resopaltisch in einem beeindruckend eingerichteten Wohnmobil und nippe an einem ebenso beeindruckenden Single Malt – Laphroaig, wenn ich nicht irre – und singe wie ein Kanarienvogel. Ich erzähle Charlie alles: von meinen Eltern, meiner Affäre mit Marlena und davon, wie Camel und Walter gestorben sind. Wie ich nachts mit einem Messer zwischen den Zähnen und Mordplänen im Herzen über den Zug gekrochen bin. Auch von den Männern, die aus dem Zug geworfen wurden, der Stampede und davon, dass Onkel Al erdrosselt wurde. Und schließlich erzähle ich ihm, was Rosie getan hat. Ich denke gar nicht darüber nach. Ich mache nur den Mund auf, und die Worte sprudeln hervor.

Ich spüre sofort die Erleichterung. Die ganzen Jahre über habe ich es für mich behalten. Ich dachte, ich würde mich schuldig fühlen, als hätte ich sie verraten. Aber stattdessen fühle ich – vor allem angesichts Charlies verständnisvollen Nickens – eine Art Absolution, sogar Erlösung.

Ich war mir immer unsicher, ob Marlena es wusste – damals herrschte in der Menagerie ein solches Chaos, dass ich keine Ahnung habe, was sie gesehen hat, und ich habe es nie angesprochen. Ich konnte es nicht, weil ich ihre Gefühle für Rosie nicht aufs Spiel setzen wollte – oder vielleicht sogar ihre Gefühle für mich. Auch wenn es Rosie war, die August getötet hatte – wollte ich ihn nicht ebenfalls tot sehen?

Zuerst sagte ich nichts, um Rosie zu schützen – es stand außer Frage, dass sie Schutz brauchte, damals waren Hinrichtungen von Elefanten nicht ungewöhnlich –, aber es gab nie eine Entschuldigung dafür, es vor Marlena geheim zu halten. Auch wenn ihr Verhältnis zu Rosie abgekühlt wäre, hätte sie ihr nie Schaden zugefügt. Während unserer ganzen Ehe war das mein einziges Geheimnis vor ihr, und irgendwann war es zu spät. Bei einem solchen Geheimnis wird das Geheimnis selbst zwar irgendwann unwichtig, aber die Tatsache, es bewahrt zu haben, nie.

Nachdem er sich meine Geschichte angehört hat, wirkt Charlie weder entsetzt noch missbilligend, und in meiner enormen Erleichterung erzähle ich nach der Geschichte von der Stampede einfach weiter. Ich erzähle ihm von den Jahren bei Ringling und wie wir nach der Geburt unseres dritten Kindes ausgestiegen sind. Marlena hatte einfach genug vom Herumziehen – das war wahrscheinlich eine Art Nesttrieb –, und außerdem kam Rosie langsam in die Jahre. Zum Glück suchte sich der Tierarzt vom Brookfield Zoo in Chicago gerade dieses Frühjahr aus, um tot umzufallen, und ich hatte die besten Karten – nicht nur sieben Jahre Erfahrung mit Exoten und einen verdammt guten Abschluss, ich brachte auch noch einen Elefanten mit.

Wir kauften ein Stück Land, das weit genug vom Zoo entfernt war, um die Pferde behalten zu können, und nah genug, um die Fahrt zur Arbeit erträglich zu halten. Die

Pferde gingen sozusagen in den Ruhestand, obwohl Marlena und die Kinder noch manchmal auf ihnen ritten. Sie wurden fett und zufrieden – die Pferde, nicht die Kinder oder Marlena. Bobo blieb natürlich bei uns. Im Laufe der Jahre hat er mehr Unfug angestellt als alle Kinder zusammen, aber wir haben ihn trotzdem geliebt.

Es war eine unbeschwerte, glückliche Zeit; voll schlafloser Nächte und greinender Babys, im Haus sah es aus, als hätte ein Wirbelsturm gewütet, und zuweilen hatte ich fünf Kinder, einen Schimpansen und eine Frau, die mit Fieber im Bett lagen. Auch wenn an einem Abend das vierte Glas Milch verschüttet wurde oder das schrille Kreischen beinahe meinen Schädel zum Platzen brachte, auch wenn ich einen meiner Söhne – oder, wie bei einem denkwürdigen Vorfall, Bobo – aus einer misslichen Lage auf der Polizeiwache auslösen musste, waren es gute Jahre, es waren großartige Jahre.

Aber sie vergingen wie im Flug. Gerade noch steckten Marlena und ich bis über beide Ohren im Trubel, und auf einmal liehen sich die Kinder den Wagen und zogen ab ins College. Und jetzt sitze ich hier. Über neunzig und alleine.

Der gute Charlie interessiert sich tatsächlich für meine Geschichte. Er nimmt die Flasche und beugt sich vor. Als ich ihm mein Glas hinschiebe, klopft es an der Tür. Ich reiße die Hand zurück, als hätte ich mich verbrüht.

Charlie rutscht aus der Bank, beugt sich zum Fenster und zieht mit zwei Fingern den karierten Vorhang zur Seite.

«Scheiße», sagt er. «Die Bullen. Was die wohl wollen?»

«Die sind meinetwegen hier.»

Er sieht mich scharf an. «Was?»

«Die sind meinetwegen hier.» Ich versuche, seinem Blick standzuhalten. Das ist nicht leicht – seit einer Gehirnerschütterung vor langer, langer Zeit habe ich einen Nystagmus. Je mehr ich versuche, jemanden zu fixieren, desto mehr zittern meine Augen.

Charlie lässt die Gardine fallen und geht zur Tür.

«Guten Abend», sagt eine tiefe Stimme. «Ich suche einen Charlie O'Brien. Man sagte mir, ich könnte ihn hier finden.»

«Das können Sie, und das haben Sie. Was kann ich für Sie tun, Officer?»

«Ich habe gehofft, Sie könnten uns helfen. Ein älterer Mann ist aus dem Pflegeheim unten an der Straße verschwunden. Das Personal glaubt offenbar, er könnte hier stecken.»

«Würde mich nicht überraschen. Menschen in jedem Alter mögen den Zirkus.»

«Klar. Sicher. Es ist so, der alte Knabe ist dreiundneunzig und ziemlich schwächlich. Sie haben gehofft, er würde nach der Vorstellung von alleine zurückkommen, aber das ist jetzt ein paar Stunden her, und er ist immer noch nicht wiederaufgetaucht. Sie machen sich große Sorgen um ihn.»

Charlie blinzelt den Polizisten freundlich an. «Selbst wenn er hier war, dürfte er längst wieder weg sein. Wir wollen bald aufbrechen.»

«Haben Sie heute Abend jemanden gesehen, auf den diese Beschreibung zutrifft?»

«Klar. Einige. Viele Familien haben ihre alten Leutchen hierhin mitgenommen.»

«Und einen alten Mann, der alleine war?»

«Ist mir nicht aufgefallen, aber hier kommen auch so viele Leute hin, dass ich nach einer Weile einfach abschalte.»

Der Polizist streckt den Kopf in den Wohnwagen. Als er mich entdeckt, blitzen seine Augen interessiert auf. «Wer ist das?»

«Wer – er?», fragt Charlie mit einem Wink in meine Richtung.

«Ja.»

«Das ist mein Vater.»

«Darf ich kurz reinkommen?»

Nach einem winzigen Zögern tritt Charlie beiseite. «Natürlich, nur zu.»

Der Polizist steigt in den Wohnwagen. Er ist so groß, dass er sich bücken muss. Er hat ein ausladendes Kinn, eine auffallende Hakennase, und seine Augen stehen zu eng beieinander – wie bei einem Orang-Utan. «Wie geht es Ihnen, Sir?», fragt er und kommt näher. Er hockt sich hin und mustert mich aufmerksam.

Charlie wirft mir einen Blick zu. «Dad kann nicht sprechen. Er hatte vor ein paar Jahren einen schweren Schlaganfall.»

«Wäre er zu Hause nicht besser aufgehoben?», fragt der Officer.

«Das hier ist sein Zuhause.»

Ich öffne den Mund und lasse das Kinn beben. Dann strecke ich eine zittrige Hand nach meinem Glas aus, das ich fast umwerfe. Nur fast, denn es wäre eine Schande, so guten Scotch zu verschwenden.

«Warte, Paps, ich helfe dir», sagt Charlie und eilt an meine Seite. Er setzt sich neben mich auf die Bank und nimmt mein Glas. Dann hält er es mir an die Lippen.

Wie ein Papagei strecke ich die Zunge heraus, bis sie an die Eiswürfel stößt, die auf meinen Mund zurutschen.

Der Polizist sieht uns zu. Ich blicke ihn nicht direkt an, sehe ihn aber aus den Augenwinkeln.

Charlie stellt mein Glas ab und sieht ihn seelenruhig an.

Der Polizist mustert uns, dann blickt er sich mit zusammengekniffenen Augen um. Charlies Miene ist vollkommen ausdruckslos, und ich tue mein Bestes, um zu sabbern.

Schließlich tippt der Polizist an seine Mütze. «Vielen Dank, die Herren. Wenn Sie etwas sehen oder hören, lassen Sie es uns bitte gleich wissen. Der alte Knabe ist nicht in der Verfassung, alleine unterwegs zu sein.»

«Das mache ich bestimmt», sagt Charlie. «Sehen Sie sich ruhig auf dem Zirkusplatz um. Ich lasse meine Jungs nach ihm Ausschau halten. Es wäre wirklich schrecklich, wenn ihm etwas zustoßen würde.»

«Hier ist meine Nummer», sagt der Polizist und reicht Charlie eine Karte. «Rufen Sie mich an, wenn Sie etwas hören.»

«Auf jeden Fall.»

Der Polizist lässt noch einmal den Blick schweifen, bevor er zur Tür geht. «Na dann, gute Nacht», sagt er.

«Gute Nacht», entgegnet Charlie und schließt hinter ihm die Tür. Dann setzt er sich wieder an den Tisch und schüttet uns beiden noch einen Whiskey ein. Wir nehmen beide einen kleinen Schluck, dann sitzen wir schweigend da.

«Wollen Sie das wirklich?», fragt er schließlich.

«Ja.»

«Wie steht es um Ihre Gesundheit? Brauchen Sie Medikamente?»

«Nein. Bis auf das Alter fehlt mir nichts. Und ich schätze, das erledigt sich irgendwann von selbst.»

«Was ist mit Ihrer Familie?»

Wieder nippe ich am Whiskey, dann schwenke ich den Rest im Glas herum und leere es. «Denen schicke ich eine Postkarte.»

An seinem Blick sehe ich, dass das ganz falsch herauskam.

«So meine ich das nicht. Ich liebe sie, und ich weiß, sie

lieben mich auch, aber ich gehöre eigentlich nicht mehr zu ihrem Leben. Ich bin eher eine Pflicht. Deshalb musste ich heute Abend auch alleine herkommen. Sie haben mich einfach vergessen.»

Charlie runzelt skeptisch die Stirn.

Verzweifelt plappere ich weiter. «Ich bin dreiundneunzig. Was habe ich schon zu verlieren? Ich komme noch größtenteils allein zurecht. Bei einigen Sachen brauche ich Hilfe, aber längst nicht so viel, wie Sie denken.» Ich spüre, wie mir Tränen in die Augen steigen, und versuche, auf mein eingefallenes Gesicht so etwas wie Zähigkeit zu zaubern. Ich bin doch kein Schwächling! «Lassen Sie mich mitkommen. Ich kann Eintrittskarten verkaufen. Russ kann alles machen, er ist doch noch jung. Geben Sie mir seinen Job. Ich kann noch zählen, und ich betrüge niemanden mit dem Wechselgeld. Ich weiß, dass Sie hier keine Schwindler sind.»

Charlies Augen werden feucht. Ich schwöre bei Gott, es stimmt.

Ich habe mich in Fahrt geredet. «Wenn sie mich finden, finden sie mich. Wenn nicht, rufe ich am Ende der Saison an und gehe zurück. Und wenn in der Zwischenzeit etwas schiefläuft, dann rufen Sie einfach an und lassen mich abholen. Was wäre schon dabei?»

Charlie mustert mich. Ich habe noch nie einen so ernsten Mann gesehen.

Eins, zwei, drei, vier, fünf, sechs – er wird nicht ja sagen – sieben, acht, neun – er schickt mich zurück, warum sollte er auch nicht, er kennt mich ja gar nicht – zehn, elf, zwölf -

«In Ordnung», sagt er.

«In Ordnung?»

«In Ordnung. Dann haben Sie etwas, das Sie Ihren Enkeln erzählen können. Oder Ihren Urenkeln oder Ururenkeln.»

Ich bin vor Freude und Aufregung ganz außer mir. Charlie zwinkert mir zu und schüttet noch einen Fingerbreit Whiskey ein. Dann kippt er die Flasche erneut.

Ich strecke die Hand nach dem Flaschenhals aus. «Lieber nicht», sage ich. «Ich will mir nicht einen ansäuseln und mir die Hüfte brechen.»

Und dann lache ich, weil alles so unvernünftig ist und so wunderbar, und es kostet mich Mühe, mich nicht vor Lachen zu schütteln. Ich bin dreiundneunzig, na und? Was macht es schon, dass ich uralt und schrullig bin und dass mein Körper ein Wrack ist? Wenn sie bereit sind, mich und mein schlechtes Gewissen aufzunehmen, warum sollte ich nicht mit dem Zirkus durchbrennen?

Es ist so, wie Charlie es dem Polizisten gesagt hat. Für diesen alten Mann ist das hier sein Zuhause.

Anmerkung der Autorin

Die Idee zu diesem Buch entstand unerwartet: Als ich Anfang 2003 in den Vorbereitungen zu einem vollkommen anderen Buch steckte, erschien in der *Chicago Tribune* ein Artikel über Edward J. Kelty, einen Fotografen, der in den 1920ern und 1930ern Wanderzirkusse durch die USA begleitet hat. Das Foto zu diesem Artikel fand ich so faszinierend, dass ich zwei Bücher mit alten Zirkusaufnahmen kaufte, *Step Right This Way: The Photographs of Edward J. Kelty* und *Wild, Weird and Wonderful: The American Circus as Seen by F. W. Glasier*. Nachdem ich sie durchgeblättert hatte, war es um mich geschehen. Ich gab das geplante Buch auf und stürzte mich stattdessen in die Welt der Eisenbahnzirkusse.

Zuerst besorgte ich mir eine Lektüreliste vom Archivar des Circus World Museum in Baraboo, Wisconsin, dem früheren Winterquartier von Ringling Brothers. Viele der Bücher waren vergriffen, aber noch über antiquarische Buchhandlungen zu bekommen. Nur Wochen später fuhr ich nach Sarasota in Florida zum Ringling Circus Museum, das zufällig gerade doppelte Exemplare aus seiner Sammlung seltener Bücher verkaufte. Auf dem Rückweg war ich um einige hundert Dollar ärmer und um mehr Bücher reicher, als ich tragen konnte.

Während der nächsten viereinhalb Monate eignete ich mir das Wissen an, um dem Thema gerecht zu werden. Dazu gehörten drei weitere Reisen – eine erneute Fahrt nach Sarasota, ein Besuch in der Circus World in Baraboo und ein Wochenende im Kansas City Zoo mit einem ehemaligen Elefantenpfleger, um etwas über das Verhalten und die Körpersprache von Elefanten zu lernen.

Der amerikanische Zirkus verfügt über eine so reiche Geschichte, dass ich viele der ungeheuerlichsten Details dieses Romans aus Tatsachenberichten oder Anekdoten übernommen habe (bekanntermaßen ist die Grenze zwischen beiden in der Zirkusgeschichte äußerst verschwommen). Dazu gehören das in Formaldehyd eingelegte Flusspferd, die verstorbene 180 Kilogramm schwere «dicke Dame», die in einem Elefantenwagen durch die Stadt gezogen wurde, ein Elefant, der mehrfach seinen Pflock aus der Erde zog, um Limonade zu klauen, ein anderer Elefant, der durchbrannte und aus einem Gemüsebeet in einem Hinterhof geholt werden musste, ein Löwe, der zusammen mit einem Tellerwäscher unter einer Spüle kauerte, ein Geschäftsführer, der ermordet und in Zeltbahnen eingerollt wurde, und einiges mehr. Außerdem habe ich die schreckliche und nur allzu wahre Tragödie der Ingwerlähmung eingebaut, die 1930 und 1931 das Leben von geschätzten einhunderttausend Amerikanern zerstörte.

Und zu guter Letzt möchte ich die Aufmerksamkeit auf zwei alte Zirkuselefantenkühe lenken, nicht nur, weil sie die Inspiration für entscheidende Handlungsmomente geliefert haben, sondern weil die alten Mädchen es verdienen, dass man sich ihrer erinnert.

1903 tötete eine Elefantenkuh namens Topsy ihren Dompteur, nachdem er sie mit einer brennenden Zigarette gefüttert hatte. Den meisten Zirkuselefanten wurden damals ein, zwei Tote nachgesehen – solange es sich nicht um Private handelte –, aber das war Topsys dritter Streich. Topsys Besitzer vom Luna Park auf Coney Island beschlossen, ihre Hinrichtung zu einem öffentlichen Spektakel zu machen, doch die Ankündigung, sie zu erhängen, stieß auf lauten

Protest – war das Erhängen nicht schließlich eine grausame und ungewöhnliche Strafe? Topsys einfallsreiche Besitzer kontaktierten daraufhin Thomas Edison. Seit Jahren «bewies» Edison die Gefahren, die vom Wechselstrom seines Konkurrenten George Westinghouse ausgingen, indem er öffentlich streunende Hunde und Katzen damit tötete, zuweilen auch ein Pferd oder eine Kuh. Der Elefant weckte seinen Ehrgeiz. Er nahm die Herausforderung an. Weil in New York der elektrische Stuhl den Galgen als offizielle Hinrichtungsmethode abgelöst hatte, verstummten die Proteste.

Die Berichte sind sich uneins, ob Topsy in einem früheren, erfolglosen Hinrichtungsversuch mit zyanidversetzten Karotten gefüttert worden war oder ob sie diese direkt vor dem Stromschlag fraß. Unstrittig ist aber, dass Edison eine Filmkamera mitbrachte, Topsy auf Kupferplatten festketten ließ und vor fünfzehnhundert Zuschauern sechstausendsechshundert Volt durch ihren Körper jagte, was nach etwa zehn Sekunden zu ihrem Tod führte. Edison, der davon überzeugt war, diese Heldentat würde den Wechselstrom endgültig in Verruf bringen, zeigte den Film überall in den USA vor Publikum.

Nun zu einer weniger ernüchternden Geschichte. Ebenfalls im Jahr 1903 kaufte eine Truppe in Dallas einen Elefanten namens Old Mom von der Zirkuslegende Carl Hagenbeck, der sie als klügsten Elefanten beschrieb, den er je hatte. Angesichts dieser hohen Erwartungen waren Old Moms neue Dompteure entsetzt, als sie feststellten, dass sie sich zu nichts anderem bewegen ließ als etwas herumzuschlurfen. Sie war sogar so unbrauchbar, dass man sie «von einem Zirkusplatz zum anderen ziehen und schieben» musste. Als Hagenbeck Old Mom irgendwann in ihrem neuen Zuhause besuchte, war er gekränkt, dass man sie als dumm bezeichnete, und sagte das auch – auf Deutsch. Plötzlich wurde allen klar, dass Old Mom nur Deutsch verstand. Das änderte alles. Old Mom lernte um auf Englisch und machte eine glänzende Karriere. Sie starb 1933 im reifen Alter von achtzig Jahren inmitten ihrer Freunde und Weggefährten.

Auf Topsy und Old Mom …

Danksagung

Für ihre Mitwirkung an diesem Buch danke ich:

Meinem Mann Bob, der meine große Liebe und mein Held ist.

Meinem Lektor Chuck Adams, dessen Kritik, Genauigkeit und Unterstützung dieser Geschichte auf eine höhere Stufe verholfen haben.

Meiner Kritikpartnerin Kristy Kiernan und meinen ersten Lesern Karen Abbott, Maureen Ogle, Kathryn Puffett (zufälligerweise meine Mutter) und Terence Bailey (zufälligerweise mein Vater) für ihre Liebe und Unterstützung und dafür, dass sie mir immer wieder Mut zugesprochen haben.

Gary C. Payne, der all meine Fragen über den Zirkus beantwortet, mir Anekdoten erzählt und mein Manuskript auf seine Genauigkeit hin überprüft hat.

Mein besonderer Dank gilt Fred D. Pfening, der das Buch gelesen und mir bei den Feinheiten geholfen hat.

Mark und Carrie Kabak, die mir ihre Gastfreundschaft gewährt und mich mit Marks früheren Schützlingen im Kansas City Zoo bekannt gemacht haben.

Andrew Walaszek, der mich mit den korrekten polnischen Übersetzungen versorgt hat.

Keith Cronin, für seine wertvolle Kritik und dafür, dass ihm ein Titel eingefallen ist.

Emma Sweeney, die mir immer noch alles ist, was ich mir von einer Agentin wünschen könnte.

Und schließlich danke ich den Mitgliedern meiner Schreibgruppe. Ich weiß nicht, was ich ohne euch tun würde.

Philippe Claudel
Die grauen Seelen
Roman
Dezember 1917, im Osten Frankreichs. Die Front ist nah, doch alles geht seinen gewohnten Gang. Bis ein Mord geschieht ... Ein Roman, so schön, so dunkel, so unfassbar spannend, dass er tief unter die Haut geht.
rororo 23779

Liebe in stürmischen Zeiten

Diane Broeckhoven
Ein Tag mit Herrn Jules
Roman
Leiser Abschied ... Als Alice zu Jules ins Wohnzimmer kommt, sitzt er tot auf dem Sofa. Sie will seinen Tod zumindest für einen Tag ignorieren. Doch dann taucht der Nachbarsjunge auf, der wie immer Schach mit Herrn Jules spielen möchte.
rororo 24155

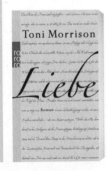

Toni Morrison
Liebe
Roman
Ein Roman, der erzählt, wie Frauen lieben. Und sie lieben anders als Männer. Toni Morrison wurde 1993 als erste afroamerikanische Autorin für ihr Werk mit dem Literatur-Nobelpreis ausgezeichnet.
rororo 23737

Weitere Informationen in der Rowohlt Revue *oder unter* www.rororo.de

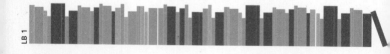